Drei Schwestern – drei Leben – dreimal Liebe?

In den französischen Alpen: Phoebe reist vor ihrer Hochzeit noch einmal nach Frankreich, wo sie vor dem Studium ein Auslandsjahr verbracht hat und sich Hals über Kopf in den Kletter-Trainer Remy verliebt hat. Plötzlich steht er vor ihr.
Irgendwo in London: Rose ist unglücklich in ihrem Job als Krankenschwester. Außerdem glaubt sie, einen Mann zu lieben, der nicht zu ihr steht. Sie kündigt und beginnt, in einer kleinen Bäckerei zu arbeiten, auch wenn der Sohn des Besitzers ihr Rätsel aufgibt. Eine Kleinstadt in der Nähe von Manchester: Für Eliza scheint es nur die Musik zu geben – nur selten erlaubt sie sich an den Mann zu denken, dem sie an einem Tag vor fünfzehn Jahren ihr Herz geschenkt hat. Doch als dieser wieder in ihre Nähe zieht, gerät ihre Welt aus den Fugen …

Als Tochter eines australischen Rennfahrers wuchs *Paige Toon* in Australien, England und Amerika auf. Nach ihrem Studium arbeitete sie zuerst bei verschiedenen Zeitschriften und anschließend sieben Jahre lang als Redakteurin beim Magazin »Heat«. Paige Toon schreibt inzwischen hauptberuflich und lebt mit ihrer Familie – sie ist verheiratet und hat zwei Kinder – in Cambridgeshire.

Weitere Titel von Paige Toon: »Lucy in the Sky«, »Du bist mein Stern«, »Einmal rund ums Glück«, »Immer wieder du«, »Diesmal für immer«, »Ohne dich fehlt mir was«, »Sommer für immer«, »Endlich dein«, »Wer, wenn nicht du?«, »Alles Liebe zu Weihnachten und andere Geschichten« sowie »Dein Platz in meinem Herzen«

Weitere Informationen finden Sie unter www.fischerverlage.de

Paige Toon

Nur in dich verliebt

Roman

Aus dem Englischen
von Stefanie Schäfer

FISCHER Taschenbuch

Aus Verantwortung für die Umwelt hat sich der S. Fischer Verlag zu einer nachhaltigen Buchproduktion verpflichtet. Der bewusste Umgang mit unseren Ressourcen, der Schutz unseres Klimas und der Natur gehören zu unseren obersten Unternehmenszielen.

Gemeinsam mit unseren Partnern und Lieferanten setzen wir uns für eine klimaneutrale Buchproduktion ein, die den Erwerb von Klimazertifikaten zur Kompensation des CO_2-Ausstoßes einschließt.

Weitere Informationen finden Sie unter: www.klimaneutralerverlag.de

MIX
Papier aus verantwortungsvollen Quellen
FSC
www.fsc.org
FSC® C014496

2. Auflage: Juli 2020

Erschienen bei FISCHER Taschenbuch
Frankfurt am Main, Juli 2020

Die Originalausgabe erschien 2017 unter dem Titel
»The One We Fell In Love With« bei
Simon & Schuster UK Ltd, London

Dieses Werk wurde vermittelt durch die
Literarische Agentur Thomas Schlück GmbH,
30161 Hannover.

Für die deutschsprachige Ausgabe:

Satz: Fotosatz Amann, Memmingen
Druck und Bindung: GGP Media GmbH, Pößneck
Printed in Germany
ISBN 978-3-596-70218-3

Für meine großartige Lektorin,
Suzanne Baboneau,
und für meine wunderbaren
Leserinnen und Leser, alte wie neue.

Danke, dass durch euch mein Kindheitstraum,
Schriftstellerin zu werden, noch schöner wurde, als ich
es mir je hätte ausmalen können – und mein Ziel war es
immer, davon leben zu können;
die Latte lag also hoch.

Prolog

Angus

Sie ist hier. Sofort spüre ich, wie sich alles in mir anspannt. Es stimmt nicht, was die Leute sagen. Sie sind nicht alle gleich. Sie ist etwas Besonderes. Sie ist anders. Sie ist das schönste Mädchen, das ich je gesehen habe.

Wie verzaubert beobachte ich sie durch das Gedränge und den Zigarettenqualm, als sie sich an der improvisierten Bar ein Bier holt. Es zieht mich zu ihr hin, aber ich bleibe an den Türrahmen gelehnt stehen. Nach dem, was gestern Abend zwischen uns passiert ist, muss sie einfach zu mir kommen. Wird sie es tun? Ich bin mir nicht sicher. Ich hatte schon Angst, sie würde überhaupt nicht kommen.

Sie nimmt einen Schluck aus ihrer Flasche und blickt sich aufmerksam im überfüllten Wohnzimmer um. Sie ist spät dran, und alle anderen sind ihr schon einige Drinks voraus. Zu dieser Uhrzeit allein auf einer Party aufzukreuzen, ist nicht ohne. Es hätte mich nicht gewundert, wenn sie rückwärts wieder rausgestolpert wäre. Der Gedanke verunsichert mich, dabei bin ich eh schon total durch den Wind. Wie konnte es mich nur so erwischen?

Gebannt beobachte ich, wie sie die Flasche erneut an den Mund setzt, und dann begegnen sich plötzlich unsere Blicke. Ich zwinge mich, nicht wegzusehen.

Sie lächelt mich an, und meine Anspannung verfliegt. Mit einer Kopfbewegung sage ich ihr: Komm zu mir! Lächelnd drängt sie sich durch die Menge, bis sie unmittelbar vor mir steht.

»Hey«, begrüße ich sie und strecke meine Hand aus, um mit den Fingerspitzen ihre zu berühren.

»Hi.« Sie schließt die Hand zu einer Faust.

Okay, es ist also nicht alles in Ordnung. Ihre wunderbaren Augen sind weit aufgerissen, als sie zu mir aufschaut. Mein Blick fällt auf ihre Lippen. Sie glänzen, wahrscheinlich hat sie gerade Lipgloss benutzt. Ich würde ihn gerne ablecken.

Scheiße, ich bin betrunken.

»Wie war das Abendessen?«, frage ich.

»Schön!«, ruft sie. Den Rest verstehe ich nicht, weil die Musik zu laut ist.

»Was hast du gesagt?«, rufe ich zurück, umfasse ihren Kopf mit beiden Händen und ziehe sie näher zu mir heran.

»Ich habe gesagt, es ist laut hier!«

»Stimmt«, erwidere ich grinsend. »Sorry, ich bin schon ziemlich breit.« Ich spreche ihr direkt ins Ohr.

»Du Glücklicher.«

Sie ist so sexy! Wie weich sich ihr Haar anfühlt. Ich fahre mit dem Daumen über ihre Schläfe, und sie legt mir die Hand auf die Brust. Ich glaube, sie will mich zurückhalten, aber es funktioniert nicht. Ihre Berührung macht mich erst recht an.

Ich nehme ihre Hände und ziehe sie noch näher zu mir.

»Angus?«, fragt sie unsicher, als ich meine Stirn an ihre lege. Ich weiß, dass ich sie hier vor all den Leuten in Verlegenheit bringe, aber ich muss einfach mit ihr zusammen sein. Ich will sie so sehr. *Zu* sehr.

Kurzentschlossen stelle ich unsere Bierflaschen auf den nächsten Tisch und sage: »Komm mit«, nehme sie an der Hand und ziehe sie aus dem Wohnzimmer. Mir wird kurz schwindelig, als ich die Tür zur Garderobe unter der Treppe aufstoße. Ich ziehe sie herein und höre sie nach Luft schnappen, als ich die Tür hinter ihr zuschlage. Schon küsse ich sie. Wieder atmet sie scharf ein, als ich mit der Zunge ihre Lippen teile, doch schon nach kurzem Zögern erwidert sie meinen Kuss. Ich könnte sie ewig küssen.

»Ich will dich«, murmele ich in ihren Mund und dränge mich an sie, so dass sie spüren kann, wie sehr.

Ihr Atem geht schneller, als ich mit einer Hand unter ihr T-Shirt fahre.

»Ich will dich«, wiederhole ich, und sie bringt mich mit schnellen, hungrigen Küssen zum Schweigen, und da weiß ich, dass ich sie so weit habe. Sie gehört mir.

Jemand dreht am Türknauf, und rasch ziehe ich die Hand unter ihrem T-Shirt hervor und halte die Tür zu.

»Geht nach oben!«, rufe ich und schließe ab. »Puh.« Ich lache verhalten und ziehe sie eng an mich. Doch auf einmal macht sie sich wieder steif. »Ist schon gut«, sage ich und will ihr wieder unter das T-Shirt fassen, aber diesmal hält sie mich zurück und lässt mich nicht weitermachen.

»Was … Wir … Was machst du denn da?«, fragt sie, noch atemloser als zuvor.

»Was glaubst du denn?«, frage ich sie leise und küsse sie auf den Hals. Wir machen da weiter, wo wir gestern Abend aufgehört haben. Sie muss doch wissen, was für eine Wirkung sie auf mich hat.

»Angus, hör auf!«, fordert sie laut.

O nein! Mein Magen zieht sich zusammen. Abrupt löse ich mich von ihr und schalte mit einem Zug an der Kordel das Licht ein. Sie blinzelt in der Helligkeit und schirmt unwillkürlich mit beiden Händen die Augen ab. Unter dem Schatten ihrer Finger hervor blinzelt sie mich an, und ich starre voller Entsetzen zurück.

Dieselben grüngoldenen Augen …
Dasselbe hellblonde Haar …
Nicht dasselbe Mädchen.
»Oh …«, stoße ich hervor. »Ich dachte, du wärst …«

Rose · Phoebe · Eliza

Man könnte uns als Laune der Natur bezeichnen. Wir sehen genau gleich aus mit unserem blonden Haar und den grünen Augen, und wir alle haben exakt die gleichen Gene. Eine von uns könnte einen Mord begehen und ihn den anderen in die Schuhe schieben, ohne dass unsere DNS uns verraten würde.

Eineiige Drillinge entstehen, wenn sich eine befruchtete Eizelle zunächst zweiteilt und sich dann eine der daraus entstehenden Eizellen noch einmal teilt. Die Wahrscheinlichkeit dafür liegt irgendwo zwischen eins zu sechzigtausend und eins zu zweihundert Millionen, aber wie auch immer: Eineiige Drillinge sind sehr, sehr selten.

Als unsere Eltern mit uns aus dem Krankenhaus kamen, hatten sie schreckliche Angst, uns zu verwechseln. Sie ließen uns unsere Krankenhausarmbänder so lange anbehalten, bis sie zu eng wurden, und nachdem Mum sie abschneiden musste, markierte sie uns mit verschiedenfarbigem Nagellack auf den winzigen Fingerchen. Wenn sie heute unsere Babyfotos betrachtet, bringt sie uns immer noch durcheinander.

Doch obwohl wir gleich aussehen und aus derselben befruchteten Eizelle hervorgegangen sind, haben wir uns schon in drei Lebewesen aufgeteilt, bevor unsere Mutter überhaupt wusste, dass sie schwanger war. Und genau das ist der Knackpunkt: Wir wurden mit drei vollkommen unterschiedlichen Persönlichkeiten geboren.

Als wir älter wurden und unsere Charaktere sich herauskristallisierten, erkannten unsere Eltern allmählich, dass wir im Grunde nur sehr wenig gemeinsam haben.

Wir konnten zwar alle sehr laut schreien.

Und jede von uns ist extrem dickköpfig.

Aber das war's dann auch schon.

Bis wir siebzehn wurden, jedenfalls. Denn in diesem Jahr zog Angus Templeton nebenan ein. Und dummerweise verliebten wir uns alle drei Hals über Kopf in ihn.

Teil eins

Kapitel 1

Phoebe

Wenn es heißt, jemand lebe »im Schatten der Berge«, klingt das irgendwie unheilvoll. Dabei ist es das gar nicht. Der Berg ist so nahe, dass ich das Gefühl habe, *in* ihm zu sein. Ich kann nicht einmal ganz hinaufsehen; nur auf dem Sofa sitzend reicht mein Blick bis zu den verschneiten Gipfeln. Was würde ich darum geben, dort oben zu sein …

»Warum seufzt du?«

Josies Stimme schreckt mich auf. Ich drehe mich um und sehe, dass meine beste Freundin hinter mir steht und auf mich hinunterschaut. »Ach, nur so. Ich freue mich einfach, wieder hier zu sein.« Dabei lächle ich sie voller Zuneigung an.

Es ist jetzt fast zehn Jahre her, seit wir mit achtzehn zum ersten Mal zusammen in Chamonix gewesen sind.

»Wann bist du aufgestanden?«, fragt Josie, der jetzt erst auffällt, dass ich schon komplett angezogen bin.

»Vor ungefähr einer Stunde«, erwidere ich und ziehe meinen Pferdeschwanz hoch oben am Kopf stramm.

»Wie kannst du nur?«, grummelt sie und lässt sich, ohne auf eine Antwort zu warten, gähnend neben mich aufs Sofa fallen. Ihr mittellanges dunkles Haar ist durcheinander, und ihre blauen Augen sehen noch verschlafen aus. Trotzdem ist sie wunderhübsch.

»Wie wär's mit Kaffee?«, frage ich, springe auf und gehe in die kleine Küche.

»O ja, gern«, antwortet sie.

Wir sind gestern erst angekommen und abends in einer alten Kneipe gelandet, wo wir ein Bier zu viel getrunken haben. Zu Josies Verwunderung habe ich keinen Kater, aber ich habe auch der Versuchung widerstanden, ab Mitternacht Schnäpse in mich hineinzukippen.

Ich schalte das Radio ein, koche Kaffee und summe zur Musik, während Josie sich zurücklehnt.

»Was möchtest du heute unternehmen?«, ruft sie.

»Einen Berg besteigen.« Ich spähe aus der Küche und werfe ihr ein hoffnungsvolles Grinsen zu.

»O nein. Nein, nein, nein, nein, nein.« Josie schüttelt entschieden den Kopf. Ich kichere in mich hinein und kümmere mich weiter um den Kaffee.

»Entschuldige«, sagt sie und nimmt mir eine Tasse ab, als ich wieder in ihrem Zimmer auftauche. »Ich will dir nicht den Spaß verderben.«

»Hör auf, das ist doch Quatsch.«

Ich heirate in zwei Wochen, und mein einziger Wunsch für den Junggesellinnenabschied war es, mit meiner besten Freundin für ein paar Tage hierherzufahren. Ich habe im Laufe der Jahre viel über Chamonix nachgedacht und darüber, wie Josie und ich es gemeinsam erlebt haben, und ich hatte das Gefühl, es wäre richtig, gemeinsam zurückzukehren, nur wir beide.

Meine Schwestern waren ein bisschen beleidigt, dass sie nicht eingeladen wurden, aber inzwischen haben sie sich ein Alternativprogramm ausgedacht. Eliza und ich gehen auf ein Konzert in Manchester, und Rosie hat einen Wellnesstag für uns organisiert. Ich freue mich schon sehr darauf, mit jeder der beiden allein Zeit zu verbringen. Leider kommen wir inzwischen viel zu selten dazu.

»Was könnten wir denn sonst noch machen, außer auf einen Berg zu steigen?«, bohrt Josie weiter.

»Mit dem Paraglider von einem runterschweben?« Ich grinse sie an.

Sie verzieht das Gesicht. »Du weißt doch, dass Extremsportarten nichts für mich sind. Ich bin inzwischen eine langweilige Mum.«

Josie hat einen einjährigen Sohn zu Hause, Harry, und ist zum ersten Mal ohne ihn unterwegs.

»Wie wär's, wenn wir rauf auf die Aiguille fahren?«, schlage ich vor. »Du warst noch nie zu dieser Jahreszeit oben.«

Damals, vor vielen Jahren, ist sie zum Ende der Wintersaison im März wieder nach Hause gefahren, während ich es schaffte, einen Job bei der Seilbahn zur Aiguille du Midi zu ergattern. Mir gefiel das Leben hier so sehr, dass ich den ganzen Sommer über blieb.

»Gute Idee«, nickt sie. »Dann raffe ich mich jetzt wohl besser mal auf. Sicher müssen wir stundenlang Schlange stehen, genau wie alle anderen Touristen auch.«

»Ja, leider. Ich kenne keinen mehr, der dort arbeitet.«

Bei dem Gedanken krampft sich mein Herz zusammen.

Ein paar Stunden später sind wir auf knapp viertausend Metern auf der höchsten und berühmtesten der »Nadeln« von Chamonix.

Ich bin ganz hibbelig vor Aufregung; vielleicht liegt es auch an der Höhe. Jedenfalls bin ich überglücklich, wieder hier zu sein.

»Wow!«, murmelt Josie, als wir in stiller Bewunderung auf der Aussichtsplattform stehen. »Ich hatte ganz vergessen, wie schön es hier oben ist.«

Ich blicke mich um zu den zerklüfteten braungrauen Gipfeln der umliegenden Berge. Der Montblanc befindet sich direkt vor uns, auch jetzt im Sommer mit Schnee bedeckt. Er sieht so täuschend nah aus, aber der Weg von hier bis zu seinem Gipfel ist eine besonders anspruchsvolle Klettertour. Ich weiß es, weil ich sie schon einmal gegangen bin. Auch auf einer anderen Route habe ich ihn schon bestiegen, die war zwar etwas leichter, aber auch nicht zu unterschätzen.

»Wahnsinn, dass du zweimal da oben warst.« Josie scheint meine Gedanken zu lesen.

»Ich kann's auch kaum noch glauben«, erwidere ich, und eine Bezeichnung für den Montblanc kommt mir in den Sinn: *Weißer Killer* … Schon unzählige Menschen haben beim Versuch, den höchsten Gipfel Westeuropas zu erklimmen, ihr Leben verloren, ganz zu schweigen von denen, die beim Abstieg umgekommen sind.

»Raufzukommen ist nur die halbe Miete«, hat mein Vater immer gesagt. Beim Gedanken an ihn spüre ich einen schmerzhaften Stich.

Mein Vater ist vor acht Jahren an einem Herzinfarkt gestorben, und ich vermisse ihn sehr, besonders hier oben in den Bergen. Er war derjenige, der mir das Klettern beigebracht hat.

Josie schnaubt amüsiert. Sie ahnt nichts von der dunklen Wendung, die meine Gedanken genommen haben. »Was für ein Glückspilz du bist! Wurdest du wirklich dafür bezahlt, hier oben zu übernachten? Was für eine Aussicht beim Aufwachen!«

Jetzt muss ich wieder lächeln. »Leider hatte die Angestelltenwohnung keine Fenster«, erwidere ich. »Aber es war tatsächlich der Wahnsinn, wenn man morgens rauskam.«

Josie und ich sind damals nach Chamonix gegangen, um

den Winter über als Zimmermädchen zu arbeiten. Nachdem sie nach Hause gefahren war, steckte ich meine Ambitionen jedoch höher – deutlich höher.

Ich hatte mich mit einigen Einheimischen angefreundet, und eine von ihnen, Cécile, arbeitete hier oben auf der Aiguille du Midi. Die Wahrscheinlichkeit, dass eine Nichteinheimische einen Job bei der Seilbahn bekam, war so gering, dass sich eine Bewerbung kaum zu lohnen schien, denn wer erst mal eine Stelle ergattert hatte, ließ sie nicht wieder sausen. Aber immerhin konnte ich fließend Französisch, und Cécile versprach mir, ein gutes Wort für mich einzulegen, und so reichte ich meinen Lebenslauf ein. Als mehrere Vollzeitkräfte völlig unerwartet aus persönlichen Gründen kündigten, war meine Chance gekommen.

Es ist schwer zu erklären, in welchem Maße ich es genossen habe. Ich musste alles machen, vom Führen der Gondel bis zum Müllauflesen, doch das Sahnestückchen kam einmal im Monat, wenn zwei von uns auf dem Gipfel Wache schieben mussten und in der Angestelltenwohnung übernachteten. Wir waren die Letzten, die abends die Sonne untergehen, und die Ersten, die sie morgens aufgehen sahen. Ein unvergessliches Erlebnis.

Meine Gedanken machen sich erneut selbständig, und plötzlich stehe ich wieder auf der Fußgängerbrücke zwischen den Felsen. Der Himmel hat sich orange verfärbt, und die Berge ragen mit ihren zackigen Silhouetten rings um mich auf. Ein paar Augenblicke lang gebe ich mich der Erinnerung hin, bevor ich mich wieder zusammenreiße.

»Lass uns zum Kamm gehen«, ermuntere ich Josie und stupse sie am Arm.

Kurz darauf befinden wir uns in glänzendem, dunklem, ausgehöhltem Eis, und als ich die kalte Luft ausatme, höre ich das vertraute Kratzen von Steigeisen, die sich in den hartgebackenen Schnee graben. Merkwürdigerweise habe ich das Gefühl, nach Hause gekommen zu sein.

Vor uns gehen drei Kletterer, die sich bereitmachen, den Kamm hinunterzusteigen, und als sie durch das Tor verschwinden, trete ich aus der Eishöhle hinaus ans Licht. Ich beobachte sie, als sie sich auf dem schmalen Schneepfad abwärts auf den Weg machen, gesichert mit einem Seil.

»Bekloppte«, bemerkt Josie leise und wirft mir einen Seitenblick zu. »Und du bist genauso bekloppt.«

Ich lächle schwach. »Es kommt mir vor wie eine Ewigkeit, seit ich das zum letzten Mal gemacht habe.«

»Stimmt, du gehst nicht mehr oft klettern«, bestätigt sie.

»Kaum noch«, erwidere ich leise.

»Vermisst du ...«

»Ja«, unterbreche ich sie und lächle sie dann offen an. »Ich muss einfach mal die Kurve kriegen.«

Sie erwidert mein Lächeln. »Dazu ist noch viel Zeit. Was meinst du, sollen wir jetzt zu Mittag essen?«

»Unbedingt.«

Kapitel 2

Rose

Einmal, als ich bei meiner Freundin Becky Betts übernachtete, spielten wir spät am Abend noch »Wahrheit oder Pflicht«, und sie forderte mich auf, mich zwischen meinen Schwestern zu entscheiden.

»Du kannst nur eine retten, die andere muss sterben«, erklärte sie melodramatisch.

Ich zögerte keine Sekunde.

Bis heute erinnere ich mich an ihr entsetztes Gesicht, mit dem sie ihre Schwester Laura ansah. Für sie musste meine Antwort geradezu kaltherzig klingen. Doch selbstverständlich würde ich Phoebe retten. Das würde jeder tun, auch Eliza.

Es ist nicht so, dass Eliza und ich uns hassen. Wir verstehen uns nur einfach nicht besonders gut. Haben wir nie getan. Sie hält mich für langweilig und verschlossen und ich sie für unreif und respektlos.

»Du bist so kratzig wie dein Name«, sagt sie regelmäßig. Oder auch: »Sei nicht so stachelig, Rosie.«

Wenn wir keine Schwestern wären, würden wir vermutlich kaum ein Wort miteinander wechseln.

Phoebe dagegen ist wie ein Sonnenstrahl an einem bewölkten Tag. Ihr Lachen ist ansteckend.

Mist, sie fehlt mir. Dabei ist sie erst seit zwei Tagen weg.

»Den nimmst du aber nicht mit, oder?«, frage ich jetzt

Mum, als ich feststelle, dass sie schon seit mindestens zwei Minuten denselben Porzellanteller in der Hand hält.

»Ich weiß noch nicht«, erwidert sie abweisend und stellt den Teller leise klappernd beiseite.

»In dem kleineren Haus brauchst du kein gutes Service mehr«, erkläre ich pedantisch.

»Oder doch, wer weiß«, erwidert sie spitz.

»Du kannst nicht alles mitnehmen«, mahne ich erschöpft, als sie aus dem Zimmer marschiert. In der Diele bleibt sie stehen, das Gesicht zur Haustür gewandt, und plötzlich lächelt sie.

»Hast du Straßenmusik gemacht?«, fragt sie über das Geräusch der zuklappenden Tür hinweg.

»Ja, in der Stadt«, höre ich Eliza antworten, gefolgt von dem Geräusch ihrer Gitarre, die sie an die Wand lehnt.

»Ich dachte mir schon, dass du gearbeitet hast. Komm, trink eine Tasse Tee«, drängt Mum sie. Na toll.

Ich verdrehe die Augen. »Ich hab eine noch bessere Idee: Komm und hilf mir!«, rufe ich und fahre mit den Händen über mein geblümtes Sommerkleid, während unsere Mutter beschwingt in Richtung Küche läuft.

»Möchtest du auch eine Tasse, Rosie?«, ruft sie mir zu, als sei ihr plötzlich eingefallen, dass ich auch noch da bin. Dabei hat sie bereits den Wasserkocher eingeschaltet.

»Klar«, antworte ich, als Eliza in der Tür erscheint.

Sie trägt zerrissene Jeans und ein knallorangefarbenes Stricktop. Ihr Haar hat sie zu Zöpfen geflochten.

Die Frisur ist wie ein Beleg dafür, dass sie nie erwachsen geworden ist. Hinzu kommt noch, dass sie Straßenmusik macht und kellnert, anstatt sich einen richtigen Job zu suchen, dass sie die Freunde wechselt wie Unterhosen und dass sie immer noch zu Hause wohnt. Und das ist noch lange nicht alles.

»Im Ernst, willst du denn überhaupt nicht beim Packen helfen?«, frage ich, als sie sich auf einen Stuhl am Esszimmertisch fallen lässt. Ich knie auf dem Teppichboden vor Mums Vitrine und wickle ein weiteres ihrer geliebten Deko-Objekte in Luftpolsterfolie.

»Warum sollte ich? Ich will nicht umziehen«, erwidert Eliza schnippisch.

Ich war diejenige, die Mum dazu überredet hat, das Haus zu verkaufen und sich zu verkleinern.

Phoebe dachte, es wäre »wahrscheinlich eine gute Idee«, aber Eliza war total wütend darüber, ihr kostenloses Hotelzimmer aufgeben zu müssen.

»Hier geht's nicht um dich«, betone ich.

Sie lehnt sich nach vorn, stemmt die Ellbogen auf den Tisch und blickt durchdringend auf mich hinunter. Voller Unbehagen rutsche ich herum und lehne mich innerlich jetzt schon gegen das auf, was sie als Nächstes sagen wird.

»Weißt du wirklich nichts Besseres mit deinem Urlaub anzufangen?«

Ich bin Krankenschwester und lebe in London. Meine Arbeit ist oft sehr belastend und bringt mich an meine Grenzen. Wie gerne würde ich jetzt neben meinem Freund Gerard am Strand liegen, irgendwo, wo es warm ist, doch stattdessen verbringe ich die nächsten zwei Wochen hier in Manchester und helfe unserer Mutter beim Umziehen und unserer Schwester bei ihren letzten Hochzeitsvorbereitungen. Und was macht Eliza? So gut wie gar nichts.

Ich habe noch die Worte meines Vaters im Ohr: »*Rosie ist eine Gebende, keine Nehmende. Genau wie ihre Mutter …*«

Mum war auch Krankenschwester – so haben sie und mein Vater sich kennengelernt. Mein Vater hatte einen Kletterunfall, und Mum pflegte ihn gesund. Nach unserer Geburt gab sie ihren Beruf jedoch auf. Mit drei Babys hatte sie schließlich genug zu tun.

»Ich meine ja nur«, fährt Eliza fort, zuckt mit den Achseln und wendet gleichgültig den Blick ab. »Manche von uns haben eben was Besseres vor.«

Ich werde laut. »Manche von uns sollten sich einen richtigen Job suchen und aufhören, ihrer alten Mutter auf der Tasche zu liegen!«

»Hör auf!«, ermahnt uns Mum von der Tür aus, und schuldbewusst schweige ich. Die Tassen auf ihrem Tablett stoßen laut klirrend aneinander, während sie fortfährt. »Ihr beide benehmt euch wie verzogene Gören, wenn ihr zusammen seid! Wann verhaltet ihr euch endlich mal wie Erwachsene?«

Sie hat recht. Schließlich sind wir inzwischen siebenundzwanzig.

»Warum fängst du nicht schon mal mit dem Speicher an?«, gibt Mum mir ein Stichwort.

»Gut, mach ich«, antworte ich, nehme meinen Tee und eile aus dem Zimmer, ganz ähnlich wie sie vor ein paar Minuten.

Als Phoebe und ich studierten, beschlossen meine Eltern, unser Haus in ein Bed & Breakfast umzuwandeln, und alle unsere Kindersachen wanderten auf den Speicher – sogar Eliza musste ausräumen, obwohl sie nie ausgezogen ist –, doch dann starb mein Vater, und meine Mutter verlor das Interesse daran, Fremdenzimmer zu vermieten.

Ich hatte schon lange vor, mal meine Sachen auszusortieren.

Auf dem Weg durch die Diele erhasche ich einen Blick auf mein Spiegelbild und stelle fest, dass sich mein hoher Dutt gelöst hat und jetzt als Pferdeschwanz hinunterhängt – so streng und sportlich, wie auch Phoebe ihn gern trägt. Für den Bruchteil einer Sekunde ist es, als sähe ich sie.

Wir beide entschieden uns schon früh für individuelle Frisuren, weil wir es satthatten, dass unsere Lehrer uns der Einfachheit halber »Miss Thomson« nannten, wenn sie uns nicht unterscheiden konnten. Es war dann Eliza, die mich dazu brachte, einen Dutt zu tragen.

Ab und zu klaute ich ihre Schere, weil ich meine nie finden konnte, aber eines Tages wurde sie sauer auf mich, weil sie ein Kunstprojekt abgeben musste – irgendeine bizarre Collage aus Pappe. Ich behauptete, ich hätte sie ihr schon zurückgegeben. Stinksauer stürmte sie in mein Zimmer, und als sie die Schere in meiner obersten Schreibtischschublade fand, griff sie nach meinem Haar und schnitt ein Stück heraus. Das brachte ihr einen Riesenärger ein.

In mancher Hinsicht hat sie mir jedoch mit der Aktion einen Gefallen getan. Am nächsten Tag musste ich mein Haar hochstecken und erhielt so viele Komplimente, dass es zu meinem persönlichen Markenzeichen wurde. Manchmal nervte sie mich, indem auch sie ihr Haar in einem Dutt trug, doch sie schaffte es nie, ihn richtig sauber und ordentlich festzustecken, so dass die Lehrer ihr jedes Mal auf die Schliche kamen.

Ich angele die Zugstange vom Schrank auf dem Treppenabsatz, fahre mit dem Haken in die Öse, öffne die Klappe und ziehe die Leiter herunter. Kurz darauf bin ich oben auf dem schmuddeligen, staubigen Speicher, umgeben von Kartons. Ich habe keine Ahnung, wo ich anfangen soll, also greife ich nach dem nächstbesten und ziehe ihn zu mir heran.

Es dauert fast eine Stunde, bis ich das erste Tagebuch finde. Ich erkenne es sofort, trotz der Aufkleber auf dem Deckel.

Zum siebzehnten Geburtstag schenkte unser Onkel Simon meinen Schwestern und mir identische violette Notizbücher mit kleinen Schlössern. In meines habe ich mit religiösem Eifer hineingeschrieben, obwohl ich heute gar nicht mehr so genau wissen möchte, was, so peinlich ist es mir.

Ich hebe den Deckel an und zucke zusammen, als darunter die krakelige Handschrift Elizas zum Vorschein kommt.

Ich wusste, dass Phoebe Tagebuch geführt hat – jeder wusste, dass Phoebe Tagebuch führt –, da sie ewig an Schreibwettbewerben teilnahm und überall herumerzählte, dass sie eines Tages Schriftstellerin werden wollte. Aber Eliza? Ihr hätte ich das nie zugetraut. Sie drückte sich durch die Musik aus, aber sich einem unbelebten Gegenstand anzuvertrauen? Das war nicht ihr Ding. Sogar ihre Songs sind seltsam und spleenig – sie schüttet darin nicht ihr Herz aus, jedenfalls nicht in denen, die ich bisher gehört habe.

Trotzdem ist das unverkennbar ihre Sauklaue. Wann hat sie damit angefangen?

Ich inspiziere das Schloss. Da ich irgendwann meinen Schlüssel verloren habe, weiß ich ziemlich genau, wie man es knackt. Ich ziehe eine der Haarspangen heraus, die wenig erfolgreich meinen Dutt zusammengehalten haben, stecke sie ins Schlüsselloch und fuhrwerke darin herum. Kurz darauf ertönt ein Klicken, und das Schloss springt auf.

Es ist ein Schock für mich, das Datum ihres ersten Eintrags zu lesen: Freitag, der dreizehnte Mai. Vor einem Jahrzehnt. Freitag, der dreizehnte Mai – das war der Tag, an dem Angus eingezogen ist!

Ich schlage das Tagebuch wieder zu. Ich wusste es! Ich wusste, dass auch sie in ihn verliebt war! Sie hat zwar immer so gleichgültig getan, aber mich hat sie damit nicht hinters Licht geführt.

Schuldbewusst schlage ich das Tagebuch wieder auf. Eine Chance, in Elizas Innerstes vorzudringen? Wie könnte ich widerstehen? Sie würde mich umbringen, wenn sie es herausfände, natürlich, aber es geschieht ihr ganz recht, wenn sie mir nicht hilft, das Haus auszuräumen.

Ich drücke die Seiten auseinander und beginne zu lesen …

Kapitel 3

Eliza

Ich sitze auf der Mauer und baumele mit den Beinen so weit nach hinten, dass die Füße von den Backsteinen abprallen. Das hier war seit jeher einer meiner Lieblingsplätze: auf der Mauer vor dem Haus, wo die Hecke eine Lücke hat. Von dort aus kann ich die Welt an mir vorüberziehen lassen. Wir wohnen an einer baumbestandenen Straße in einem der schöneren Teile von Sale, einer Kleinstadt ungefähr zwanzig Minuten südwestlich von Manchester. Meine Freundinnen wundern sich darüber, warum ich nicht näher in Richtung Stadt ziehe, wo es aufregender ist, und stattdessen in der langweiligen Vorstadt bleibe, aber mir gefällt es hier. Ich schließe die Augen und hebe das Gesicht zur Sonne, in dem Versuch, ein paar Strahlen aufzufangen, bevor sie sich hinter den heranziehenden Wolken versteckt. Der Sommer war hässlich bisher. Ich hoffe, dass Phoebe in Frankreich mehr Glück hat mit dem Wetter. Ich bin immer noch etwas eingeschnappt, dass sie mich nicht eingeladen hat. Ich stelle mir vor, wie sie sich jetzt lachend und sorglos die Sonne ins Gesicht scheinen lässt, vor den schneebedeckten Bergen im Hintergrund, genau wie auf den Fotos, die sie mir früher geschickt hat. Das bringt auch mich zum Lächeln.

Ich spitze die Ohren, als ein Auto in die Straße einbiegt, und es kommt, wie es kommen muss: Es ist Angus.

Ein paar der Schmetterlinge, die ich tief in meinem Herzen

eingeschlossen habe, brechen durch die Gitter meines Brustkorbs und flattern in meinen Bauch. Heutzutage habe ich die Mistviecher viel besser unter Kontrolle, und diese paar ungezogenen ärgern mich.

Ich sehe zu, wie Angus seinen alten Land Rover Defender auf der Auffahrt seiner Mutter parkt, und erinnere mich voller Zuneigung an den Tag, an dem er ihn von der Farm seines Onkels geholt hat. Schon nach ein paar Wochen war er knallorangefarben lackiert.

»Fährst du immer noch die alte Klapperkiste?«, rufe ich, als er aussteigt.

»Das ist ein Oldtimer!«, erwidert er und grinst mich an, während er die Tür hinter sich zuschlägt. Sein dunkelblondes Haar ist so wirr und vom Wind zerzaust wie immer. Phoebe hat gesagt, dass er vor der Hochzeit zum Friseur gehen will. Es versetzt mir einen Stich, als ich mich daran erinnere.

»Na, kleines Stinktier«, sagt er und kommt zu mir herüber.

»Selber Stinktier.« Ich springe nicht von der Mauer herunter, und er versucht nicht, mir einen Begrüßungskuss zu geben.

»Ich hab dich ja ewig nicht gesehen. Wie geht's dir?«

Ich werfe einen Blick über die Schulter in Richtung meines Elternhauses, obwohl ich es durch die dichte Hecke gar nicht sehen kann. »Liegt mir ein bisschen im Magen«, erwidere ich achselzuckend.

»Kann ich verstehen.« Besorgt sieht er mich an. »Ich hab gehört, dass deine Mutter das Haus verkaufen will.«

»Sie hat schon ein Angebot angenommen.«

»Das ging ja schnell«, bemerkt er.

»Stimmt. Sicher hätte sie mehr dafür bekommen können, wenn Rosie sie nicht so gedrängt hätte.«

Er wirft mir ein kleines mitleidiges Lächeln zu, und schon

tut es mir leid, dass ich auf Rosie herumgehackt habe. Das konnte Angus noch nie leiden.

»Hast du etwas von Phoebe gehört?« Ich wechsle das Thema, bevor er es tut.

»Nein.« Er schüttelt den Kopf. »Sie ist ja auch erst seit ein paar Tagen weg.«

»Mir kommt es länger vor.«

Wieder dieses Lächeln.

Phoebe, meine geliebte mittlere Schwester, ist zwölf Minuten älter als ich. Irgendwie war sie immer ein Zwischenglied zwischen Rose und mir. Sie meint zwar immer, sie würde die Lücke zwischen uns schließen, aber eigentlich vergrößert sie sie nur, da Rosie und ich schon immer um ihre Aufmerksamkeit gebuhlt haben.

»Bist du übers Wochenende hier?«, frage ich Angus.

»Nein, die ganze Woche. Ich möchte die Wohnung in Ordnung bringen, bevor Phoebe wiederkommt.«

»Damit es ihr nicht ganz so schwerfällt?«

»So was in der Art.« Er lächelt halbherzig.

Phoebe ist nicht scharf darauf, wieder nach Manchester zu ziehen. Sie tut es nur, weil sie es Angus vor Jahren versprochen hat. Er möchte gerne näher bei seiner Mutter sein, und Immobilien kosten hier weniger, so dass sie es sich leisten können, ein Haus zu kaufen. Sie arbeiten beide freiberuflich – sie als Übersetzerin und er als Journalist –, wobei sie plant, sich eine Auszeit vom Übersetzen zu nehmen, um endlich ihren Roman zu schreiben, wie sie es schon immer gewollt hat. Als wir jünger waren, platzte sie oft in mein Zimmer, um mir schnell von ihrer neuesten Idee für eine Geschichte zu erzählen, bevor sie sie wieder vergaß. Ich hätte ihr stundenlang zuhören können. Sie konnte einen mit ihrer Begeisterung anstecken; das kann sie bis heute.

»Und was ist mit dir? Hast du schon eine neue Bleibe gefunden?«, fragt Angus.

»Nö.« Ich wappne mich gegen seine Reaktion. »Ich überlege, nach London zu ziehen.«

»Du verarschst mich.« Er starrt mich an. »Du willst ausgerechnet dann nach London ziehen, wenn Phoebe und ich dort weggehen? Gehst du uns etwa aus dem Weg?«

Ich zwinge mich dazu, die Augen zu verdrehen.

Nicht euch, nur dir.

»Kommst du auf einen Kaffee mit rein?«, fragt er hoffnungsvoll, mit einer Kopfbewegung zum Haus.

»Lieber nicht, deine Mutter will dich bestimmt für sich haben. Vielleicht schaue ich später mal vorbei«, erwidere ich aus Höflichkeit.

»Hast du heute Abend schon was vor?« Meinen dezenten Hinweis, das Gespräch beenden zu wollen, ignoriert er.

»Ich habe einen Auftritt in einem Arbeiterclub. Wird bestimmt lustig.«

Er grinst, als er den Sarkasmus in meiner Stimme hört. »Gib mir die Adresse, dann schaue ich vorbei.«

»Musst du nicht.«

»Weiß ich.«

In dem Moment kommt seine Mutter aus dem Haus und nimmt ihn in die Arme. Ich nutze die Gelegenheit, um zu flüchten.

Kapitel 4

Phoebe

»Wovor hast du am meisten Angst?«

Josie und ich haben unsere zweite Flasche Wein schon zu einem Großteil geleert, und die Gesprächsthemen werden immer philosophischer.

Ich denke lange nach, bevor ich ihre Frage beantworte. Das Hin und Her der Bedienungen lenkt mich ab, und ich frage mich, warum unser Essen so lange auf sich warten lässt.

»Und?«, drängt sie mich, und ich bin zu beschwipst, um mir etwas auszudenken.

»Dass ich nicht die Richtige bin.«

»Was?«, fragt sie verwirrt.

»Ich weiß nicht, ob ich die Richtige für Angus bin.«

»Natürlich bist du das!«, erwidert sie empört. »Ihr seid füreinander geschaffen! Warum um Himmels willen zweifelst du daran?« Josie tut übertrieben entsetzt, aber ich lächle nur halbherzig.

In Wahrheit glaube ich manchmal wirklich, dass Angus und ich nur aus einem einzigen, ganz simplen Grund zusammen sind: weil ich ihn zuerst gesehen habe.

Eines Tages nach der Schule kam ich mit dem Fahrrad vom Korbballtraining nach Hause, als ich auf der Auffahrt der Templetons nebenan einen wahnsinnig süßen Typen entdeckte, der gerade einen Karton aus einem Umzugswagen lud.

Wisst ihr, wie das ist, wenn man wie magisch angezogen mitten ins Unglück steuert, anstatt einen großen Bogen darum zu machen? Ehrlich, es passieren viele Unfälle, weil Autofahrer ungewollt ihrer Blickrichtung folgen und dann zum Beispiel in einen geparkten Wagen am Straßenrand krachen.

Damit will ich natürlich nicht sagen, dass Angus gefährlich war, aber er war extrem attraktiv, und so war es nur verständlich, dass ich mich zu ihm hingezogen fühlte.

»Hey!«, stieß er hervor und sprang zur Seite, als ich auf ihn zuschwenkte.

»Sorry, tut mir echt leid!« Mit quietschenden Bremsen hielt ich an.

Er musterte mein Sportoutfit mit einem amüsierten, süßen Lächeln, und ich registrierte wiederum, dass er kein T-Shirt der Umzugsfirma trug.

»Bist du der Enkel von Mr Templeton?«, fragte ich erfreut, wobei mir gleichzeitig seine langen Beine, die kräftigen Arme und die honigfarbene Haut auffielen. Unser Nachbar, ein schon älterer Herr, hatte vor einigen Monaten seine Frau verloren, und ich erinnerte mich, dass meine Mutter irgendetwas davon erzählt hatte, dass seine Tochter und sein Enkel bei ihm einziehen würden.

»Ja, bin ich«, antwortete er und verlagerte das Gewicht des offenbar schweren Kartons in seinen Armen. Sein mittellanges Haar fiel ihm in die Augen, und als er den Karton auf einer Mauer abstellte, fiel mir sein staubiges, ausgeblichenes Band-T-Shirt auf. Radiohead – eine von Elizas Lieblingsbands. Er war genau ihr Typ. Ich konnte es gar nicht erwarten, ihn ihr zu zeigen.

Doch dann schüttelte er mit einer leichten Kopfbewegung das Haar aus den Augen, und sie waren so schön, dass sie mich praktisch umhauten.

»Ich heiße Angus«, stellte er sich vor, und dabei zogen sich seine Mundwinkel hoch.

»Ich bin Phoebe«, antwortete ich. Unerklärlicherweise wurde ich ziemlich nervös, und eine Begegnung zwischen ihm und Eliza war plötzlich das Allerletzte, was ich wollte. Seine Augen waren mehrfarbig und ungewöhnlich – eines war hauptsächlich grün, das andere größtenteils braun. »Warst du überhaupt schon mal bei deinem Opa zu Besuch?«, fragte ich erstaunt, denn wenn ja – wie hätte ich ihn übersehen können?

Er nickte. »Ein paarmal.«

Mr Tempelton war immer ein Einzelgänger gewesen. Manchmal sah ich ihn aus meinem Zimmerfenster heraus im Garten sitzen, aber unsere Unterhaltungen beschränkten sich auf die wenigen Gelegenheiten, wenn einer unserer Bälle über den Zaun auf sein Grundstück flog und er ihn, stets begleitet von einer Predigt über Schäden an seinem Blumenbeet, zurückgab. Zu einer Unterhaltung über seinen absolut umwerfenden Enkel war es bisher nie gekommen.

In diesem Moment unterbrach uns eine attraktive Frau in den Vierzigern. Sie rief hallo und winkte, wobei sie den Möbelpackern auswich, die immer noch wie Ameisen ihre Sachen ins Haus trugen.

»Hi!«, rief ich zurück. Ich nahm an, dass es sich um seine Mutter handelte, und machte mich bereit für eine frontale Charmeoffensive.

»Du hast ja schon Freunde gefunden!«, rief sie erfreut.

»Kann sein«, murmelte Angus. »Mum, das ist Phoebe«, stellte er uns vor. »Und das ist meine Mutter, Judy.«

»Phoebe!« Begeistert klatschte sie in die Hände. »Du bist eine der Drillinge!«

Sie wusste mehr über mich als ich über sie.

»Du wohnst nebenan?«, fragte Angus, und seine ungewöhnlichen Augen weiteten sich ein wenig. Also wussten sie beide von unserer Existenz, aber Angus hatte länger gebraucht, die richtigen Schlüsse zu ziehen.

»Ja«, antwortete ich.

»Und deine Schwestern heißen Rose und Elizabeth, stimmt's?«, erkundigte sich Judy.

»Stimmt«, erwiderte ich lächelnd. »Aber nennt Eliza bloß nicht Elizabeth, wenn ihr eine Antwort von ihr wollt. Eliza nennt sie sich, seit sie zwölf ist, weil sie es cooler findet.« Dabei verdrehte ich beiläufig ein wenig die Augen, spürte gleich darauf aber einen schuldbewussten Stich, weil ich mich über sie lustig gemacht hatte.

»Ich habe noch nie eineiige Drillinge gesehen«, bemerkte Judy. »Ich kenne Zwillinge – zwei süße kleine Mädchen, Fifi und Bo –, aber sie sind nicht mal eineiig.«

Die Leute erzählten uns immer ihre Geschichten über Zwillinge, daher hatte ich genügend Übung darin, zu lächeln und interessiert zu gucken. Ich hatte sogar im Laufe der Jahre von mehreren Drillingen gehört, aber noch nie von eineiigen. Niemand konnte uns toppen.

»Ihr könnt ja später mit uns ›Such den Unterschied‹ spielen«, scherzte ich.

Früher hatten uns manchmal wildfremde Leute auf der Straße angehalten, um zu sehen, ob sie uns unterscheiden konnten, und einmal machten wir sogar bei einem »Errate den richtigen Drilling«-Quiz in der Schule mit – meine Eltern hatten Fotos zur Verfügung gestellt. Rose schämte sich zu Tode, die Arme. Sie hat es nie gemocht, im Rampenlicht zu stehen.

Angus schien es nicht eilig zu haben, den Möbelpackern wieder zu helfen, und so erfuhr ich ziemlich schnell, dass seine Mutter und er von Brighton hierhergezogen waren, weil Mr Templeton kürzlich schwer gestürzt war. Offenbar war er nach dem Tod von Judys Mutter nicht gut allein zurechtgekommen, aber ich spürte, dass noch mehr hinter dem Umzug steckte als das. Außerdem hatte ich den Eindruck, dass Angus nicht besonders begeistert darüber war.

»Das ist alles nicht leicht für dich, was, Schatz?«, sagte Judy und rieb ihm versöhnlich den Rücken.

Angus zuckte mit den Schultern und wirkte verlegen, aber er wehrte ihre Hand nicht ab, wie es andere Jungen sicher getan hätten.

»Angus hat bald seine A-Level-Prüfungen, und da ist es natürlich nicht ideal, mitten im Jahr die Schule zu wechseln«, erklärte sie.

Das schien die Untertreibung des Jahrhunderts zu sein.

»Klingt ganz schön hart«, sagte ich mitfühlend. »Ich habe auch bald meine A-Levels.«

Wir stellten fest, dass wir auf dieselbe Schule gingen, und ich schlug vor, ihn ein bisschen herumzuführen. Erfreut sagte er zu, aber dann musste ich wieder an Eliza denken und dass noch ein ganzes Wochenende zwischen heute und Montag lag. Wenn ich mir Angus vor meinen Schwestern schnappen wollte, musste ich zugreifen.

»Weißt du«, sagte ich spontan. »Wenn du morgen nicht zu viel mit Auspacken zu tun hast, könnten wir doch mittags in die Stadt fahren und da vielleicht was essen?«

Angus wirkte ein bisschen perplex, zögerte aber nicht, meine Einladung anzunehmen. »Klar«, nickte er. »Ich würde mich freuen.«

»Cool.« Wir lächelten uns für einen Moment an, und ich wandte erst meinen Blick ab, als ich aus den Augenwinkeln sah, wie Judy uns anstrahlte. »Dann lass ich dich jetzt wohl besser weitermachen«, sagte ich, bevor mich mein Gesichtsausdruck verraten konnte. Es war ein bisschen peinlich, im Beisein seiner Mutter ein Date auszumachen. »Aber wir sehen uns morgen. Gegen elf?«

»Klingt gut«, bestätigte er.

Kaum im Haus, konnte ich mich nicht mehr zurückhalten und raste die Treppe rauf.

»Ich habe gerade Mr Templetons Enkel kennengelernt!«, rief ich und stieß erst Elizas und dann Roses Zimmertür auf. »O mein Gott, er ist ja so süß!«, schrie ich vom Treppenabsatz in beide Zimmer gleichzeitig hinein. »Kommt mir bloß nicht in die Quere, denn er geht morgen mit mir essen, und ich habe ihn zuerst entdeckt!«

Eliza lag dösend auf dem Bett und schaute kaum zu mir auf. Rose murmelte irgendetwas und konzentrierte sich dann wieder auf ihre Hausaufgaben.

Erst später, als sie ihn kennenlernten, wurde ihnen klar, was sie verpasst hatten, aber da war es schon zu spät. Ich hatte ihn bereits für mich beansprucht.

Angus und ich verbrachten fast den ganzen Samstag miteinander. Nach dem Mittagessen spazierten wir in Manchester umher und saßen dann noch bis spätabends in einem Pub. Auf den ersten Blick hatte mich sein Äußeres angezogen, und ich war mir ziemlich sicher, dass ich ihm genauso gut gefiel wie er mir, aber es war noch so viel mehr an ihm als nur das. Wir verstanden uns auf Anhieb und brachten uns gegenseitig zum Lachen. Im Laufe des Tages wandelte sich unser lockerer Umgang. Wir führten ernsthaftere Gespräche, und er vertraute mir einiges über seine Familie an. Ich erfuhr, dass er seinen Vater nie kennengelernt und seine Mutter ihn allein großgezogen hatte – er vergötterte sie. Vor kurzem hatte sie ihre Arbeitsstelle verloren und konnte sich die Miete für ihre

Wohnung in Brighton nicht mehr leisten, daher schien es eine gute Lösung zu sein, zu seinem kränkelnden Großvater zu ziehen. Angus jedoch war fix und fertig, weil er seine Heimatstadt und seine Freunde verlassen musste. Eine Freundin hatte er nicht. Ich fragte ihn danach. Er war mit jemandem gegangen, aber sie hatten sich ein paar Monate zuvor getrennt.

Gegen Ende des Abends sahen wir einander länger in die Augen und fühlten uns immer mehr zueinander hingezogen. Der Kuss, den wir auf dem Bürgersteig vor unseren Häusern austauschten, war süß, und von diesem Augenblick an waren wir zusammen. Weder Eliza noch Rose hatten je eine faire Chance.

»Findest du nicht, dass Angus und Eliza besser zusammenpassen als er und ich?«, frage ich Josie.

»Wie bitte?! Nein!«, entgegnet sie. »Natürlich nicht! Warum sagst du so etwas?«

»Weil sie so viel gemeinsam haben. Beide sind gern in ihrer Heimat – Angus freut sich wie ein Schneekönig, wieder nach Manchester zu ziehen; ich dagegen habe mich mit Händen und Füßen dagegen gewehrt. Stattdessen würde ich viel lieber noch einmal hierher kommen.« Traurig blicke ich aus dem Fenster hinaus auf die in Dunkelheit gehüllten Berge.

Ich mag meine Arbeit als Übersetzerin, und als Dolmetscherin kann man gutes Geld verdienen, wobei insbesondere das Simultandolmetschen unter hohem Druck und bei äußerster Konzentration zu meinem Steckenpferd wurde. Ich habe eine Begabung für Sprachen: Ich spreche fließend Französisch, Deutsch und inzwischen auch Spanisch.

Sobald wir jedoch wieder in Manchester wohnen, will ich endlich mein Buch in Angriff nehmen. Schon seit Jahren spukt mir eine Idee dafür im Kopf herum – ich würde gerne über ein Mädchen schreiben, das sich in einen Zauberer verliebt. Schon fast mein ganzes Leben lang schleppe ich Notizblöcke mit mir herum, und bis heute zeichne ich hin und wieder auf, was mir so im Kopf herumgeht, in der Hoffnung, es später als Grundlage für Romanfiguren oder Hintergründe verwenden zu können.

Doch während ich hier sitze, wird mir klar, dass sogar das Schreiben – sosehr ich es auch liebe – nichts ist im Vergleich zu dem Rausch, der mich packt, wenn ich in den Bergen bin. Mein Vater hat uns immer dazu motiviert, herauszufinden, was unsere wahre Leidenschaft ist. Ich bin schon so lange nicht mehr geklettert. Habe ich meine wahre Leidenschaft aus den Augen verloren?

An Josie gewandt, fahre ich fort: »Außerdem teilen Angus und Eliza die Liebe zur Musik, während er sich, wie du weißt, immer dagegen gesträubt hat, mit mir klettern zu gehen. Er will nicht mal Ski laufen, verflixt nochmal.«

»Halt die Klappe«, unterbricht mich Josie. »Das ist doch vollkommen irrelevant. Angus liebt dich, und du liebst ihn. Es wäre langweilig, wenn ihr euch zu sehr gleichen würdet.«

»Kann sein«, erwidere ich.

Doch da stöhnt Josie: »Endlich!«, als sie sieht, dass unser Essen gebracht wird.

Als ich mein Weinglas beiseiteschiebe, um der Kellnerin Platz zu machen, wandern meine Gedanken zurück zu der Zeit vor zehn Jahren, als wir zum ersten Mal hier waren …

Josie und ich stürzten uns gleich nach unserer Ankunft ins volle Leben. Nachdem wir ausnahmslos jedem unsere Bewerbung in die Hand gedrückt hatten, ergatterten wir blitzschnell Jobs als Zimmermädchen in einem kleinen Hotel. Wir zogen in eine winzige Zweizimmerwohnung in Chamonix-Sud, das sogenannte Ghetto, in einen mit dunklem Holz vertäfelten, sechsstöckigen Wohnblock. Unser Tag fing früh an; schon um halb sieben trotteten wir mit unseren Kreuzhacken bewaffnet durch den Schnee. Wir schlossen die Hotelküche auf und deckten die Tische für das Frühstück ein. Dann machten wir Betten, säuberten Badezimmer und widerstanden der Versuchung, unter die weichen Daunendecken zu kriechen, um etwas Schlaf nachzuholen. Um halb zwölf waren wir dann so weit, mit der bunt zusammengewürfelten Truppe schwedischer Snowboarder, der wir uns angeschlossen hatten, auf die Piste zu gehen. Am frühen Abend legten wir uns kurz hin, und um halb zehn ging es aber schon wieder raus in die Bars, wo man uns überall Getränke ausgab, und es endete irgendwie immer damit, dass wir auf den Tischen tanzten. Um Mitternacht zogen wir weiter in einen Club, und gegen vier Uhr morgens gingen wir nach Hause, um uns noch mal kurz hinzulegen, bis zwei Stunden später alles wieder von vorn begann.

Wir hatten unglaublich viel Spaß!

Über Weihnachten wollte ich eigentlich gar nicht nach Hause fahren, nicht mal für einen kurzen Abstecher, aber unsere Wohnung war für eine Woche von ihren Eigentümern vermietet worden, und meine Eltern wären sauer gewesen, deswegen hatte ich keine andere Wahl. Doch die Zeit zu Hause war hart.

Erstens fühlte ich mich meinen Schwestern ungewöhnlich fremd. Zu beiden hatte ich mein ganzes Leben lang eine ganz besondere Verbindung gehabt, und ich liebte sie und vertraute ihnen mehr als irgendjemandem sonst, doch als wir nun wieder zusammen waren, stimmte die Chemie irgendwie nicht. Damals fragte ich mich, ob wir unsere neu entdeckte

Unabhängigkeit so weit getrieben hatten, dass wir nun Schwierigkeiten hatten, wieder zueinanderzufinden.

Rose beispielsweise sehnte sich danach, an die Universität in Portsmouth zurückzukehren, wo sie Krankenpflege studierte. Es verletzte mich, wie gleichgültig sie reagierte, wenn ich ihr von den ausgelassenen Partys erzählte. Sie behandelte mich wie eine dumme Göre und tat selbst wie eine reife Erwachsene. Sie war ziemlich eingebildet damals.

Eliza verhielt sich besonders distanziert und kalt mir gegenüber. Damals nahm ich an, dass sie sauer auf mich war, weil ich sie verlassen hatte, und das wiederum verbitterte mich, weil sie mir Schuldgefühle auflud. Schließlich war es ihre Entscheidung gewesen, in Manchester zu bleiben, um an ihrer Musikerkarriere zu basteln – niemand hatte sie dazu gezwungen.

Die andere Sache, die an Weihnachten passierte, war die Trennung zwischen mir und Angus. Im September hatten wir die tränenreiche, aber unserer Meinung nach reife Entscheidung getroffen, eine Pause in unserer bis dahin sehr intensiven Beziehung einzulegen. Wir waren sehr traurig über die Aussicht gewesen, von nun an getrennte Wege zu gehen – er an die Universität in London und ich auf Europareise und dann über den Winter nach Chamonix –, aber wir redeten uns ein, dass wir füreinander bestimmt wären und nach meiner Rückkehr wieder zusammenkommen würden.

An Weihnachten beschlossen wir jedoch, uns endgültig zu trennen. Wir hatten in den letzten drei Monaten kaum etwas voneinander gehört, und Angus hatte das Gefühl, aus Rücksicht auf mich sein Leben zu sehr eingeschränkt zu haben. Er wollte einen klaren Schlussstrich. Ich war eher sauer als bekümmert und konnte es kaum erwarten, wieder zurück nach Frankreich zu flüchten.

Im Januar lernte ich Remy kennen. Er war Franzose, wohnte aber mit seiner italienischen Freundin zusammen ein paar Stunden entfernt in Turin. Am Wochenende kam er durch den Montblanc-Tunnel nach Chamonix zum Snowboarden. Er kannte ein paar der Jungs in unserer Gruppe, deswegen verbrachte er hin und wieder Zeit mit uns, aber wir redeten nicht viel miteinander. Manchmal sahen Josie und ich ihn in seiner knallgelben Skijacke die Pisten hinunterrasen und konnten die Augen nicht von ihm lassen. Wenn er außer Sichtweite war, warfen wir einander ein vielsagendes Grinsen zu. Remy war cool und talentiert, und er war anders als die anderen Jungs, die wir kannten, mit ihren Piercings und den verrückt gefärbten Haaren. Sie waren super Kumpel, aber keiner von ihnen löste Gefühle in mir aus.

Zu Remy fühlte ich mich hingezogen, das gebe ich zu. Doch ich hielt mich von ihm fern, weil er eine Freundin hatte, und außerdem war das mit Angus einfach noch zu frisch.

Josie kam jedoch mit einem Typen zusammen, als wir nach Weihnachten wieder zurück in Chamonix waren, und als er im Februar nach Birmingham zurückkehrte, trauerte sie wochenlang. Ursprünglich hatten wir geplant, bis April im Ausland zu bleiben, aber sie ging schon im März zurück. Leider wusste er ihre Hingabe nicht zu schätzen – sie trennten sich schon bald darauf.

Ich war traurig, als sie fuhr, aber meine Liebe galt immer noch den Bergen, und mir wurde klar, dass ich keinen wirklichen Grund hatte, schon zu gehen. Um diese Zeit freundete ich mich mit Cécile an, und sie fragte mich, ob ich zu ihr in ihre Wohnung in Argentière ziehen wolle, einem Dorf in der Nähe. Ich hörte auf, als Zimmermädchen zu arbeiten, und fand einen Job an der Bar im Savoy, einem schicken Club, in dem regelmäßig Livebands spielten. Mein größter Wunsch war es jedoch, so wie Cécile auf der Aiguille du Midi zu arbeiten. Ich war überglücklich, als ich dort tatsächlich einen Job ergattern konnte!

Während ich im Winter mit meinen Freunden Ski und Snowboard gefahren war, ging ich im Frühling und Sommer wandern und Mountainbike fahren – immer mit dem Gedanken im Hinterkopf, irgendwann nach Hause zurückkehren zu müssen, um an die Universität in London zu gehen.

Seufzend schaue ich wieder aus dem Fenster in die dunkle Nacht, während sich Josie neben mir ihr Essen schmecken lässt. Mir ist irgendwie der Appetit vergangen.

Wenn alles anders gekommen wäre, könnte ich immer noch hier leben. Kaum zu glauben, dass es so lange gedauert hat, hierher zurückzukommen.

»Phoebe?«

Ich wende den Blick vom Fenster ab und schaue direkt in die gletscherblauen Augen der einzigen Person auf der Welt, die ich meiden sollte.

»Hallo, Remy«, sage ich wie ferngesteuert, und eine seltsame Ruhe überkommt mich, als ich seinen Blick erwidere.

Kapitel 5

Rose

In mir herrscht eine seltsame Art von Melancholie, als ich Elizas Tagebuch sanft auf meinen Bauch lege und dabei darauf achte, keines der alten Konzerttickets und Papierchen herauszulösen, die ihr vor vielen Jahren etwas bedeutet haben. Es ist spätnachts, und ich liege im Bett und versuche angestrengt zu lesen. Mum schien sich nach dem Abendessen noch ein wenig mit mir unterhalten zu wollen, aber ich musste unbedingt zu meiner heimlichen Lektüre zurück.

Mich überkommt das ungewohnte Gefühl, Eliza in die Arme nehmen zu wollen. Sie ist immer noch bei ihrem Auftritt, und ich überlege kurz, ob ich auf sie warten soll. Aber das würde sie nur irritieren. Sie würde den Grund dafür nicht verstehen, und ich würde ihr meine plötzliche Zuneigung erklären müssen.

Ich hatte keine Ahnung, wie hart es sie getroffen hat.

Scheiße! Das ist ihr Eröffnungswort. Gefolgt von: *Das ist er! Das ist der Typ aus dem Park! Er ist unser neuer Nachbar. Und Phoebe ist morgen mit ihm verabredet. Wie konnte das passieren, verdammt nochmal?!*

Ich kapiere nur nicht, warum sie nie etwas gesagt hat. Phoebe hatte, schon eine Minute nachdem sie ihn kennengelernt hatte, ein Date mit Angus arrangiert, und wenn Phoebe etwas will, dann neigen wir anderen dazu, beiseitezutreten und ihr viel Glück zu wünschen. Diese Wirkung hat sie auf andere, und niemand nimmt es ihr übel, weil sie sympathisch und beliebt und keineswegs rücksichtslos ist. Na ja, zumindest normalerweise nicht, obwohl sie unsere Geduld an dem Tag, an dem sie Angus traf, mit ihrem »Ich habe ihn zuerst gesehen!«-Quatsch ganz schön strapazierte.

Aber jetzt kommt's: Phoebe hat ihn gar nicht zuerst gesehen, sondern Eliza. Ein ganzes Jahr bevor er nebenan einzog.

Sie war im Park, als er dort Skateboard fuhr. Sie sah ihm lange zu, ohne den Mut aufzubringen, ihn anzusprechen. In den Monaten danach hielt sie immer wieder Ausschau nach ihm, traf ihn aber nicht wieder. Na ja, zumindest nicht, bis er direkt nebenan einzog und ihn sich nur Minuten später ihre geliebte Phoebe gekrallt hatte.

Arme Eliza. Sie hat nicht mal versucht, um ihn zu kämpfen.

Im Gegensatz zu mir …

Mir steigt die Hitze ins Gesicht, als gewisse Erinnerungen in mir aufflammen …

Ich traf Angus erst an dem Samstagmorgen nach seiner Ankunft. Ich war rausgegangen, weil ich die Recyclingkiste reinholen wollte, und er hatte zufällig gerade dasselbe vor. Ich hatte gerade den Bürgersteig erreicht, als ich seine Haustür zuschlagen hörte.

»Hi!«, rief er und trabte locker die Auffahrt runter auf mich zu.

Ich hatte mein Haar noch nicht gebürstet und trug meinen Morgenmantel – wie peinlich!

»Hallo«, rief ich schwach zurück und versuchte, mein hochrotes Gesicht zu verbergen. Doch dann sah ich ihn lächeln und konnte der Versuchung nicht widerstehen, ihn mir anzusehen.

»Lass mich raten: Rose?« Seine Augenbrauen zogen sich

auf unwiderstehliche Weise zusammen. Er war so groß – mit seinen etwa ein Meter neunzig überragte er mich bei weitem.

»Stimmt«, erwiderte ich, überrascht und geschmeichelt zugleich, weil er richtig geraten hatte. »Und du bist Angus.«

»Stimmt. Und leider habe ich keine Geschwister, mit denen man mich verwechseln könnte.«

Seine Augen waren merkwürdig – atemberaubend. Man konnte weder wegschauen noch hinsehen. Sein dunkelblondes Haar fiel ihm in die Stirn, und ich weiß noch, dass ich einen starken Drang verspürte, mit den Fingern hindurchzufahren.

»Ich habe gehört, dass meine Schwester nachher mit dir in die Stadt fährt«, bemerkte ich und hätte Phoebe am liebsten getreten.

»Ja, hoffentlich«, antwortete er. »Falls sie immer noch Lust dazu hat.«

»Hat sie ganz bestimmt.« Ich wusste es mit Sicherheit. Sie redete von nichts anderem.

Vielleicht spürte er, wie mich das traf, denn ehe ich mich versah, lud er mich ein.

»Komm doch auch mit, wenn du magst.«

Ich spürte, dass er es ernst meinte, und geriet ernsthaft in Versuchung.

»Oh, vielen Dank!« Nein – Phoebe würde mich umbringen! »Äh, mal sehen, vielleicht«, fügte ich hinzu, ohne mich festzulegen. Vielleicht würde es Phoebe gar nicht so sehr stören. »Aber auf jeden Fall sollte ich dann wohl mal reingehen und mich anziehen.« Ich bückte mich und hob unsere Recyclingkiste auf.

»Na, dann vielleicht bis später«, sagte er liebenswürdig.

»Vielleicht.«

Wieder fing ich seinen Blick auf und errötete noch tiefer.

Phoebe saß am Küchentisch und frühstückte mit Dad, als ich wieder hineinging. Ich erwähnte beiläufig, dass ich Angus getroffen und er mich eingeladen hatte, mit in die Stadt zu kommen.

»Kommt gar nicht in Frage«, erwiderte Phoebe energisch, und ihr Löffel fiel klappernd in die Müslischale.

»Worum geht's?«, fragte Dad und blickte zu mir auf.

»Rose will mir meine Verabredung mit Angus verderben«, antwortete Phoebe, und ihr ungewöhnlich kalter Tonfall versetzte mir einen Stich.

»Rose!«, mahnte Dad und sah mich enttäuscht an. Ich schämte mich. Phoebe und Dad standen sich sehr nahe, und offenbar hatte sie ihm bereits erzählt, dass sie sich in den Nachbarsjungen verliebt hatte.

»Ich hab doch gar nicht gesagt, dass ich mitkomme«, fuhr ich beide an. »Mein Gott nochmal!«

Ich stürmte aus dem Zimmer, und wir sprachen nie wieder darüber.

Ich war noch wach, als Phoebe an dem Abend zurückkam, also ging ich hinaus auf den Treppenabsatz und sah zu, wie sie raufgetrödelt kam. In dem Moment, als sie zu mir aufblickte, wusste ich, dass sie sich geküsst hatten. Ich versuchte, mich für sie zu freuen – ich war normalerweise nie sauer auf meine Lieblingsschwester –, aber trotzdem wurde mir das Herz schwer. Sie bekam immer das Beste von allem.

Aber es war geschehen, und danach musste ich damit leben und Zuschauerin der »Angus und Phoebe«-Show werden. Er war offensichtlich vernarrt in sie, aber ich war mir nicht ganz sicher, wie sehr sie ihn liebte. Ich wusste, dass sie ihn mochte, aber sie verhielt sich immer so selbstsicher und unabhängig, kein bisschen anhänglich oder bedürftig. Ich vermutete, dass seine Gefühle für sie tiefer gingen.

Manchmal kam er vorbei, und dann war sie mit Dad klettern gegangen, ohne ihm Bescheid gesagt zu haben. Er tat mir dann jedes Mal ein bisschen leid, und um ihn aufzumuntern, lud ich ihn auf eine Tasse Tee ein. Irgendwann hatten wir ein freundschaftliches Verhältnis, aber für mich war er immer noch ein bisschen mehr als nur ein Freund. Um ehrlich zu sein: Wenn Phoebe einen Rückzieher gemacht hätte, wäre ich eingesprungen.

Angus war süß, und das ist er bis heute, der Gute. Ich habe ihn immer noch unheimlich lieb, aber glücklicherweise nicht mehr *so*. Jetzt ist er nur noch Gus, mein wundervoller großer Bruder, der auf mich aufpasst.

Ich hatte nicht die geringste Ahnung, dass Eliza, die immer so tat, als würde sie sich nicht mal dazu herablassen, runterzukommen und hallo zu sagen, wenn Angus vorbeischaute, ihn nur deswegen mied, weil es sie zu sehr schmerzte, ihn zu sehen. Mir scheint, sie war auf einer völlig anderen Ebene in ihn verliebt als ich.

Der Drang, sie in die Arme zu nehmen, kehrt zurück.

Ich benehme mich lächerlich. All das ist Jahre her, und Eliza muss ihre Gefühle für ihn inzwischen überwunden haben. Das wäre jedenfalls besser für sie, denn wenn Angus einmal hier wohnt, wird sie ihm andauernd über den Weg laufen.

Ich fühle einen Stich der Eifersucht. Jahrelang gehörte ich zum engsten Kreis um Phoebe und Angus in London, und ab jetzt wird Eliza die beiden ganz für sich haben. Das erinnert mich an das halbe Jahr in der Schule, als meine Eltern beschlossen hatten, uns zu trennen. Wir zankten uns die ganze Zeit, deswegen steckten sie uns in verschiedene Klassen, und Eliza war diejenige, die mit Phoebe noch zusammen in eine ging. Es schmerzt mich bis heute, wenn ich daran denke, wie sie gemeinsam in Richtung ihres Klassenzimmers verschwanden.

Ich seufze tief. Wenigstens werde ich in London noch Josie haben.

Ich war enttäuscht, als Phoebe mich nicht dazu einlud, sie bei ihrem Junggesellinnenurlaub zu begleiten, obwohl ich sie andererseits verstehen konnte. Chamonix war etwas zwischen ihr und Josie, und außerdem konnte Phoebe schlecht mich einladen und Eliza nicht. Ich habe Josie in den letzten paar Jahren gut kennengelernt, und sie ist fast genauso sehr meine Freundin wie Phoebes.

Gut, dass sie und ihr Ehemann, Greg, mir bleiben werden, wenn Angus und Phoebe fortgehen. Und natürlich habe ich auch Gerard.

Ich erschrecke. Wie spät ist es? Er wollte mich doch heute Abend anrufen.

Ach, egal. Wir können auch morgen früh telefonieren. Ich greife wieder nach Elizas Tagebuch und lese weiter.

Kapitel 6

Eliza

Für den Laden hier ist der Applaus ganz anständig. Ich lächle der Menge zu, die überwiegend aus dickbäuchigen Glatzköpfen besteht, verbeuge mich leicht, nehme den Gitarrengurt ab und springe von dem winzigen Podest, das man hier Bühne nennt.

»Wie immer?«, fragt mich Bob, der an der Theke steht. Auf ein Glas bleibe ich meistens noch hier, aber nur, weil es aufs Haus geht.

»Wie immer.« Ich nicke ihm kurz zu und lehne meine Gitarre an die Theke. Der Schreck fährt mir in die Glieder, als ich plötzlich einen gewissen Jemand aus den Augenwinkeln näher kommen sehe.

»Das war gut«, sagt Angus.

»Was machst du denn hier?«, frage ich perplex.

Amüsiert zuckt er mit den Schultern. »Ich hab doch gesagt, dass ich vorbeikomme.«

»Woher wusstest du, wo ich auftrete?«

»Das hat mir deine Mutter verraten, nachdem du dich davongeschlichen hast, ohne es mir zu sagen. Spielst du keine eigenen Stücke mehr?«

Bob setzt mir mit einem Knall mein halbes Pint Bier vor die Nase und hebt das Kinn in Richtung Angus.

»Das Gleiche, bitte«, bestellt Angus freundlich. »Nein, gib mir ein Pint.«

»Ich hab nicht vor, lange zu bleiben«, beeile ich mich zu sagen, während Bob davonwatschelt.

»Ich trinke schnell«, erwidert er und streicht sich das Haar aus der Stirn zur Seite, wo es nicht lange bleiben wird.

»Also, warum spielst du nur noch Coverversionen?«, hakt er noch einmal nach.

»Ich hab das gespielt, was gewünscht war«, entgegne ich achselzuckend.

Er nickt gedankenverloren und wechselt das Thema. »Bist du mit dem Metroshuttle gekommen?«

»Ja.«

»Dann bring ich dich gleich nach Hause.«

»In deiner Klapperkiste?«, frage ich mit hochgezogenen Augenbrauen.

»Das ist ein Oldtimer!«

Ich muss kichern. Unser altes Spiel, mit dem wir uns stundenlang amüsieren konnten.

»So, Liza ...«, beginnt er, stützt einen Ellbogen auf die Bar und starrt mich mit seinen erschreckend schönen Augen an. Mein Herz zieht sich zusammen. Ich wünschte, er würde mich nicht so nennen. Ich liebe es so sehr. »Was soll das heißen, dass du aus Manchester weggehen willst?«

Stöhnend wende ich den Blick ab.

»Phoebe wird stinksauer sein«, sagt er ernst.

»Kann sein, aber es geht nicht immer nur um Phoebe.«

»Du bist der Hauptgrund, aus dem ich sie dazu bringen konnte, wieder hierherzuziehen«, fährt er fort, unbeeindruckt von meinem Kommentar. »Sie vermisst dich. Sie möchte gern öfter mit dir zusammen sein.«

»Sie wird's überleben«, erwidere ich.

Er lehnt sich näher zu mir. »Du weißt, dass du ihr Liebling bist, oder?«

»Ach Quatsch.« Unwillkürlich muss ich lächeln, weil sein Kommentar so lächerlich ist, und das weiß er. Wenn überhaupt, steht Phoebe inzwischen Rose viel näher, und außerdem hat sie nie eine von uns bevorzugt.

Er erwidert mein Lächeln. »Ich dachte, du lebst gerne hier«, sagt er sanft.

Ich ziehe die Mundwinkel nach unten. »Ja, das tue ich auch.« Ich fühle mich niedergeschlagen, kann meinen Ärger aber auch kaum mehr zurückhalten. »Bist du gekommen, um mich damit zu nerven, was am besten für Phoebe ist?«

Verletzt sieht Angus mich an. »Nein, ich wollte deinen Auftritt sehen. Ich habe dich schon ewig nicht mehr auf der Bühne erlebt.«

Ich stoße einen verächtlichen Laut aus und drehe mich wieder zur Theke um.

»Ich mach doch nur Spaß.« Er stupst mich mit dem Ellbogen in die Rippen. »Es ist deine Sache, wo du leben willst.«

»Schön, dass wir da einer Meinung sind.« Ich trinke einen Schluck von meinem Bier.

Später starre ich aus dem Seitenfenster, als Angus mich zurück nach Sale bringt. Mein ganzes Leben habe ich im Großraum Manchester verbracht. Ich bin nie irgendwo anders hingegangen oder habe irgendetwas Interessantes unternommen. Mit meinen siebenundzwanzig Jahren habe ich nichts vorzuweisen. Es ist Zeit für London!, denke ich entschlossen. Vielleicht sollte ich morgen schon hinfahren und mir eine Wohnung suchen. Ich weiß, dass Phoebe traurig sein wird. Schon seit Jahren drängt sie mich, nach London zu ziehen, um näher bei ihr und Rose zu sein, aber ich konnte es nicht. Und auch jetzt kann ich nicht in ihrer Nähe sein. Verdammt sei Angus, weil er diesen Keil zwischen uns getrieben hat: *diesen Keil, von dem Phoebe nicht einmal etwas ahnt.*

»Was ist mit dir?«, fragt Angus, dem die veränderte Stimmung auffällt. Ich bin sauer, und das hat er immer schon gespürt, dafür braucht er mich nicht einmal anzusehen.

»Nichts«, fauche ich.

»Liza …«

»Nenn mich nicht so!«

Das bringt ihn zum Schweigen. Blödmann!

Die letzten paar Minuten vergehen in bedrücktem Schweigen. Er biegt in seine Auffahrt ein, schaltet den Motor aus und dreht sich zu mir um.

»Danke fürs Mitnehmen.« Ich löse meinen Sicherheitsgurt und fasse nach dem Türgriff.

»Warte!«, bittet er mich frustriert.

Ich sehe ihn starr an. »Du weißt, dass ich mit David Schluss gemacht habe, oder?«

Er schluckt und schüttelt den Kopf. »Nein, wusste ich nicht.«

»Na ja, es war der totale Albtraum.« Ich übertreibe. Ich war etwa vier Monate mit David zusammen, und die Trennung ging von mir aus – er hat mir ein bisschen zu sehr geklammert. »Ich muss mal weg von hier, kapiert? Finde dich damit ab.«

»Hör auf damit«, sagt er, und bei seinem ungehaltenen Tonfall wird mein Mund trocken.

Mir läuft es eiskalt den Rücken runter, als er mich wütend anstarrt.

»Ach, Scheiße!«, fahre ich aus der Haut, reiße mich zusammen und steige aus.

Er folgt mir und geht zum Kofferraum, um meine Gitarre rauszuholen. Ich sehe ihm nicht in die Augen, als er mir das Instrument reicht.

»Das mit Dave tut mir leid«, sagt er.

»Du hast ihn für einen Vollpfosten gehalten«, erinnere ich ihn und blicke zu ihm auf. Die beiden haben sich vor ein paar Monaten an Ostern kennengelernt.

»Er war ein Vollpfosten«, erwidert er energisch. »Ich hoffe, du findest jemand Netteren.«

»Ach, verpiss dich, Angus«, murmele ich.

»Hey!« Er zieht mich am Arm, als ich mich wegdrehe. »Das meine ich ernst.«

»Und ich mein's auch ernst. Verpiss dich!« Ich reiße mich los, ehe ich weiter darüber nachdenken kann, und werfe einen raschen Blick zu unserem Haus hinüber. Das Licht in Roses Zimmer ist ausgeschaltet, stelle ich mit Erleichterung fest.

»Eliza«, sagt er sanft und nähert sich mir. Ich starre zu ihm hinauf, voller Angst, dass ich die Fassung verliere, wenn er mich umarmt. Er macht Anstalten dazu, doch blitzschnell, bevor er die Arme um mich legen kann, finde ich meine Entschlossenheit wieder und schubse ihn weg.

»Na schön«, sagt er tonlos. »Wie du willst.«

Ich marschiere davon, während er hinter mir sein Auto abschließt, und unsere Füße knirschen über den Kies in Richtung unserer jeweiligen Haustüren.

Dabei will ich das eigentlich gar nicht. Wenn es nach mir ginge, wären wir uns nie begegnet.

Ich weiß nicht, was an Angus so besonders ist, das uns alle drei gleichermaßen anzieht. Offensichtlich gibt es irgendetwas in seiner chemischen Zusammensetzung, das wie eine Droge auf uns wirkt. Wenn es doch nur drei von ihm gäbe, so wie es drei von uns gibt! Rose hat von Anfang an für ihn geschwärmt, und vermutlich betet sie ihn heute noch an. Doch tief in meinem Inneren kenne ich den Grund, warum ich im Laufe der Jahre meiner ältesten Drillingsschwester gegenüber weniger geduldig geworden bin, nämlich, weil ich mich selbst in ihr sehe.

Scheiß auf Angus, und scheiß auf die Chemie!

Ich gehe rein und unterdrücke gerade noch rechtzeitig den Impuls, die Haustür hinter mir zuzuknallen.

Kapitel 7

Phoebe

Es ist schon spät nachts, und meine Gedanken drehen sich im Kreis. Der Grund dafür ist allerdings nicht der Wein. Nach dem Essen hat die Wirkung des Alkohols nachgelassen, obwohl Josie glaubt, ich wäre sturzbetrunken – oder verrückt geworden. In Wahrheit bin ich vermutlich beides. Sie geht sicher davon aus, dass ich über Nacht wieder zur Besinnung kommen werde, aber sie irrt sich. Seit einer Stunde wälze ich mich herum und denke an Remy, und je länger ich grübele, desto sicherer weiß ich, dass ich ihn morgen unbedingt wiedersehen will.

Er hat sich nicht sehr verändert. Natürlich ist er älter geworden, aber das Leben hier bekommt ihm offensichtlich gut. Er hat alles erreicht, was er sich vorgenommen hatte: Er wohnt an seinem Lieblingsort, geht jeden Tag bergsteigen und verdient auch noch Geld damit. Er ist seinen Prinzipien treu geblieben. Nichts anderes hatte ich von ihm erwartet. Es macht mich glücklich, dass er glücklich ist.

Warum ist mir dann nach Weinen zumute? Vielleicht bin ich betrunkener, als ich dachte. Ich sollte Angus anrufen – er würde mich wieder zur Besinnung bringen.

Nein. Ich möchte noch eine Weile vor mich hin träumen, über Remy und die Nacht, in der das mit uns anfing …

»Nervös?«, fragte Cécile.

»Aufgeregt«, erwiderte ich grinsend, während Marcel meiner Freundin einen Luftkuss zuwarf. Wir blieben stehen und sahen ihm nach, wie er mit unseren anderen Kollegen in der letzten Gondel des Tages durch die Wolken verschwand.

Es war meine erste Gipfelübernachtung, und Cécile hatte dafür gesorgt, dass sie mit mir die Wache übernehmen konnte. Normalerweise blieb sie mit ihrem Freund Marcel oben, aber es hatte ihm nichts ausgemacht, mit mir zu tauschen. Vielleicht hätte ich nervös sein sollen bei der Aussicht, dass nur wir beide in einer winzigen Wohnung auf einer Bergspitze übernachten würden, aber ich war völlig aus dem Häuschen.

Bevor wir Feierabend machen und uns entspannen konnten, mussten wir erst mal unsere Checkliste durchgehen und dafür sorgen, dass für den nächsten Tag alles sauber und in Ordnung war. Wir mussten überprüfen, ob die Treibstoff- und Wassertanks ausreichend gefüllt und ob die Maschinen, Toiletten und Treppen in gutem Zustand waren. Feuerschutztüren mussten geschlossen, die Seilbahn ausgeschaltet und für den nächsten Tag startklar gemacht werden, und eine Toilette musste offen bleiben, falls Kletterer die letzte Seilbahn nach unten verpasst hatten.

Doch bevor wir mit unseren Aufgaben fortfuhren, nahmen wir uns einen Moment Zeit, auf der Brücke zwischen den Felsen innezuhalten und durchzuatmen.

»Es ist so still und ruhig«, murmelte ich.

Cécile und ich sprachen meistens Französisch, obwohl sie auch gut Englisch konnte.

»Du solltest mal bei einem Schneesturm hier sein«, erwiderte sie und beugte sich über die Brüstung. Ihr welliges dunkles Haar wehte leicht in der Brise. »Dann ist es sehr unheimlich und kalt.«

»Wobei du dich ja meistens an Marcel kuscheln kannst«, neckte ich sie lächelnd.

Zerklüftete graubraune Gipfel ragten durch die flauschig weißen Wolken, und der weite Himmel wölbte sich in einer blassblauen Kuppel über unsere Köpfe.

Im Namen Gottes, halte einen Moment inne, höre auf zu arbeiten und schau dich um.

Dieser Satz stammt von Tolstoi. Dad zitierte ihn jedes Mal, wenn wir klettern gingen. Erinnerungsfetzen an verschiedene unserer Gipfeltouren spukten mir durch den Kopf, und ich wünschte, er wäre in diesem Moment bei mir gewesen. Er hatte versprochen, alles dafür zu tun, um im Sommer herzukommen, um mit mir gemeinsam den Montblanc zu besteigen, aber zuerst musste er Mum überreden. Mit Anfang sechzig war er ihrer Meinung nach zu alt für eine große Tour, aber ohne ihn hinaufzugehen, war für mich unvorstellbar.

Meine Familie hätte mich beinahe an Ostern besucht, hatte sich dann aber letztendlich doch für Somerset entschieden. Dort besaß unsere Tante Suzie ein Cottage, und sowohl Eliza als auch Rose wollten wohl unbedingt dorthin. Mum war so überrascht gewesen, dass sie die Ferien gemeinsam verbringen wollten, dass sie zugestimmt hatte. Sie hätte alles getan, damit sich die beiden gut verständen, und hinzu kam noch, dass meine Eltern ein wenig auf das Geld achten mussten, nachdem Dad in Rente gegangen war.

Erst war ich verletzt, weil meine Schwestern mich nicht besuchten. Als ich vor acht Monaten die Reise antrat, musste ich furchtbar weinen. Mir war, als würde mir ein Stück Seele aus dem Leib gerissen, als ich mich von Eliza und Rose verabschiedete. Doch etwas in mir hatte sich in den vergangenen Tagen und Wochen verändert. Ich begann, meine Unabhängigkeit zu genießen. Zum ersten Mal im Leben konnte ich genau das tun, was ich wollte, ohne auf Roses oder Elizas Gefühle Rücksicht nehmen zu müssen, und es gefiel mir besser, als ich gedacht hätte. In gewisser Weise war ich ganz froh, dass sie nicht nach Chamonix gekommen waren und mich in meiner Freiheit eingeschränkt hatten.

Außerdem hatte ich das Gefühl, dass sie irgendwie auf Abstand zu mir gegangen waren, besonders seit meinem kurzen Besuch an Weihnachten. Rose nahm sich seitdem ewig Zeit, um auf meine E-Mails zu antworten, und Eliza war kalt und abweisend, wenn ich anrief. In der Hälfte der Fälle entschuldigten meine Eltern sie, und sie kam nicht mal ans Telefon.

Doch ich wusste, dass unsere Distanz – sowohl räumlich als auch emotional – nur vorübergehend war. Mir würde genug Zeit bleiben, alles zwischen uns in Ordnung zu bringen, wenn ich erst einmal wieder zu Hause war. Jetzt wollte ich aus meinem Aufenthalt hier das Beste machen.

Dieser Gedanke beruhigte mich ein wenig, und ich nahm einen tiefen Zug von der klaren, reinen Luft.

Zu Beginn meiner Arbeit auf der Aiguille du Midi erhielt ich eine mehrtägige Einführung. Von uns Mitarbeitern wurde erwartet, dass wir uns turnusmäßig abwechselten und überall mit anpackten. Manchmal war ich »Liftie« und beschickte die Gondeln, dann wieder kontrollierte ich Fahrkarten an der Boden- und der Mittelstation oder sprang ein, wenn jemand ausgefallen war. Als Aufzugliftie brachte man die Gäste hoch zur obersten Terrasse, und im Sommer, wenn sie geöffnet war, gab es verschiedene Jobs bei der Panoramic-du-Montblanc-Seilbahn ins italienische Helbronner.

Wir alle hatten unsere Lieblingsjobs und solche, die wir weniger mochten. Nachdem ich als Zimmermädchen gearbeitet hatte, verspürte ich keine große Lust mehr, stundenlang den Müll anderer Leute zu beseitigen, aber manche meiner Kollegen waren lieber im Reinigungseinsatz, als immer wieder in der Gondel den Berg rauf- und runterzufahren.

Mir persönlich waren meine Liftie-Tage am liebsten. Mich langweilte es noch nicht, Touristen zu ermahnen, ihre Rucksäcke abzusetzen oder mir ihre überraschten Ausrufe anzuhören, wie schnell die Seilbahn in der entgegengesetzten Richtung führe. Es war eine optische Täuschung: Wir hingen am selben Kabel; wenn also die Gondeln aneinander vorbeisausten, hatten sie exakt dieselbe Geschwindigkeit. Mich brachte es noch zum Lächeln, wenn meine Passagiere beim Holpern über die Pylone kleine spitze Schreie ausstießen, und ich glaubte, nie genug davon bekommen zu können, durch die Wolken zu brechen und das begeisterte *Ah!* und *Oh!* zu erleben.

Ich war mir jedoch nicht sicher, wie ich mich geschlagen hätte, wenn wir in eine Schlechtwetterfront geraten wären. In Céciles erster Sommersaison war sie mit einer Gondel voller Touristen unterwegs gewesen, als die Techniker von einem heranziehenden heftigen Sturm erfuhren. Sie glaubten, noch genügend Zeit zu haben, um die letzten Tagesgäste aus Chamonix hinunter zur Mittelstation zu bringen, aber der Sturm war schneller heraufgezogen als erwartet, und Cécile musste die Seilbahn unterwegs anhalten und warten, bis das schlechte Wetter abzog.

Solche Stürme dauerten nie lange, aber Cécile erzählte mir, wie beängstigend es gewesen sei, eine halbe Stunde lang hin und her zu pendeln und die Passagiere zu beruhigen, während heftige Windböen die Seilbahn hierhin und dorthin schwenkten. Mittlerweile konnte sie darüber lachen, aber ich glaube nicht, dass es besonders lustig gewesen war, dort zu hängen.

Als ich ganz oben stand, wusste ich, dass ich eine neue Lieblingsaufgabe gefunden hatte: die Wache auf dem Gipfel.

Ich vermutete, dass es sogar zu meiner Lieblingsaufgabe aller Zeiten werden könnte. Vielleicht aber auch nicht, dachte ich schon kurz darauf, als ich eine Toilette schrubbte. Plötzlich hob ich ruckartig den Kopf, und das Blut gefror mir in den Adern: Cécile rief laut um Hilfe!

Ich sprang auf und rannte hinaus. Der Schreck fuhr mir in die Glieder, als plötzlich ein junges Paar aus der Eishöhle vom Kamm her kam. Der Mann unterstützte die junge Frau, die mit schmerzverzerrtem Gesicht neben ihm herhinkte.

»Sie ist gestürzt. Ich glaube, sie hat sich den Knöchel verknackst«, erklärte der Mann auf Französisch.

Ich stutzte. »Remy?«

Mit verwirrtem Bick starrte er zurück.

»Ihr kennt euch?«, fragte mich Cécile.

»Ja. Ich bin Phoebe«, erinnerte ich ihn etwas enttäuscht, als ich bemerkte, dass ihm erst allmählich dämmerte, wer ich war.

»Hallo«, ächzte er keuchend.

Rasch kam ich zu mir und eilte ihm zu Hilfe.

Wir gingen in die nahe gelegene Mitarbeiterkantine, wo Remy seine Gefährtin auf einen Stuhl setzte.

»Wie heißt du?«, fragte Cécile das Mädchen.

»Amelie«, antwortete sie, während Remy sich hinhockte und ihren Stiefel aufschnürte.

»Was ist passiert?«, fragte ich.

Die beiden waren zu einem Tagesausflug unterwegs gewesen; sie hatten vorgehabt, den Midi Plan zu überqueren. Sie waren am Morgen mit der ersten Seilbahn raufgekommen.

»Ich war zu langsam«, jammerte Amelie.

»Ich bin schuld«, unterbrach Remy sie niedergeschlagen und sah mitleidig ihren Fuß an, der, wie wir jetzt erkennen konnten, blau und geschwollen war.

»Stimmt nicht«, unterbrach sie ihn energisch und legte ihm die Hand auf den Arm. »Du hast mich gewarnt, dass wir uns nicht so viel Zeit mit dem Mittagessen lassen sollen. Aber wir waren schon so lange unterwegs.« Sie zuckte vor Schmerz zusammen und fügte hinzu: »Ich bin die Route zum ersten Mal gegangen.«

Die Überquerung des Midi Plan dauerte sechs bis sieben Stunden, wenn man gut war, aber Remy war unterwegs klargeworden, dass sie nicht schnell genug vorankamen. Er hatte gewusst, dass sie sich beeilen mussten, um die letzte Gondel ins Tal um siebzehn Uhr dreißig zu erwischen. Am Fuß des Kamms angekommen, war Amelie schon so müde und erschöpft gewesen, dass sie mit einem Steigeisen in der Hose hängen geblieben und gefallen war, wobei sie sich den Knöchel verknackst hatte. Remy hatte ihr das ganze letzte Stück des Weges helfen müssen.

Ich stutzte, als ich Amelie reden hörte. Sie war definitiv Französin, aber Remys Freundin war Italienerin. Hatten sie sich getrennt? Und wenn ja, wer war dann diese Amelie?

Obwohl Cécile in Erster Hilfe ausgebildet war, durfte sie keine Medikamente verabreichen, ohne vorher den Arzt anzurufen. Nachdem der Doktor mit Amelie gesprochen hatte, entschied er, dass sie problemlos auf dem Gipfel übernachten könnte. Mit einem Coolpack, Wasser und ein paar Schmerztabletten würde sie zurechtkommen.

»Musst du nicht auch jemandem Bescheid sagen?«, fragte ich Remy. Amelie hatte bereits ihre Mutter angerufen, aber Remy hatte noch niemanden kontaktiert, um durchzugeben, dass er in Sicherheit war.

»Nein.« Er zog seine rote Wollmütze ab und fuhr sich mit einer Hand durch das kurze dunkelbraune Haar. Er hatte einen Dreitagebart und ein gebräuntes markantes Gesicht.

»Willst du nicht in Turin anrufen?«, platzte es aus mir heraus.

Er schüttelte den Kopf. »Meine Freundin und ich haben uns vor ein paar Wochen getrennt.«

»Aha.« Ich sah hinüber zu Amelie, und er folgte meinem Blick.

»Amelie ist meine Cousine«, erklärte er daraufhin.

»Ach. Das tut mir leid. Ich meine …«, stotterte ich. »Es tut mir natürlich nicht leid, dass Amelie deine Cousine ist.«

Beim Snowboarden wurden Remys Augen von einer dunklen Sonnenbrille verborgen, aber nun sah ich, dass sie leuchtend blau waren und vor Belustigung funkelten.

»So, und du arbeitest jetzt also auf der Aiguille?«, fragte er.

»Ja.« Ich lächelte schwach und versuchte, die Fassung wiederzugewinnen. »Seit etwas über einem Monat.«

»Was ist mit deiner Freundin?«

»Josie? Sie ist wieder zu Hause in England.« Ich zuckte mit den Schultern. »Ich wollte noch ein bisschen bleiben. Die Universität fängt erst im September an, und ich habe jetzt einen Job hier. Ich glaube, es wird mir schwerfallen, wieder wegzugehen.«

Er sah beeindruckt aus. »Ich kenne viele Leute, die versucht haben, Arbeit auf der Aiguille zu finden, und kein Glück hatten. Wie hast du das geschafft?«

»Gute Beziehungen.« Ich grinste und sah zu Cécile. Sie saß bei Amelie, musste aber gelauscht haben, da sie ebenfalls grinste.

»Sollen wir jetzt mal mit der Checkliste weitermachen?«, fragte ich sie etwas widerstrebend. Ich dachte, je früher wir mit der Arbeit fertig wurden, desto eher würden wir wieder zurückkommen und konnten noch ein bisschen zusammensitzen.

»Ja, sollten wir wohl.« Cécile stand auf und griff nach ihrem Mantel. »Nehmt euch aus der Küche, was ihr mögt«, sagte sie zu Remy und Amelie. »Wir sind gleich wieder da.«

Kaum waren wir draußen, warf sie mir einen vielsagenden Blick zu. »Er hat sich also von seiner Freundin getrennt, was?«

Ich schmunzelte, und sie lachte und neckte mich weiter. »Und er und Amelie sind nur Cousin und Cousine, stimmt's?«

»Ach, halt die Klappe.« Ich schubste sie am Arm, als sie kicherte.

Obwohl es gegen die Vorschriften war, stimmte Cécile nach der Arbeit zu, mit Remy und Amelie in der Angestelltenwohnung zu Abend zu essen.

Als wir die Fußgängerbrücke überquerten, Cécile vorneweg, ich am Schluss, galt mein Blick ausnahmsweise mal nicht der Aussicht.

Remy trug Amelie, und er sah so … na ja, männlich aus. Er war schmal, aber stark – er war nur etwas über einen Meter achtzig groß, aber immerhin deutlich größer als ich mit meinen eins siebzig. Und er war älter als ich – ich tippte auf Anfang zwanzig. Im Vergleich zu ihm wirkte Angus wie ein schlaksiger Teenager.

Obwohl ich bei dem Vergleich nichts Böses im Sinn hatte, meldete sich mein Schuldbewusstsein. Angus und ich waren zwar kein Paar mehr, aber wir wollten doch versuchen, Freunde zu bleiben. Um ehrlich zu sein, hatte ich mir damit ein bisschen mehr Mühe gegeben als er. In den fünf Monaten seit unserer Trennung war jeder unserer E-Mail-Kontakte von mir ausgegangen.

Wenn ich an Angus dachte und wie nahe wir uns im Sommer zuvor gestanden hatten, erschienen mir meine Erinnerungen irgendwie surreal. Ich hatte genug Liebe für ihn empfunden, um durch ihn meine Jungfräulichkeit zu verlieren, und wusste noch, dass ich gedacht hatte, was für ein unglaubliches Glück ich doch hatte, einen so lustigen, lieben und umwerfend gutaussehenden Freund gefunden zu haben. Manchmal fragte ich mich, ob ich nicht härter um ihn hätte kämpfen sollen, als er mir gesagt hatte, dass er sich ganz von mir trennen wollte. Andererseits, wenn es mit uns wirklich etwas Ernstes war, würden wir eines Tages sicher wieder zueinanderfinden.

Die Angestelltenwohnung wurde zu viert ziemlich kuschelig. Cécile brachte unsere Gäste unter und organisierte etwas zu trinken, während ich das Abendessen vorbereitete: selbstgemachte Bolognesesoße, die sich gut strecken ließ, so dass sie für vier reichte, und Spaghetti, von denen wir glücklicherweise ein ganzes Paket hatten.

»Was kann ich helfen?«, fragte Remy, und ich zuckte vor Schreck zusammen, als er sich zu mir stellte. »Soll ich schon mal Käse reiben?«

»Äh, ja klar.« Ich holte den Parmesan aus dem Kühlschrank und suchte die Reibe für ihn heraus.

»Vielen Dank, dass ihr uns aufgenommen habt«, sagte er, als er loslegte.

»Gerne. Freut mich, dich wiederzusehen.« Und das war nicht untertrieben. Er hatte sich jetzt bis auf das T-Shirt ausgezogen, und ich musste mich zusammenreißen, um nicht seine gebräunten muskulösen Arme anzustarren. Ich hatte in den letzten Monaten viele attraktive Kletterer kennengelernt – für mich waren sie die Surfer des Himmels, fit und sexy, wagemutig und abenteuerlustig. Sonst war ja in der Regel mein Vater dabei und hielt mich im Zaum, aber diesmal nicht.

Im angrenzenden Wohnzimmer lachte Amelie über irgendetwas, das Cécile gesagt hatte. Remy drehte sich lächelnd zu ihnen um und sah dann mich an. »Tut mir leid, dass ich dich eben erst mal nicht einordnen konnte«, sagte er. »Ich habe einfach nicht damit gerechnet, dich oben auf einem Berggipfel wiederzutreffen.«

»Ich nehme an, du hast mich das letzte Mal oben auf einem Tisch gesehen, also kann ich es dir nicht verübeln.«

»Tja, auf den Tischen hast du ziemlich gern getanzt«, kommentierte er grinsend.

»Ab und zu tanze ich auch noch«, erwiderte ich und fischte einen Strang Spaghetti mit der Gabel aus dem kochenden Wasser, um zu testen, ob sie gar waren. »Inzwischen bin ich aber meistens in Argentière«, erklärte ich und goss die Nudeln ab. »Ich wohne mit Cécile zusammen und arbeite stundenweise an der Bar im Savoy.«

»Komisch, dass ich dich da noch nicht getroffen habe«, sagte er und sah mir zu, wie ich das Essen auf den Tisch stellte.

»Bestimmt warst du an einem meiner freien Tage da. Es muss ungefähr zwei Monate her sein, als ich dich das letzte Mal gesehen habe.«

»Kann sein. Ich war leider nicht mehr oft in Chamonix.«

»Warum nicht? Im Winter bist du doch fast jedes Wochenende gekommen.«

»Stimmt. Aber meine Freundin Cristina wollte, dass ich öfter zu Hause bleibe. Das war auch ein Grund für unsere Trennung.«

»Ach so.«

Ich hätte ihn gern weiter ausgefragt, aber unser Essen wurde kalt, und deswegen hob ich mir die Fragen für später auf.

Amelie war trotz ihres verletzten Knöchels bester Laune. Sie saß auf dem Sofa, den Fuß auf einem Stuhl und den Teller auf dem Schoß. Wenn ihre Verletzung sie nicht hierhergeführt hätte, hätte man uns für vier Freunde beim gemeinsamen Abendessen halten können. Allerdings fragte ich mich, wo wir alle schlafen sollten. In den Sommermonaten drängten wir gestrandete Kletterer, den Kamm bis zur Refuge du Cosmique hinunterzusteigen, was einen ungefähr fünfundvierzigminütigen Abstieg über den Gletscher erforderte. Wenn die Leute verletzt waren oder sich weigerten, ließen wir sie auf dem Boden in den öffentlichen Toiletten übernachten. Das klingt vielleicht gemein, aber manche Leute blieben auch absichtlich auf dem Gipfel, damit sie die Übernachtungskosten für die Schutzhütte nicht zahlen mussten, und ehrlich gesagt war die Aiguille kein Hotel.

An jenem Abend konnte ich jedoch den Gedanken nicht ertragen, unsere beiden neuen Freunde noch mal über die Brücke zu schicken und auf dem Klo schlafen zu lassen, auch wenn es dort warm war.

Ich hätte Cécile küssen können, als sie mir, während wir allein in der Küche waren, einen anderen Vorschlag machte.

»Ich denke, sie könnten auf den Sofas schlafen«, flüsterte sie.

»Meinst du? Aber weißt du, Amelie kann ruhig mein Bett haben. Ich nehme das Sofa.«

»Kann ich mir vorstellen.« Schelmisch sah sie mich an.

»Jetzt hör schon auf!« Ich lief knallrot an. »Aber meinst du das wirklich ernst? Dürfen sie hierbleiben?«, fragte ich hoffnungsvoll.

»Wenn du dichthältst – ich sage kein Wort«, erwiderte Cécile mit übertriebenem Augenzwinkern.

Amelie war extrem dankbar und sträubte sich nicht dagegen, in meinem Zimmer zu übernachten. Sie war so erschöpft, dass sie gleich nach dem Essen ins Bett ging. Cécile wollte auch nicht mehr lange aufbleiben.

»Und was ist mit dem Sonnenuntergang?«, fragte ich sie stirnrunzelnd, als sie die Arme über den Kopf reckte. Den wollte sie doch bestimmt nicht verpassen – sonst redete sie von nichts anderem.

»Nimm Remy mit. Ich habe genügend Sonnenuntergänge gesehen. Ich bin kaputt.«

Es war noch gar nicht spät, und obwohl ihr Gähnen echt wirkte, konnte ich mir nicht vorstellen, dass sie wirklich so müde war. Sie versuchte, uns zu verkuppeln.

Sobald sie weg war, wurde ich nervös. Ich war jetzt mit Remy allein. Von meinem Platz auf dem zweiten Sofa aus lächelte ich ihm zu.

»Glaubst du, dass es Amelie gutgeht?«

Ich bedauerte, dieses Thema angeschnitten zu haben, als sein Gesicht ernst wurde. Er schüttelte sorgenvoll den Kopf, antwortete aber nicht.

»Es hätte viel schlimmer kommen können«, erinnerte ich ihn, und kaum ausgesprochen, bedauerte ich auch diese Bemerkung.

Er zuckte kurz zusammen. »Ich darf gar nicht daran denken! Wie soll ich bloß ihrer Mutter beibringen, dass sie beinahe …« Wieder schüttelte es ihn, einen missmutigen Ausdruck in den Augen. »Ich mache mir Vorwürfe, so fahrlässig gehandelt zu haben.« Jetzt schien es ihm richtig schlechtzugehen.

»Hey.« Impulsiv setzte ich mich neben ihn.

»Ich hätte darauf bestehen sollen, dass wir früher umkehren, aber das habe ich nicht getan, und dann habe ich sie gedrängt …«

»Du wolltest doch nur rechtzeitig runterkommen«, sagte ich und drückte tröstend seine Schulter.

»Besser spät als nie«, erwiderte er finster.

Wir schwiegen beide, tief in Gedanken versunken. Ich ließ die Hände sinken, kehrte aber nicht zum anderen Sofa zurück.

»Ihr steht euch nahe, oder?«, fragte ich.

Er nickte. »Wir sind im selben Dorf aufgewachsen. Unsere Mütter sind Schwestern.«

»Wie alt seid ihr?«, fragte ich neugierig.

»Sie ist zwanzig, ich bin dreiundzwanzig. Und wie alt bist du?«

»Achtzehn.«

Er griff nach seinem Glas und trank einen Schluck Wasser. Alkohol war uns verboten.

»Kletterst du eigentlich?«, fragte er beiläufig.

»Ja, schon seit meiner Kindheit.« Interessiert drehte er sich zu mir um. »Es gab früher eine Kletterwand in der Nähe meines Elternhauses, die heute leider nicht mehr benutzt wird. Schon als wir sieben waren, hat mein Vater versucht, meinen Schwestern und mir das Klettern beizubringen.«

»Ihr seid eineiige Drillinge!«, sagte Remy plötzlich, und sein Gesicht hellte sich bei der Erinnerung auf.

»Woher weißt du das?«, fragte ich überrascht. Ich war mir sicher, dass ich es ihm nicht erzählt hatte.

»Swedish Pete hat es erwähnt«, erklärte er und schürzte die Lippen. Den Spitznamen hatten wir einem unserer verrückten Snowboarderfreunde gegeben.

»Ach so.« Ich nickte. »Stimmt, aber meine Schwestern und ich sind sehr unterschiedlich. Ich war vom Klettern sofort begeistert; meinen Schwestern Rose und Eliza liegt es nicht. Rose wollte nicht mal mitkommen, aber mein Vater bestand darauf, und dann hat sie sich an der Hand verletzt und aufgegeben.« Danach hatte Rose ewig auf dem Bürgersteig gesessen und geschmollt. Ich dachte mit einem zärtlichen

Lächeln daran, aber Dad hätte sich gewünscht, sie wäre motivierter gewesen.

»Meine Schwester Eliza hat es wenigstens versucht, aber sie ist immer wieder abgerutscht und hat sich die Knie aufgeschlagen. Obwohl sie nicht besonders sportlich ist, hat sie durchgehalten. Aber als sie dann beinahe oben war, ist sie völlig ausgeflippt. Sie war wie gelähmt, hat geschrien und musste gerettet werden. Bis heute hat sie Höhenangst«, erzählte ich bedauernd und schaute zu Remy. Langweilte ich ihn? Seinem Gesichtsausdruck nach nicht.

»Jedenfalls wurde das Klettern dann zu Dads und meinem Hobby. Wir sind immer wieder zu der Wand gefahren.« Er hatte mir alles über das Klettern beigebracht, was ich wusste, sämtliche Griff- und Tritttechniken, vom Durchstützen bis zum Klammergriff. »Mit der Zeit nahm er mich mit zum Scrambling, das bedeutet bei uns Wandern mit kurzen Kletterabschnitten.« Scrambling war ein Zwischending zwischen Bergwandern und Felsklettern und damit eine ausgezeichnete Vorbereitung für das alpine Klettern, bei dem Routen mit sowohl Felsen als auch Eis und Schnee gegangen wurden. Es führte uns von den ausgetretenen Wegen und Felswänden weg und brachte uns oft an Orte, wo seltene Pflanzen und Tiere zu finden waren, so dass ich viel über die Natur lernte und auch, immer gut aufzupassen, wohin ich trat. »Vom Scrambling bin ich dann zum Felsklettern gekommen.« Dabei klettert man ohne Seil auf große Felsen, nur gesichert von einer Matte und, in meinem Fall, von meinem Vater. »Als ich alt und stark genug war, um mit ihm mitzuhalten, begannen wir mit dem Mixed-Klettern.« Dabei ging es über Eis, Schnee und Felsen. Mein Vater stieg jeweils voran und brachte die Haken an, während ich ihn von unten sicherte, das Seil fixierte und ihn unterstützte, wenn er abrutschte, was äußerst selten vorkam. Er wartete dann oben auf dem Gipfel auf mich, bis ich nachgekommen war.

»Manchmal verbrachten wir ganze Wochenenden in Wales oder Schottland, nur wir beide, und in unserem Familienurlaub ging es meist in die Nähe bekannter Felskletterrouten, damit wir zusammen losgehen konnten, wenn meine Mutter einverstanden war.« Diese Zeiten allein mit meinem Vater gehörten zu meinen glücklichsten Erinnerungen. »Und du? Wie hast du es gelernt?«, fragte ich Remy, plötzlich voller Gewissensbisse, weil ich das Gespräch an mich gerissen hatte. Es schien ihn allerdings nicht zu stören.

»Von meinem großen Bruder«, antwortete er. »Genau genommen meinem Halbbruder – dem Sohn meines Vaters aus erster Ehe. Ich bin in einem kleinen Dorf aufgewachsen, umgeben von mehreren Naturschutzgebieten. Die Gorge du Tarn war mein Kletterspielplatz. Mein Bruder ist mit mir losgezogen, wenn er zu Besuch kam, und Amelie hat sich uns angeschlossen, nachdem sie sechzehn geworden war. Natürlich hat meine Tante mir die Schuld für ihr neues Hobby gegeben«, fügte er lächelnd hinzu. »Sie fand es zu gefährlich.«

»Hör auf, darüber nachzudenken«, sagte ich energisch.

Er wechselte das Thema und fragte: »Hast du Fotos von deinen Schwestern?« Es war immer dasselbe. Seit wir denken konnten, wollten die Leute Fotos von uns Geschwistern sehen und uns anschließend unbedingt alle drei zusammen kennenlernen.

»Sie sehen aus wie ich«, erwiderte ich, gab aber seinem Wunsch nach und grub mein Handy aus der Tasche. Er neigte sich zu mir rüber, als ich ihm die Bilder zeigte.

»Wow«, murmelte er fasziniert und starrte erst die Bilder und dann mich an.

Ich lachte leichthin und versuchte, die Schmetterlinge im

Bauch zu ignorieren, als ich mein Handy auf den Wohnzimmertisch legte.

»Wie ist das so, ein Drilling zu sein?«, fragte er.

»Ich weiß, wie ich von hinten aussehe«, erwiderte ich flapsig.

»Spielt ihr anderen oft Streiche?«

Ich zuckte mit den Schultern. »Nein, eigentlich nicht.« Ich wünschte, wir wären erfinderischer gewesen, wenn ich daran denke, wie oft mir diese Frage schon gestellt wurde. »Eliza hat immer zum Spaß gesagt, wir sollten zaubern lernen. Wir hätten einen super Double Act aufführen können.«

»Einen Triple Act, meinst du.«

Ich lächelte. »Genau.«

»Bestimmt vermisst du sie.«

Ich zögerte einen Augenblick, bevor ich mit der Wahrheit rausrückte. »Nicht so sehr, wie ich befürchtet hatte.«

»Nein?« Gespannt sah er mich an.

»Es ist nur ... Es ist komisch. Achtzehn Jahre lang waren wir zu dritt. Wir haben alles gemeinsam erlebt und sind eng miteinander verbunden. Ich liebe meine Schwestern mehr als mein Leben und könnte mir vorstellen, dass wir später, wenn wir alt sind, alle nebeneinander wohnen. Aber es gibt auch eine Kehrseite der Medaille.« Ich sah ihn ruhig an. »Es ist nicht leicht, ständig verglichen zu werden und einfach alles im Leben teilen zu müssen. Ich genieße es, einmal für mich zu sein und meinen eigenen Weg zu gehen.«

Er nickte aufmerksam.

»Wie spät ist es?«, fragte ich plötzlich erschrocken, sah auf mein Handy und stellte fest, dass es schon fast zehn war. »Wir verpassen den Sonnenuntergang!«

Wir nahmen unsere Jacken, waren aber dennoch überrascht von der Kälte, die uns empfing, als wir aus der Wohnung hinaus und die Stufen hinuntergingen. Das Geschäft und das Café lagen dunkel und verlassen da.

»Ich kann es immer noch nicht fassen, wie bizarr es hier oben ist ohne die Touristen«, stellte ich fest.

»Ich finde es super.« Er warf mir ein Grinsen zu und blieb dann plötzlich stehen.

»Wow!«, sagten wir im Chor.

Der Himmel hatte sich malvenfarben verdunkelt, und über die Silhouetten der Wattewolken zog sich ein leuchtend orangefarbener Streifen. Die gelben Strahlen der Sonne waren immer noch stark und stachen mir in die Augen. Wir waren umgeben von Berggipfeln, die im letzten Abendlicht badeten.

»Was machst du so, Remy?«, fragte ich nach einem Moment.

»Ich arbeite als Webdesigner für eine kleine Firma in Turin. Da habe ich eigentlich gleich nach der Schule angefangen.«

»Gefällt dir die Arbeit?«

»Ja.« Er nickte. »Ich habe Glück. Ich muss am Wochenende nicht arbeiten, dadurch kann ich hierherkommen. Der größte Teil meines Gehalts geht an den Montblanc-Tunnel.«

»Man kann sein Geld für deutlich unnützere Dinge zum Fenster rauswerfen.«

»Meine Ex wäre da nicht deiner Meinung«, bemerkte er trocken.

»Mag sie die Berge nicht?«

»Sie schaut sie sich gerne an, aber Klettern, Skilaufen, Wandern … Das ist nichts für sie. Wir haben nicht viel gemeinsam, ehrlich gesagt. Keine Ahnung, wie wir es zwei Jahre miteinander ausgehalten haben.«

»Habt ihr zusammengewohnt?«

»Ja. Tun wir immer noch, leider.« Er drehte sich zu mir, um mich richtig ansehen zu können, einen Ellbogen gegen das

Geländer gestützt. Warmes Licht fiel über sein Gesicht und erhellte seine blauen Augen. Er war wahnsinnig attraktiv, selbst wenn er über seine Ex redete. Ich versuchte, mich zu konzentrieren, als er fortfuhr.

»Wir haben eine tolle Wohnung. Keiner von uns will sie aufgeben, aber allein könnten wir uns die Miete nicht leisten.«

»Aber wenn es dir hier doch so gut gefällt, warum ziehst du nicht um?«

»Dann müsste ich meinen Job aufgeben«, erwiderte er.

»Könntest du nicht von hier aus arbeiten?«

»Ich weiß nicht, ob mein Chef damit einverstanden wäre.« Er hielt inne und blickte dann hinauf zum Montblanc. »Vielleicht sollte ich ihn fragen.«

»Warst du schon mal oben?«, fragte ich nach einem Augenblick, als er immer noch hinaufsah.

Er nickte. »Schon mehrmals. Und du?«

»Bis jetzt noch nicht. Ich hoffe, im Sommer mit meinem Vater hinaufsteigen zu können. Er war das letzte Mal mit Mitte zwanzig auf dem Montblanc, und ich weiß, dass er unbedingt noch einmal raufwill. Aber er wird langsam älter, und meine Mutter macht sich jedes Mal Sorgen, wenn er eine anspruchsvolle Tour erwähnt. Ich habe ein schlechtes Gewissen, weil ich ihn in Versuchung führe.«

»Wenn er nicht kommt, kannst du mich anrufen.«

Er sagte es beiläufig, aber ich erwiderte, dass ich dann seine Nummer bräuchte.

»Ich gebe sie dir, wenn wir wieder drin sind«, versprach er lächelnd. »Und was ist mit dir?«, fragte er. »Was willst du später mal machen?«

»Ich schreibe gern. Im September fange ich an zu studieren, Französisch und Englisch.« Ich zuckte mit den Schultern. »Und danach werde ich weitersehen.«

Er musste meinen Mangel an Begeisterung gespürt haben. »Freust du dich nicht auf die Uni?«

»Bis jetzt nicht.« Ich zog die Mundwinkel nach unten. »Aber nur, weil ich mir nicht vorstellen möchte, hier wieder wegzumüssen.«

Er sah mich nachdenklich an. »Vermisst du deinen Freund nicht?«

»Meinen Freund?« Ich war erstaunt. »Ich habe keinen.«

Seine Augen weiteten sich. »Wirklich nicht?«

»Ich hatte einen, aber an Weihnachten haben wir uns getrennt.«

»Aha.« Er warf mir einen vielsagenden Blick zu. »Swedish Pete hat sich also geirrt.«

»Schon wieder Swedish Pete?«, fragte ich mit einem ungläubigen Kichern.

Er grinste. »Ich glaube, er war ein bisschen verknallt in dich.«

Ich lachte und verzog das Gesicht.

Wir schwiegen, als wir uns wieder der grandiosen Aussicht zuwandten. Ich versuchte, mich zu entspannen und das Gefühl der Ruhe von vorhin wiederzufinden, aber mein Atem ging flach, und ich fühlte mich merkwürdig aufgekratzt.

Die Sonne versank hinter den Wolken.

»Noch nicht ...«, sagte ich.

»Noch nicht ...«, sagte er.

»Jetzt ist sie weg«, schlossen wir zugleich und drehten uns zueinander um. Ich zitterte.

»Dir ist kalt. Wir sollten wieder reingehen«, sagte er und legte mir die Hand auf den Arm. Ich starrte für ein paar lange Sekunden zu ihm hinauf, ehe ich meinen Blick senkte und sah, wie sein Lächeln langsam verschwand. Wieder begegnete ich seinem Blick und rückte ihm unwillkürlich näher. Einen Augenblick später lagen seine Lippen auf meinen.

Wir schliefen kaum in jener Nacht, redeten und küssten uns, als wir eng umschlungen auf dem Sofa lagen. Hin und wieder kam mir Angus in den Sinn, was das Ganze irgendwie unwirklich machte, aber ich wusste, dass ich keinen Grund hatte, mich schuldig zu fühlen. Es war aufregend, mit Remy zusammen zu sein.

Am Morgen standen wir rechtzeitig auf, um den Sonnenaufgang zu sehen, und gingen zur Eishöhle. Unsere Aussicht wurde von Eiszapfen umrahmt, die von der Decke hingen, während die glitzernde Sonne sich über die Berge und hinauf in einen klaren blauen Himmel erhob.

Cécile und ich schickten Remy und Amelie mit der ersten Gondel ins Tal, blieben noch einen Moment stehen und winkten ihnen nach. Doch ich war nicht traurig, sie verschwinden zu sehen, weil ich wusste, dass es nicht das Ende war. Es war erst der Anfang. Der wunderschöne Anfang einer wunderschönen Beziehung, die nur wenige kurze Monate dauern sollte.

Sich in Remy zu verlieben war leicht; ihn am Ende des Sommers loszulassen unfassbar schwer. Wir wollten beide keine Fernbeziehung, daher war unser Abschied frustrierend endgültig.

Doch beinahe hätten wir uns gar nicht getrennt. Ich schob meine Heimkehr immer weiter hinaus, und als der Herbst kam, überlegte ich ernsthaft, für immer in Chamonix zu bleiben. Mein Vater überredete mich jedoch, es nicht zu tun, als er mich im August endlich besuchen kam.

»Du bist erst achtzehn!«, beschwor er mich. »Du darfst deine Karrierechancen nicht wegen eines Mannes wegwerfen!«

Ich entgegnete ihm, ich wolle Bergführerin werden, so wie Remy, der meinen Rat angenommen und aus Turin hierhergezogen war. Er hatte eine Stelle bei einem Reiseveranstalter gefunden, der Klettertouren in den Bergen organisierte. Remy machte das, woran sein Herz hing, tagein, tagaus und wurde auch noch dafür bezahlt. Warum sollte ich nicht dasselbe tun dürfen?

»Damit kann man doch kein Geld verdienen«, entgegnete Dad. Klettern war für ihn ein Hobby gewesen, um am Wochenende mal rauszukommen. Vor seiner Rente hatte er als Bauingenieur für eine große Firma gearbeitet. Der Beruf war zwar nicht seine große Leidenschaft gewesen, aber er war gut bezahlt worden, und das hatte es ihm ermöglicht, in seiner Freizeit das tun zu können, was ihm gefiel.

Am Ende gab ich dem Druck nach und kehrte mit gebrochenem Herzen nach England zurück.

Das Leben an der Universität in London lenkte mich ab, doch tief in meinem Herzen wusste ich, dass ich mit Frankreich noch nicht abgeschlossen hatte. Und ich glaubte fest daran, dass sich Remys und meine Wege eines Tages wieder kreuzen würden.

Und jetzt stellt sich heraus, dass ich richtiglag. Zwei Wochen bevor ich Angus heiraten werde, treffen wir uns wieder. Ich sollte heute Abend Angus im Kopf haben und glücklich von unserer Zukunft träumen. Stattdessen braut sich ein allein durch Remy ausgelöster Schneesturm zusammen. Das macht mir Angst.

Kapitel 8

Rose

Was war das denn?

Rasch schlüpfe ich wieder unter die Decke, als ich die Haustür zuklappen höre.

Ich war noch immer in Elizas Tagebuch vertieft gewesen, hatte aber das Licht ausgeschaltet und aus dem Fenster gespäht, als ich Angus' Auto vorfahren hörte. Ich wollte nicht spionieren, ich war nur neugierig, was er wollte, aber jetzt bin ich verwirrter als vorher.

Worüber haben er und Eliza sich bloß gestritten? Die Art, wie er versuchte, sie zu umarmen … Die Art, wie sie ihn wegstieß … Es wirkte so intensiv – fast intim. Ich habe sie noch nie so miteinander umgehen sehen.

Mit gespitzten Ohren höre ich, wie Eliza die Treppe hinaufgeht. Ihre Schritte halten vor unseren Zimmern inne. Rasch schiebe ich ihr Tagebuch unter die Daunendecke und erstarre, als sie leise an meine Tür klopft. Ohne auf ein Zeichen zu warten, öffnet sie die Tür. Ich schließe die Augen, atme tief aus und ein und tue so, als würde ich schlafen. Einen Augenblick später geht die Tür wieder zu, und ich höre Eliza in ihr Zimmer gehen.

Sofort schlage ich die Augen wieder auf. Das war keine Begegnung zwischen platonischen Freunden. Da läuft doch was zwischen den beiden. Sie haben eine Geschichte. Nur was für eine? Verdammt, Eliza! Was hast du getan?

Ein schuldbewusster Stich durchfährt mich, als die Erinnerung an meinen eigenen Betrug in mir aufsteigt. Silvester, vor fast einem Jahrzehnt …

Ich ging damals allein zu Darryls Party, weil Eliza krank war. Ich wusste, dass Angus da sein würde, und ich wollte ihn sehen. Die letzten Tage war er richtig niedergeschlagen gewesen, und wir hatten schon lange nicht mehr richtig miteinander geredet. Doch dann sah er mich, lächelte, und er war so betrunken und … und … O mein Gott!

Phoebe war am Tag zuvor nach Frankreich zurückgekehrt, daher dachte ich – hoffte ich –, dass er wusste, was er tat, als er anfing, mich zu küssen, aber er war so dicht, dass er offenbar vergessen hatte, dass sie abgereist war. Ich erwiderte nicht nur seinen Kuss leidenschaftlich, sondern ließ zu, dass er mich unter dem Pulli streichelte. Mein Gesicht brennt bei der Erinnerung daran. Ich wäre fast gestorben, als er das Licht in der Garderobe einschaltete und seinen Irrtum erkannte.

Stöhnend rutsche ich tiefer unter die Bettdecke und ziehe die Daunendecke über das Gesicht. Lächerlich, dass mich das bis heute verfolgt.

Angus und ich haben nie darüber geredet, obwohl er es wahrscheinlich vorhatte. Am nächsten Morgen rief er mich an, aber ich wollte auf keinen Fall mit ihm sprechen. Eliza war am Abend zuvor krank gewesen, und ich tat so, als hätte mich ihr Magen-Darm-Virus erwischt. Ich schaffte es, an die Universität zu flüchten, ohne ihm noch einmal gegenübertreten zu müssen. Obwohl ich – sehr verspätet in einem Brief – von Phoebe erfuhr, dass Angus und sie sich getrennt hatten, bevor er und ich uns geküsst hatten, war ich von mir selbst angewidert. In seinem betrunkenen Zustand musste er geglaubt haben, Phoebe habe ihre Meinung geändert und sei zu ihm zurückgekehrt.

An Ostern konnte ich es immer noch nicht ertragen, ihn zu sehen, daher zögerte ich keine Sekunde, als Tante Suzie uns anbot, sie in Somerset zu besuchen. Das nächste Mal sah ich Angus in den Sommerferien, gut sechs Monate nach unserer Begegnung. Er war lieb und nett mir gegenüber und schien sich aufrichtig zu freuen, mich zu sehen. Irgendwann schaffte ich es, nicht mehr jedes Mal zu erröten, wenn ich ihn sah, und erkannte, dass es für ihn völlig in Ordnung war, über die Sache hinwegzugehen – wir redeten nie wieder darüber. Ich bin froh, dass wir gute Freunde geblieben sind.

Oh, aber wie er mich geküsst hat … Ich erschauere und tue etwas, das ich wirklich nicht tun sollte, nämlich, mich an das Schöne daran zu erinnern. Nie hat mich jemand so geküsst wie er, weder davor noch danach. Er war göttlich.

Am nächsten Tag weckt mich Mum um Viertel vor elf aus einem tiefen Schlaf.

»Rose! Bist du krank?«, ruft sie und reißt die Gardinen auf. Stöhnend vergrabe ich mein Gesicht im Kissen, doch kurz darauf zerrt sie mich herum und prüft nach, ob ich noch lebe.

»Mum!«, quäke ich und wehre sie ab. »Mir geht's gut! Ich bin nur müde.« Kein Wunder. Ich konnte gestern Abend nicht einschlafen. Und ich brauche wohl nicht zu betonen, dass mein Bedürfnis, Eliza zu umarmen, sich schnell verflüchtigt hat.

»Bist du auch ganz bestimmt meine Rose?«, fragt Mum, als sie sich neben mich aufs Bett setzt und mich mit amüsierten blauen Augen mustert. Wir haben unsere grünen Augen von Dad geerbt; ansonsten ähneln wir Mum: gleiche Größe, ähnliche Statur. Auch unsere Haarfarbe war ähnlich, bevor Mum ergraute. Inzwischen färbt sie ihr Haar dunkelblond und trägt es zu einem Bob geschnitten. »Oder habt ihr heute Nacht die Betten getauscht, und du bist Eliza?«

»Nein, haben wir nicht«, erwidere ich verschnupft. Eliza schläft fast immer viel zu lange. »Ich hatte einfach nur eine miese Nacht.«

»Ach so«, sagt sie und tätschelt mir die Wange. Verärgert weiche ich zurück.

Manchmal glaube ich, dass meine Mutter mich immer noch als kleines Mädchen betrachtet und nicht als die siebenundzwanzigjährige Frau, zu der ich geworden bin. Wenn sie mich endlich mal in London besuchen käme, würde sie mich vielleicht besser kennenlernen – eine Erwachsene, die mit einem kultivierten älteren Arzt liiert ist und einen anspruchsvollen Beruf ausübt. Aber mittlerweile kommt sie nur noch selten aus Sale heraus.

»Du solltest besser aufstehen«, sagt sie jetzt und erhebt sich. »Der Architekt der neuen Besitzer will zum Ausmessen kommen.«

»Okay.« Gähnend schwinge ich die Beine aus dem Bett. »Ist Eliza schon auf?«

»Die ist schon lange weg«, erwidert Mum.

»Wo ist sie denn hin?«, frage ich alarmiert.

»Nach London, um sich eine Wohnung zu suchen. Hat sie das nicht erzählt?«

»Nein, hat sie nicht!« Was hat sie vor?

Mum erklärt es mir. Eliza will nach London ziehen. Ich kann nicht glauben, dass sie nichts gesagt hat! Auch wenn wir uns nicht nahestehen – immerhin bin ich ihre Schwester und hätte ihr raten können, wo sie suchen soll. Sie kennt London nicht besonders gut. Ein weiterer Beweis dafür, wie wenig sie mich respektiert.

»Sie ist schon frühmorgens los, voller Tatendrang. Sie hat mich an dich erinnert, wenn du Hummeln im Hintern hast.«

Ich stoße einen verächtlichen Laut aus, und sie lächelt mich an, als sie zur Tür geht.

Moment mal. Warum will Eliza in dem Moment nach London ziehen, wenn Angus und Phoebe hierher zurückkehren? Ich dachte, sie wäre eifersüchtig gewesen, weil ich sie all die Jahre für mich gehabt habe.

Ich werde nie aus ihr schlau werden, deswegen kann ich es eigentlich aufgeben, es weiterhin zu versuchen. Eliza ist mir wirklich ein Rätsel.

Na schön, dann mache ich mich jetzt wohl besser fertig. Ich bin mal mit einem Architekten ausgegangen, und der war ziemlich attraktiv.

Leider kann man das von dem hier nicht behaupten, wie ich eine halbe Stunde später feststelle. Er rumort oben auf dem Speicher herum und motzt, weil alles vollgestellt ist. Die neuen Besitzer wollen anscheinend den Dachboden ausbauen.

»Ich bin gerade noch dabei, alles auszusortieren, tut mir leid«, rufe ich augenrollend zu ihm hinauf.

Es ist nicht so, dass ich auf Partnersuche wäre. Gerard ist ein guter Fang, aber ehrlich gesagt könnte er ein, zwei Feuerwerkskracher im Hintern gebrauchen. Wir sind jetzt seit sechseinhalb Monaten zusammen. Er ist vierunddreißig, dunkelhaarig, attraktiv und Arzt – und leider auch noch verheiratet. Mit seiner Frau ist er natürlich nicht mehr zusammen; so etwas würde ich nie mitmachen. Doch es wäre schön gewesen, wenn die Scheidungspapiere unterzeichnet gewesen wären, bevor er sich mit mir verabredet hat. Wobei ich mir nicht einmal sicher bin, ob die Scheidung überhaupt schon beantragt wurde.

Die Sache ist die: Obwohl ich zugegebenermaßen eine Schwäche für Angus hatte, als ich jünger war, habe ich mir keine Illusionen gemacht. Ich wusste schon sehr früh, dass er und ich nicht die Richtigen füreinander sind, und ich habe garantiert nicht rumgesessen und ihm nachgeweint. Ich habe mich weiterentwickelt, Affären gehabt und nach der Liebe meines Lebens gesucht. Irgendwann werde ich den Richtigen finden, wenn ich ihn in Gerard nicht sogar schon gefunden habe. Aber da bin ich mir nicht so sicher. Er ist ziemlich attraktiv, klug und definitiv verrückt nach mir, aber er ist nicht Angus.

Damit meine ich, dass er sich mir gegenüber nicht so verhält wie Angus Phoebe gegenüber. Die beiden zusammen sind einfach süß. Wie sie sich anlachen, einander zuhören, sich ansehen ... Wie er ihr beiläufig den Arm um die Schulter legt, wenn sie bei einem Grillfest sind, ein Bier in der freien Hand. Ich sehe die beiden noch vor mir, wie sie vorletzte Woche in der frühen Abendsonne auf meinem Londoner Balkon gestanden haben. Gerard ist mir gegenüber lange nicht so aufmerksam.

Kein Zweifel: Angus ist absolut vernarrt in Phoebe. Was zum Teufel geht da also zwischen ihm und Eliza vor?

»Kommen Sie da oben einen Moment allein zurecht?«, rufe ich die Leiter hinauf. Ich bin gespannt und frage mich, ob ich Hinweise in Elizas Tagebuch finde.

»Ich bin fast fertig«, ruft der Architekt zurück.

»Brauchen Sie Hilfe beim Runterklettern?«

»Ja, wenn Sie kurz warten würden«, erwidert er und wirkt etwas beleidigt.

Ich seufze ungeduldig, da ich es kaum mehr abwarten kann, zu meiner Lektüre zurückzukehren.

Aber dann taucht irgendwann Angus auf. Mum öffnet ihm die Tür, und ohne große Umschweife kommt er auf den Punkt.

»Ist Eliza zufällig da?«, höre ich ihn fragen.

»Nein, sie ist nach London gefahren, um eine Wohnung zu suchen«, antwortet Mum.

»Ach ja?«, fragt er verblüfft.

»Ja, komisch, oder?«, ruft Mum aus. »Sie war schon zur Tür raus, bevor ich Frühstück gemacht hatte. Da hat Rose noch tief und fest geschlafen.«

»Hallo, Gus«, unterbreche ich die beiden und quetsche mich zwischen Mum und dem Türrahmen hindurch.

»Hallo, Rose!« Er klingt zwar jovial, aber ich höre ihm an, dass ihn die Neuigkeit über Eliza umgehauen hat.

Ich wende mich an Mum. »Meinst du nicht, du solltest mal nach dem Architekten sehen?«

»Wieso, braucht er mich?«, fragt sie skeptisch.

»Ja, ich glaube schon.« In Wirklichkeit braucht er niemanden, aber ich muss mal kurz allein mit Angus sprechen. »Du willst zu Eliza?«, frage ich ihn, als Mum weg ist.

»Ja«, antwortet er achselzuckend. »Aber es ist nicht so wichtig. Alles klar bei dir?«

»Ja, mir geht's gut. Ich hab viel mit dem Packen zu tun.« Ich beobachte ihn genau und suche nach Anzeichen für Schuldbewusstsein, als ich meine nächste Frage stelle. »Hast du mit Phoebe gesprochen?«

»Ich habe gestern Abend versucht, sie anzurufen«, antwortet er. »Aber ihre Mailbox ist sofort angesprungen.«

Seine rechte Augenbraue zuckt. Ach, Angus! Ich hätte ihn gerne über seine offensichtliche Intimität mit der falschen Schwester ausgefragt, aber er lenkt mich ab, bevor mir die richtige Formulierung meiner Frage eingefallen ist.

»Und, vermisst du Doktor Gerard?« Er zieht schelmisch eine Augenbraue hoch.

»Ja, aber er hat viel zu tun, deswegen hätte ich diese Woche sowieso kaum was von ihm gehabt.«

»Wie schade, dass ihr beide in deinem Urlaub kaum Zeit füreinander hattet.«

»Hätte er mich hierherbegleiten und mir beim Packen helfen sollen?«, scherze ich.

Angus wirft mir einen mitfühlenden Blick zu und nickt, den Blick an mir vorbeigerichtet. »Wie geht es voran?«

»Langsam«, antworte ich. »Und bei dir?«

»Dasselbe. Ich habe keine Ahnung, wie ich die Wohnung in Ordnung bringen soll, bevor Phoebe zurückkommt.«

»Vielleicht könnte ich rüberkommen und dir ein bisschen helfen?«, schlage ich vor.

»Hast du nicht schon genug am Hals?«

Recht hat er. Was fällt mir ein? »Ich könnte ja wenigstens schon mal Phoebes Kleider weghängen oder so«, höre ich mich sagen. »Ich wette, darin bist du eine Niete.«

Er grinst. »Hast du meinen Kleiderschrank schon mal von innen gesehen?«

»Nein, aber ich kenne dich, Angus Templeton, und du bist ein schlampiges Faultier.«

Er lacht in sich hinein. »Wär schön. Ich würde dir die Wohnung auch gern mal zeigen. Was machst du heute Abend? Vielleicht könnte ich uns eine Pizza bestellen?«

»Klingt perfekt. Ich möchte sehen, wofür ihr mich verlasst.«

»Autsch.« Er wirft mir ein liebevolles Lächeln zu und zückt sein Handy. »Ich schick dir die Adresse.«

Während er schreibt, fällt mir ein, dass ich den Abend dazu nutzen könnte, herauszufinden, was zwischen ihm und Eliza vorgeht. Ich wünschte, das wäre auch der Grund gewesen, warum ich ihm Hilfe beim Auspacken angeboten habe, aber ich mache mich nur mal wieder zur Märtyrerin.

Rose ist eine Gebende, keine Nehmende.

Damit hast du den Nagel auf den Kopf getroffen, Dad, denke ich verbittert. Ich sollte wohl mal meine Prioritäten überdenken.

Kapitel 9

Eliza

Mit einem Kloß im Hals verlasse ich das nächste Maklerbüro. Bisher habe ich acht Wohnungen besichtigt. Keine einzige davon hat mir gefallen, und ich könnte mir auch nie vorstellen, mit den Leuten dort zusammenzuwohnen. Meine potentiellen WG-Partner waren alle entweder pampig oder total nervig.

Es ist echt schrecklich, dass ich von zu Hause weggehen muss. Ich hasse Angus. Und ich hasse Rose mit ihrer verdammten Kleinlichkeit! Mum ist froh, dass ich bei ihr wohne, und ich wohne gerne bei ihr. Dadurch ist keine von uns allein.

Die Tränen brennen mir in den Augen, denn im Grunde weiß ich, dass die Zeit für sie gekommen ist, in ein kleineres Haus zu ziehen, das weniger Arbeit macht. Sie ist knapp siebzig, aber jetzt schon nicht mehr besonders fit. Ich glaube, dadurch, dass sie uns drei mit über vierzig bekommen hat, ist sie schneller gealtert, und Dads Tod hat sie furchtbar mitgenommen. Ich kümmere mich nicht genug um sie – wenn ich nicht gerade Straßenmusik mache, kellnere ich –, und dann wuselt sie ganz allein in diesem großen Haus herum. Ich weiß, dass sie einsam ist und ein bisschen Gesellschaft gebrauchen könnte, Leute in ihrem Alter, aber ich werde sie und mein Zuhause vermissen. Ich werde sogar meinen blöden Kellnerinnenjob und meinen blöden Chef vermissen, Mario, der mir jeden Tag auf die Titten glotzt. Okay, ihn werde ich vielleicht nicht vermissen.

Schniefend wühle ich in meiner Tasche nach einem Taschentuch, gebe auf und trockne mir stattdessen mit dem Saum meines T-Shirts die Augen. Einen Typen, der vorbeikommt und mein Bauchnabelpiercing angafft, starre ich drohend an.

Ich bin müde. Das alles würde mich nicht so fertigmachen, wenn ich vernünftig geschlafen hätte, aber durch den Streit mit Angus gestern Abend war das nicht möglich. Das war mal wieder typisch – es passiert jedes Mal, wenn wir eine Zeitlang alleine sind. Dann bröckeln unsere Verteidigungsmauern, und wir sind wieder wie früher, als wir offen miteinander sprechen, lachen, streiten und scherzen konnten. Wir können die besten Freunde und die schlimmsten Feinde sein.

Doch kein anderer darf diese Seite von uns sehen. Niemand würde verstehen, wie wir uns so nahegekommen sind. Anderen gegenüber müssen wir unsere Distanz wahren, und das ist deutlich leichter, wenn man dreihundertzwanzig Kilometer voneinander entfernt wohnt.

Manchmal, wenn ich einen masochistischen Anflug habe, male ich mir aus, wie es hätte werden können, wenn ich in dem Moment, als ich Judys Auto in Mr Tempeltons Auffahrt einbiegen sah, hinuntergelaufen wäre und mich vorgestellt hätte. Stattdessen schaute ich nur weiter zum Fenster hinaus und dachte, ich spinne, als ich Angus aus dem Auto steigen sah. Er war genauso atemberaubend sexy wie in meiner Erinnerung. Der Umzugswagen kam, und er machte sich sofort bereit, beim Ausladen zu helfen. Fasziniert beobachtete ich das alles.

Und dann kam Phoebe.

Mir wurde ganz schlecht, weil ich sofort wusste, was passieren würde. Ich überlegte kurz, runterzurasen, rauszustürmen und mich ebenfalls vorzustellen, aber ich war wie erstarrt. Und so blieb ich am Fenster stehen. Das Herz wurde mir schwer, als Angus' Mutter rauskam und Phoebe auch sie sofort für sich gewann. Ihr hättet ihre Gesichter sehen sollen, als Phoebe zu uns ins Haus ging. Judy strahlte vor Begeisterung, und Angus hatte sich schon in sie verguckt. Phoebe hatte ihn an der Angel.

Als sie die Treppe raufrannte, um uns zu warnen, die Finger von ihm zu lassen, warf ich mich aufs Bett und stellte mich schlafend.

Ich weiß nicht, warum ich ihr nicht erzählt habe, dass Angus mein mysteriöser Skateboarder war – ich hatte ihr von ihm erzählt, und sie wusste, dass ich im Park nach ihm gesucht hatte –, doch ich bezweifele, dass es etwas geändert hätte.

Phoebe ist zielstrebig. Wenn sie etwas will, bekommt sie es normalerweise auch – sie ist ein Glückspilz in dieser Hinsicht –, und ich kann sie nicht mal dafür hassen, weil ich sie über alles liebe.

Doch ich bin mir selbst gegenüber auch ehrlich genug, um zu wissen, dass ich Angus und seine Mutter nicht derart hätte bezaubern können wie Phoebe. Ich bin eher zurückhaltend, nicht so kontaktfreudig. Phoebe hätte wahrscheinlich trotzdem vorgeschlagen, Angus die Stadt zu zeigen, und am Ende hätten sie sich schließlich auch geküsst.

Ich begegnete Angus erst an dem Sonntag, als Phoebe uns einander vorstellte, und ich konnte nicht anders, als etwas schroff zu reagieren. Ich weiß noch, wie Phoebe mich finster anfunkelte, weil sie wollte, dass ich netter zu ihrem neuen Freund war, aber ich konnte es nicht, und danach tat ich alles Mögliche, um ihm aus dem Weg zu gehen.

Doch dann kam der Abend, ein paar Wochen nach seinem Einzug, an dem er mich singen hörte. Ich saß auf dem Fensterbrett und spielte Gitarre, aber da es kein Disneyfilm und ich keine Prinzessin war, war es schon sehr spät, und ich war betrunken wie eine Schnapsdrossel und rauchte zwischendurch immer mal wieder eine Zigarette. Plötzlich flog ein Papierball durchs Fenster ...

»He, was soll das?«, rief ich und steckte meinen Kopf hinaus in die kühle Nachtluft.

»Hi«, flüsterte Angus laut, grinste und winkte mir aus einem Fenster heraus zu, wahrscheinlich seinem Zimmerfenster, nur ein paar Meter gegenüber von meinem.

»Du hast mich zu Tode erschreckt!«, zischte ich.

»Oh, das tut mir aber leid«, erwiderte er frech und deutete mit dem Kinn auf meine Zigarette. »Hast du für mich auch eine?«

»Nein, das ist meine letzte.« Mit zusammengekniffenen Augen sah ich ihn an. »Ich wusste gar nicht, dass du rauchst.« Phoebe hasste Raucher.

»Tue ich normalerweise auch nicht, aber ich hab wohl ein Bierchen zu viel getrunken«, entgegnete er. »Lässt du mich mal ziehen?«

Ich zögerte, dachte dann aber: Warum nicht?, stellte meine Gitarre hin und lehnte mich aus dem Fenster, während er sich mir entgegenneigte. Wir müssen beide ziemlich voll gewesen sein, denn wir hatten nicht die geringste Chance, uns zu erreichen.

»Mist«, sagte er.

»Soll ich sie dir zuwerfen?«, schlug ich vor.

»Klar, wenn du unbedingt das Haus abfackeln willst.«

Ich kicherte. »Nee, das will ich lieber nicht riskieren.«

Er grinste mir zu, immer noch weit aus dem Fenster gebeugt, und fragte: »Wo bist du heute Abend gewesen?«

»In einer Kneipe in der Stadt. Und du?«

»Nur unten in unserer Stammkneipe mit ein paar Kumpel.«

»Du hast also welche gefunden.« Ich zog an meiner Zigarette und blies den Rauch in seine Richtung.

»Scheiße, ich könnte jetzt wirklich eine Kippe gebrauchen«, sagte er und ignorierte geistesabwesend meinen Seitenhieb. »Ich hab eine Idee!« Seine Augen leuchteten auf, und er duckte sich wieder hinein. Ich hörte, wie er in seinem Zimmer herumkramte, und dann tauchte er mit einem langen Holzbrett wieder auf.

»Was ist das denn für ein Ding?«, rief ich.

»Eine Fußleiste.« Ohne weitere Erklärung schob er sie zum Fenster hinaus in meine Richtung. Sie wippte hin und her bei seinen Anstrengungen, sie gerade zu halten.

»Ist nicht mehr viel übrig«, sagte ich und hielt meine Kippe hoch.

»Schnell«, drängte er, also ließ ich sie auf das Ende des Bretts fallen. Sie rollte sofort runter und fiel ins Blumenbeet.

Wir fluchten beide zugleich.

»Tut mir leid«, murmelte er.

Ich grinste ihm zu. »Wenigstens riechst du morgen früh nicht wie ein Aschenbecher. Und Phoebe mag dich küssen.«

»Wo ist sie überhaupt?«, fragte er.

»Im Bett.« Phoebes Zimmer lag hinten im Haus in Richtung Garten.

»Bist du heute Abend nicht mit deinem Onkel zum Abendessen gegangen?«, fragte er.

Onkel Simon – der jüngste von Dads drei Brüdern – und seine Langzeitfreundin Katherine waren aus Australien zu Besuch.

»Doch, aber ich bin danach noch weggegangen.«

Er nickte, und wir schwiegen. Keiner von uns machte Anstalten, sich wieder zurückzuziehen.

»Was war das für ein Stück, das du gesungen hast?«, fragte er nach einer Weile.

Ich zuckte mit den Schultern. »Nur was von mir.«

»Wow.« Er sah beeindruckt aus. »Bist du in einer Band?«

»Ja. Wenn man es so nennen kann«, erwiderte ich sarkastisch. Unser Schlagzeuger, Matt, konnte den Takt nicht halten, und Gavin, der Bassist, spielte lange nicht so gut, wie er es sich einbildete.

»Also, wenn es eine Single wäre, würde ich sie mir kaufen«, sagte Angus.

»Wie voll bist du?«

»Oberkante Unterlippe«, gestand er, lachte leise und lächelte mich an. Als ich den Ausdruck in seinen Augen sah, setzte mein Herz einen Schlag aus.

»Ich sollte mich aufs Ohr hauen«, sagte ich.

»Schon?«, fragte er überrascht. »Ich glaube, ich muss kotzen, wenn ich mich jetzt hinlege.«

»Ich auch«, gab ich widerstrebend zu.

»Dann bleib doch noch und rede mit mir. Wir haben ja kaum miteinander gesprochen, seitdem ich hierhergezogen bin.«

Ich wusste, dass er nur freundlich sein wollte. Und ich wusste auch, dass ich es mir eigentlich nicht erlauben durfte, ihm so nahezukommen. Andererseits war es das erste Mal, dass ich ihn für mich allein hatte, und ich wollte nicht, dass das aufhörte.

Also saßen wir da und unterhielten uns eine ganze Stunde lang – oder auch zwei – über unsere Lieblingsmusik, Filme, Comic-Helden, Freunde, dieses und jenes. Als wir Hunger bekamen, erinnerte er sich an ein zerquetschtes Twix in seinem

Rucksack, und diesmal klappte das mit dem Brett. Nie im Leben musste ich mir so sehr das Lachen verkneifen. In dieser Nacht entstand eine besondere Bindung zwischen uns, die nie mehr verschwand, aber für uns beide nicht gut war.

Am nächsten Morgen erwachte ich und verfluchte das Hämmern in meinem Kopf, aber als ich die Papierkugel auf dem Boden sah, grinste ich von einem Ohr zum anderen. Keine Ahnung, warum ich sie nicht einfach in den Papierkorb warf. Stattdessen glättete ich sie, und beim Anblick von Angus' krakeliger Schrift ging mir das Herz auf. Es war nur der Anfang einer Englischhausaufgabe – nichts Besonderes –, aber ich konnte den Fetzen nicht wegwerfen.

Die Tage wurden zu Wochen, und ich sehnte mich danach, ihn noch einmal für mich zu haben, zwang mich aber, mein Fenster geschlossen zu halten. Manchmal wurde ich schwach, aber gerade an den Abenden war er nicht da.

Dann, im Juni, kurz vor unserem achtzehnten Geburtstag, kam sein bester Freund aus Brighton zu Besuch.

Ich war hinten im Garten, in dem Baumhaus, das Dad uns gebaut hatte, als wir Kinder waren. Rose und Phoebe hatten es seit Jahren nicht benutzt, aber für mich war es eine Art Rückzugsort geworden, mein Lieblingsplatz zum Schreiben.

Es war gerade noch hell, als sich Angus und Kieran mit ein paar Bier hinten in ihren Garten verzogen. Phoebe und Rose waren mit ein paar Freundinnen ins Kino gegangen, aber mich interessierte die romantische Komödie nicht, die sie sich ausgesucht hatten, daher war ich zu Hause geblieben.

Ich lauschte der Unterhaltung von Angus und Kieran, die über den Zaun bis an meine Ohren drang, und es dauerte nicht lange, bis sie über uns redeten.

»Unfassbar, dass du neben Drillingen wohnst«, sagte Kieran. »Kein Wunder, Mann, dass du Brighton nicht vermisst.«

»Sie sind echt hübsch, oder?«, erwiderte Angus mit einem trockenen, leicht amüsierten Unterton.

»Sie sind verdammt heiß.«

»Vorsicht, du redest über meine Freundin«, sagte Angus.

»Ich meinte die anderen beiden.«

Beide lachten.

»Aber mal im Ernst, sind Phoebes Schwestern solo?«, fragte Kieran.

»Rose und Eliza? Nein, ich glaube, sie haben einen Freund.«

Hatten wir nicht.

»Wie sind sie so?«, fragte Kieran. »Du bist total verknallt in Phoebe, stimmt's?«

»Ja, sie ist toll«, erwiderte Angus liebevoll. »Ich nehme an, sie könnte alles tun und wäre gut darin. Rose ist nicht so abenteuerlustig wie Phoebe, aber sie ist sehr süß und zu allen hilfsbereit. Und Eliza …« Er beendete den Satz nicht, und ich glaubte fast, hören zu können, wie mir das Herz bis zum Hals schlug. »Liza ist total cool, wahnsinnig klug, und sie ist unglaublich beschützend, besonders Phoebe gegenüber. Doch hinter ihrer Fassade ist sie, glaube ich, selbst diejenige, die Schutz braucht, obwohl sie dir den Kopf abreißen würde, wenn du das jemals andeuten würdest.«

»Das klingt, als wärst du in alle drei verliebt«, spekulierte Kieran. »Hast du schon mal überlegt, wie es wäre, ich meine, mit allen dreien …«

»Lass den Scheiß!«, unterbrach ihn Angus.

Sie lachten und redeten dann über etwas anderes.

Ich blieb, wo ich war, denn ich wollte nicht, dass sie wussten, dass ich ihre Unterhaltung mit angehört hatte. Irgendwann waren sie genervt von den Mücken und gingen zurück ins Haus. Aber mir drehte sich weiterhin der Kopf. Niemand hatte uns – mich – je so treffend beschrieben. Es schien, als würde alles, was Angus sagte oder tat, dazu beitragen, dass ich mich noch ein bisschen mehr in ihn verliebte. Ich wusste, dass ich in der Patsche saß, und dieses Gefühl war unerträglich.

Manchmal erwischte ich ihn, wie er mich ansah, und ich spürte eine leichte Verwirrung, die von ihm ausging. Vielleicht fragte er sich auch, was geschehen wäre, wenn wir beide uns kennengelernt hätten, bevor er sich Hals über Kopf in Phoebe verliebt hatte. Ob er das jemals bereut hat?

Ich weiß, dass er sie von Anfang an geliebt hat. Auch wenn er mit mir zusammen war, liebte er sie. Aber ich vermute, dass ein kleiner Teil von Angus auch mich schon immer geliebt hat.

Während mir all diese Gedanken immer noch im Kopf herumschwirren, bleibe ich auf dem Bürgersteig vor einem weiteren Maklerbüro stehen. Ich reiße mich zusammen und stoße die Tür auf. Wenn Angus und Phoebe nach Manchester ziehen, habe ich keine andere Wahl, als von dort wegzugehen.

Kapitel 10

Phoebe

Jetzt geht es also wieder los.

Ich kann Remys blaue Augen hinter der dunklen Sonnenbrille nicht erkennen, beobachte aber sein attraktives sonnengebräuntes Gesicht, als er meine Ausrüstung checkt. Er sieht wesentlich älter aus als neun Jahre zuvor – wettergegerbter irgendwie, aber auf positive Art. Er ist jetzt Anfang dreißig.

»Alles in Ordnung?«, frage ich auf Französisch.

»Ja«, erwidert er mit einem Lächeln.

Josie hat noch geschlafen, als ich sie heute Morgen allein gelassen habe, und das ist vielleicht auch besser so, denn ich weiß, dass sie versucht hätte, mir mein Vorhaben auszureden. Ich habe ihr aber einen Zettel dagelassen und ihr versichert, dass ich nicht den Verstand verloren habe. Ehrlich gesagt habe ich nie deutlicher gewusst, was ich tun muss. Ich war wahnsinnig verliebt in Remy, als ich jünger war. Unsere Beziehung war eine Achterbahnfahrt mit epischen Ausmaßen, aber zeitweise hatte ich das unangenehme Gefühl, die Kontrolle zu verlieren. Heute stelle ich mich selbst auf die Probe. Ich muss sicher sein können, dass ich mich inzwischen im Griff habe, nur dann kann ich vor den Altar treten und mich auf das Leben mit Angus in Manchester einlassen, mit der absoluten Gewissheit, dass ich die richtige Entscheidung getroffen habe.

Ich glaube kaum, dass Angus das verstehen würde, deshalb habe ich Josie gebeten, ihm zu sagen, dass ich einkaufen bin, falls er anruft. Auf gar keinen Fall möchte ich, dass er ausflippt, denn bisher gibt es ja absolut keinen Grund dafür, dass er sich Sorgen machen müsste. Ich liebe ihn so sehr – das habe ich immer schon getan, und nie mehr als in diesem Moment. Wenn ich daran denke, was wir durchgemacht haben, wie viele Jahre wir schon zusammen sind, kann ich mir nicht vorstellen, das alles jemals wegzuwerfen.

Es war Dads Tod, der Angus und mich wieder zusammenbrachte. Wir verloren unseren Vater im Frühjahr, ganz plötzlich, sechs Monate nach meiner Rückkehr aus Frankreich. Wir waren erst neunzehn, und sein Tod hat mich tief getroffen. Dad war fit und gesund – er schien der Letzte zu sein, den ein Herzinfarkt treffen könnte. Doch dann wachte Mum eines Morgens auf, und er war tot – einfach so.

Angus kam zur Beerdigung. Wir hatten uns geschworen, Freunde zu bleiben, aber in den Monaten seit meiner Rückkehr kaum miteinander gesprochen. Als ich seine schönen, aber geröteten Augen sah, geschah etwas mit mir. Vielleicht war es mein Kummer, aber alle meine Gefühle für ihn flammten plötzlich wieder auf. Ich wünschte mir verzweifelt, dass er mich in die Arme nehmen würde, sehnte mich danach, ihm wieder nahe zu sein, und als er mich dann umarmte, fühlte ich mich sicher. Er hielt mich ganz fest, während ich an seiner Schulter weinte, und in diesem Augenblick wollte ich ihn nie wieder loslassen. Ich glaube, ich habe mich damals wieder neu in ihn verliebt, genau da, in diesem Moment – wenn ich mich überhaupt je entliebt hatte.

Wir besuchten beide verschiedene Universitäten in London. Nach der Beerdigung trafen wir uns regelmäßig, und schon bald hatten wir das Gefühl, nie getrennt gewesen zu sein. Ich erzählte Angus von Remy, aber wir sprachen kaum von ihm oder den paar Mädchen von der Uni, mit denen er flüchtige Beziehungen gehabt hatte – wir wollten beide unbedingt nach vorn blicken, und das passte mir gut. Angus beendete sein Journalistikstudium, ein Jahr bevor ich mein Diplom machte, doch anstatt zurück nach Manchester zu ziehen, um in der Nähe seiner Mutter zu sein, wie er es immer gewollt hatte, fand er ein Apartment in Kentish Town, nur eine kurze U-Bahn-Fahrt von meiner Uni entfernt, und wir zogen zusammen.

Meine Mutter meinte, ich sei zu jung, um mit einem Mann zusammenzuleben – selbst mit Angus, den sie anbetete –, aber sie bedrängte mich nicht weiter. Ich glaube, sie freute sich, dass ich jemanden hatte, den ich liebte und der mir half, mit unserem Verlust fertigzuwerden. Sie vermisste Dad fürchterlich, und ich stand vor Kummer noch völlig neben mir.

Das Zusammenleben mit Angus intensivierte unsere Beziehung, und als Rose die Universität beendete und ebenfalls nach London zog, vertiefte sich auch meine Beziehung zu ihr. Sie fand eine Stelle am Whittington Hospital in Highgate, wo auch Mum früher gearbeitet hatte, und wir trafen uns oft zu dritt. Für sie war Angus wie der große Bruder, den sie nie gehabt hatte. Er nahm ihre Freunde unter die Lupe und beschützte sie.

Eliza dagegen blieb auf Distanz, und bis heute spüre ich eine Blockade zwischen uns. Wenn ich an die Jahre denke, die wir als Teenager miteinander verbracht haben, als wir eng umschlungen auf meinem Bett lagen und Zeitschriften lasen oder uns das Herz über die Jungen ausschütteten, in die wir verknallt waren, schmerzt meine Brust. Sie ist erwachsen geworden, ihren eigenen Weg gegangen, und ich vermisse sie immer noch unglaublich. Ich vermisse das kleine Mädchen, das sie war, das kleine Mädchen, das eines Tages Heidi Maunder eine knallte, weil sie mich gehänselt hatte.

Aber was ich weder Josie gestern Abend beim Essen noch sonst irgendjemandem auf der Welt bisher gestanden habe, ist, dass ich weiß, warum Eliza sich so distanziert verhält – nämlich, weil sie Angus liebt.

Und ich weiß, dass auch er etwas für sie empfindet.

Ich lese es aus ihren Gesichtern und ihrem Verhalten, wenn sie zusammen sind. Vor ein paar Jahren traf mich die Erkenntnis wie ein Blitz aus heiterem Himmel: Es musste etwas zwischen ihnen passiert sein, als ich in Frankreich gewesen war. Ich spürte es instinktiv und vermutete, dass sie beide es, was auch immer geschehen war, tief in sich verborgen hatten. Das war der Grund, warum Eliza sich immer mehr von mir entfernt hatte. Zuerst war ich davon ausgegangen, sie sei verbittert, weil ich sie mit achtzehn zurückgelassen hatte – vielleicht trug das auch ein wenig dazu bei. Doch die Wahrheit war wesentlich komplexer. Ich vermute, dass sie Angus aufgegeben hat, weil sie mich nicht verletzen wollte, und dass sie nie über diesen Verlust hinweggekommen ist.

Angus konnte ich schon immer leicht durchschauen – er ist offen und ehrlich, und ich glaube, dass er mir immer die Wahrheit sagen würde. Doch Eliza hat so sehr versucht, ihre Gefühle zu verbergen, dass es sie sicher völlig fertigmachen würde, wenn ich sie darauf ansprechen würde. Deswegen habe ich es nie getan.

Was rede ich denn da? Ich will es einfach selbst nicht wissen, weil ich zu große Angst davor habe.

Manchmal habe ich Schuldgefühle, weil ich mir Angus geschnappt habe, obwohl Eliza so viel glücklicher mit ihm gewesen wäre.

Das Problem ist allerdings, dass ich mich auf spektakuläre

Weise von ihm trennen oder mich spektakulär in jemand anderen verlieben müsste, damit sie jemals eine Chance hätte.

Gestern Abend kam ich zu dem folgenden Schluss, an den ich jetzt noch dauernd denken muss, während ich Remy betrachte, der durch den Schnee vor mir herstapft: Wenn Eliza und Angus füreinander bestimmt sind, müssen alle Sterne und Planeten in der richtigen Konstellation stehen, damit sie zusammenkommen.

Aber ich kann ihn nicht so einfach loslassen. Und solange Eliza weiß, dass ich ihn noch liebe, würde sie sich nicht dazwischendrängen.

Kapitel 11

Rose

Ich entdecke Mum hinten im Garten, wo sie die Rose betrachtet, die sich im Laufe der Jahre bis hinauf in die Zweige des alten Apfelbaumes gerankt hat.

»Alles in Ordnung mit dir?«, frage ich sie.

Sie nickt abrupt und dreht das Gesicht von mir weg.

»Weinst du? Mum!«, rufe ich entsetzt und gehe um sie herum, damit sie mich ansehen muss. »Was ist denn los?«

»Ach, ich weiß nicht, Rose«, klagt sie kopfschüttelnd und sieht mir immer noch nicht in die Augen. Stattdessen starrt sie hinauf zu der Rose – meiner Rose. Ich war acht, als wir sie pflanzten; als ich fragte, ob es meine sein könne. Inzwischen hat sie sich so weit in den Apfelbaum hineingerankt, dass sie fast ein Teil von ihm zu sein scheint. Derzeit verleiht sie dem Baum seine zweite Blüte des Jahres: ein leuchtendes Orange statt der blassrosa Blüten im Frühling.

»Ich weiß nicht, ob das alles richtig ist«, sagt Mum.

»Komm, setz dich ein bisschen hin«, dränge ich sie und führe sie über den Rasen zu den Stühlen auf der Terrasse. Der Garten steht in voller Blüte: flammendes Rot, glühendes Orange und leuchtendes Pink in allen Variationen, wohin man auch blickt. Ich ziehe Mum einen Stuhl heran und setze mich zu ihr.

»Was verunsichert dich?«, frage ich sanft.

»Dieses Haus. Dieser Garten.« Wieder schüttelt sie bedrückt den Kopf. »Es hängen so viele Erinnerungen daran. Ich weiß einfach nicht, ob ich bereit bin, sie zurückzulassen.«

Mir wird die Brust eng vor Sorge. Wir haben jetzt schon so viel hinter uns gebracht. Wir tun doch das Richtige. Oder?

»Meinst du, dass du jemals dazu bereit sein würdest?«, frage ich vorsichtig.

»Dieser Mann, der hier überall rumkramt«, stößt sie plötzlich hervor, und ich nehme an, dass sie über den Architekten redet, der gerade gegangen ist. »Weißt du, dass sie vorhaben, die Wand zwischen Wohnzimmer und Küche zu durchbrechen?«, fährt sie empört fort. »Was stört sie an dem Wohnzimmer? Es ist doch dann gar nicht mehr gemütlich! Dein Vater und ich haben so gerne in der Sonne gesessen und Zeitung gelesen …«

Ihr versagt die Stimme.

»Oh, Mum.« Ich neige mich zu ihr und lege die Arme um sie. Dabei kann ich deutlich ihr Schlüsselbein spüren, so stark hat sie in den letzten Jahren abgenommen. »Natürlich fällt es dir schwer, das war zu erwarten. Ich hänge doch auch an unserem Haus, weißt du. Wir sind alle traurig, uns davon verabschieden zu müssen.«

Ja, es war dieser Garten, der es mir – nach meinem Gefühl zum ersten Mal – ermöglichte, eine eigene Beziehung zu meiner Mutter aufzubauen, unabhängig von meinen Schwestern.

Vorher hatten wir in einer winzigen Wohnung in London gelebt, und die ersten sieben Jahren gemeinsam auf so engem Raum verbringen zu müssen war eine ziemliche Herausforderung gewesen. Mit Phoebe gab es kaum Probleme, aber Eliza konnte unser Zimmer im Nullkommanichts in einen Schweinestall verwandeln, und wir alle drei wurden dafür bestraft. Alles mussten wir teilen: Geburtstagspartys, Spielzeuge, Kleider, sogar unsere Unterhosen. Wie ich mich ärgerte, wenn Eliza die mit den Einhörnern ergatterte! Es waren unsere Lieblingsschlüpfer.

Es wurde einfacher, als wir hierherzogen und jede ihr eigenes Zimmer bekam. Endlich hatten wir unsere Privatsphäre.

Mum stürzte sich sofort auf den ungepflegten Garten, und ich half ihr dabei. Eliza und Phoebe interessierten sich nicht für Gartenarbeit, aber ich fand heraus, dass ich sie liebte. Ich hasste es, wenn Mums und meine gemeinsame Zeit von meinen Schwestern unterbrochen wurde, weil sie auch Aufmerksamkeit wollten. Meist war es Eliza, die uns störte.

Später beschloss ich, auch bei der Berufswahl in Mums Fußstapfen zu treten und Krankenschwester zu werden.

Ich wollte, dass meine Eltern stolz auf mich waren, daher war mein beruflicher Werdegang einigermaßen vorherbestimmt.

Mum löst sich von mir und wirft mir ein bitteres Lächeln zu.

»Ich gehe nicht davon aus, dass es dir gefallen würde, dich um mich zu kümmern anstatt um deine Patienten?«

»Wie meinst du das, soll ich meinen Beruf aufgeben und wieder nach Hause ziehen?«, frage ich alarmiert.

Lachend schüttelt sie den Kopf. Uff, sie hat es also nicht ganz ernst gemeint, aber mir ist klar, dass es auch nicht nur ein Scherz war.

»Womit sollte ich denn mein Geld verdienen?«, frage ich, um sie bei Laune zu halten.

»Wir könnten ein Zimmer untervermieten – die Miete könntest du für dich behalten.« Hoffnungsvoll hebt sie die Augenbrauen.

»Und was ist mit meinem Leben in London?«, frage ich, jetzt doch ein wenig erschrocken. Hat sie daran mal gedacht? »Was ist mit meinen Freundinnen? Und mit Gerard?«

»Ist er immer noch verheiratet?«, fragt sie zurück, jetzt ganz ohne den scherzhaften Unterton.

Ich schnalze mit der Zunge. »Theoretisch schon – aber sie sind nicht mehr richtig zusammen«, füge ich rasch hinzu. »Er wird dir gefallen, wenn du ihn irgendwann mal kennenlernst. Er hat versprochen, zur Hochzeit zu kommen.«

»Nett von ihm«, murmelt sie.

Wir horchen beide auf, als die Terrassentür bei den Tempeltons geöffnet wird. Ich blicke über den Zaun und sehe Judy herauskommen.

»Hallo!«, ruft sie freundlich. »Wir scheinen wohl endlich einen richtigen Sommer zu bekommen.«

»Ja«, antwortet Mum halbherzig. Judy macht ein besorgtes Gesicht, doch ich signalisiere ihr mit einem Blick, dass es halb so schlimm ist.

»Alles okay bei euch?«, fragt sie.

»Schon, aber der Umzug belastet uns ein bisschen«, erkläre ich.

»O je«, antwortet sie mitleidig. »Möchtet ihr auf eine Tasse Tee rüberkommen?« Sie und Mum haben sich im Laufe der Jahre angefreundet.

»Ach, ich weiß nicht, ich habe so viel zu tun«, stöhnt Mum.

»Geh ruhig«, ermuntere ich sie. »Eine Pause wird dir guttun.«

Sie zögert einen Moment und gibt dann nach. »Okay. Danke, Judy, das wäre schön.«

»Ich mach euch die Haustür auf«, sagt Judy und geht wieder hinein.

»Ich weiß nicht, warum wir nicht einfach ein Tor in den

Gartenzaun eingebaut haben«, sinniert Mum. »Das hätte sich wirklich gelohnt.«

»Es hätte uns aber den ganzen Spaß daran genommen, über den Zaun zu klettern«, entgegne ich.

»Wann seid ihr jemals über den Zaun geklettert?«, will Mum wissen.

»Wir sind alle drei früher rübergeschlichen, wenn Angus Freunde zu Besuch hatte.«

»Rose!«, ruft sie tadelnd. »Und das erfahre ich jetzt erst?«

Ich lache. »Zu spät, jetzt kannst du nicht mehr schimpfen.«

Als sie weg ist, gehe ich in die Küche und werfe einen Blick auf all die Gegenstände, die noch in Luftpolsterfolie eingepackt werden müssen. Mum hat recht: Es gibt immer noch so viel zu tun. Ich sollte weitermachen. Oder …

Kurz darauf liege ich auf dem Bett, Elizas Tagebuch vor mir. Und weitere zehn Minuten später sitze ich kerzengerade da. Meine Kopfhaut prickelt unangenehm. Alles Blut in meinem Körper scheint mir ins Gesicht gestiegen zu sein.

O mein Gott! Als Angus mich damals auf der Party betrunken geküsst hat, hat er mich nicht für seine geliebte Phoebe gehalten – sondern für Eliza! Die beiden hatten am Abend zuvor geknutscht!

Kapitel 12

Eliza

Na, das war ja wohl absolute Zeitverschwendung. Ich sitze im Zug zurück nach Manchester; hinter mir die ergebnislose Suche nach einem neuen Zuhause. Nächstes Wochenende werde ich es noch einmal versuchen müssen. Kein schöner Gedanke.

Ich lege den Kopf gegen die kühle Scheibe und betrachte die Landschaft, die draußen vor dem Fenster an mir vorbeizieht.

So oft habe ich mich gefragt, ob ich irgendetwas anders machen würde, wenn ich die Zeit zurückdrehen könnte. Ich fühlte mich so einsam, nachdem meine Schwestern ausgezogen waren. Könnte ich noch einmal die Kraft aufbringen, zu Angus auf Distanz zu gehen?

Ich war die Einzige, die noch übrig war, um Angus zu verabschieden, als er an die Universität ging, und obwohl ich es nur ungern zugab, traf mich seine Abreise am schwersten. Ich weiß noch, wie er mich zum Abschied umarmte und ich zu meiner eigenen Überraschung Tränen in den Augen hatte, als er mich losließ. Er wischte sie mit seinen Daumen weg und versprach mir, in drei Wochen zum Geburtstag seiner Mutter zurückzukommen – vielleicht könnten wir dann noch einmal miteinander reden.

Nachdem er weg war, lag ich oft im Bett, presste eine Hand gegen die Wand und stellte mir vor, er wäre auf der anderen Seite. Es war dumm, aber ich konnte nicht anders. Nach Singen oder Komponieren war mir einfach nicht zumute, ja, genau genommen hatte ich zu gar nichts Lust.

»Kopf hoch, Lizziebeth, alles wird gut«, versuchte Dad, mich erfolglos aufzumuntern. Es gefiel ihm nicht, mich so antriebslos zu sehen, doch er war froh, dass wenigstens ich noch da war. Mum hatte eine Stelle im Krankenhaus angenommen, wodurch Dad und ich ein bisschen Zeit für uns hatten. Ich weiß noch, dass wir überlegten, wie wir zu Geld kommen könnten. Es war mein Vorschlag, dass er und Mum das Haus in ein Bed & Breakfast verwandeln sollten, um nach der Pensionierung eine Beschäftigung zu haben, und er wiederum ermunterte mich, Straßenmusik zu machen, um mein Selbstvertrauen aufzubauen, nachdem sich die Band aufgelöst hatte. Es gefiel mir, ihn ganz für mich zu haben, obwohl er sich wohl hauptsächlich vom Verlust seiner Lieblingskletterpartnerin erholen musste.

Ich weiß noch genau, wie Angus zum ersten Mal anrief und mich sprechen wollte – mich. Mein Bauch kribbelte beim Klang seiner Stimme am anderen Ende der Leitung.

»Liza«, war alles, was er sagte.

»Hallo«, antwortete ich überrascht. Es war zweieinhalb Wochen her, seit er an die Universität gegangen war. Er plante, am Wochenende nach Hause zu kommen – ich zählte die Tage –, hatte aber nicht damit gerechnet, dass er anrufen würde.

»Was machst du am Samstag?«, fragte er.

»Nichts.« Ich hatte mir den Tag absichtlich freigehalten. »Du kommst zum Geburtstag deiner Mutter nach Hause, stimmt's?«

»Ja, der ist am Sonntag, aber am Samstag habe ich nichts vor. Sollen wir etwas zusammen unternehmen?«

»Klar«, erwiderte ich und versuchte, cool zu klingen, obwohl ich vor Nervosität Brausepulver im Bauch hatte. »Was wollen wir machen?«

»Möchtest du in den Peak District rausfahren und da picknicken?«

»Klingt gut.«

Wir beendeten das Telefonat, doch ich blieb noch lange sitzen und starrte ins Leere. Ich wusste, dass er nur nett sein wollte, weil ich hier allein war, fragte mich aber, ob es Phoebe etwas ausmachen würde, wenn ich den Tag mit ihm verbrachte. Falls sie vor Samstag anrief, so beschloss ich, würde ich sie danach fragen.

Doch sie rief nicht an, und so wartete ich am Samstag darauf, dass Angus vorbeikam. Er war tags zuvor spätabends angekommen – ich hatte gehört, wie er mit seinem Land Rover auf die Einfahrt bog.

Meine Eltern wirkten ein wenig überrascht, als sie erfuhren, dass wir zusammen einen Ausflug planten, hatten jedoch nicht ausdrücklich etwas dagegen. Als es an der Tür klingelte, zuckte ich zusammen.

»Ich bin weg!«, rief ich durch die Diele.

»Viel Spaß!«, rief Dad zurück.

Ich öffnete die Tür und stand Angus' wunderschönem Lächeln gegenüber. Er trug hellgraue Cordhosen und ein langärmeliges dunkelgraues Oberteil unter einem Bloc-Party-T-Shirt. Er hatte sie kürzlich auf ihrer Tour gesehen.

»Hast du die Sandwiches?«, fragte ich, ging raus und schloss die Tür hinter mir.

»Yep.«

»Hoffentlich nichts mit Fisch.«

»Magst du etwa keine Makrele?«, fragte er überrascht, öffnete das Tor und trat beiseite, um mich vorbeizulassen.

Ich starrte ihn an. »Du weißt genau, dass ich Makrele nicht ausstehen kann! Ich mag überhaupt nichts mit Fisch. Nicht mal Thunfisch.«

»Thunfisch schmeckt nicht richtig nach Fisch. Besonders nicht mit Mais zusammen.«

»Angus!«

»Ich mach doch nur Witze.« Er legte mir den Arm um die Schultern und drückte mich. »Ich habe uns welche mit Käse und sauren Gurken gemacht«, sagte er und ließ mich wieder los.

Mit dieser zärtlichen Geste berührte er Phoebe oft, und nun zum ersten Mal auch mich.

Ich glaube, er bemerkte meinen hochroten Kopf nicht, als wir ins Auto stiegen.

Bald darauf hatten wir Manchester verlassen und fuhren auf gewundenen Straßen durch die Hügel des Peak Districts. Durch Angus' Fenster sah ich einen kleinen Fluss, der sich weiter unterhalb durch sein Bett schlängelte. Angus folgte meinem Blick.

»Sollen wir hier irgendwo anhalten?«, fragte er.

Es war Oktober und schon recht frisch, aber an diesem Tag standen nur wenige Wolken am Himmel, und wenn die Sonne rauskam, wärmte sie noch.

Wir breiteten unsere Picknickdecke am Fluss aus. Angus ließ die Autotür auf, und The White Stripes dröhnten aus den Stereoboxen.

»Dann zeig mal, was du mitgebracht hast«, sagte er.

Lächelnd packte ich ein paar Trauben, Millionaire's Shortbread und zwei Tüten Salz-und-Essig-Chips aus. Er grinste und reichte mir ein Sandwich.

»Deine Mutter und dein Opa freuen sich bestimmt, dich wieder zu Hause zu haben«, sagte ich zwischen zwei Bissen.

»Ja, das tun sie.« Er kratzte sich am Kopf. »Na ja, jedenfalls meine Mutter freut sich. Ich glaube, Opa mag es lieber ruhig und friedlich, aber Mum vermisst mich.«

»Na klar.«

Er sah mich mit seinen verschiedenfarbig gesprenkelten Augen an. »Wie geht es deinen Eltern? Runter von drei auf eins muss ein ganz schöner Schlag für sie gewesen sein.«

»Stimmt. Ich fühle mich wie ein Einzelkind.«

»Das muss surreal sein«, erwiderte er.

»Und wie.«

»Genießt du es? Sie mal für dich allein zu haben?«, fragte er.

Darüber musste ich einen Augenblick nachdenken. »Ja«, gab ich zu. »Aber mir wäre es trotzdem lieber, wenn meine Schwestern da wären. Es ist so still im Haus ohne Phoebe.« Ihr ständiges Lachen war so abrupt verstummt. Niemand konnte sie ersetzen. Niemand versuchte es auch nur. »Und als Rose an die Uni gegangen ist, hatte Mum eine Woche daran zu knabbern.« Mir war vorher klar gewesen, dass sie traurig sein würde, Rose zu verlieren, aber auch mich traf es härter, als ich erwartet hatte. Ich vermisste sogar, dass sie gegen meine Wand hämmerte und brüllte, ich solle meine Musik leiser drehen.

Angus lächelte mich verständnisvoll an, als ich schluckte und hinunter auf mein Sandwich blickte.

»Und was ist mit dir?«, fragte ich. »Vermisst du Phoebe?«

Er antwortete nicht sofort, und als ich den Blick hob, sah ich gerade noch, wie er mit den Schultern zuckte. »Schon, aber sie ist ja jetzt schon länger weg.«

»Wie oft telefoniert ihr miteinander?« Ich versuchte, beiläufig zu klingen, und verbarg meinen Schmerz darüber, dass sich meine Lieblingsschwester nur so selten bei mir meldete.

»Sie hat mir zweimal geschrieben«, antwortete Angus. »Das war's.« Er klang tonlos.

»Hat sie nicht mal angerufen?«, fragte ich überrascht.

»Nein«, antwortete er. »Aber wir sind ja auch gerade in einer Beziehungspause.«

»Was?«

»Hat sie dir das nicht gesagt?«, fragte er stirnrunzelnd.

Ich schüttelte den Kopf.

»Wir dachten, dieses Jahr würde zu schwierig werden für eine Fernbeziehung«, erklärte er. »Deswegen haben wir beschlossen, eine Pause einzulegen, und nächstes Jahr, wenn sie wieder da ist, sehen wir weiter.«

Ich war schockiert. Ich hatte geglaubt, Phoebe und Angus wären viel zu eng miteinander, um sich je zu trennen, wenn auch nur vorübergehend. Er war ihr erster Mann gewesen – o ja, das hatte sie uns erzählt, obwohl es gar nicht nötig gewesen wäre, denn ihr Gesicht sprach Bände. Wie konnte sie ihn loslassen, wenn sie ihn so sehr liebte? Und warum hatte sie es Rose und mir nicht anvertraut?

»Alles klar mit dir?«, fragte Angus.

»Ja, ich bin nur ein bisschen erstaunt, das ist alles. Komisch, dass Phoebe nichts gesagt hat.«

»Habt ihr euch immer alles erzählt?«, fragte er.

»Mehr oder weniger. Dachte ich jedenfalls.« Vielleicht war Phoebe verschlossener, als mir klar gewesen war. »Ach, ist ja auch egal.«

Wir schwiegen.

»Wünschst du dir manchmal, du hättest Geschwister?«, fragte ich schließlich.

Seine Mundwinkel zogen sich nach unten, und er zuckte mit den Schultern. »Weiß nicht. Kann sogar sein, dass ich welche habe, irgendwo.«

Ich sah ihn so verdutzt an, dass er mich direkt aufklärte.

»Ich weiß nicht viel über meinen leiblichen Vater, außer dass er Amerikaner ist und als Soldat hier irgendwo stationiert war. Ach ja und dass er nichts mit uns zu tun haben wollte, als Mum ihm erzählte, dass sie schwanger war. Wer weiß, wo er jetzt ist, ob er verheiratet ist, ob er Kinder hat ...«

Ich war schockiert. Er tat mir so leid! »Überlegst du manchmal, ihn zu suchen?«, fragte ich.

»Nein«, erwiderte er. »Meine Mutter ist alles, was ich brauche – und will. Außerdem wäre es ein Schlag ins Gesicht für sie, nach allem, was sie für mich getan hat. Sie hat mich ganz allein großgezogen.«

»Du hast gesagt, er wäre in der Nähe stationiert gewesen«, sagte ich. »Hat deine Mutter früher hier in der Gegend gewohnt?«

»Sie ist in unserem Haus aufgewachsen«, antwortete er. »Sie war erst achtzehn, als sie schwanger wurde – meine Großeltern haben sie rausgeworfen. Ich habe meine Oma und meinen Opa erst kennengelernt, als ich schon fast sechs war. Ich glaube nicht, dass Mum ihnen je ganz verziehen hat, aber mein Opa ist im Alter umgänglicher geworden. Sie stehen sich jetzt näher als früher.«

»Kein Wunder, dass du nicht oft bei ihnen gewesen bist.«

»Nein, es ist echt kein Wunder. Ich war entsetzt, als Mum mir eröffnet hat, dass wir hierherziehen.«

Wieder schwiegen wir. Ich dachte über alles nach, und irgendwann fasste ich mir ein Herz und sagte es einfach.

»Ich hab dich schon vorher mal gesehen, im Park«, begann ich. »Ungefähr ein Jahr bevor du aus Brighton weggezogen bist.«

»Wirklich?«

»Du bist Skateboard gefahren.«

Er riss die Augen auf. »Hast du mit mir geredet? Nein«, beantwortete er seine eigene Frage. »Daran würde ich mich erinnern.«

Ich lächelte ihn an, und mir fiel etwas auf. »Deine Augen haben dieselbe Farbe wie die Hügel.«

»Wirklich?« Er wirkte halb fasziniert, halb amüsiert.

»Ja, schau mal«, sagte ich grinsend und wies mit einem Nicken auf die Hänge hinter uns. »Ein buntscheckiges Durcheinander von Hellbraun und Grasgrün.«

»Ein buntscheckiges Durcheinander?« Er hob eine Augenbraue. Dann sagte er: »Schau mich an. Zeig mir mal deine.«

»Sie sehen genauso aus wie die von Phoebe«, erwiderte ich lachend.

»Nein, tun sie nicht«, entgegnete er ernst. »Ich weiß nicht, was es ist, aber sie sind nicht genau gleich.«

»Sie sind genau gleich«, erwiderte ich trocken. »Das ist so bei eineiigen Drillingen. Wir sind identisch.«

»Nein, ihr seid nicht vollkommen identisch«, erwiderte er beharrlich. »Ich kann euch voneinander unterscheiden.«

»Okay, dann sag mir, worin wir uns unterscheiden. Und dass wir unterschiedliche Frisuren haben, zählt nicht.«

»Roses Gesicht ist ein bisschen runder und weicher«, sagte er.

»Ist es nicht«, entgegnete ich abfällig.

»Und Phoebes Augen haben einen etwas helleren Grünton.«

»Quatsch. Du hast sie nur öfter in der Sonne gesehen.«

Er fuhr mit seiner Analyse fort, als hätte ich nichts gesagt. »Und deine Schwestern haben beide ein paar winzige Sommersprossen, hier.« Er berührte meine Nase, und ich zuckte überrascht zurück. »Vielleicht weil sie öfter draußen sind.

Sie sind ganz hell, man kann sie kaum erkennen, aber du hast gar keine.« Er sah mir in die Augen.

Schmetterlinge flatterten in meinem Bauch, als ich seinen Blick erwiderte.

Kurz darauf wandte er die Augen ab. »Aber du hast recht, es liegt hauptsächlich an der Frisur.«

Ich lachte verlegen. »Ich wette, du könntest uns nicht unterscheiden, wenn du betrunken wärst.«

»Wetten doch?«, erwiderte er flapsig.

In der Woche darauf meldete sich Angus wieder bei mir.

»Ich habe gerade versucht, Phoebe anzurufen«, sagte er.

»Ich dachte, ihr hättet im Moment keinen Kontakt?«, wunderte ich mich.

»Wir haben uns gegenseitig versprochen, Freunde zu bleiben. Jedenfalls ist sie nicht rangegangen.«

»Du Armer, bist du einsam?«

»Nee, ich hatte nur ein bisschen Lust zu reden. Ist das okay für dich, ein bisschen mit mir zu quatschen?«

»Klar, ich habe nichts anderes vor.« Ich machte es mir auf dem Stuhl in der Diele für unser erstes von vielen Telefongesprächen gemütlich.

Anfangs unterhielten wir uns ein bisschen über Phoebe, aber als die Wochen verstrichen, tauchte sie in unseren Unterhaltungen kaum noch auf. Er erzählte mir alles über sein Journalistikstudium, seine Professoren, seine Kommilitonen und seine Sauftouren durch London, und ich erzählte ihm vom meinem Leben in Sale: meiner Stelle als Aushilfskellnerin in einem italienischen Restaurant, meinem perversen Boss Mario und den paar lustigen Dingen, die ich mit den Gästen erlebte.

Jedes Mal, wenn das Telefon klingelte, flatterte mir vor

Nervosität der Magen. Ich wusste, dass ich mich auf gefährlichem Terrain befand, aber ich konnte mich nicht zurückhalten.

Phoebe dagegen rief praktisch nie zu Hause an. Ich war verletzt, beleidigt und auch ein bisschen sauer auf sie. Sie meldete sich gegen Ende November, kurz bevor sie nach Chamonix aufbrach. Bis dahin war sie mit Interrail durch Europa gereist, aber sie und ihre Freundin Josie planten, bis zum Frühling in den Bergen zu bleiben, mit nur einer kurzen Unterbrechung, um über Weihnachten nach Hause zu kommen. Ich fragte sie ganz direkt, ob sie Angus vermisse.

»Na klar«, erwiderte sie lässig. »Aber ich habe so viel erlebt, dass ich keine Zeit hatte, viel an ihn oder zu Hause zu denken.«

Sie sprach so beiläufig über ihre Beziehung, dass ich mich fragte, ob sie ihn überhaupt je geliebt hatte. Und auch Angus schien ganz zufrieden zu sein ohne sie.

Mitte Dezember begannen die Semesterferien. Rose blieb noch ein wenig in Portsmouth. Sie hatte es nicht eilig, ihre tollen neuen Freunde zurückzulassen, aber Angus kam sofort nach Hause.

Als er mich zur Begrüßung umarmte, hatte ich das Gefühl, dass mein Herz meinen Brustkorb sprengen würde.

»Hallo, kleine Hexe«, sagte er und ließ mich nur kurz los, um zu mir hinunterzulächeln. »Hast du mich vermisst?«

»Könnte sein«, erwiderte ich.

Judy arbeitete als Empfangsdame in einer Anwaltskanzlei; deshalb verbrachten Angus und ich die nächsten Tage größtenteils miteinander. Am Mittwoch bot er mir an, mich in die Stadt zu fahren, damit ich Straßenmusik machen konnte. Er setzte sich auf eine Bank in der Nähe, und jedes Mal, wenn ich zu ihm hinüberblickte, waren seine Augen auf mich gerichtet und er warf mir ein ermutigendes Lächeln zu. Irgendwann kamen ein paar Typen und rückten mir ein bisschen zu dicht auf die Pelle, da sah ich, wie er sich bereitmachte, um, wenn nötig, einzugreifen. Es war fast, als wäre er mein Bodyguard, so beschützt fühlte ich mich.

»Hast du irgendwo einen Auftritt ergattern können?«, fragte er mich später, als wir es uns im Baumhaus gemütlich gemacht hatten.

»Nein«, antwortete ich gereizt. »Ich glaube nicht, dass ich schon so weit bin.«

»Red keinen Quatsch, natürlich bist du das.«

Ich warf ihm einen verlegenen Blick zu. »Dad sagt das auch dauernd zu mir. Aber ich habe so viel mit Kellnern und Straßenmusik zu tun, und wir haben ja auch schon in ein paar Läden nachgefragt.«

Es war Dads Idee gewesen, einen Gig für mich zu organisieren, aber wir beide – er mit seinem schütteren Haar und ich mit meinen wilden Flechtzöpfen – bildeten wohl ein ziemlich merkwürdiges Paar, wenn wir irgendwo zusammen reingingen und fragten, ob wir den Manager sprechen könnten. Anfangs lachte ich über die Absagen, aber in Wahrheit hatte ich eine Heidenangst davor, dass ich mein Leben ruinierte. Ich hatte keinen Plan B, falls die Sache mit der Musik nicht klappte. Es war das Einzige, was mir am Herzen lag.

Na ja, nicht das Einzige.

»Niemand will mich hören«, sagte ich zu Angus. »Es heißt immer, ich sei noch zu jung und hätte nicht genügend Erfahrung.«

»Hast du nur in der Stadt nachgefragt?«

Ich nickte.

»Und wenn du es mal bei ein paar Arbeiterclubs in den

Vorstädten versuchst, nur um ein bisschen Erfahrung zu sammeln?«, schlug er vor. »Mein Großvater kennt vielleicht jemanden, der Interesse hätte. Ich mein ja nur. Ich könnte nachfragen.«

»Okay. Klar, warum nicht?«

Später am Abend kam Angus noch einmal rüber. Ein Exkollege seines Großvaters, Ernie, betreibe einen Club nur fünfzehn Kilometer entfernt und wolle sich gern mit mir treffen. Am nächsten Tag fuhren wir zusammen hin. Kaum hatten wir uns vorgestellt, da fragte mich Ernie auch schon, ob ich am Montagabend Zeit hätte.

»Er wollte mich nicht mal singen hören!«, quietschte ich begeistert auf dem Weg zurück nach Hause. In vier Tagen hatte ich meinen allerersten Auftritt!

Angus lachte leise. »Sein Gesicht, als er dich gesehen hat!« Er schüttelte amüsiert den Kopf. »Das muss für ihn wie Weihnachten und Ostern an einem Tag gewesen sein.«

Ich strahlte ihn an. »Danke!«, rief ich, neigte mich zu ihm und gab ihm impulsiv einen Kuss auf die Wange.

Er errötete, hielt den Blick aber auf die Straße gerichtet.

Nachdem sich meine anfängliche Aufregung gelegt hatte, machten sich Anspannung und Nervosität bemerkbar. Ob überhaupt jemand kommen würde? Angus half mir, Flyer zu kopieren und in der Gegend zu verteilen. Im Baumhaus gingen wir gemeinsam meine Playlist durch. Ich war gerührt, dass er mir half.

Dad fiel auf, wie viel Zeit wir miteinander verbrachten. Am Samstagnachmittag vor dem Gig sprach er mich darauf an. »Du triffst dich oft mit Angus, Lizziebeth.« Er hatte sich angewöhnt, mich wieder bei meinem alten Spitznamen zu nennen, und normalerweise liebte ich das, aber nicht an diesem Tag.

»Wir sind Freunde«, antwortete ich verteidigend. Ich wollte nichts von ihm hören.

»Meinst du, Phoebe wäre damit einverstanden?« Er hob eine seiner graubraunen Augenbrauen und sah mich herausfordernd an.

»Natürlich wäre sie das«, antwortete ich schnippisch. »Und außerdem weiß sie es. Ehrlich gesagt glaube ich, dass es ihr vollkommen egal ist.«

Ich hatte in den Gesprächen mit meiner Schwester ab und zu erwähnt, dass Angus und ich viel miteinander rumhingen, doch da wir nur selten telefonierten, konnte es sein, dass es ein wenig untergegangen war.

»Hauptsache, du weißt, was du tust«, sagte Dad und streute damit Salz in die Wunde.

Seine Bedenken machten mir am nächsten Tag noch zu schaffen. Judy öffnete die Tür, als ich zu Angus hinüberging.

»Oh! Hallo, Eliza, ich dachte im ersten Augenblick, du wärst Phoebe!«

Ich zwang mich zu einem Lächeln. »Nein, sie kommt erst am Samstag an.« Meine Schwester besuchte uns über Weihnachten zu Hause, wollte aber schon vor Silvester wieder nach Frankreich zurück.

»Schade, dass sie nicht bei deinem Auftritt morgen Abend dabei ist. Ich freue mich schon darauf.«

»Du kommst?«, fragte ich überrascht.

»Natürlich! Angus würde es mir nie verzeihen, wenn ich dich nicht unterstützen würde.«

Es war eine liebe, unschuldige Bemerkung, aber das Herz ging mir dabei auf.

Das Problem war, dass nichts für immer unschuldig bleiben konnte.

Angus war der Erste, zu dem ich ging, nachdem ich von

der Bühne gekommen war. Er nahm mich in die Arme und drückte mich. Ich war überglücklich. Auch wenn es nur ein Arbeiterclub war, hatte ich jede Minute meines Auftritts genossen.

»Und was ist mit mir?«, unterbrach mich Dad. Meine Eltern waren beide mitgekommen, um mich zu unterstützen.

Als ich mich von Angus löste, um meinen Vater zu umarmen, erhaschte ich einen Blick auf Judys Gesicht und sah den Ausdruck misstrauischer Sorge darauf.

»Wollen wir uns nachher im Baumhaus treffen?«, fragte ich Angus, bevor wir gingen.

»Ja, bis später«, flüsterte er mir ins Ohr und berührte meinen Arm.

Ich wartete eine Dreiviertelstunde in der klirrenden Kälte. Ich wollte schon aufgeben und die Kerze in der Laterne ausblasen, als er auftauchte.

»Wo warst du denn?«, rief ich.

»Tut mir leid«, murmelte er. »Ich habe mich mit meiner Mutter unterhalten.«

»Was ist denn?«, fragte ich, als mir seine Stimmung auffiel. »Hat sie etwas über mich gesagt?«

Die Frage schien ihn zu beunruhigen. »Wie kommst du darauf?«

»Ich habe ihren Gesichtsausdruck gesehen, nachdem wir uns umarmt haben.«

Er schaute zu Boden.

»Weiß sie, dass du hier bist?«, hakte ich nach.

»Nein«, erwiderte er verlegen.

»Sag mir, was los ist«, drängte ich und neigte mich nach vorn. Ich drückte leicht seinen Unterarm, und er blickte hinunter auf meine Hand, bevor er abrupt aufsah, direkt in meine Augen.

»Meinst du, Phoebe würde es etwas ausmachen, dass wir befreundet sind?«, fragte er.

Ich ließ ihn los und lehnte mich zurück an die Wand. »Nein, warum auch? Was hat deine Mutter gesagt?«

»Sie findet, dass ich rücksichtslos bin.«

»Rücksichtslos? Wieso?«, fragte ich mit unangenehm klopfendem Herzen.

»Sie befürchtet, dass ich dir nur etwas vormache.«

»Und was sagst du dazu?«, fragte ich wütend und versuchte zu verbergen, wie peinlich mir das war.

»Ich sage, dass ich mehr für dich empfinde, als ich sollte.«

Er sah mich so eindringlich an, dass mein Herz einen Schlag aussetzte.

»Angus!«, warnte ich kopfschüttelnd. Ich wusste, dass ich mit dem Feuer spielte, indem ich ihn so nahe an mich heranließ, aber ich dachte, es ginge dabei nur um mich. Dass auch Angus betroffen wäre oder ich Phoebe verletzen könnte, kam mir erst einmal gar nicht in den Sinn.

Unverwandt sah er mir in die Augen. »Das ist jetzt die Stelle, an der du zugeben müsstest, dass du auch etwas für mich empfindest«, sagte er leise.

»Tue ich aber nicht«, behauptete ich eisern, schob die wacklige Holztür auf und kletterte hinaus in die dunkle, frostige Nacht. Er versuchte nicht, mich aufzuhalten.

Am nächsten Tag war ich vollkommen durcheinander. Glücklicherweise schneite es, so dass ich drinnen vor mich hin brüten konnte.

Doch dann verging noch ein Tag, ohne dass wir uns gesehen hatten, und ich hielt es nicht mehr aus. Es war klar, dass er mich genauso sehr mied wie ich ihn, aber bedeutete das, dass er bereute, was er gesagt hatte?

Da Phoebe am Samstag nach Hause kommen würde, hatten wir nicht mehr viel Zeit, uns auszusprechen. Doch seine Mutter hatte inzwischen Urlaub, deswegen traute ich mich nicht, zu ihm rüberzugehen.

Dann, am Donnerstagnachmittag, saß ich auf der Fensterbank, als ich Angus zu seinem Auto gehen sah. Ohne lange nachzudenken, öffnete ich das Fenster. Er blickte zu mir hoch.

»Wo fährst du hin?« Ich rang mir ein cooles Lächeln ab.

»Zum Supermarkt, für meine Mutter«, erwiderte er gleichgültig.

»Kann ich mitkommen?«, fragte ich lässig.

Er runzelte die Stirn und nickte dann zögernd. Ich rannte hinunter, schnappte meinen Mantel und fragte meine Eltern, ob sie etwas brauchten.

Bis sie mir auf mein Drängen hin eilig eine Liste geschrieben hatten, war das Eis von Angus' Windschutzscheibe getaut.

»Tut mir leid, dass du warten musstest.« Ich stieg ein und knallte die Tür zu. »Meine Eltern haben mich gebeten, ihnen ein paar Sachen mitzubringen.«

»Schon in Ordnung«, sagte er, legte seine linke Hand hinter meine Kopfstütze und schaute beim Rückwärtsfahren über die Schulter. Ich erhaschte einen Blick auf sein Gesicht, und mein Herz zog sich zusammen.

»Wie geht's dir?«, fragte ich, als wir losfuhren. Einer von uns musste den Anfang machen.

»Gut«, erwiderte er kurz angebunden.

»Hattest du viel zu tun?«

»Es ist okay, Liza«, sagte er unvermittelt. »Ich hab's kapiert.«

»Was denn?«, fragte ich vorsichtig und erstarrte, als er am Straßenrand anhielt und sich zu mir umdrehte.

»Ich weiß, dass du dasselbe empfindest wie ich.«

Ich spürte, wie ich rot wurde, als er fortfuhr.

»Aber ich weiß auch, dass Phoebe für dich immer an erster Stelle stehen wird. Du würdest ihr niemals weh tun.«

»Stimmt«, gestand ich und schüttelte heftig den Kopf.

»Ich weiß, dass das ziemlich kompliziert ist. Ich hab sie immer noch sehr lieb, vielleicht mehr als sie mich, wenn ich mir überlege, wie selten sie sich gemeldet hat.« Er klang nicht mal verbittert; er stellte es einfach fest. »Doch selbst wenn sie und ich uns endgültig trennen, was im Moment durchaus sein könnte, weiß ich, dass es ihr nicht gefallen würde, wenn du und ich zusammen …«

»Es wäre schrecklich für sie«, unterbrach ich ihn.

Wir schwiegen beide. Nach einer Weile redete er weiter.

»Jedenfalls tut es mir leid. Ich hätte nichts sagen sollen, aber ich war durcheinander, und ich muss dir gegenüber einfach ehrlich sein.« Er lächelte mich gedankenverloren an. »Meinst du, wir könnten einfach wieder Freunde sein?«

»Klar doch«, antwortete ich mit einer Mischung aus Erleichterung und Bedauern.

Irgendwie schaffte ich es, mir einzureden, dass wir nach Weihnachten, wenn er zurück an der Uni wäre, wieder so miteinander umgehen könnten wie früher. Doch dann kam Phoebe nach Hause, und ich war in keiner Weise darauf vorbereitet, wie eifersüchtig ich war, wenn ich sie mit Angus zusammen sah.

Um das mal klarzustellen: Es lief keineswegs glatt zwischen den beiden. Man hätte die Spannung zwischen ihnen mit dem Messer schneiden können. Sie wirkte kühl, und er war womöglich enttäuschter, als er zugab, weil sie ihn nicht öfter angerufen hatte. Dennoch zog ich mich sofort zurück.

Überraschenderweise war Rose diejenige, die mich ablenkte. Auf einmal hing ich mehr mit ihr ab und fragte sie über ihr Studium und ihre Freunde aus. Sie erzählte mir mit diebischem Vergnügen grässliche Geschichten aus dem Krankenhaus, und die meiste Zeit hörte ich ihr gerne zu.

Am Tag vor Silvester kehrte Phoebe nach Frankreich zurück. Am Abend öffnete ich mein Fenster, um heimlich eine zu rauchen. Ich hatte erst ein paarmal gezogen, als ich hörte, wie Angus' Fenster aufging.

»Hey«, sagte er und lehnte sich heraus.

»Hi«, antwortete ich kurz angebunden.

»Alles klar bei dir?«

»Joh.«

Ich spürte, dass er mich beobachtete, richtete meine Aufmerksamkeit jedoch auf den Vorgarten.

»Was ist?«, fragte er irgendwann.

»Gehst du trotzdem zu Darryls Silvesterparty?«

Meine zusammenhanglose Frage schien ihn zu überraschen.

»Ja, hab ich vor. Und du?«

»Ich denke schon. Weißt du, ob dein Freund aus dem Freizeitzentrum, Jake, auch kommt?«

»Äh, keine Ahnung«, antwortete er, als sei ihm das unangenehm. »Warum? Fändest du es gut, wenn er kommen würde?«

Ich zuckte mit den Schultern. »Kann schon sein.«

Angus und Jake hatten den Sommer über im Schwimmbad als Rettungsschwimmer gearbeitet. Jake war bei meinem Auftritt gewesen, und ich hatte ihn ein paarmal dabei ertappt, wie er mich ansah. Er war ein bisschen älter als wir, gutaussehend, durchtrainiert und, nicht unwichtig, einer von hier. Warum hätte ich mich nicht für ihn interessieren sollen?

»Ich könnte ihn fragen, wenn du möchtest«, schlug Angus vor.

»Ja, das wäre nett.« Plötzlich spürte ich einen unerklärlichen Zorn in mir aufsteigen.

»Ist mit dir wirklich alles in Ordnung?«, fragte er noch einmal.

»Klar, warum nicht?«

Er zuckte mit den Schultern. »Keine Ahnung. Vermisst du Phoebe? War es schön für dich, als sie zu Hause war?«

»War es schön für dich?«, fragte ich zurück.

Wieder zuckte er mit den Schultern. »Es war okay. Nein, Quatsch, es war ziemlich beschissen«, gab er offen zu.

Ich runzelte die Stirn und sah ihm endlich ins Gesicht.

»Du weißt, dass wir uns endgültig getrennt haben, oder?«, fragte er.

»Wie bitte? Für immer?«

»Hat sie nichts gesagt?«

»Nein, auch diesmal nicht.«

Er wies mit dem Kinn auf meine Zigarette. »Hast du noch eine?«

»Ja.«

»Wollen wir uns im Baumhaus treffen?«

Ich zögerte, aber nur kurz. »Okay.«

Ich schlich mich aus dem Haus, ohne meinen Eltern Bescheid zu sagen. In meinem Alter brauchte ich zwar nicht mehr ihre Erlaubnis – schließlich war ich inzwischen achtzehn –, aber vielleicht hätten sie sich gewundert. Ich hoffte, dass sie auf dem Weg ins Bett nicht noch einmal nach mir sehen würden.

Angus war schon vor mir draußen, und ich beobachtete ihn, wie er mit seinen langen Gliedern über den Zaun kletterte und nur knapp das Blumenbeet verpasste, als er sich auf das nasse Gras fallen ließ. Er trug eine Tasche in der rechten Hand und warf mir ein kleines Lächeln zu, bevor er die Leiter hinaufstieg. Ich folgte ihm und schloss die Tür, dann zogen wir beide unsere Boots aus. Ich zündete ein paar Kerzen an und machte es mir auf einem der Sitzsäcke bequem. Er holte eine kleine Flasche Wodka, eine große Flasche Cola und zwei Plastikbecher aus seiner Tasche.

»Willst du deinen Kummer ertränken?«, fragte ich, als er mit einem Knacken die Wodkaflasche öffnete.

»Nein«, erwiderte er ruhig. »Es kam ja für uns beide nicht unerwartet.«

»Unfassbar, dass Phoebe schon wieder nichts gesagt hat.« Ehrlich gesagt war ich total sauer. Ich hatte mich ihr an Weihnachten nicht sehr nahe gefühlt, was auch an mir lag, denn ich hatte mir keine große Mühe gegeben. Aber sie hatte sich nicht mal erkundigt, wie mein letzter Auftritt gelaufen war. Die ganze Zeit hatte ich das Gefühl, dass sie am liebsten gar nicht nach Hause gekommen wäre, und das tat weh.

Angus reichte mir einen Becher, und ich warf ihm meine Zigaretten zu. Verstohlen beobachtete ich ihn, als er sich eine anzündete. Sein Gesicht sah so attraktiv aus im Feuerschein, und seine Wangenknochen traten noch deutlicher hervor. Er nahm einen Zug und blies den Rauch durch einen Spalt in der Tür.

»Was soll das mit Jake?«, fragte er. »Bist du jetzt scharf auf ihn?«

»Ich fand ihn schon immer interessant.«

»Echt jetzt?«

Wow, das klang aber feindselig. War er eifersüchtig?

»Glaubst du, er mag mich?«, fragte ich, um ihn noch weiter zu reizen.

»Natürlich tut er das.«

Ich machte große Augen. »Hat er irgendetwas zu dir gesagt?«

»Ja, aber es würde dir nicht gefallen, also frag gar nicht erst.«

»Sag's mir!«, rief ich und stieß ihm mit einem Fuß in den Bauch.

»Nein!«

»Ich will's aber wissen.« Ich stupste ihn wieder. Diesmal nahm er meinen Fußballen und hielt ihn fest. Mein Magen flatterte nervös, als er mich gereizt ansah.

»Sagen wir einfach, dass er mit irgendeiner von euch zufrieden wäre, oder auch allen dreien gleichzeitig.« Er schob meinen Fuß weg.

»Ach, ist das alles?«, fragte ich gelangweilt und gähnte noch dazu. »Kommt mir bekannt vor. Das haben wir schon tausendmal gehört.«

»Kann sein, aber ich hätte ihm beinahe eine reingehauen.« Er starrte mich an und trank einen Schluck von seiner Wodka-Cola.

»Ach, Angus.« Ich stupste ihn wieder, und als er diesmal meinen Fuß nahm, machte er keine Anstalten, ihn wieder loszulassen.

»Ich kann es nicht ausstehen, wenn die Leute euch alle in einen Topf werfen, als wärt ihr eine einzige Person.« Er hielt meinen Fuß gegen seine Brust, und ich spürte seinen Herzschlag ganz leicht unter meiner Sohle. »Dabei seid ihr so verschieden.«

»Lass mich mal ziehen.« Ich beugte mich nach vorn und nahm die Zigarette von ihm an. Er lehnte sich entspannt zurück in den Sitzsack und sah mir ruhig zu, als ich inhalierte.

»Du magst Jake gar nicht wirklich, oder?«, fragte er.

»Was interessiert dich das?«

Er warf mir einen bedeutungsvollen Blick zu, sagte aber

kein Wort. Mir drehte sich der Kopf. Der Wodka machte mich schon schwindelig, und die Zigarette machte es noch schlimmer.

»Hast recht«, murmelte ich.

Er holte tief und zittrig Luft und seufzte schwer, ohne den Blick von meinen Augen abzuwenden.

»Mit wie vielen Typen bist du bisher zusammen gewesen?«, fragte er.

»Keine Ahnung. Fünf?«

»Und, war es etwas Ernstes mit ihnen?«

»Du meinst, ob wir Sex hatten?«, fragte ich unumwunden.

Er nickte gespannt.

»Ich war noch nie mit jemandem so zusammen.«

Ihm klappte der Unterkiefer herunter.

»Überrascht?«, fragte ich trocken.

»Ein bisschen«, erwiderte er erstaunt.

»Du bist nicht der Einzige. Die Leute halten mich meistens für die Schlampe unter den Drillingen.«

Ich wollte ihm seine Zigarette zurückgeben, aber er schüttelte den Kopf. Er sah immer noch ein bisschen verdutzt aus. Der Rauch verstärkte mein Schwindelgefühl noch; deswegen rutschte ich nach vorn, öffnete die Tür und warf die Zigarette hinaus.

»Erinnere mich daran, morgen früh die Kippe wegzuräumen«, sagte ich und fuhr überrascht zusammen, als er mit einer Hand an meiner Wade hinaufstrich.

Er erstarrte und hielt dann beide Handflächen hoch. »Entschuldige.«

»Hast du für einen Moment vergessen, wer ich bin?«, fragte ich provokant und nahm meinen Fuß von seiner Brust. Ich hatte öfter beobachtet, wie er Phoebe so gestreichelt hatte.

»Ach, lass mich doch in Ruhe!«, erwiderte er genervt.

»Angus Templeton, Sie haben heute Abend aber eine ganz miese Laune.«

»Das müssen Sie gerade sagen, Eliza Thomson«, erwiderte er im gleichen Tonfall.

»Wieso, findest du mich unfreundlich?«, fragte ich erschrocken.

»Na ja, jedenfalls bist du nicht gerade liebevoll, so wie Rose, so viel ist klar.«

»Du glaubst, Rose wäre liebevoll? Ich sag dir mal was, die kann manchmal ganz schön fies sein.«

»Ich will damit nicht behaupten, dass sie leicht zu haben wäre. Sie ist einfach sanfter als du und Phoebe.«

Ich sah ihn mit schmalen Augen an. »Wenn es Phoebe und mich nicht geben würde, würdest du dich dann für Rose interessieren?«

»Was ist das denn für eine Frage!«

»Antworte mir!«

Er runzelte die Stirn, während er darüber nachdachte. »Nein, wahrscheinlich nicht.«

Es klang nicht sehr überzeugend.

Er zuckte die Schultern. »Ich meine, sie ist hübsch, sie ist nett, sie ist lustig. Theoretisch sollte ich mich für sie interessieren, aber ich weiß nicht.«

»Ich glaube, ich gehe jetzt mal lieber rein«, sagte ich finster, griff nach meinen Stiefeln und zog sie an.

»Warte, was ist denn?« Er setzte sich auf und klang aufrichtig verblüfft. »Du hast doch gesagt, wenn es dich und Phoebe nicht geben würde.«

Ich schüttelte den Kopf, und als ich ihn ansah, ergriff mich plötzlich die Hoffnungslosigkeit. »Ich weiß nicht, Angus. Es sollte mich eigentlich kein Stück interessieren, wen du magst, und dir sollte es egal sein, wen ich mag. Was ist nur los mit uns?«

Wir sahen uns einen langen, heißen Moment lang an. Schmetterlinge schwärmten in meinem Magen umher und spielten vollkommen verrückt.

»Scheiße«, murmelte er.

»Nein«, flüsterte ich und schüttelte ganz leicht den Kopf.

Ehe ich mich versah, küssten wir uns leidenschaftlich.

Schauer liefen mir den Rücken hinauf und hinunter, als er mich rittlings auf seinen Schoß zog. Ich erwiderte hingebungsvoll seine Küsse und fuhr ihm mit den Fingern durchs Haar, als er mich fest an sich drückte. Es fühlte sich so gut an, dass ich wünschte, es würde niemals mehr aufhören.

Je mehr er mich küsste, desto schwindliger wurde mir. Die schmerzliche Sehnsucht in meinem Inneren wurde drängender und intensiver. Ich brauchte mehr. Er zog den Reißverschluss meines Hoodies auf und streifte ihn über meine Arme, küsste meinen Hals und knabberte zart an mir. Mir drehte sich der Kopf, und ich blickte hinauf zur Decke, die vom Kerzenschein erhellt wurde.

»Ich will dich«, flüsterte er so, dass ich erzitterte.

Ich fuhr mit den Händen unter sein Hemd, und seine Küsse wurden wilder, während ich am Bund seiner Jeans entlangfuhr und an seiner Gürtelschnalle innehielt.

Er sagte meinen Namen zur gleichen Zeit, als Dad ihn laut ausrief.

»Eliza! Bist du da unten IM GARTEN?«

Wir erstarrten beide, aber ich kam als Erste wieder zu mir.

»JA!«, rief ich zurück und starrte Angus mit panisch aufgerissenen Augen an. Wenn Dad ihn hier fände, würde er ausflippen.

»Du holst dir den Tod da draußen! Es sind minus zwei Grad!«

»Ich komme!«, rief ich zurück, stieg von Angus hinunter und zog meine Jacke an. »Tut mir leid«, flüsterte ich. »Gleich kommt er runter und schaut nach mir.«

»Hey«, sagte er, als ich die Tür aufstieß. »Warte.«

»Was ist?«

Er zog mich an sich und küsste mich noch einmal auf den Mund. »Bis morgen.«

Der nächste Tag kam und mit ihm die Schuldgefühle. Sie waren überwältigend. Am liebsten hätte ich dem Alkohol die Schuld gegeben, aber so viel hatten wir gar nicht getrunken. Ich war vollkommen durcheinander. Wenn Dad uns nicht gestört hätte, wie weit wären wir dann gegangen? Hätten wir Sex gehabt? Und was hätte das mit mir gemacht, wenn wir es getan hätten? Es hätte mich völlig aus der Bahn geworfen.

Es erschreckte mich, wie mein Verstand einfach ausgesetzt hatte. Im hellen Tageslicht war ich mir absolut sicher, dass ich keine ernsthafte Beziehung mit dem Jungen haben konnte, an den meine Schwester ihre Jungfräulichkeit verloren hatte. Der Gedanke, dass wir beide mit demselben Mann geschlafen hätten, machte mich ganz krank vor Scham. Ich wäre dann genau das Flittchen, über das die Leute ihre Witze machten. Die Nutte. Die Hure.

Am nächsten Tag stand ich auf und fuhr in die Stadt. Meinen Eltern sagte ich, ich wolle Straßenmusik machen. Angus schrieb mir eine Nachricht und fragte mich, wo ich sei. Ich ging davon aus, dass er nach mir sehen wollte, deswegen antwortete ich ihm nicht. Ich wollte nicht, dass er mich fand.

Er versuchte, mich anzurufen, aber ich antwortete nicht, und daher hinterließ er eine Nachricht, dass wir uns ja später bei Darryl sehen würden. Mum und Dad hatten vor, Rose und mich zu der Party zu bringen, nachdem wir in einem schicken Restaurant gegessen hatten, wo sie schon Wochen im Voraus reserviert hatten. Aber ich würde auf keinen Fall zur Party gehen. Sie setzten Rose ab, und ich fuhr mit nach Hause und ging ins Bett unter dem Vorwand, ich fühle mich nicht wohl. Früh am nächsten Morgen stand ich auf und besuchte eine alte Schulfreundin, die nach Birmingham gezogen war. Glücklicherweise waren sie und ihre Familie gerne bereit, mich für ein paar Tage aufzunehmen, ohne dass ich vorher großartig Bescheid gesagt hätte.

Angus hörte nicht auf, mich anzurufen und mir zu schreiben. Endlich hinterließ er mir eine Nachricht, die meine Aufmerksamkeit erregen musste: »Ich nehme an, dass Rose dir erzählt hat, was an Silvester passiert ist.«

Natürlich wollte ich unbedingt wissen, was er damit meinte, deshalb rief ich ihn zurück.

»Eliza!«, rief er. »Verdammt nochmal! Warum hast du mich nicht zurückgerufen?«

»Mach ich doch jetzt«, erwiderte ich. »Was ist denn mit Rose passiert?«

»Hat sie was gesagt?«, fragte er misstrauisch.

»Nein.«

Er schwieg. Ich hörte ihn tief durchatmen.

»Sag's mir«, drängte ich ihn, und mir wurde ganz übel, weil ich eine Ahnung hatte, wo es hinführte.

»Ich habe sie für dich gehalten«, sagte er schließlich und bestätigte damit meinen Verdacht.

»O Gott, Angus!« Ich hatte das Gefühl, in Ohnmacht zu fallen.

»Es tut mir leid!«, platzte er heraus. »Ich war besoffen! Ich wünschte mir, du wärst es gewesen. Ich hatte so sehr gehofft, dich dort zu sehen. Und sie hat mich nicht daran gehindert!«

»Natürlich hat sie das nicht!« Ich wurde laut, obwohl ich nicht wütend war. Ich war niedergeschmettert. Ich wusste, dass Rose in ihn verliebt war. Von dem Moment an, als er nebenan eingezogen war, war sie ihm mit den Augen gefolgt wie ein liebeskrankes Hündchen. Aber ich hätte nie geglaubt, dass sie so weit gehen würde.

»Liza, es tut mir so leid«, beschwor er mich eindringlich. »Ich schwöre dir, ich hätte nie …«

»Ruf mich nie wieder an«, sagte ich fest und wappnete mich innerlich. »Siehst du denn nicht, wie beschissen das alles ist? Hör auf damit. Lass es gut sein. Für mich ist die Sache erledigt.«

Als wir über Ostern nach Somerset eingeladen wurden, sagte ich sofort zu. Ich wollte es so lange wie möglich vermeiden, Angus persönlich zu begegnen.

Wir sahen uns im Sommer, aber bis dahin war ich schon mit Jake zusammen. Ich war verletzt über den verächtlichen Blick in Angus' Augen, als er herausfand, dass es etwas Ernstes zwischen uns war, aber ich sagte mir, dass es so am besten sei. Es war der Schnitt, den wir beide brauchten. Angus kam schließlich mit einer Kommilitonin an der Universität zusammen – sie hieß Megan –, aber es hielt nicht lange, nur ein paar Monate. Er hatte noch eine weitere Affäre, von der ich wusste, aber auch das war nichts Ernstes.

Manchmal dachte ich noch über ihn nach. Als dann im Jahr darauf mein Vater starb, wäre ich daran fast zerbrochen.

Sein Tod traf mich bis ins Mark. Ich war neunzehn und hatte Dad nur achtzehn Monate lang für mich gehabt. In dieser Zeit war unsere Beziehung immer inniger geworden. Mum hatte ihn gebeten, das Klettern aufzugeben, und damit fehlte ihm ein Hobby, um sich die Zeit zu vertreiben. Endlich schien er echtes Interesse an mir zu haben und an dem, was ich tat, und er beschloss, mir dabei zu helfen, Auftritte zu organisieren. Fahren wollte er mich auch – er nannte sich schon scherzhaft meinen Manager. Wir lachten so viel miteinander! Zum ersten Mal im Leben fühlte ich mich, als sei ich etwas Besonderes für ihn.

Bei der Beerdigung konnte ich mich nur mit äußerster Willenskraft zusammenreißen. Mum hatte mich gebeten, Dads Lieblingssong zu singen, und ich war fix und fertig, denn ich wusste, dass er sich ihn auch gewünscht hätte, deswegen konnte ich nicht nein sagen.

Ich hatte allerdings keine Ahnung, wie ich das schaffen sollte. Die Vorstellung, Gitarre zu spielen und vor den Trauergästen ein heiteres Liedchen zu singen, während mein geliebter Dad kalt und leblos in einer Kiste lag, war einfach furchtbar. Trotzdem gab ich mir alle Mühe für den letzten Menschen, der mich jemals Lizziebeth nennen würde, doch am Schluss liefen mir die Tränen über die Wangen.

Ich konnte mich nicht wieder hinsetzen. Das war mein Abschied von ihm gewesen, und mehr hielt ich einfach nicht mehr aus.

Ein elektrischer Schlag zuckte meinen Arm herauf, als ich an der dritten Bankreihe vorbeiging und Angus meinen Namen flüsterte und dabei mit den Fingerspitzen meine berührte. Ich fing seinen Blick auf und wünschte mir nichts sehnlicher, als ihn zu umarmen und von ihm umarmt zu werden.

Doch als er zu mir herauskam, hatte ich bereits die Fassung wiedergewonnen.

»Liza«, sagte er mit erstickter Stimme, als er mich an einen Grabstein gelehnt auf der Wiese sitzen sah. Er kniete sich hin, aber ich zuckte weg, als er mich berühren wollte. Die ganze Zeit hatte ich durchgehalten, ohne zusammenzubrechen, und ich war entschlossen, es auch jetzt nicht zu tun.

»Ich will doch nur dein Freund sein«, sagte er leise und mit besorgtem Blick. »Ich vermisse dich. Ich vermisse meine Freundin.«

»Du und ich, wir hätten nie zusammen sein können, Angus. Das weißt du, oder?«

Es war eines der ganz seltenen Male, dass wir über das sprachen, was passiert war. Hätten wir das von Anfang an so gemacht, hätten wir einander vielleicht verzeihen und Freunde werden können, doch stattdessen blieb es so immer angespannt zwischen uns.

»Für dich gibt es nur Phoebe, und sonst keine. Hast du das verstanden? Wenn du sie nicht willst, kannst du keine von uns haben.«

Sein Blick verhärtete sich. Er stand auf und zog sich zurück.

Später sah ich, wie er die weinende Phoebe im Arm hielt. Ich empfand bittersüßes Glück für sie. Ich konnte förmlich zusehen, wie sich die Risse in ihrer zerbrochenen Beziehung von selbst wieder zusammenfügten. Ich war froh, dass er sie trösten konnte. Sie hatte es verdient. Und sie gaben wirklich ein schönes Paar ab.

Das tun sie immer noch.

Trotzdem wäre mir lieber gewesen, wenn er es sich anders überlegt und keine von uns genommen hätte.

Um acht Uhr abends komme ich von meiner erfolglosen Wohnungssuche in London nach Hause, genau in dem Moment, als Rose die Haustür öffnet. Sie weicht zurück, als sie mich sieht.

»Was ist?«, frage ich. »Wo willst du hin?«

Sie starrt mich an. »Ich schaue mir Angus' neue Wohnung an.«

»Ach ja?« Ich rümpfe die Nase. »Warum?«

»Ich helfe ihm, Phoebes Sachen auszupacken«, antwortet sie, sofort in der Defensive.

Mit einem verächtlichen Schnauben erwidere ich: »Ist das dein Ernst? Hast du nicht genug mit Packen zu tun? Oder ist Angus dir wichtiger als Mum?«

»Du kannst mich mal, Eliza«, zischt sie, und ich zucke nicht mal mit der Wimper, denn ich weiß, dass das gemein von mir war. Sie fährt fort: »Nur weil du eine betrügerische kleine Mistkröte bist, die ihm an die Wäsche will …«

»Was soll das denn?«, unterbreche ich sie erbleichend.

»Ich weiß über dich Bescheid! Ich weiß von dir und Angus! Vor Jahren hast du Phoebe hintergangen, und wahrscheinlich betrügst du sie immer noch!«

Kopfschüttelnd erwidere ich: »Unsinn! Du hast doch 'ne Meise. Da ist nichts zwischen Angus und mir. Nichts! Wenn ihn irgendjemand will, dann du. Du mit deinen feuchten Hundeaugen. Du machst mich krank. Werd endlich erwachsen.«

Ich denke: Jetzt knallt sie mir eine.

»Ich sag's Phoebe!«, stößt sie warnend hervor. Ist das ihr Ernst?

»Was willst du ihr sagen?«, erwidere ich schnippisch.

»Das mit dir und Angus, damals, mit achtzehn. Du warst ganz kurz davor, mit ihm zu vögeln.«

Ich starre ihren Daumen und Zeigefinger an, die sie mir einen Zentimeter entfernt vors Gesicht hält. Woher weiß sie das? Hat Angus es ihr erzählt? Will er die Hochzeit vermasseln? Ich bin entsetzt. Nein, so etwas würde er nicht tun. Moment mal …

»Du hast mein altes Tagebuch gefunden«, stelle ich fest.

Verlegen wendet sie den Blick ab.

»Du Miststück! Wie konntest du es wagen, es zu lesen!«, zische ich. »Aber weißt du, vielleicht sollte ich Phoebe erzählen, dass du mit Angus auf Darryls Silvesterparty geknutscht hast! Er hat dich für mich gehalten«, füge ich boshaft hinzu. »Und du hast zugelassen, dass er dich küsst. Du hast ihm erlaubt, dich zu befummeln.« Davon weiß ich zwar nichts, aber ich kenne Angus und weiß, wie er sich am Abend zuvor mir gegenüber verhalten hatte.

Ich habe recht, denn Rose sieht aus, als müsse sie kotzen.

»Anstatt mich zu beschuldigen, Phoebe zu betrügen, solltest du mal in den Spiegel schauen, Rosie«, fauche ich sie an. Plötzlich muss ich lachen und blicke mich um. »Wow, wenn Judy und Mum uns hören könnten, würden sie die Hochzeit abblasen«, fahre ich schneidend fort. »Aber weißt du was? Ich erzähle Phoebe einfach, dass Angus jede von uns nehmen würde. Sie muss wissen, worauf sie sich einlässt, bevor sie diesen Typen heiratet.«

»Nein, mach das nicht!«, erwidert Rose. »Du würdest alles kaputt machen. Sie wäre am Boden zerstört.«

Am Rande meines Bewusstseins höre ich das Telefon im Haus klingeln, aber ich bin nicht mehr zu bremsen. »Unsinn! Sie muss die Wahrheit erfahren!«

»Phoebe!«, ruft Mum.

»Perfekt!«, stoße ich hervor. »Perfektes Timing, Schwesterherz.« Ich lächle Rose teuflisch an. »Vielleicht sollte ich es ihr jetzt gleich sagen …«

Teil zwei

Kapitel 13

Phoebe

Manchmal kann ich kaum glauben, dass ich immer noch hier bin. Auch jetzt würde ich mich am liebsten kneifen. Ich sitze auf dem Balkon und blicke hinauf zu den Bergen. Die untergehende Sonne wirft ein helles bernsteinfarbenes Licht über die schneebedeckten Gipfel. Ein herrlicher Anblick!

Remy und ich wollen heute Abend in Chamonix essen gehen, aber er ist von seiner heutigen Klettertour erst spät zurückgekommen.

Bevor er ins Haus ging, fragte er mich, ob ich glücklich sei. Ich glaube, er macht sich manchmal Sorgen, wenn er mich tief in Gedanken versunken erwischt, was, zugegebenermaßen, recht häufig vorkommt.

Ehrlich gesagt geht mir der Traum von letzter Nacht nicht aus dem Kopf. Darin bestiegen Dad und ich einen Berg, und ich erinnerte ihn scherzhaft daran, wie er mir zum ersten Mal gebeichtet hatte, dass er, auch weil er mit lauter Brüdern aufgewachsen war, sich Söhne gewünscht hat, stattdessen aber Töchter bekam und dann auch noch drei auf einmal.

Ich war fünfzehn, als er es mir zum ersten Mal anvertraute. Wir waren in den walisischen Hügeln klettern, und ich hatte gerade den Gipfel von Cemetery Gates erreicht. Ich weiß noch, wie stolz er war – er umarmte mich und sagte, ich wäre ihm genauso lieb wie ein Sohn.

In meinem Traum lächelte er und sagte genau das zu mir, doch dann verschwand er auf einmal, und ich schrie, in der Gewissheit, dass er abgestürzt war. Ich erwachte schluchzend, und Remy musste mich in den Armen halten, bis ich mich beruhigt hatte.

Ich glaube, ich träume deswegen von Dad, weil ich weiß, wie sehr ihm die Klettertour gefallen hätte, die Remy und ich gestern unternommen haben. Wir sind die Rébuffat-Route auf der Südseite der Aiguille du Midi gegangen. Sie war schwierig, und wir brauchten fast sechs Stunden, aber Dad wäre stolz auf mich gewesen.

Manchmal fühle ich mich so schwerfällig, als würde ich die Hänge hinauftrampeln, aber heute lief einfach alles glatt.

Ich liebe es, mit Remy zu klettern. Er ist so attraktiv und bewegt sich so elegant – wie ein Tänzer hangelt er sich am Felsen hinauf. Ich weiß, dass Dad einmal über mich gesagt hat, ich erinnere ihn an Catherine Destivelle, mein Kletteridol. Dads Held war der legendäre Joe Brown, die »menschliche Spinne«, der in Manchester geboren und aufgewachsen war.

An Remy mag ich, dass er mich immer wieder fordert und mich zwingt, meine Komfortzone zu verlassen. Zum ersten Mal hat er das gleich bei unserem ersten Date getan, als er mich zum Paragliding mitnahm. Ich hatte furchtbare Angst, was ziemlich ungewöhnlich für mich ist, daher musste er mich wirklich überreden. Was hat er damals gesagt? »Das ist die reinste, simpelste Form des Fliegens« oder so ähnlich. Er versprach mir, dass ich mich wie ein Vogel fühlen würde.

Ich weiß noch, wie ich empört entgegnete, ich sei kein beschissener Vogel, und ihn damit zum Lachen brachte. Aber er ließ nicht locker. Er überzeugte mich davon, dass ich, wenn ich so etwas Außergewöhnliches tat, mein Bewusstsein erweitern würde. Die meisten Leute rollten im Leerlauf durch das

Leben; meine Perspektive zu verändern würde sich herrlich anfühlen.

Er hatte recht. Wir unternahmen einen Tandemflug, und als wir den Hang hinunterliefen, hatte ich Todesangst. Doch dann verließen meine Füße den Boden, und wir schwebten über dunkelgrüne Fichten inmitten der Berge. Es war einfach unglaublich. Mein Herz schwang sich auf.

Und so geht es mir immer noch.

Um also Remys Frage zu beantworten: Ja, ich bin glücklich. Ich darf nur nicht zu viel nachdenken.

Kapitel 14

Rose

Das Klopfen an meiner Schlafzimmertür reißt mich unsanft aus meinen Gedanken. Es ist später Nachmittag, und ich habe auf meinem Bett gelegen und gelesen.

»Rose?«, ruft Mum, während ich mich rasch aufsetze. »Ich koche Tee. Möchtest du auch eine Tasse?«

»Klar! Ich komm runter.«

Normalerweise sagt sie mir nicht Bescheid, wenn sie Teewasser aufsetzt. Sie muss sich einsam fühlen. Oder sie möchte über irgendetwas reden.

Mit beidem liege ich richtig.

»Ich glaube, es wird Zeit«, sagt sie mit zittriger Stimme, als ich in die Küche komme.

Ich nehme sie in die Arme, drücke sie und muss selbst die Tränen hinunterschlucken.

»Ich rede morgen mit dem Immobilienmakler«, verspreche ich ihr.

»Ich habe schon angerufen«, erwidert sie. »Sie haben gesagt, sie könnten die Fotos noch einmal benutzen, also wird die Anzeige morgen schon online sein.«

Der Verkauf letzten Sommer war, wenig überraschend, nicht zustande gekommen. Mum hat lange mit der Entscheidung gehadert, aber jetzt, nach einem Jahr, bin ich erleichtert, dass sie sich endlich dazu durchgerungen hat.

»Ich habe sogar schon ein kleines Haus gefunden, das bestimmt genau das richtige für mich ist«, verkündet sie munter. »Einen Bungalow, nicht weit von hier. Zur Miete, damit ich nicht vom Regen in die Traufe komme.«

»Das ist wunderbar, Mum.« Ich tue so, als würde ich die Tränen in ihren Augen nicht bemerken.

»Diesmal will ich es schnell hinter mich bringen«, sagt sie. »Keine Verzögerung mehr. Und du, gehst du danach zurück nach London?«

»Nein.« Ich schüttle den Kopf. »Ich möchte lieber hierbleiben.«

Sie presst die Lippen zusammen. »Meinst du nicht, es wird Zeit, dass du wieder anfängst zu arbeiten?«

»Nein, noch nicht, Mum.«

»Gib doch nicht wegen dieses Mannes deinen Beruf auf, Rose«, ermahnt sie mich, und ich sehe ihr an, dass sie sich beherrschen muss, um mich nicht zu schütteln.

»Es liegt nicht nur an Gerard«, erwidere ich, obwohl es ein ziemlicher Schlag für mich war, als seine Frau von ihm schwanger wurde, obwohl er mir weisgemacht hatte, sie wollten sich scheiden lassen. »Ich habe das Gefühl, dass ich mal etwas anderes als Krankenpflege machen muss.«

»Und wenn du dir eine Stelle in einem Krankenhaus hier in der Nähe suchst?«, schlägt sie vor, als hätte sie mir gar nicht zugehört.

»Vielleicht mache ich das«, erwidere ich, ohne ihr etwas zu versprechen.

Letzten Endes war mir die Entscheidung leichtgefallen, im vergangenen Oktober meine Stelle in London zu kündigen und auf Dauer zu Mum nach Sale zu ziehen. Doch das Zusammenleben mit ihr war nicht einfach. Eliza zog aus, als ich einzog – sie und ich würden nie auf Dauer unter einem Dach zusammenleben können. Sie erklärte, sie bräuchte sowieso mal einen Tapetenwechsel, doch anstatt nach London zu ziehen, kam sie bei einer ihrer Kellnerkolleginnen in der Stadt unter.

Währenddessen versuchten Mum und ich, alleine zurechtzukommen. Wir fanden keinen Mieter, und ohne meine Schwestern war es viel zu still im Haus. Mum spürte das mehr als irgendjemand sonst. Sie muss jetzt etwas verändern, neue Leute kennenlernen und noch einmal ganz von vorne anfangen. Ich befürchte, dass dieses Haus sie sonst vor ihrer Zeit ins Grab bringt.

»Was willst du machen?«, fragt Mum besorgt und holt mich wieder zurück ins Hier und Jetzt. »Wo willst du unterkommen?«

»Ich weiß es noch nicht, aber ich werde eine Lösung finden.«

In den kommenden sechs Wochen habe ich allerdings viel zu viel zu tun und kann mich um nichts anderes als den Hausverkauf kümmern. Wir finden rasch einen solventen Käufer, der schnellstmöglich einziehen möchte, und beim Packen überkommt mich ein Déjà-vu. Mum kann nicht viel helfen – sie ist im Laufe des letzten Jahres noch zerbrechlicher geworden –, deswegen bewältige ich die meiste Arbeit allein, obwohl Judy, die Gute, manchmal zum Helfen rüberkommt. Mister Tempelton ist vor zwei Jahren gestorben – Angus, der damals ziemlich fertig war, machte sich Sorgen um seine Mutter, die von da an ganz allein im großen Haus wohnte –, aber Anfang des Jahres beschloss Judy, sich zu verkleinern. Gottlob ist sie nicht weit weg gezogen.

Genau wie im letzten Jahr ist uns Eliza keine Hilfe, aber diesmal bin ich dankbar dafür. Mum leidet darunter, dass wir immer noch nicht miteinander reden, und Phoebe würde ausflippen, aber sie ist nicht hier, kann also nichts daran ändern.

Ich habe in letzter Zeit Mrs Dryden unterstützt, eine alte Dame ein paar Häuser weiter, die vor mehreren Monaten eine Hüftoperation hatte. Ihr Staffordshire-Terrier Bicky muss spazieren geführt werden, und normalerweise gehen wir in den Park. Heute muss ich jedoch ein paar Einkäufe erledigen, deswegen laufe ich mit Bicky ins Stadtzentrum und bete, dass sie nicht auf den Bürgersteig macht. Als es das letzte Mal passierte, kam gerade ein gutaussehender Typ auf mich zu, und ich musste vor seinen Augen die Scheiße wegmachen.

Ich habe gehört, dass in dem bisher geschlossenen Geschäft hinter dem Rathaus eine Bäckerei eröffnet hat, die noch alles selbst backt, und mir vorgenommen, sie mir einmal anzusehen. Ein stylishes, modernes blassgrün-graues Schild mit dem Namen *Jennifer's* springt aus dem roten Backstein hervor. Im Fenster liegen verschiedene ungewöhnlich aussehende Brote in altmodischen Holzkisten aufgestapelt, und bunte Cupcakes türmen sich auf der Theke.

Zwei von denen würden bestimmt gut zum Tee schmecken. Wir haben heute über das Haus verhandelt, sind uns aber immer noch unsicher wegen des Verkaufs, so dass Mum und ich eine Aufmunterung, ja vielleicht sogar eine kleine Feier gut gebrauchen könnten.

»Der Hund muss draußen bleiben«, sagt der Mann hinter der Theke in dem Moment, als ich die Schwingtür aufstoße.

»Oh, ja natürlich.«

Ich gehe wieder raus und binde Bicky an einen Laternenpfahl.

»Was kann ich für Sie tun?«, fragt der Mann, als ich zurückkehre. Er ist ungefähr eins achtzig groß und untersetzt, und er hat buschige Augenbrauen, graumeliertes Haar und dunkelbraune Augen. Er spricht mit leichtem Cockney-Einschlag, deshalb bin ich mir ziemlich sicher, dass er nicht von hier ist.

»Zwei Cupcakes, bitte, einen mit Schokolade und einen mit Vanille.«

Er nimmt eine Schachtel zur Hand, während ich mich im Inneren umsehe. Die Farbgebung in Blassgrün und Grau setzt sich innen fort, mit weißen Akzenten auf den Fußleisten, Fensterbrettern und Möbeln. Weiter hinten stehen ein paar Tische, an denen Leute Kaffee trinken.

»Sonst noch etwas?«, fragt der Mann.

»Äh, vielleicht noch ein Brot«, antworte ich und wende mich ihm wieder zu. Die Tür geht auf, und drei Frauen kommen herein, zwei davon mit Kinderwagen.

»Welches?«, fragt er, während die Frauen hinter mir stehen bleiben und sich laut unterhalten.

»Normalerweise nehme ich ein langweiliges Vollkornbrot, aber Sie haben eine so große Auswahl. Welches können Sie empfehlen?«

»Ist es für eine besondere Gelegenheit? Oder einfach nur für Butterbrote? Toby!«, ruft er, ehe ich antworten kann.

»Nein, es ist für keine besondere Gelegenheit«, antworte ich, und im gleichen Moment wird die Tür hinter ihm geöffnet, und ein mürrisch dreinblickender junger Mann schlendert herein. Er ähnelt dem hinter der Theke, hat dieselben dunklen Haare und dunklen Augen, sieht aber deutlich besser aus.

»Kundschaft!«, blafft der Bäcker ihn an und wendet sich dann wieder mir zu.

»Ich würde gerne mal etwas anderes ausprobieren«, sage ich schließlich.

»Vielleicht ein Walnuss-Rosinenbrot? Passt gut zu Käse.«

»Das hört sich lecker an, das nehme ich.« Wieder blicke ich mich um. »Ein schönes Geschäft haben Sie hier. Wann haben Sie eröffnet?«

»Letzte Woche«, sagt er.

»Kommen Sie aus London?«

»Äh, ja. Mein Dialekt hat mich verraten, stimmt's?«

Ich lächle. »Ja, man hört es ein bisschen. Ich habe mal in Highgate gearbeitet«, füge ich hinzu.

»Feine Gegend«, sagt er mit einem vielsagenden Blick.

»Die Gegend, in der ich gearbeitet habe, war nicht besonders fein«, stelle ich richtig. Warum ich das Bedürfnis habe, weiß ich nicht. »Es war mehr in der Nähe von Archway. Im Whittington Hospital. Ich bin Krankenschwester.«

Er wendet abrupt den Blick ab, und ich komme mir ein wenig dumm vor, so viel von mir erzählt zu haben. Er mischt sich in die Diskussion neben uns ein. »Wir haben kein Rosmarin-Kartoffelbrot mehr, und zwar deinetwegen. Ich hab dir doch gesagt, du sollst nachsehen, wie viel noch da ist.« Kopfschüttelnd sieht er mich an. »Sie wollen nicht zufällig den Beruf wechseln? Der Junge treibt mich noch zur Verzweiflung.«

Ich zucke mit den Schultern. »Ich suche tatsächlich gerade eine Stelle, falls Sie etwas frei haben.«

Mit zusammengekniffenen Augen sieht der Mann mich an. »Haben Sie nicht eben gesagt, Sie wären Krankenschwester?«

»Ja, das stimmt, aber ich nehme mir gerade eine Auszeit. Ich habe mich längere Zeit um meine Mutter gekümmert, aber sie zieht demnächst in ein Haus, in dem kein Platz mehr für mich ist.«

»Sie haben es nicht mehr ausgehalten, was?«

Sein Sohn – falls es sich um seinen Sohn handelt – wirft ihm einen vorwurfsvollen Blick zu.

»Sie will es selbst so«, erwidere ich, zu abgelenkt von Tobys seltsamem Gesichtsausdruck, um mich zu ärgern. »Ich glaube, sie will ihre Unabhängigkeit zurück«, scherze ich. »Und sie möchte lieber Leute in ihrem eigenen Alter um sich haben.«

Amüsiert fragt mich der Mann: »Haben Sie schon mal in einer Bäckerei gearbeitet?«

»Nein, aber als junges Mädchen habe ich in den Sommerferien in einem Café gekellnert«, antworte ich. »Und ich lerne schnell.«

»Ist das Ihr Ernst? Sie suchen einen Job?«

»Ja, das ist mein Ernst.«

Toby stützt die Ellbogen auf der Theke ab und mustert mich.

»Nimm die Ellbogen von den Arbeitsflächen, zum Teufel nochmal«, tadelt ihn der Mann. »Wie heißen Sie?«, fragt er.

»Rose. Rose Thomson.«

»Ich bin Gavin, das ist mein Sohn Toby, und wie es der Zufall so will, war unsere letzte Angestellte zu nichts zu gebrauchen und wurde gestern entlassen. Sie könnten also morgen anfangen, wenn Sie möchten.«

»Wirklich?« Meine Augen leuchten auf.

»Ja. Seien Sie morgen früh um sieben hier.«

Das ist früh. »Wow! Okay, dann bis morgen.«

»Oh, und wenn Sie das bitte wegmachen würden.« Mit einer Kinnbewegung deutet er hinaus zu Bicky, die sich gerade auf den Bürgersteig hockt.

»Scheiße«, fluche ich und laufe knallrot an.

»Sie sagen es«, bemerkt Toby trocken.

Judy ist zu Besuch bei uns, als ich nach Hause komme. Sie steht auf und umarmt mich. »Hallo, Rose«, sagt sie. »Und, wie geht's dir?«

»Ich ärgere mich, dass ich nicht noch einen Cupcake mehr

mitgebracht habe«, erwidere ich lächelnd, öffne die Schachtel und zeige den beiden das Gebäck.

»Oh«, stößt Judy begeistert hervor.

»Wir können uns einen teilen«, schlage ich vor. »Sie sind riesig.«

»Woher hast du sie?«, fragt Mum.

»Aus der neuen Bäckerei beim Rathaus um die Ecke. Und ich habe noch eine Überraschung, ratet mal«, verkünde ich strahlend.

»Was denn?«, fragen Judy und Mum im Chor.

»Ich fange morgen an, dort zu arbeiten.«

Es entsteht eine lange Pause, in der niemand etwas sagt.

»Ist ja toll«, meint Judy irgendwann, ohne jede Begeisterung.

»Und was ist mit deiner Arbeit als Krankenschwester?«, fragt Mum, die sich nicht mal bemüht, ihre Enttäuschung zu verbergen.

»Ich hab dir doch gesagt, dass ich eine Pause brauche. Etwas Abwechslung wird mir guttun.«

»Aber Rose ...«

»Es ist ja nicht für ewig. Aber ich bin froh, den Sommer über einen Job zu haben, dann kann ich in Ruhe überlegen, was ich will. Jetzt brauche ich nur noch ein Plätzchen zum Wohnen, und alles ist gut.«

Judy und Mum wechseln einen Blick.

»Vielleicht kenne ich jemanden, der ein Zimmer frei hat«, sagt Judy zögerlich, während Mum auf ihrem Platz herumrutscht.

»Wen denn?«

»Angus.«

Ich setze mich langsam aufs Sofa. »Wie geht es ihm?«

»Nicht besonders«, antwortet Judy bedrückt. »Der Student,

der bisher bei ihm gewohnt hat, ist fertig mit der Uni, und er könnte ein bisschen Gesellschaft gebrauchen.«

»Ich kann mir nicht vorstellen, dass er ausgerechnet meine Gesellschaft möchte.«

»Im Gegenteil, ich glaube, du wärst zum jetzigen Zeitpunkt das Beste für ihn. Er hat dich immer sehr gemocht, und ich glaube, dass es besser für ihn wäre, eine vertraute Person um sich zu haben als schon wieder einen Fremden.«

»Hast du mit ihm darüber gesprochen?«, will ich wissen. Ich habe Angus seit Monaten nicht gesehen und bin mir nicht sicher, ob wir einander noch so vertraut sind.

»Nein, aber wenn du Interesse hast, mache ich das.«

Doch die Vorstellung, Angus wieder näher sein zu können, gefällt mir. Ich habe ihn vermisst.

Kapitel 15

Eliza

Ich bin weg!«, rufe ich Michelle zu.

Die Badezimmertür geht auf, und Dampfschwaden quellen heraus.

»Gehst du gleich danach ins Roxy's?«, fragt meine Mitbewohnerin, ein ausgeblichenes blaues Handtuch um den nackten Körper gewickelt, das dunkelrote Haar tropfnass von der Dusche.

»Hängt davon ab, wie es läuft«, antworte ich. »Wenn in der Stadt nichts los ist, komme ich vorher vielleicht noch mal nach Hause und stelle meine Gitarre ab, ansonsten sehen wir uns bei der Arbeit.«

»Okay, dann bis später.«

Michelle und ich kellnern beide in einem Burgerladen im Northern Quarter. Er ist ziemlich neu und ziemlich hip, also im Vergleich zum Mario's sehr angenehm. Ich habe immer geglaubt, dass ich meinen Job dort nur aufgeben werde, wenn es mit der Musikkarriere steil aufwärtsgeht, und nicht, um anderswo weiterzukellnern. So weit ist es leider noch nicht. Aber ich gebe nicht auf. Noch nicht.

»Danke!«, rufe ich dem kleinen Jungen nach, der gerade fünfzig Pence in meinen Gitarrenkoffer geworfen hat. Seine Mutter lächelt mir über die Schulter hinweg zu, und ich nicke und spiele weiter.

Ich mag die Gegend. Normalerweise spiele ich selten hier,

aber Vikram, der Jongleur, hat meinen üblichen Platz besetzt, deswegen musste ich weiterziehen. Er schart immer ein ziemlich großes Publikum um sich. Diese Stadt ist einfach nicht groß genug für uns beide.

Zwei kleine Kinder, Bruder und Schwester, ziehen an den Händen ihrer Mutter, damit sie stehen bleibt. Das Mädchen läuft nach vorn und beginnt, sich zur Melodie zu wiegen. Ich lächle sie an und komme dadurch noch sympathischer rüber.

Dad hat einmal zu mir gesagt, mein ganzes Gesicht würde strahlen, wenn ich singe. Er meinte, ich sähe dann aus »wie ein Engel«.

Beim Gedanken an ihn kräusele ich leicht die Mundwinkel, werde aber wieder ernst, als die Frau die Kinder mit etwas Kleingeld zu mir schickt und sie dann weiterzieht.

Ich weiß nicht, was zuerst passiert – ob sich meine Nackenhaare aufstellen oder ich ihn entdecke, aber jedenfalls blicke ich plötzlich Angus in die Augen. Er steht wie angewurzelt ungefähr zwanzig Meter entfernt. Ich gerate ins Stocken. Er schüttelt leicht den Kopf, damit ich weitersinge, aber ich kann nicht.

Ich habe ihn seit Monaten nicht gesehen.

»Tut mir leid«, sage ich zu einer Gruppe von Jugendlichen, die mir zugehört haben, aber sie achten gar nicht auf mich. Achselzuckend streben sie zum nächsten McDonald's, während ich meine Sachen zusammenpacke.

»Du hättest nicht aufhören sollen«, sagt Angus, jetzt dicht an meiner Seite. Jedes Nervenende in meinem Körper kribbelt.

»Muss sowieso nach Hause«, murmele ich. »Muss heute Abend arbeiten.«

»Wann fängst du an?«, fragt er.

»Um sechs.«

»Eliza, bis dahin sind es noch Stunden«, erwidert er traurig.

»Ich muss gehen«, murmele ich, schließe die Schnallen meines Gitarrenkoffers und schlinge den Trageriemen um meine Schulter.

»Warte!«, entgegnet er energisch. »Schau mich an!«

Widerstrebend gehorche ich ihm. Ein Fehler. Der Ausdruck in seinen Augen bringt mich fast zum Weinen.

»Hey«, sagt er, als ich die Fassung verliere.

Ich drehe mich um und gehe schnell weg.

»Liza, warte!«, ruft er mir hinterher. Einen Moment darauf ist er an meiner Seite und hält mit mir Schritt.

»Angus, lass mich in Ruhe. Ich will dich nicht sehen.«

»Schön, aber man bekommt nicht immer das, was man will, oder?«, entgegnet er verbittert, nimmt mich an der Hand und bringt mich mit einem Ruck zum Stehen. »Ich habe schon so lange nicht mehr mit dir gesprochen. Was hast du jetzt vor? Können wir nicht mal zusammen einen Kaffee trinken gehen?«

Ich schüttle seine Hand ab. »Warum sollten wir?«

»Mein Gott, Eliza!« Er starrt mich an. »Habe ich nicht mal eine halbe Stunde deiner kostbaren Zeit verdient? Nach all den Jahren?«

Niedergeschlagen schüttle ich den Kopf, aber ich kann ihm nicht widersprechen, und das weiß er.

»Okay«, flüstere ich.

Seine Anspannung lässt sichtlich nach. »Um die Ecke gibt es ein nettes Café«, sagt er seufzend.

»Was machst du in der Stadt?«, frage ich, als wir uns an einem Tisch gegenübersitzen.

»Ich brauchte ein paar Sachen für die Wohnung.« Er wirft mir einen merkwürdigen Blick zu. »Du weißt doch, dass Rose in das freie Zimmer einzieht, oder?«

Das haut mich um. »Soll das ein Witz sein? Wieso?«

»Hast du keinen Kontakt mehr zu deiner Mutter?«, fragt er ungläubig.

»Doch, natürlich! Ich hab erst vor ein paar Tagen mit ihr gesprochen, aber davon hat sie nichts gesagt.« Wahrscheinlich weil sie Angst hatte, dass ich ihr den Kopf abreiße.

Angus seufzt. »Es war die Idee meiner Mutter. Sie hat sich in den Kopf gesetzt, dass ich die Gesellschaft einer Frau bräuchte anstatt wieder die eines Studenten. Da das Gästezimmer ohnehin frei war und Rose nicht weiß, wo sie hinsoll, wenn das Haus eurer Mutter verkauft ist, schien es eine gute Lösung zu sein.«

Keine Ahnung, warum die Vorstellung mich so verstört, dass Rose Angus jeden Tag sieht, vor allem, weil ich versucht habe, ihm ganz und gar aus dem Weg zu gehen.

Die Kellnerin bringt unsere Bestellungen. Ich hoffe, den Kloß in meinem Hals mit dem Kaffee runterspülen zu können.

»Du hast abgenommen«, bemerkt Angus, als sie gegangen ist. »Und du siehst blass aus. Geht es dir gut?«

»Es ging mir schon mal besser«, antworte ich ehrlich. »Und wie geht's dir?«

»Genauso.«

Er hat dunkle Ränder unter den Augen, und sein Gesicht sieht müde und erschöpft aus. Sein dunkelblondes Haar ist länger und strähniger als früher. Er erweckt den Anschein, als sorge er nicht gut für sich selbst, als sei ihm alles egal.

»Hattest du in letzter Zeit irgendwelche Auftritte?«, will er wissen.

»Ein paar. Das Übliche.«

»Klapperst du immer noch die Arbeiterclubs ab?«

»Ja.«

Angus weiß, dass das nicht mein Plan war. Vielleicht spürt er mein Unbehagen, denn er lässt das Thema fallen.

»Schön, dich zu sehen.« Seine braungrünen Augen sind voller Sorge. »Auch wenn du furchtbar aussiehst«, fügt er schonungslos hinzu.

Später, nachdem wir die Zeit mit Smalltalk totgeschlagen haben, bietet er an, mich nach Hause zu fahren.

»Schon gut, ich kann zu Fuß gehen«, erwidere ich.

»Ach was, ich fahre dich mit meiner Klapperkiste.« Er stupst mich mit dem Ellbogen in die Rippen.

»Ist doch gar keine Klapperkiste«, höre ich mich sagen. »Ich hab dein Auto immer gemocht.«

»O nein!« Erschrocken sieht er mich an. »Du wirst ja richtig sentimental. Du bist doch nicht etwa krank?« Er versucht, mir den Handrücken gegen die Stirn zu legen, aber ich wehre ihn ab.

»Wann zieht Rose ein?«, frage ich unglücklich, während wir nebeneinanderher gehen. Wenn er mich nach Hause fahren will, na bitte. Ich werde mich nicht mit ihm streiten.

»Am Samstag«, antwortet er. »Warum kommst du nicht auch rüber? Wir könnten uns etwas zu essen …«

»Nein, danke.«

Enttäuscht schüttelt er den Kopf. »Redet ihr immer noch nicht miteinander? Warum denn bloß? Das ist alles ein solcher Mist.«

»Wir hatten immer schon unsere Probleme, und sie sind mit der Zeit größer geworden«, erwidere ich mit leiser Stimme. »Du weißt, dass wir uns nie gut verstanden haben.«

Er hakt nicht weiter nach, und schweigend setzen wir den Weg zu seinem Auto fort.

Ich wohne nicht weit vom Zentrum entfernt, aber durch den Stadtverkehr brauchen wir zwanzig Minuten.

»Ist es hier?«, fragt Angus bestürzt, als wir angekommen sind. Er blinzelt durch die Windschutzscheibe an dem sechzehnstöckigen Wohnhaus empor, das Michelle und ich unser Zuhause nennen.

»Ja«, antworte ich mit schiefem Grinsen und beobachte, wie er die Gruppe Jugendlicher mustert, die an der Ecke stehen.

»Wirkt echt schäbig.«

»Ist nicht so schlimm, wie es aussieht, wirklich nicht.« Ich steige aus. »Möchtest du einen Moment mit raufkommen?«

Trotz meiner Versuche, ihn zu meiden, will ich ihn jetzt nicht so schnell wieder loswerden.

»Na klar.«

»Bitte entschuldige die Unordnung«, sage ich, als ich die Tür aufschließe.

»Du solltest mal meine Wohnung sehen«, murmelt er und folgt mir hinein.

»Ich wette, dass Rose die Bude in Nullkommanichts auf Vordermann gebracht hat«, bemerke ich abfällig und schließe die Tür hinter ihm. Er ignoriert meinen Seitenhieb und blickt sich im einigermaßen aufgeräumten Wohnzimmer um. »Das nennst du Unordnung?«

Wir haben zwei hellgraue Sofas mit geometrisch gemusterten, leuchtend rosafarbenen und schwarzen Kissen, einen modernen Wohnzimmertisch mit einer Pflanze in der Mitte und auf dem Boden einen flauschigen dunkelgrauen Teppich. Vom Wohnzimmer geht ein kleiner Balkon ab, auf dem die Vormieterin jede Menge Pflanzen hinterlassen hat. Da ich Höhenangst habe, wage ich mich nie hinaus.

»Michelle muss aufgeräumt haben«, erkläre ich ihm. »Mach aber einen Bogen um die Küche, nur zur Vorsicht.«

Zu spät, er ist schon unterwegs. Das Geschirr der letzten Tage stapelt sich in der Spüle. »Das ist doch gar nichts«, sagt er.

»Soll das ein Wettbewerb sein?«, frage ich amüsiert und stoße die Tür zu meinem Zimmer auf. Kleidungsstücke liegen dort herum, wo ich sie ausgezogen habe – seit über einer Woche habe ich nicht gewaschen.

Er spitzt die Lippen und legt den Kopf schief. »Nein, ich hab immer noch gewonnen.«

»Wie hoch ist dein Poststapel?«, frage ich mit einer Kopfbewegung in Richtung des hohen Stapels von Umschlägen, von denen ich einige geöffnet, aber noch keine weggelegt habe.

»Ungefähr genauso.«

Er geht hinüber zum Tisch an der Wand, und ich erstarre, als er eine Karte in die Hand nimmt, die mit der Vorderseite nach unten auf dem Stapel liegt. Er schlägt sie auf und liest sie, dabei verblasst sein Lächeln, bis es ganz fort ist. Er legt die Karte wieder hin.

»Herzlichen Glückwunsch, ein paar Wochen nachträglich«, sagt er leise.

Ich nicke schnell. »Willst du noch einen Kaffee?«

»Hast du Bier da?«, fragt er.

»Ja. Aber ich muss um sechs Uhr bei der Arbeit sein, weißt du noch?« Es ist inzwischen kurz vor fünf.

»Keine Sorge«, sagt er kleinlaut. »Ich wollte hier nicht übernachten. Wenn du möchtest, bringe ich dich auf dem Nachhauseweg hin.«

»Bist du jetzt mein Taxifahrer?«

»Nimm mein Angebot an oder lass es.«

Lächelnd erwidere ich: »Okay, danke.«

»Wo arbeitest du denn jetzt?«, fragt er, als ich mit zwei Flaschen Bier aus der Küche komme – einer für ihn und einer für mich.

»Im Roxy's im Northern Quarter. Dem Burgerladen.«

Er nickt. »Kenne ich. Einer meiner Kollegen hat letzte Woche dort seinen Abschied gefeiert. Er fand es super da.«

»Und wie ist dein Job bei der Zeitung?«

»Cool. Hält mich vom Grübeln ab.« Er trinkt einen Schluck aus der Flasche. Ich folge seinem Beispiel.

Als ich wieder in seine Richtung blicke, sieht er mich an.

»Es ist wirklich schön, dich zu sehen«, wiederholt er.

»Ich finde es auch schön, dich zu sehen«, erwidere ich ehrlich.

Wir zucken beide zusammen, als die Haustür aufgeschlossen wird. Die Tür fliegt auf, und Michelle stürmt herein, bepackt mit Einkaufstaschen.

»Hey!«, ruft sie außer Atem und bleibt dann abrupt stehen und starrt Angus an. »Oh«, sagt sie, und ihre Augen huschen zwischen ihm und mir hin und her. »Hi.«

»Hi«, antwortet er lässig.

»Michelle, das ist Angus. Angus, das ist Michelle.«

Sie reißt die Augen auf. »Angus«, sagt sie langsam und stellt ihre Tüten ab.

»Ja, der Angus«, erkläre ich matt, bevor sie Fragen stellen kann.

Mit einem Sprung ist sie bei ihm. »Wie schön, dich endlich kennenzulernen!«, ruft sie mit breitem Grinsen.

Angus schüttelt ihr die Hand und sieht mich amüsiert an. Ich zucke nur mit den Schultern.

»Warst du shoppen?«, frage ich sie überflüssigerweise.

»Ja. Ziemlich viel los in der Stadt heute, findest du nicht? Wie hat es bei dir geklappt?« Mit einem Nicken deutet sie auf meinen Gitarrenkoffer.

»Ganz gut.«

Sie löst ihre Flechtfrisur und fährt fort: »Ich zieh mich schnell mal um.«

»Angus hat gesagt, er würde uns zur Arbeit fahren. Einverstanden?«, erkundige ich mich – meine Mitbewohnerin hatte ich nicht ausdrücklich erwähnt.

»Na klar.«

»Cool, danke!«, sagt Michelle und knallt die Tür hinter sich zu.

»Die scheint ja ganz lustig zu sein«, sagt Angus, als wir Musik aus ihrem Zimmer hören.

»Auf jeden Fall ist sie ein Energiebündel.«

»Es ist gut, so jemanden um sich zu haben.«

Der Blick in seinen Augen versetzt mir einen Stich ins Herz. Vielleicht ist es gut, dass er Rose an seiner Seite haben wird. Doch sobald ich daran denke, geht es mir wieder schlecht.

Kapitel 16

Phoebe

Ich bin so glücklich! Remy zeigt mir seine Heimat! Gestern sind wir in den Cevennen-Nationalpark gefahren, wo Remy damals klettern gelernt hat. Heute haben wir einen Kalksteingipfel erklommen und den Rennfahrern der Tour de France in ihren leuchtend bunten Trikots dabei zugesehen, wie sie sich die Haarnadelkurven der Berge hinaufkämpften, während Hubschrauber über unseren Köpfen knatterten.

Remy bemerkte, dass der Fluss am Fuß der Hänge eine sandige Insel in Form eines Herzens ausgewaschen hat. Er zeigte sie mir, küsste mich und sagte, ich hätte sein Leben verändert. Wenn ich ihn nicht ermuntert hätte, von Turin nach Chamonix zu ziehen, hätte er jetzt nicht seinen perfekten Job. Ich war gerührt!

Ich bin so glücklich heute Abend! Vielleicht reagiere ich überstürzt, aber ich habe das Gefühl, als hätte mein Leben eine Wendung genommen. Ich wusste, dass es richtig war, hierzubleiben.

Wenn ich mir vorstelle, Angus' Traum auszuleben, sich in Sale niederzulassen, läuft es mir kalt den Rücken herunter.

Sale hat mich geprägt. Ohne meine Heimatstadt wäre ich nicht die, die ich heute bin. Diese ersten Kletterübungen im Freizeitpark und alle Ausflüge, die ich mit Dad unternommen habe – sie gehören zu meinen schönsten Erinnerungen, und mir hätte nichts Besseres passieren können, als in diesem wundervollen Zuhause mit meiner wundervollen Familie aufzuwachsen.

Aber ich habe mich weiterentwickelt, und inzwischen kann ich vorbehaltlos behaupten, dass ich niemals mehr zurückkehren möchte.

Eines von Dads Lieblingszitaten ist mir gerade in den Sinn gekommen:

»Das Leben muss rückwärts verstanden, aber vorwärts gelebt werden.«

Da könnten Sie durchaus recht gehabt haben, Herr Kierkegaard.

Ich möchte nach vorn leben, grüble aber lieber nicht zu lange über das nach, was ich zurückgelassen habe. Wenn ich an die Zukunft denke, bin ich voller Hoffnung. So sollte es doch bestimmt sein.

Kapitel 17

Rose

»Ist dein Vater schon weg?«, frage ich Toby. Er ist allein in der Bäckerei und wischt die Arbeitsflächen sauber. Gavin ist normalerweise noch da, wenn ich komme, weil er die ganze Nacht über backt. Toby kommt normalerweise ungefähr zur selben Zeit wie ich, und Gavin lässt sich meistens nachmittags noch einmal blicken, um ein Auge auf den Ablauf zu haben.

»Er ist schon vor ein paar Stunden gegangen«, erwidert Toby kurz angebunden und würdigt mich kaum eines Blickes.

»Ist etwas mit ihm?«, frage ich und suche meine Schürze.

»Nein, es geht ihm gut«, erwidert Toby, scheint aber keine Lust zu haben, mehr dazu zu sagen, deshalb schweige ich.

Toby sagt nicht viel. Er ist ganz anders als sein Vater, der ständig über alles Mögliche redet, allerdings auch nur über Oberflächliches.

»Hast du die gebacken?«, frage ich und deute auf die Baguettes in den Abkühlregalen.

»Ja«, antwortet er und kommt zu mir herüber. »Sie müssten jetzt fertig sein«, fährt er fort. »Räumen wir sie also in den Laden.«

»Ich wusste gar nicht, dass du backen kannst.«

Zynisch hebt er eine Augenbraue. »Ich bin Dads Sklave, seitdem ich acht Jahre alt bin.«

»Gefällt dir die Arbeit?«, frage ich und folge ihm aus der Backstube hinaus ins Geschäft.

Er zuckt mit den Achseln. »Ist schon okay.«

Paarweise packen wir die Baguettes vom Tablett in einen hohen Weidenkorb. Aufrecht, gerade und golden stehen sie darin.

»Warum arbeitest du hier, wenn es dir nicht gefällt?«, erkundige ich mich neugierig.

»Wer soll es denn sonst machen?«, erwidert er mürrisch.

Nicht zum ersten Mal muss ich an seine Mutter denken – wo ist sie? Was ist mit ihr passiert?

»Aber du bist doch volljährig, oder?« Ich folge ihm zurück in die Backstube.

»Ich bin einundzwanzig.« Er prüft, ob die übrigen Brote schon genügend abgekühlt sind, um sie in die Ausstellungskörbe umzuräumen. Seinem Gesicht nach nicht. Wir sind spät dran heute.

»Hast du nicht mal daran gedacht, in London zu bleiben? Und dein eigenes Ding zu machen?«

»Nö.« Er verzieht das Gesicht und klopft auf seine Jeanstasche. »Ich geh mal nach hinten eine rauchen.«

»Was dagegen, wenn ich mitkomme?«

»Du rauchst?«

»Nein, aber solange die Brote noch nicht so weit sind, kann ich doch auch ein bisschen frische Luft schnappen.«

»Na ja, was heißt frisch … Okay, ich bleib weit genug von dir weg.«

Wir gehen hinaus in den kleinen, von einer hohen Backsteinmauer umgebenen Hof. Unkraut sprießt durch die Ritzen zwischen den Pflastersteinen. Toby setzt sich auf eine niedrige Mauer von etwas, das einmal ein Pflanzkasten war, wenn man von dem Grünzeug ausgeht, das aus der Erde wuchert. Ich setze mich neben ihn, was mir einen skeptischen Blick einbringt.

»Willst du dich wirklich da hinsetzen?«

»Klar. Ich bin Passivrauchen gewöhnt«, erwidere ich und denke dabei an Elizas heimliche Qualmerei früher als Jugendliche. Der Rauch, der von ihrem Fenster aus in mein Zimmer zog, störte mich gar nicht so sehr, wie ich immer behauptete.

Ich blicke hinauf zum Himmel, als Toby sich die Zigarette anzündet. Viertel nach sieben, und kein Wölkchen weit und breit. Im Wetterbericht wurde ein heißer Tag angekündigt. Perfektes Grillwetter. Ob Angus einen Grill hat? Ich habe keinen gesehen. Ich könnte heute Nachmittag einen Einweggrill und etwas zu futtern besorgen.

»Ich bin am Wochenende umgezogen«, erzähle ich, beschwingt von meinen Plänen für heute Abend.

»Ach ja?«, antwortet Toby. Er wirkt nicht besonders interessiert, aber ihm wird nichts anderes übrigbleiben, als mir zuzuhören, denn ich habe die Nase voll davon, schweigend neben ihm zu arbeiten. Mir reicht's.

»Das Haus meiner Mutter wird in einer Woche verkauft, aber sie ist schon in ihr neues gezogen. Sie wohnt jetzt zur Miete, das macht vieles leichter.«

»Ja, hast du schon erzählt.«

»Ach, wirklich?«

»Ja.«

»Oh.«

Schweigen auf beiden Seiten.

»Du bist nicht sehr gesprächig, was, Toby?«, necke ich ihn nach einer Weile.

Er wirft mir einen Seitenblick zu und bläst den Rauch in die andere Richtung. »Jedenfalls nicht so wie du, Rose.«

Er verzieht keine Miene, klingt aber, als würde er mich necken wollen, und irgendwie freut mich das.

»Darf ich dich was fragen?«

»Ich kann dich ja sowieso nicht daran hindern.«

»Wo ist eigentlich deine Mutter?«

Seine dunklen Augen weiten sich ein wenig. »Zu Hause«, murmelt er und richtet den Blick wieder auf die Mauer.

»Ach so.« Das überrascht mich. »Ich dachte, da weder dein Vater noch du sie je erwähnt ...«

»Es geht ihr nicht besonders«, erklärt er, wirft seine Kippe auf den Boden und tritt sie aus. »Deswegen ist Dad heute bei ihr geblieben.«

»Oh. Das tut mir leid«, sage ich leise.

»Wir sollten jetzt aufschließen. Das Brot muss bald fertig sein.« Er steht auf, bevor ich weiterfragen kann, was mit seiner Mutter los ist. Vielleicht ist es besser so. Ich glaube, meine neugierigen Fragen gefallen ihm nicht besonders.

Es fühlte sich nicht so seltsam an, wie ich gedacht habe, in die Wohnung zu ziehen, die eigentlich Phoebes hätte sein sollen. Da sie nie selbst darin gewohnt hat, hatte sie keine Chance, dort ihre Handschrift zu hinterlassen. Das macht es einfacher.

Die Wohnung liegt im dritten Stock eines Neubaus in Bahnhofsnähe. Vom Wohnzimmer geht ein relativ großer Balkon ab, von dem aus man bis zum Park blicken kann. Die Türen lassen sich so weit aufklappen, dass man das Gefühl hat, im Freien zu sein.

In London haben Angus und Phoebe möbliert gewohnt, so dass die gesamte Einrichtung von Angus stammt. Ein stylisches, hellgraues L-förmiges Sofa trennt den offenen Wohnbereich vom Essplatz. Davor steht ein kühl-gelber Wohnzimmertisch mit Plexiglasplatte. Ich stehe eigentlich mehr auf bunte, poppige Sachen, weiß aber guten Geschmack zu schätzen. Besonders gut gefällt mir die große orangefarbene Anglepoise-Stehlampe, die sich mit einem Knick über den von bunten Stühlen umgebenen Esstisch wölbt.

»Rate mal, was ich zum Abendessen geholt habe!«, verkünde ich meinem neuen Mitbewohner, als er zur Tür reinkommt. Im ersten Moment wirkt er erschrocken, mich hier zu sehen. Manchmal frage ich mich, ob er glaubt, Phoebe stünde vor ihm. »Einen Grill!« Ich hole den Einweggrill aus der Einkaufstüte, halte ihn hoch und gehe an den Kühlschrank. »Dazu habe ich Burger geholt und Salate und …« Ich höre, wie er näher kommt, blicke auf und sehe sein Gesicht. »Was ist?«

»Tut mir echt leid«, sagt er bedauernd, stützt die Ellbogen auf die Kochinsel und sieht mich an. »Ich habe heute Abend schon etwas vor.«

Heute? An einem Montag? »Egal«, antworte ich leichthin und stelle das Essen wieder in den Kühlschrank. »Die Sachen halten sich.«

»Tut mir wirklich leid, Rosie.«

Es gefällt mir, dass er mich Rosie nennt. Es ist schon viel zu lange her, dass er das zu mir gesagt hat. »Ist doch kein Ding, Angus.«

»Können wir nicht morgen grillen? Das Wetter soll sich noch die ganze Woche halten.«

»Klar, so machen wir's.«

Er lächelt erleichtert. »Wie wär's mit einem Drink, bevor ich unter die Dusche springe?«

»Klingt gut. Auf was hast du Lust?«

»Ich mach uns einen zurecht.« Unterwegs zum Kühlschrank entdeckt er die Flasche Pimm's und sagt bestürzt: »Oh, sogar daran hast du gedacht.«

»Der hält sich auch«, antworte ich kurz angebunden und bin ein bisschen verlegen, weil ich mir solche Mühe gemacht habe.

Obwohl ich erst seit ein paar Tagen hier wohne, genieße ich das Zusammenleben mit Angus, und vielleicht bin ich in meinem Enthusiasmus etwas übers Ziel hinausgeschossen.

»Soll ich uns einfach jetzt schon mal einen Pimm's Cup mixen?«, schlägt er vor.

»Meinst du?«

»Na klar!« Er öffnet den Kühlschrank und holt das Zitronenwasser und das Ingwerbier heraus, das ich vorhin hineingestellt habe.

»Ich schneide schon mal etwas Obst und Gurke«, sage ich und lege eine Gurke, Erdbeeren und Minze zurecht.

Seite an Seite stehen wir an der Anrichte, und ein paar Minuten später stoßen wir an.

»Komm, wir setzen uns auf den Balkon.« Er geht mir voraus.

»Die Wohnung ist wirklich toll«, seufze ich, als wir es uns auf den beiden Liegestühlen gemütlich gemacht haben.

»Sie hat was«, stimmt er mir zu. »Freut mich, dass sie dir gefällt.« Er lächelt mich so liebevoll an, dass mir ganz warm wird.

»Und, was machst du heute Abend?«, frage ich.

»Ich gehe mit einem Arbeitskollegen was Kleines essen.« Er wirft mir einen kurzen Blick zu, und schon glaube ich, dass er mich einladen will mitzukommen, aber er tut es nicht. »Und, wie war es heute bei dir in der Bäckerei?«

»Gut«, antworte ich und erzähle ihm von Toby und seiner Mutter. »Was sie wohl hat?«

»Wenn er will, dass du es erfährst, wird er es dir schon sagen.«

»Weißt du, vielleicht könnte ich ja irgendwie helfen. Schließlich bin ich Krankenschwester.«

»Du willst immer gerne helfen, Rosie, aber halte dich besser etwas zurück.«

»Ich mische mich schon nicht ein«, verspreche ich.

Mrs Drydens Hüfte ist inzwischen so weit verheilt, dass sie sich wieder selbst um Bicky kümmern kann, und auch wenn ich nichts dagegen habe, keine Hundescheiße mehr aufsammeln zu müssen, fehlt mir das tägliche Spazierengehen. Nachdem Angus weg ist, denke ich bei mir, dass ich doch gar keinen Hund brauche, um mal um den Block zu gehen, daher schließe ich die Wohnung ab und mache mich auf den Weg. Ehe ich mich versehe, bin ich im Park in der Nähe meines ehemaligen Zuhauses gelandet.

Meine Mutter hat früher als Freiwillige bei der Parkpflege geholfen, und ich denke an sie, als ich an den farbenfrohen Blumenbeeten entlangspaziere. Sie hat sich in ihrem neuen Haus besser eingelebt, als ich gedacht hätte, und das ist eine riesige Erleichterung. Als ich sie gestern besuchte, kam sie gerade vom Kaffee mit einer ihrer Nachbarinnen zurück, und auch im Garten hat sie schon gearbeitet. Ich bin froh, dass sie beschäftigt ist, und hoffe, dass sie so weitermacht.

In dem Zusammenhang fällt mir das Jennifer's ein. Der Hof ist verwahrlost, aber wenn wir ihn ein bisschen begrünen und aufräumen würden, könnten wir in den Sommermonaten einen Tisch und Stühle für die Angestellten rausstellen. Für Gäste wäre es nichts, man gelangt nur durch die Küche nach draußen, aber dann hätten wir zumindest einen hübscheren Ausblick, wenn die Fenster geöffnet sind.

Vielleicht hilft mir Mum mit ein paar Ideen zur Bepflanzung.

Ich gehe weiter, motiviert von meinem Plan. Ich nehme mir vor, Gavin morgen früh darauf anzusprechen. Zumindest, falls er wieder zur Arbeit kommt. Toby war heute Nachmittag fix und fertig, nachdem er die halbe Nacht auf den Beinen gewesen war. Er tut mir ziemlich leid. Ich bin zu neugierig, was mit seiner Mutter los ist. Ist die Bäckerei nach ihr benannt? Warum kommt sie nie ins Geschäft? Was ist los mit ihr? Hilft Toby, sich um sie zu kümmern? Wohnt er deswegen noch zu Hause? Er und sein Vater scheinen sich nicht besonders gut zu verstehen – warum arbeiten sie trotzdem zusammen, obwohl sie es nicht müssten? Hat Tobys Vater ihn gezwungen dazubleiben? Aber schließlich ist er erwachsen. Theoretisch könnte er jederzeit gehen.

Auf dem Bürgersteig kommt mir ein Typ auf einem Skateboard entgegen. Ich will gerade ausweichen, als mir sein Profil bekannt vorkommt.

»Toby?«, rufe ich, als er sich nähert.

»Hey.«

Schlitternd bremst er, tritt auf das hintere Ende seines Boards und lässt es zwischen den Fingern rotieren, nachdem er es aufgefangen hat.

»Cooler Move!«, rufe ich beeindruckt.

Er zuckt mit den Schultern, und ich komme mir ein bisschen blöd vor, aber dann sehe ich ihm ins Gesicht und vergesse alles andere.

»Was ist denn mit dir passiert?«, frage ich und gehe auf ihn zu, um mir das Veilchen auf seinem rechten Wangenknochen näher anzusehen. Er zuckt zurück.

»Was ist passiert?«, frage ich noch einmal erschrocken.

»Bin gegen eine Tür gelaufen«, sagt er und lässt wieder sein Skateboard rotieren.

Mir läuft es kalt den Rücken runter, und ich mustere ihn

besorgt. Mit seinen Skatertricks kann er mich nicht ablenken. Zu viele Patienten haben schon versucht, mir weiszumachen, sie wären gegen eine Tür gelaufen, obwohl ihnen eigentlich Gewalt angetan wurde.

»Es hat verdammt weggetan«, fügt er hinzu, lässt sein Brett fallen, springt darauf, tritt auf das hintere Ende und balanciert das vordere für einen Moment in der Luft. »Was machst du gerade?«

»Ich wollte spazieren gehen.«

»Ich auch.« Er stößt sich mit einem Fuß ab und blickt sich über die Schulter hinweg zu mir um. »Kommst du mit?«

»Äh, ja klar.« Ich muss rennen, um ihn einzuholen. »Hast du Eis draufgetan?«

»Ja, ein bisschen.«

»Du solltest auch Arnikacreme nehmen.«

»Ist schon okay. Ehrlich.«

»Hey, ich habe übrigens eine Idee.« Ich bin inzwischen etwas außer Atem und wünschte, er würde langsamer fahren. »Was hältst du davon, wenn wir den Hof ein bisschen hübsch zurechtmachen?«

Mit zusammengekniffenen Augen sieht er mich von der Seite her an.

Hastig fahre ich fort: »Wir könnten ein paar Blumen pflanzen, die Milchglasfolie von den Fenstern abziehen und einen Tisch und Stühle rausstellen.«

Stirnrunzelnd erwidert er: »Klingt toll, aber wer hat Zeit, das alles zu machen?«

»Ich dachte, ich könnte das übernehmen, und vielleicht hilft meine Mutter uns. Sie liebt Gartenarbeit und hat früher freiwillig den Park bepflanzt.«

Er reagiert nicht, und ich habe es satt, ihm weiter hinterherzulaufen.

»Jetzt warte doch mal. Ich wollte spazieren gehen, nicht joggen. So fit bin ich nicht.«

»Du siehst aber ziemlich fit aus.«

Ich werfe ihm einen skeptischen Blick zu. Nimmt er mich auf den Arm? Klingt ja fast, als würde er mit mir flirten. Aber das passt doch hinten und vorne nicht, schon allein, weil ich viel zu alt für ihn bin.

»Na dann, bis morgen«, sagt er und grinst mich über die Schulter hinweg an, als er auf seinem Skateboard davonrollt. Ich bleibe stehen und sehe ihm einen Augenblick nach, schüttle den Kopf und gehe weiter.

Komischer Typ.

Kapitel 18

Eliza

»Hallo!« Meine Stimme rutscht plötzlich eine Oktave höher. Ich bin bei der Arbeit im Roxy's, und Angus ist gerade reingekommen.

»Hey«, antwortet er mit breitem Lächeln. Er ist in Begleitung eines Mannes, der etwas älter ist als wir und mir irgendwie bekannt vorkommt. »Das ist Stewart, ein Arbeitskollege.«

»Hi.« Ich überlege kurz und frage: »Bist du schon mal hier gewesen?«

»Ja, letzte Woche mit ein paar Freunden zusammen«, antwortet er. »Die Burger waren so gut, dass ich unbedingt noch mal herkommen wollte.«

»Tut mir leid, dass ich fragen muss, aber habt ihr reserviert?« Ein Blick auf Angus genügt, und ich weiß Bescheid. An so was denkt er grundsätzlich nicht.

»Tut mir leid«, entschuldigt er sich, während ich kopfschüttelnd zwei Speisekarten in die Hand nehme.

»Kommt mit.« Ich bringe sie zu einem Zweiertisch in meinem Zuständigkeitsbereich des Restaurants. »Aber um acht Uhr müsst ihr raus sein, schafft ihr das?«

»Wir beeilen uns mit dem Essen«, verspricht Stewart.

Ich versuche, meine Nervosität zu verbergen, als ich ihre Getränkebestellung aufnehme. Angus und ich haben uns monatelang nicht gesehen und jetzt innerhalb von einer Woche schon zweimal. Das bringt mich aus dem Konzept.

Andererseits ist es sehr schön.

Der Laden ist voller als normalerweise an einem Montag, da wir mehrere große Reservierungen haben, und so bleibt mir nicht viel Zeit für die beiden, aber ab und zu spüre ich Angus' Blick auf mir, und dann kann ich nicht anders, als zu ihm hinüberzuschauen und zu lächeln.

»Eliza ist Singer-Songwriterin«, erklärt Angus Stewart, als ich nach dem Essen abräume.

»Was für eine Art Musik machst du?«, fragt mich Stewart interessiert.

»Ziemlich eigen, lebendig, peppig.«

»Wirklich cool«, fügt Angus überzeugt hinzu. »Aber weil sie so viel im Restaurant arbeitet, kann sie sich nicht um neue Auftritte kümmern. Ich wette, deinem Vater würde ihre Musik gefallen.« Diese Bemerkung lässt er ganz beiläufig fallen.

»Meinst du?« Stewart sieht mich jetzt aufmerksamer an und mustert mich von Kopf bis Fuß.

Was hat Angus vor?

»Stewarts Vater ist der Joe in Elvis & Joe's«, erklärt Angus. Dass er nicht Elvis ist, kann ich mir denken. »Kennst du den Laden?«

»Na klar!« Das Elvis & Joe's gehört zu den hippsten Clubs der Stadt. Viel zu hip für mich, würde ich sagen.

Stewart zückt sein Portemonnaie, nimmt eine Visitenkarte heraus und gibt sie mir. »Schreib mir doch mal eine E-Mail«, sagt er. »Dann kann ich dich mit meinem Vater in Kontakt bringen.«

»Das wäre toll«, sage ich mit einem verwunderten Blick auf Angus. Dann schaue ich an ihm vorbei auf die Uhr. Es ist kurz vor acht.

»Wollt ihr noch Nachtisch?«, frage ich. Von mir aus können die nächsten Gäste warten.

»Nein, ich bin pappsatt«, sagt Stewart und dann, an Angus gewandt: »Gehen wir noch auf ein schnelles Bier in den Pub, bevor ich wieder nach Hause muss?«

»Klar«, nickt Angus.

Stewart bittet mich um die Rechnung, und mit einem gezwungenen Lächeln eile ich los.

Nachdem sie bezahlt und mir ein großzügiges Trinkgeld gegeben haben, geht Stewart noch einmal runter zur Toilette. Angus wartet an der Tür auf ihn. Ich muss wieder zurück zu meinen Gästen, kann mich aber noch nicht von ihm lösen.

»Wann bist du heute Abend fertig?«, fragt er mich leise, während ich meine rot-weiße Arbeitskleidung glattstreiche.

»So gegen elf.«

»Soll ich dich abholen?«

Mein Herz flattert, aber ich antworte, ohne zu überlegen: »Warum? Ich meine, normalerweise fahre ich mit der U-Bahn. Ist kein Problem.«

»Ich hole dich ab«, sagt er entschieden.

»Und wie schlägst du die nächsten drei Stunden tot?«

»Ich gehe mit Stewart in den Pub und dann vielleicht ins Kino.«

»Okay«, antworte ich grinsend. »Schade, dass ich nicht mitkommen kann.«

»Im Ernst?«, strahlt er mich an.

Hinter ihm drängt eine Gruppe von Leuten herein. Mit einem Blick über die Schulter stelle ich fest, dass mein Chef sie – und mich – im Auge hat. »Ich muss jetzt wieder«, sage ich bedauernd.

»Dann bis später.« Angus berührt leicht meine Finger mit seinen.

Den Rest des Abends bin ich abgelenkt. Michelle fängt

mich an der Essensausgabe ab, wo ich auf die Desserts meiner letzten Gäste warte.

»Ich dachte, du wolltest ihn nie wiedersehen«, bemerkt sie.

»Das habe ich nicht gesagt, oder?«, erwidere ich, und bevor sie etwas einwenden kann, füge ich hinzu: »Und wenn, dann habe ich es nicht so gemeint. Rose wohnt mit ihm zusammen, also, warum sollte ich dann die Finger von ihm lassen?«

»Aha«, entgegnet sie vielsagend. »Schwesterliche Konkurrenz, was?«

»Ich konkurriere nicht mit Rose.« Ach, wirklich?

»Es stinkt dir, dass sie bei Angus wohnt, stimmt's?«

Ich will es schon leugnen, aber wozu eigentlich? »Ja, und wie! Aber das ist mal wieder typisch für sie. Sie waren schon in London eng befreundet, deshalb wundert es mich eigentlich nicht.«

»Ich freue mich jedenfalls für dich«, sagt Michelle spontan.

Entgeistert sehe ich sie an. »Warum sagst du so was? Angus ist mein Kumpel. Wir hängen zusammen ab.«

»Aber er sieht sehr gut aus, oder etwa nicht?«, erwidert sie prompt.

»Ach, da sind ja meine Desserts«, entgegne ich sarkastisch, nehme die Eisbecher vom Tresen und starre Michelle an, während ich zu meinem letzten Tisch gehe.

»Musst du wirklich ausgerechnet hier wohnen?«, fragt Angus angewidert, als wir eine halbe Stunde später vor unserem Haus anhalten. Er schaltet den Motor aus, aber das Radio läuft weiter.

»Ja«, erwidere ich fest. »Es ist okay. Mir geht's gut. Mach dir keine Sorgen.«

»Ich glaube, ich werde mir immer Sorgen um dich machen, Liza.«

Ich weiß noch, dass er einmal etwas ganz Ähnliches zu Rose gesagt hat. Er klang wie der große Bruder, den wir nie hatten. Ich versuche, nicht zu viel hineinzuinterpretieren.

»Wie geht's Rose?«, frage ich zögernd.

»Gut«, antwortet er und dreht sich zu mir um. »Sie ist eine angenehme Mitbewohnerin.«

Sofort nagt die Eifersucht an mir.

»Sie wollte heute Abend grillen, die gute Seele«, fährt er liebevoll fort, und meine Eifersucht wächst.

»Weiß sie, dass du heute Abend bei mir bist?«, frage ich.

Er schüttelt den Kopf. »Ich hab's ihr nicht gesagt.«

»Warum nicht?«

»Ich dachte, es wäre dir vielleicht nicht recht.«

Ich nicke. »Ja, wahrscheinlich erfährt sie es besser nicht. Mum sollte mir ja auch nicht sagen, dass Rose mit dir zusammenzieht.«

»Was macht Michelle heute Abend?« Angus hatte angeboten, sie mitzunehmen, aber sie hat abgelehnt.

»Sie übernachtet bei ihrem Freund.«

»Bist du zurzeit mit jemandem zusammen?«

Puh, das war aber direkt! »Nein. Und du?«

»Nein.« Er weicht etwas zurück.

Wir sitzen eine Weile schweigend da. Ich habe bis jetzt keine Anstalten gemacht auszusteigen. »Left Hand Free« von Alt-J läuft im Radio. Ich mag diesen Song.

Spontan fällt mir etwas ein, und ich frage Angus: »Musst du morgen früh raus? Sonst könnten wir doch ein bisschen durch die Gegend fahren?«

Wir reden nicht viel – stattdessen drehe ich die Musik lauter und singe mit, während Angus zu den schnelleren Stücken auf dem Lenkrad herumtrommelt und mich damit zum Lachen bringt.

Es erinnert mich daran, wie es früher mit uns war.

»Erinnerst du dich noch an unser Picknick?«, fragt er mich nach etwa einer halben Stunde. Wir sind bereits draußen auf dem Land und folgen einer langen, gewundenen, einspurigen Straße durch den Peak District.

»Natürlich erinnere ich mich daran.«

»Ich glaube, hinter der nächsten Kurve haben wir angehalten.«

Er fährt langsamer und bleibt kurz darauf am grasbewachsenen Straßenrand stehen. Ich lasse den Blick über die Hügel schweifen, die überbelichtet und silbrig weiß im Licht der Autoscheinwerfer liegen.

Angus zieht die Handbremse an, schaltet den Motor aus, öffnet die Wagentür und springt raus. »Komm!«, sagt er und schlägt die Tür zu.

»Wo willst du hin?«, rufe ich ihm nach.

Er antwortet nicht, aber ich höre, wie er die Heckklappe öffnet, und als ich aussteige, sitzt er im Kofferraum des Land Rovers und lässt die Beine über die Kante baumeln. Ich setze mich neben ihn.

»Hörst du den Bach?«, fragt er.

Ich lausche für einen Moment. »Ja.« Ganz in der Nähe plätschert Wasser über Steine.

»Schau mal nach oben«, flüstert er.

»Wow!« Ich starre hinauf in den dunklen sternenübersäten Himmel.

»Ist dir kalt?«, fragt er mit einem Blick auf meine nackten Arme.

»Nein, nicht besonders«, antworte ich. Die Hitze des Julitages hat sich weit bis in den Abend gehalten, aber ich nehme die leichte Jacke an, die er mir reicht, und schlüpfe mit den Armen in den kühlen Stoff. Sie riecht nach ihm.

»Aha, also Elvis & Joe's, wie?«, frage ich ihn mit einem schiefen Grinsen. »Das hast du absichtlich gemacht, oder?«

»Entschuldige, dass ich dich nicht vorgewarnt habe. Aber Stewart hat sowieso die ganze Zeit von euren Burgern geschwärmt, und da dachte ich mir, wir könnten doch heute Abend mal vorbeischauen.«

»Meinst du, dass er seinem Vater von mir erzählt?«, frage ich nervös.

»Das wird er garantiert, sobald er dich singen gehört hat. Ich habe ihm eine Kopie von deinem Demo gegeben.«

»Du hattest noch eines?«, frage ich überrascht.

»Natürlich«, antwortet er. »Ich habe sogar noch mehrere, nur für den Fall, dass ich jemand Wichtigen treffe, dem ich sie geben kann. Ich meine es ernst, wenn ich sage, dass ich deine Musik gut finde.«

Ich bin gerührt und weiß nicht, was ich sagen soll.

»Aber von deinen neuen Sachen kenne ich noch gar nichts, schließlich habe ich dich seit einer Weile nicht spielen gehört«, fügt er hinzu.

»Ist auch schon länger her, dass ich etwas Neues geschrieben habe«, gestehe ich. »Inzwischen spiele ich bei meinen Gigs nur noch Coverversionen.«

Stirnrunzelnd sieht er mich an. »Wieso das?«

»In den Arbeiterclubs wollen die nichts anderes hören.« Ich seufze. »Es war irgendwie nett, als ich zum ersten Mal gebeten wurde, ein paar Cover zu spielen. Das Publikum ist begeistert mitgegangen. Beim nächsten Mal wollte der Betreiber dann, dass ich noch mehr solcher Songs spiele, und so ging es nach und nach bei allen Veranstaltungen. Eigentlich wollte ich ja sowieso nur in den ersten zwei Jahren in Arbeiterclubs auftreten, aber aus zwei Jahren sind dann nach und nach immer mehr geworden und ... Ich weiß selbst nicht, wie das passieren konnte. Ich glaube, ich habe das Selbstvertrauen verloren. Das verflixte Demo hat überhaupt nichts gebracht.«

»Wie meinst du das?« Über seiner Nasenwurzel hat sich eine steile Falte gebildet.

»Es war ein Riesenproblem für mich, mich zwischen allen meinen Songs zu entscheiden und fünf davon auszuwählen. Ich mochte eigentlich meine frühen Stücke am liebsten, aber ich dachte, sie klingen vielleicht überholt – außerdem habe ich sie auf der Straße schon so oft gespielt. Am Ende habe ich ganz unterschiedliche Stücke ausgesucht und die CD an alle möglichen Musikfirmen geschickt. Aber es hat sich nie jemand bei mir gemeldet. Vielleicht hätte ich mich für einen einheitlicheren Sound entscheiden sollen.«

»Schade, dass du mich nicht nach meiner Meinung gefragt hast«, sagt er traurig.

Wieder seufze ich. »Ja, hätte ich vielleicht tun sollen.« Dass ich mich nicht zwischen meinen Songs entscheiden konnte, verunsicherte mich irgendwann. Heute spiele ich meine eigenen Sachen nur noch auf der Straße, und es macht mir Spaß, aber ich verdiene nicht gerade ein Vermögen damit.

»Ich hoffe, dass Joe mir eine Chance gibt«, flüstere ich. »Einerseits jedenfalls. Andererseits bin ich mir nicht so sicher.«

»Ich hoffe, ich habe dich nicht in etwas hineingedrängt?«, fragt Angus vorsichtig.

»Doch, schon.« Ich werfe ihm ein Lächeln zu. »Aber das war gut so. Nur, dass ... Danke dir«, sage ich schließlich.

»Gern geschehen.« Er streckt den Arm aus und drückt zärtlich meine Schulter.

Kapitel 19

Phoebe

Heute sind wir mit dem Zug von Chamonix aus hinauf zum Mer de Glace gefahren, dem größten Gletscher Frankreichs.

Die Berge sind üppig grün zu dieser Jahreszeit, der Boden ist dicht mit Moos und Farn bewachsen. Auf den Tannen liegt kein Schnee, aber trotzdem hängen die Zweige wie mit Gewichten beschwert hinunter. Sie erinnern mich an geschmolzenes Wachs, das eine Kerze hinuntertropft.

Der Gletscher ist schmutzig grau und mit Kies bedeckt, ganz anders als der Bossons-Gletscher, der eisblau wie Remys Augen leuchtet. Das eigentliche Mer de Glace, das sich wie ein gewaltiger gefrorener Fluss den Berg hinunterzieht, kann man unter dem Belag kaum erkennen.

Wir sind mit der Gondel bis zum Fuß des Gletschers gefahren und dann Hunderte Stufen hinunter in die Höhle gestiegen, die jeden Sommer frisch aus dem Eis herausgehauen wird. Die Tunnel sind mit bunten Lichtinstallationen erhellt, und dazwischen wurden ganze Räume aus dem Eis gemeißelt, mit Stühlen, Tischen und hartgefrorenen Betten darin. Ich musste an Rose denken – sie liebt so etwas. Aber auch Eliza würde es wahrscheinlich gefallen.

Auf dem Weg die Treppen hinauf erzählte ich Remy lachend, wie der Schulrüpel, Danny Riley, mich eines Tages packte und fragte, ob meine Schwestern es spüren würden, wenn er mich kneift. Eliza trat ihn so fest gegen das Schienbein, dass er laut schrie und mich losließ. Sie war – wenn man ganz genau hinsah – die Kleinste von uns dreien, aber die Mutigste. Dad nannte sie liebevoll den Kümmerling des Wurfs, was er ihr aber wohl nicht ins Gesicht gesagt hat.

Ich weiß nicht, warum Rose immer so kratzbürstig zu ihr gewesen ist. Sie kann die liebste, süßeste, freigebigste Person der Welt sein – so sehen sie fast alle. Aber nicht Eliza gegenüber. Mit Eliza hat sie keine Geduld. Zu Eliza kann sie richtig gemein sein.

Ich erinnere mich an eine Sportstunde in der Schule. Wenn Mannschaften gebildet wurden, gehörte Eliza wegen ihrer Ungeschicklichkeit normalerweise zu den Letzten, die gewählt wurden – außer ich war Mannschaftsführerin, dann rief ich sie früh auf. Aber diesmal war Rose Kapitänin und ließ Eliza stehen, während sie Namen um Namen aufrief. Die Reihen lichteten sich, und Eliza stand reglos da und starrte sie an. Irgendwann hatte der andere Mannschaftsführer Mitleid und wählte sie in sein Team, aber ich vergesse nie den Ausdruck in Elizas Augen, als sie zu ihm hinüberging. Ich hätte Rose erschlagen können. Ich habe immer versucht, mich aus den Streitigkeiten meiner Schwestern herauszuhalten, aber damals verlor ich die Beherrschung.

Später hatte ich Gewissensbisse, weil meine Eltern ungefähr zur selben Zeit beschlossen, uns in der Schule in verschiedene Klassen zu stecken. Rose war froh, rechnete aber nicht damit, dass ich zu Eliza in die Klasse gehen würde. Ich weiß, dass sie in diesem Jahr Schwierigkeiten hatte. Eliza fand, es geschähe ihr recht, aber mir tat sie unheimlich leid.

Rose ist von Natur aus eifersüchtig, das kann sie nicht kontrollieren, aber ich habe mich immer gefragt, was für einen Grund es dafür gibt. Als wir klein waren, hat sie sich sehr an unsere Mutter geklammert. Wenn Mum aus dem Haus wollte und Rose sie nicht gehen ließ, sprach sie manchmal sehr streng mit ihr. Dann schrie und weinte Rose und machte ein Riesentheater.

Da es nur zwei Elternteile, aber drei von uns gibt, die jeweils gleichzeitig alle Stadien der Kindheit durchliefen, war einfach nicht genügend Aufmerksamkeit für jede von uns vorhanden.

Rose bekam schließlich, was sie wollte, als wir in das neue Haus zogen und sie und Mum über den Garten eine ganz eigene Beziehung zueinander aufbauten. Eliza gab es auf, um die Aufmerksamkeit meiner Eltern zu buhlen, und vergrub sich stattdessen in ihrer Musik, aber ich fühlte mich immer schuldig, weil sie so im Abseits stand.

O Gott, wie ich sie vermisse! Und Rose vermisse ich auch. Egal, wie sie sich Eliza gegenüber verhält: Rose war immer für mich da, und wenn es wirklich darauf ankäme, dann weiß ich, dass sie auch ihre Differenzen vergessen und für Eliza da sein würde. Jedenfalls hoffe ich es.

Kapitel 20

Rose

Gavin ist auch gestern nicht zur Arbeit erschienen, und Toby hat miese Laune, aber als wir zwischendurch mal Pause machen, hole ich die Tube Arnikasalbe, die ich mitgebracht habe, und schlage vor, seine Wunde damit zu behandeln. Er wirkt einigermaßen gerührt.

»Hast du gerne als Krankenschwester gearbeitet?«, fragt er, als ich die Salbe vorsichtig auf seine Wange tupfe, nicht zu fest, um ihm nicht weh zu tun.

»Ja und nein. Ich habe mich gerne um die Patienten gekümmert, aber es ist mir schwergefallen loszulassen, wenn ihnen nicht mehr geholfen werden konnte.«

»Aha« ist sein einziger Kommentar, aber ich spüre, dass er mich versteht.

Wenn ich ihn mir so anschaue, muss ich zugeben, dass Toby ganz gut aussieht. Wie ein Indierocker, ein Skaterboy. Er ist groß und schmal, und seine Augen haben einen wärmeren Braunton, als ich zunächst dachte.

»Ist es in Ordnung, wenn ich einen Schlüssel mitnehme, damit ich heute Abend mal meine Mutter mitbringen kann?«, frage ich Toby am Ende der Woche. »Ich muss sie abholen, und bestimmt willst du nicht auf uns warten.«

»Von mir aus. Aber wir haben nur den einen Schlüssel.«

»Im Ernst?«

»Ja. Wir sind noch nicht dazu gekommen, ihn nachmachen zu lassen.«

»In Ordnung, dann bringe ich ihn dir heute Abend einfach vorbei. Und ich kann mich ja mal darum kümmern, ihn nachmachen zu lassen. Gleich die Straße runter ist ein Schlüsseldienst.«

Er sagt nichts.

Fragend sehe ich ihn an.

»Okay«, sagt er schließlich. »Ich schreibe dir unsere Adresse auf.«

Er wirkt ein wenig unwillig.

Abends sieht sich meine Mutter interessiert im Jennifer's um. Sie scheint tatsächlich beeindruckt zu sein, vor allem, als sie die Cupcakes entdeckt.

»Trocknen die nicht über Nacht aus?«, fragt sie.

»Ups, ich habe vergessen, sie wegzuräumen«, erwidere ich, gehe hinter den Tresen und hole einen luftdichten Behälter.

Bedauernd verfolgt sie, wie ich einen Kuchen nach dem anderen hineinlege.

»Möchtest du welche haben? Kein Problem«, biete ich ihr an. Das Geld dafür lege ich dann später in die Kasse. Ich habe Mum heute auch schon ein Brot mitgebracht. Das gehört zu den Vorteilen, wenn man in einer Bäckerei arbeitet – Brot umsonst, wenn welches übrig bleibt.

»O ja, gern! Mein neuer Bridgeclub trifft sich morgen Vormittag, und ich dachte, ich könnte vielleicht …«

»Gute Idee«, sage ich rasch. »Wie viele seid ihr?«

»Vier«, antwortet Mum erfreut, als ich eine Schachtel mit Cupcakes für sie fülle.

»Ich stelle sie hier oben auf die Theke«, sage ich. »Wir dürfen sie nachher nur nicht vergessen.«

»Danke, Schatz.« Wieder blickt sie sich um. »Sehr schick und modern, ich muss schon sagen.«

»Ja, es macht Spaß, hier zu arbeiten«, bestätige ich.

»Wird es hier drin nicht zu heiß mit der großen Glasscheibe?«, fragt sie.

»An warmen Tagen lassen wir die Tür auf, aber es gibt keinen Durchzug, deswegen wäre es schön, wenn wir die Fenster nach hinten raus aufmachen könnten. Komm, schau es dir einmal an.«

Ich führe sie durch die Backstube zur Hintertür, und wir treten hinaus in den Hof.

»Okay.« Kopfnickend sieht sich meine Mutter um, während ich verstohlen Tobys Zigarettenkippen hinter den Pflanzkasten schiebe. »Wie viel Arbeit willst du investieren?«

»Möglichst wenig«, antworte ich. »Ich kann mich eigentlich nur nach Feierabend darum kümmern.«

»Ich hoffe, sie geben dir was dafür«, bemerkt sie skeptisch.

»Das ist eher unwahrscheinlich«, antworte ich und füge hinzu: »Ich möchte das aber gerne machen, Mum.«

»Oh, Rose«, seufzt sie frustriert. »Ich wünschte nur …«

Ich stoße einen sehr lauten und übertrieben dramatischen Seufzer aus, der sie prompt zum Schweigen bringt.

Sie hat den Wink verstanden, wechselt das Thema und erklärt mir, wie ich ihrer Meinung nach den Hof am besten verschönern kann.

Nachdem ich meine Mutter zu Hause abgesetzt habe, suche ich nach Tobys Adresse. Sie liegt in einer ziemlich miesen Gegend von Sale, aber da das Jennifer's so hübsch gestaltet ist, erwarte ich dasselbe von seinem Zuhause. Zehn Minuten später erlebe ich eine Enttäuschung.

Der Vorgarten ist mit Brombeeren überwuchert und das dahinter gelegene Haus heruntergekommen. Weiße Farbe blättert von den roten Ziegelmauern, und die hölzernen Fensterbretter modern vor sich hin.

Aber schließlich sind sie erst vor kurzem hierhergezogen. Vielleicht haben sie das Haus günstig erworben und planen, es noch umzubauen. Ja, das muss der Grund sein.

Ich schnalle mich ab und steige aus dem Auto. Gleich darauf höre ich das laute Geschrei eines Mannes und erstarre, als mir klarwird, dass es aus Tobys Haus dringt.

Plötzlich fliegt die Tür auf, und Toby stürmt heraus, das Skateboard in der Hand.

»Komm sofort zurück!«, ruft Gavin ihm hinterher.

»Toby!«, schreit eine Frau.

»Ihr könnt mich mal«, erwidert Toby aggressiv und tritt mit einem lauten Knall die Tür zu.

Erschrocken beobachte ich die Szene und frage mich plötzlich entsetzt, ob Gavin für Tobys Veilchen verantwortlich ist.

Toby entdeckt mich auf dem Bürgersteig und bleibt stehen. Er sieht so wütend aus, dass ich am liebsten zu meinem Auto rennen und mit Vollgas davonfahren möchte.

»Gib mir den Schlüssel!«, fährt er mich an und marschiert auf mich zu. Ich krame den Schlüsselbund aus der Tasche, und er pflückt ihn mir aus der ausgestreckten Hand, steckt ihn ein und starrt mich an. Dann lässt er sein Board zu Boden fallen und rollt davon.

Ich weiß nicht, was in mich gefahren ist, aber ich laufe ihm hinterher.

»Was machst du denn da?«, fragt er über die Schulter hinweg. Ich spüre, dass sein Zorn schon ein wenig verraucht ist.

»Ich will nur sichergehen, dass mit dir alles in Ordnung ist«, sage ich. Ich habe Mühe, ihn einzuholen.

Nachdem er um die Ecke gebogen ist, bleibt er mit einem Schwung stehen und gräbt in seiner Tasche nach Zigaretten.

»Mir geht's gut. Du kannst jetzt nach Hause fahren.« Er weist mit einem Nicken in die Richtung, aus der wir gekommen sind.

Ich schüttle den Kopf, und er seufzt. Ungerührt blickt er auf mich hinab.

»Es gibt nichts, worüber du dir Gedanken machen müsstest«, sagt er ruhig. »Mein Vater verliert manchmal die Beherrschung, aber nicht bei der Arbeit.«

»Davor hab ich doch keine Angst«, erwidere ich ungläubig. »Um *dich* mache ich mir Sorgen!« Ich hebe die Hand, um den Bluterguss in seinem Gesicht zu berühren, doch er hält mich am Handgelenk fest und lacht ungläubig.

»Du meinst, Dad hätte das getan?«

»Hat er das nicht?«, frage ich mit einem vielsagenden Blick, als er meine Hand loslässt.

Er schüttelt den Kopf, während er sich eine Zigarette anzündet. »Unfassbar.«

Verwirrt starre ich ihn an.

»Hast du nicht auch schon mal die Tür ein bisschen zu fest aufgemacht, wenn du aus der Backstube gekommen bist? So, dass sie zurückschwingt?«, fragt er, und ehe ich überlegen kann, fährt er fort: »Mir ist das jedenfalls passiert, und dann ist mir eingefallen, dass die Brötchen noch im Ofen sind. Ich hab mich umgedreht und bin dagegen geknallt. Mein Vater kann zwar manchmal ein ziemliches Arschloch sein, aber er schlägt mich nicht.«

Ich erkenne, dass er die Wahrheit sagt.

»Du bist ja witzig«, fügt er hinzu.

»Freut mich, dass ich zu deiner Unterhaltung beitrage.«

»Hey«, ruft er mir nach, als ich mich umdrehe und gehe.

»Tut mir leid.« Es klingt widerstrebend. »Ich weiß, dass du es gut meinst.«

»Aber du lässt mich dastehen wie eine aufdringliche Klatschtante, die sich überall einmischt«, murmele ich verärgert und bleibe stehen. »Worüber habt ihr euch eigentlich gestritten?«, wage ich zu fragen.

Toby seufzt müde. »Er will in die Kneipe, deswegen soll ich zu Hause bleiben. Den ganzen Tag über bin ich sein Sklave, deswegen macht es mich wütend, wenn ich auch noch jeden Abend hier rumhocken muss.«

»Warum könnt ihr nicht beide weg?«, frage ich.

»Weil meine Mutter möchte, dass einer von uns zu Hause bleibt.«

»Was fehlt ihr denn?«, frage ich sanft in der Hoffnung, dass er sich mir öffnet.

Kurz blickt er auf mich hinunter, unsere Augen begegnen sich, und nach langem Nachdenken sagt er: »Sie weigert sich, das beschissene Haus zu verlassen.«

Es stellt sich heraus, dass seine Mutter unter Ängsten leidet, die sie zwingen, zu Hause zu bleiben und, leider viel zu oft, sogar das Bett zu hüten. Noch dazu ist sie stark übergewichtig. Toby und Gavin sind die Einzigen, die sich um sie kümmern.

»Dad hat die Bruchbude, in der wir wohnen, von meiner Großtante geerbt.« Toby schüttelt den Kopf. »Tut mir leid, wenn das jetzt undankbar klingt, Tante Bessie.« Er wirft einen Blick zum Himmel, aber das war wohl ironisch gemeint. Wir sitzen inzwischen auf einer Bank im Park. »Dad war ihr einziger lebender Verwandter. Jedenfalls haben wir unser Haus in London verkauft und unser ganzes Geld in die Bäckerei gesteckt. Dad meinte, dass ein Neustart uns allen guttun würde, aber meiner Mutter geht es hier auch nicht besser als in der Stadt.«

»Das tut mir leid«, sage ich leise. »Und ich hätte nicht so neugierig sein sollen. Das hat dich wahrscheinlich ziemlich genervt.«

Er zuckt mit den Schultern. »Schon in Ordnung, Rose. Du bist okay, weißt du.«

Es freut mich, dass er so über mich denkt.

Angus sieht fern, als ich nach Hause komme, ein Bier in der einen, eine Tüte Chips in der anderen Hand.

»Da bist du ja!«, ruft er. »Wo warst du?«

»In der Bäckerei mit Mum, und dann habe ich mich mit Toby verquatscht.«

»Ich dachte schon, du bist verabredet.«

»Bin ich nicht. Ich habe dir doch gesagt, dass ich nichts vorhabe.«

»Und das an einem Freitagabend.« Er verdreht die Augen und fragt scherzhaft: »Was ist nur aus uns geworden?« Er war schon die ganze Woche bemerkenswert guter Laune.

Ich weiß, dass er am Montag erst mitten in der Nacht nach Hause gekommen ist. Ein ziemlich merkwürdiger Wochentag, um sich zu betrinken, aber am nächsten Morgen roch er nicht nach Alkohol. Ich hoffe nicht, dass er jemanden kennengelernt hat. Ich weiß, dass das irgendwann so kommen wird, und ich weiß schon jetzt, dass es mir schwerfallen wird, damit umzugehen.

»Möchtest du ein Bier?«, fragt er mich und steht vom Sofa auf. »Oder ein Glas Wein?«

»Ja, Wein gerne, danke.« Ich folge ihm in die Küche, wo er eine Flasche aus dem Kühlschrank holt. Das schmutzige Geschirr vom Abendessen steht noch auf der Anrichte.

»Hast du schon gegessen?«, fragt er.

»Nein, aber ich habe keinen großen Hunger. Vielleicht mache ich mir gleich einen Käsetoast mit dem Brot, das ich aus dem Jennifer's mitgebracht habe.«

Seine Augen leuchten auf. »Würdest du mir auch einen machen?«

»Fresssack«, erwidere ich grinsend und hole Käse und Butter aus dem Kühlschrank. »Klar mache ich das.«

Er hat im Laufe des letzten Jahres wohl nicht besonders auf seine Ernährung geachtet, so, wie er abgenommen hat, aber sein Appetit ist offenbar zurückgekehrt.

»Danke, Rosie«, sagt er liebevoll, legt mir den Arm um die Schultern und drückt mir einen Kuss auf die Schläfe. »Ich bin froh, dass du hier bist.«

Mir wird ganz warm. »Ich bin auch froh, hier zu sein«, antworte ich aufrichtig.

Mit funkelnden Augen lächelt er mich an. »Vermisst du deine Mutter nicht?«

»Wir sehen uns doch regelmäßig«, erwidere ich ein wenig defensiv. »Aber es ist schön, mal wieder mit jemandem in meinem Alter zusammen zu sein.«

Ich habe noch keine neuen Freunde gefunden, seitdem ich vor neun Monaten, im Oktober, nach Manchester zurückgekehrt bin. Meine engsten Schulfreundinnen sind gleichzeitig mit mir weggezogen, und die meisten sind in ihren jeweiligen Universitätsstädten geblieben. Ich habe ein paar Freunde in Portsmouth, wo ich studiert habe, und einige in London, wo ich gearbeitet habe – einige haben mich im vergangenen Jahr besucht, aber ich hatte keine große Lust, auszugehen.

»Wie war deine Woche in der Bäckerei?«

»Gut. Ich mag die Betriebsamkeit. Tag und Nacht mit

Mum zu verbringen hat mich manchmal schon ein bisschen deprimiert, wenn ich ehrlich bin.«

Er nickt, und das Leuchten in seinen Augen lässt ein wenig nach.

»Aber garantiert lerne ich da keinen attraktiven Mann kennen. Und selbst wenn, dann kann ich ihn wohl kaum über einen Laib Brot hinweg anflirten«, füge ich fröhlich hinzu.

»Aber hier wirst du auch keinen treffen«, bemerkt Angus, dessen gute Laune zurückgekehrt ist.

Ich seufze. »Stimmt. Also, was soll ich machen? Könntest du mich nicht mit jemandem von der Zeitung zusammenbringen?«

»Auf keinen Fall, keiner von denen ist gut genug für dich.«

»Ist denn nicht mal einer attraktiv?«, frage ich scherzhaft. »Ehrlich gesagt, Gus, würde mir eine kleine Affäre auch schon reichen.«

Entsetzt sieht er mich an und ruft: »Zu viel Information!«

Kichernd bereite ich weiter die Toasts vor.

Der nächste Tag ist ein Samstag, und zu meiner Überraschung ist Angus schon aufgestanden und aus dem Haus gegangen, bevor ich wach geworden bin. Er hat mir einen Zettel hinterlassen mit der Nachricht, er wäre tagsüber unterwegs – was soll das denn heißen?

Wieder frage ich mich, ob er jemanden kennengelernt hat, und meine Brust wird unangenehm eng.

Wir hatten Spaß gestern Abend. Zu viel Spaß, um ehrlich zu sein. Als ich um zehn Uhr wach werde, habe ich ziemliche Kopfschmerzen. Ich nehme zwei Paracetamol, mache mir Kaffee und setze mich aufs Sofa.

Wenn Angus eine andere Frau nach Hause bringen würde, könnte ich kategorisch sagen, dass mir das nicht recht ist.

Nein, das wäre untertrieben. Ich fände es schrecklich. Ich will, dass das unsere Wohnung ist. Und außerdem gefällt es mir irgendwie, ihn für mich zu haben.

Bei dem Gedanken wird mir ganz übel. Ich stehe auf, wandere im Zimmer auf und ab und wedele mit der Hand vor meinem Gesicht herum.

Ich muss hier raus!

Der endgültige Abschluss für den Verkauf des Hauses soll am Montag über die Bühne gehen, also gehört es an diesem Wochenende noch unserer Familie, und ich habe einen Plan.

Offenbar haben die neuen Besitzer vor, einen Teil des Gartens ausbaggern zu lassen, um ein Treibhaus zu bauen. Mir graut davor, dass Mums geliebte Pflanzen in einem Container landen, und wenn man sie sowieso nicht vermissen wird, warum sollte ich dann nicht ein paar mitnehmen? Offenbar haben Gavin und seine Familie nicht besonders viel Geld, und das würde es mir ersparen, um Mittel für die Verschönerung des Hofs zu bitten.

Ich muss mich zusammenreißen, als ich die Tür des Hauses öffne, in dem ich aufgewachsen bin. Kühle Luft weht heraus und umhüllt mich mit einem altvertrauten Duft. Ich habe einen Kloß im Hals, aber ich konzentriere mich auf die bevorstehende Aufgabe, gehe direkt zur Hintertür und vermeide es, die Treppe hinauf zu unseren alten Zimmern zu blicken.

Ich überquere den frisch gemähten Rasen in Richtung Schuppen am anderen Ende des Gartens. Nach dem Umzug habe ich ärgerlicherweise festgestellt, dass wir vergessen hatten, den Möbelpackern Bescheid zu sagen, dass sie auch ihn ausräumen sollten, aber ich bin sicher, dass die neuen Besitzer das, was wir zurückgelassen haben, ohnehin gebrauchen können. Außerdem kann ich heute noch einiges von den Geräten mitnehmen.

Ich atme tief ein und lausche dem Summen der Bienen zwischen den Blumen und dem Zwitschern der Vögel in den Bäumen, und dann bleibe ich vor dem alten Apfelbaum stehen. Meine Kletterrose leuchtet flammend orange zwischen den grünen Apfelbaumblättern. Ich neige mich zu einer der Blüten und schnuppere daran, und meine Augen füllen sich mit Tränen.

Verdammt! Ich will nicht bereuen, dass wir dieses Haus verkaufen. Es war die richtige Entscheidung, aber mein Gott, wie weh das tut! Ich werfe einen verstohlenen Blick hinauf zu Phoebes Schlafzimmerfenster und schlucke den Kloß im Hals herunter. Und dann mache ich mich an die Arbeit.

Das Gartenhäuschen riecht muffig, nach feuchter, abgestandener Erde. Ich hole eine Harke, einen Spaten und einen Stapel leerer Plastikpflanztöpfe heraus. Auch ein paar alte Kisten sind noch da, in denen ich alles transportieren kann, und sogar ein großer Sack Kompost, den Mum schließlich doch nicht mehr gebraucht hat. Mein Blick fällt auf die Farbdosen in der Ecke, und mir kommt noch eine Idee. Ob noch genug Farbe da ist, um die hintere Hofwand anzustreichen?

Ein paar Stunden später bin ich fast fertig. Meine Hände sind schmutzig, mein Kleid ist mit Erde befleckt, und mein Rücken schmerzt, aber ich bin zufrieden. Ich lasse mich auf einen Stuhl fallen und lege die Füße auf den schmiedeeisernen Terrassentisch – ja, die Umzugsleute haben auch die Gartenmöbel vergessen. Sie sollten eigentlich an einen Wohltätigkeitsladen gehen, aber ich denke, wir behalten sie für die Bäckerei. Wir haben zwei einzelne Stühle, eine kleine Bank und den dazu passenden Tisch, alles in Enteneierblau gestrichen.

Mein Blick wird noch einmal von meiner flammenden Rose angezogen. Es ist eine Schande! Sie ist zu groß und zu dicht mit dem Apfelbaum verwachsen, als dass ich auch nur daran denken könnte, sie auszugraben. Ich kann sie nicht mitnehmen.

Aber warum eigentlich nicht?

Ich nehme Mums altes Taschenmesser von dem Haufen Gerätschaften und marschiere zielstrebig zum Gartenhäuschen. Ich könnte schwören, dass ich Wurzelhormon darin gesehen habe ... Da ist es ja! Ich fülle einen weiteren leeren Pflanzentopf mit Erde und gehe wieder hinaus zur Rose. Ich habe Mum zugesehen, wie sie Ableger geschnitten hat, und glaube, ich weiß, wie es geht. Ich schneide einen Stängel in einem Fünfundvierziggradwinkel ab, tauche das Ende in das Wurzelhormon und schüttle das überschüssige Pulver ab, bevor ich ihn in den Behälter mit guter Erde stecke. Diesen Vorgang wiederhole ich mehrmals. Ich werde die Ableger mit nach Hause in Angus' Wohnung nehmen und sie jeden Tag wässern. Man weiß ja nie. Vielleicht wachsen sie eines Tages heran und werden genauso schön wie die Rose, die hier vor mir blüht.

Direkt von meinem alten Zuhause aus fahre ich ins Jennifer's und nehme alles mit, was in mein Auto passt. Ich werde noch ein zweites Mal fahren müssen, und ich brauche Angus' oder Tobys Hilfe beim Transport der Möbel, aber das können wir morgen noch erledigen.

Heute ist Samstag, und eigentlich arbeite ich nicht, aber da ich nichts anderes zu tun habe, beschließe ich, mit dem Hof anzufangen.

Beim Hineinkommen sehe ich eine wunderhübsche junge Frau hinter dem Tresen. Wer ist sie?

»Kann ich Ihnen helfen?«, fragt sie mit einem Blick auf meine Wange. Ich nehme an, ich bin mit Erde beschmiert.

»Ist Toby da?«

Sie dreht sich um und öffnet die Tür zur Backstube, während ich meine Wange an meiner Schulter reibe. »Toby? Hier ist jemand für dich«, ruft sie.

Kurz drauf erscheint Toby. »Hey«, begrüßt er mich.

»Wer ist das?«, frage ich leise mit einem Blick zu dem Mädchen.

»Vanessa«, antwortet er, so laut, dass sie es hören kann.

»Ich bin Rose«, sage ich lächelnd zu ihr. »Ich arbeite die Woche über hier.«

»Ach so.« Desinteressiert schaut sie weg.

»Was ist?«, fragt Toby.

Während ich ihm von meinen Plänen erzähle, frage ich mich, was er wohl über mich denkt. Eine Achtundzwanzigjährige, die eigentlich Krankenschwester ist, aber als Verkäuferin arbeitet, und die mit ihren Freitagabenden oder Samstagen nichts Besseres anzufangen weiß, als zur Arbeit zurückzukehren. Er muss mich für die langweiligste Person der Welt halten.

Ich bin die langweiligste Person der Welt. Kein Wunder, dass mich niemand will.

»Okay«, sagt er achselzuckend. Offenbar ist es ihm vollkommen schnuppe, was ich in meiner Freizeit tue.

»Kannst du mir helfen, ein paar Sachen aus dem Auto auszuladen und nach hinten zu tragen?«

Nach einer Weile kommt er raus in den Hof, um eine zu rauchen. »Und, wie klappt's?«, fragt er, hockt sich auf den Pflanzkasten und zündet sich eine Zigarette an.

»Mir tut schon die rechte Hand weh vom Unkraut-Ex-Sprühen«, jammere ich.

»Soll ich ein bisschen für dich weitermachen?«

Ich werfe ihm ein klägliches Lächeln zu, reiche ihm aber

die Flasche. »Danke. Du brauchst nur das Moos und das Zeug zu behandeln, das aus den Ritzen im Pflaster wächst.«

»Mach ich, Miss.« Er spritzt mit der rechten und raucht mit der linken Hand.

»Wie lange arbeitet Vanessa schon hier?«, frage ich, während ich mich dem Pflanzkasten zuwende und beginne, Unkraut zu zupfen.

»Sie hat heute angefangen«, antwortet er.

»Sie ist sehr hübsch.«

»Sie ist okay.« Er klingt überrascht.

Ich werfe ihm einen Blick über die Schulter zu. »Nicht dein Typ?«

»Ich habe keinen Typ.«

»Hast du eine Freundin?«, frage ich neugierig und kämpfe mit einem besonders widerspenstigen Unkraut.

»Im Moment nicht.«

»Hast du auch niemanden in London zurückgelassen?«

»Nein. Und du?«

Ich stoße einen verächtlichen Laut aus. »Mein Freund hat seine Beinahe-Exfrau geschwängert. Also, nein.«

Er hält mit seiner Arbeit inne. »Ich hätte dich nicht so eingeschätzt, dass du dich auf einen Betrüger einlässt.«

»Ich konnte damals nicht wissen, dass er einer ist. Er hat mir weisgemacht, sie wären nicht mehr zusammen.«

Toby sprüht weiter, und ich zerre mit aller Kraft am Unkraut. Die Blätter geben nach, aber die Wurzeln bleiben in der Erde stecken.

»Verdammt!«, fluche ich.

»Willst du ein bisschen Weedo?« Einladend hält er mir die Flasche hin.

»Es heißt Weedol. Nein, was ich wirklich brauche, ist eine Harke.« Ich sehe mich nach Mums Tasche mit Gartengeräten um. »Mist, ich habe die Gartengeräte im Wagen liegen lassen.« Verärgert starre ich meine schmutzigen Hände an.

»Ich hole sie für dich.«

»Äh, okay. Die Schlüssel sind in meiner Tasche. In der Seitentasche«, instruiere ich ihn, und er greift hinein und zieht sie heraus. Dann wirft er seine Zigarettenkippe auf den Boden.

»Könntest du dir das vielleicht abgewöhnen? Wir versuchen doch gerade, hier alles etwas ordentlicher zu machen.«

»Tut mir leid, Miss«, ruft er unbeeindruckt.

Ich hoffe, dieser Spitzname bleibt nicht an mir kleben. Obwohl ich mich manchmal tatsächlich wie seine bescheuerte Lehrerin fühle.

Als er zurückkommt, blicke ich kaum auf, weil ich mit der nächsten Runde Unkraut beschäftigt bin, doch was ich von seinem Gesicht sehe, reicht, um mich stutzig zu machen.

Er lässt die Tasche neben mich fallen. »Bist du eine von eineiigen Drillingsschwestern?«, fragt er erstaunt.

Er hält ein altes Foto von Phoebe, Eliza und mir in der Hand, das ich immer auf dem Armaturenbrett meines Autos liegen habe. Wir stehen Arm in Arm an einem Strand in Somerset, damals, mit zehn Jahren, lächeln identisch und strahlen in die Kamera.

»Gib das her!«, fauche ich, aber für eine Millisekunde, bevor ich es ihm aus der Hand reißen kann, denke ich an meine schmutzigen Hände. »Leg das weg. Steck es in meine Tasche.«

»Was ist denn los mit dir?«, fragt er perplex.

»Ich will nicht, dass die Ränder umknicken.«

»Aber ich knicke die Ränder bestimmt nicht um, Rose.« Er ist ziemlich bestimmend dafür, dass er sieben Jahre jünger ist als ich. »Wenn dir so viel daran liegt, warum lässt du es dann in der Knallsonne auf deinem Armaturenbrett liegen? Da bleicht es doch aus.«

»Ich weiß«, sage ich, und zu meiner Verlegenheit muss ich plötzlich die Tränen unterdrücken. »Leg es einfach weg.«

»Okay«, sagt er, erschrocken von meinem Gesichtsausdruck. »Ich stecke es in deine Tasche.«

Ich schlucke. »Danke. Und jetzt geh besser wieder an die Arbeit.«

Er dreht sich um und lässt mich in Ruhe.

Kapitel 21

Eliza

»Und?«, fragt Angus mit erwartungsvoller Miene, als wir das Elvis & Joe's verlassen. Ich hebe verstohlen den Daumen und lächle leise, da wirft er die Arme um mich.

»Ich wollte doch cool bleiben«, schnaufe ich erstickt an seiner Schulter.

»Vergiss es«, sagt er und löst sich von mir, hält mich aber an den Oberarmen fest. »Das ist ja phantastisch! Wann?«

»Mittwochabend, übernächste Woche.«

»Wow! Gehen wir essen, zur Feier des Tages?«

»Ja, inzwischen habe ich tatsächlich Hunger.«

Stewart hat das Treffen mit seinem Vater arrangiert, nachdem er sich mein Demo angehört hat. Davor war ich so nervös, dass ich nicht einmal die Croissants hinunterbekam, die Angus mir mitgebracht hatte. Gleich heute Morgen kam er zu mir, bewaffnet mit Frühstück und einer Playlist der Stücke, die ich seiner Meinung nach singen sollte. Das war sehr süß von ihm.

»Was hast du heute noch so vor?«, frage ich, als wir uns auf den Weg machen.

Er zuckt mit den Schultern. »Gar nichts. Bin momentan nicht so in der Stimmung.«

»Da geht's dir wie mir.«

Bald darauf sitzen wir draußen vor einem Pub im Northern Quarter, nicht weit vom Roxy's entfernt. Es war die ganze Woche über glühend heiß, und ich genieße es, mit einem Freund in der Sonne zu sitzen und etwas zu trinken.

»Du siehst besser aus«, bemerke ich. Er hat sich die Haare schneiden lassen, aber das ist nicht alles. Er wirkt glücklicher, gesünder, kein Vergleich mehr zu dem Schatten des Mannes, der mir vor zwei Wochen auf der Straße über den Weg gelaufen ist.

»Mir geht's auch besser«, antwortet er und lehnt sich grinsend in seinem Stuhl zurück.

»Ich fass' es nicht, dass du Rose gestern Abend überredet hast, dir die Haare zu schneiden.« Seine neue Frisur ist mir sofort aufgefallen, aber es versetzt mir einen Stich, als er zugibt, dass Rose ihm bei einem gemeinsamen Glas Wein die Haare geschnitten hat. »Ich nehme an, Rose ist es auch zu verdanken, dass du wieder etwas mehr auf den Rippen hast.«

Er lacht. »Sie ist eine gute Köchin«, gibt er zu. »Aber sie war gestern fast den ganzen Abend unterwegs, so dass mein Essen mal wieder aus der Mikrowelle kam.«

»Du Armer«, erwidere ich sarkastisch. »Wo war sie denn?«

»Mit Toby zusammen, dem Jungen, mit dem sie in der Bäckerei zusammenarbeitet.

»Dem Jungen? Wie alt ist er denn?«

»Gerade mal Anfang zwanzig. Rose macht sich Sorgen, weil er Stress zu Hause hat.«

»Macht sie wieder mal einen auf rettenden Engel?«

Angus antwortet nicht auf meinen bissigen Kommentar, aber mal im Ernst, warum hat sie aufgehört, als Krankenschwester zu arbeiten, wenn sie sich doch andauernd um andere Leute kümmert?

»In welcher Bäckerei arbeitet sie noch mal?«, frage ich in dem Versuch, meine giftige Bemerkung wiedergutzumachen.

»Im Jennifer's. In Sale, in der Straße hinter dem Rathaus.«

»Macht ihr die Arbeit Spaß?«

»Weißt du, das alles könntest du sie auch selbst fragen.« Er beugt sich nach vorn, stützt die Ellbogen auf dem Tisch ab und sieht mich eindringlich an.

»Vergiss es«, grummele ich.

Er lächelt mich an. Sein Bierglas reflektiert die Sonne, so dass die Strahlen auf sein Gesicht fallen und seine gesprenkelten grünbraunen Augen im Licht tanzen lassen.

Ich bemühe mich, beiläufig zu klingen. »Na ja, ich freue mich jedenfalls für dich, dass es mit dem Zusammenwohnen klappt. Und wenn sie der Grund dafür ist, dass es dir jetzt bessergeht ...«

»Es liegt nicht nur an ihr«, unterbricht er mich und schweigt einen Moment, bevor er hinzufügt: »Ich freue mich, euch beide wieder um mich zu haben. Ich war mir nicht sicher, ob das je wieder so sein würde.«

Ich kann seinem Blick nicht lange standhalten, trinke einen Schluck von meinem Cider und kaue auf einem Stück Eis herum.

Er verzieht den Mund zu einem leichten Lächeln. »Du siehst aber auch ein bisschen besser aus.«

Wenn das stimmt, dann liegt es an ihm.

»Aber du bist immer noch zu dünn«, fügt er hinzu.

»Vielleicht sollte ich zu dir und Rose ziehen«, erwidere ich zickig.

Sein Lächeln wird breiter.

»Nie im Leben«, warne ich, bevor er auf irgendwelche Ideen kommt.

Ungefähr zwei Stunden lang sitzen wir da und unterhalten

uns. Irgendwann begleitet mich Angus zu meiner Wohnung zurück, damit ich mich für die Arbeit fertig machen kann. Michelle fläzt sich auf dem Sofa und sieht fern, geht aber in ihr Zimmer, als wir kommen. Stirnrunzelnd sehe ich ihr nach – sie muss sich nicht verkrümeln.

»Möchtest du eine Tasse Kaffee?«, frage ich Angus.

»Gern.« Er stellt sich in den Rahmen der Küchentür und beobachtet mich.

»Arbeitest du jeden Abend im Roxy's?«, fragt er.

»Ja, fast. Ich brauche das Geld.«

Er nickt nachdenklich. »Da bleibt dir nicht viel Zeit, abends mal mit Leuten rauszugehen.«

»Ich vermisse es nicht.«

»Wann hattest du zum letzten Mal ein Date?«

»O nein, geht das schon wieder los.« Ich verdrehe die Augen. »Ich habe im Moment andere Sorgen als Männer.«

»Rose hat mich gefragt, ob ich sie in Kontakt mit einem meiner Arbeitskollegen bringen kann«, fährt er fort, ohne sich von meinem Tonfall aus dem Konzept bringen zu lassen.

»Und, machst du's?«, frage ich gespielt gleichgültig und hoffe, die Antwort lautet ja.

»Ich hab ihr gesagt, ich mach das nicht«, antwortet er grinsend, und ich stelle mir vor, wie er es ihr verkündet hat, als sei er ihr großer Bruder, der auf sie aufpassen muss. Ich wette, Rose hat sich gefreut, denke ich gehässig. »Aber ich kenne einen Typen, der ihr vielleicht gefallen würde«, fügt er zu meiner Überraschung hinzu.

»Wirklich?«

»Ja, aber keine Ahnung, ob sie im Ernst jemanden sucht, das kann ich einfach nicht einschätzen.«

»Geht's ihr gut?«, frage ich endlich.

»Ich glaube, dass sie einsam war«, erwidert er offen. »Sie

sagt, es wäre nett, wieder jemand Gleichaltriges um sich zu haben. Ich glaube, dass es manchmal schwer für sie war, die ganze Zeit mit eurer Mutter zusammen zu sein.«

Ich nicke und wechsle das Thema.

Die nächste Woche zieht sich wie Kaugummi. Ich hoffe die ganze Zeit, dass Angus anruft, aber er tut es nicht, deswegen rufe ich ihn am Donnerstag selbst an und frage, was er am Samstag vorhat. Der Samstag ist ein wichtiger Straßenmusiktag für mich, aber ich will nicht länger ohne ihn sein, deswegen bin ich bereit, auf das Geld zu verzichten.

Ich bin am Boden zerstört, als er mir erzählt, dass er am Wochenende mit seiner Mutter wegfährt – sie besuchen alte Freunde in Brighton.

»Aber ich komme nächste Woche zu deinem Gig«, verspricht er. »Klarer Fall.«

»Prima, das freut mich«, antworte ich halbherzig.

Sechs Tage später, am Mittwochabend, bin ich so nervös wie noch nie vor einem Auftritt. Es ist Monate her, dass ich zuletzt in einem Club vor Publikum gespielt habe, und das Elvis & Joe's ist vollkommen anders – es ist mit Abstand der hippste Laden, in dem ich je aufgetreten bin. Aber ich bin nicht deswegen so nervös. Ich mache mir auch keine Sorgen darüber, wer zusieht oder ob ich mich an meine Texte erinnere. Ich kenne meine Songs in- und auswendig, und mir ist es egal, wie viele Leute kommen, weil ich mich mit fünfzig Zuschauern genauso wohl in meiner Haut fühle wie mit fünf.

Nein, ich bin nervös, weil ich Angus wiedersehe.

Ich wünschte, ich könnte so locker mit ihm umgehen wie Rose. Sie ist immer so entspannt in seiner Gesellschaft, und zweifellos jetzt noch mehr, wo sie zusammenleben.

Es nagt immer noch an mir, dass sie ihn jeden Tag sieht – nicht, als ob das etwas Neues wäre. Als sie in London wohnten, traf sich Rose ständig mit Phoebe und Angus. Früher fühlte ich mich ausgegrenzt, aber ich konnte mir einfach nicht vorstellen, Teil dieser Gruppe zu sein.

Ich verstehe nicht ganz, wie Rose in Angus' Gegenwart gelassen bleiben kann, wenn sie Gefühle für ihn hat. Aber hat sie denn immer noch Gefühle für ihn? War sie je in ihn verliebt? Nein, wie ich Rose kenne, war es nur eine Verliebtheit, eine ihrer albernen Schwärmereien. Sie war schon immer eine hoffnungslose Romantikerin.

Aber angenommen, sie liebt ihn doch? Und was wäre, wenn ihre Gefühle eines Tages erwidert würden?

Bei dem Gedanken wird mir speiübel.

»Du siehst nervös aus«, sagt Michelle, als sie den kleinen Bereich hinter der Bühne betritt, wo ich warte. Ich bin bald dran.

»Mir geht's gut«, entgegne ich dickköpfig, als sie mir ein Glas Wasser reicht. »Danke.« Ich trinke einen großen Schluck.

»Es sind eine Menge Leute gekommen«, bemerkt sie beeindruckt. »Alle Tische sind besetzt.«

»Ach, die sind bestimmt nur zum Essen hier«, wehre ich ab. Wobei das egal ist. Auch wenn ich irgendwann mal das Gegenteil behauptet habe: Es macht mehr Spaß, vor einem großen Publikum aufzutreten. »Hast du Angus gesehen?«, frage ich beiläufig.

»Ja, er ist da. Zusammen mit ein paar Kumpeln.«

»Ach, wirklich?« Mein Herz schlägt schneller.

Als ich auf einem Barhocker auf der abgedunkelten Bühne sitze, suche ich den Raum ab und entdecke Angus praktisch sofort. Er ist von der Theke nach vorn gekommen und steht jetzt nur ein paar Meter entfernt, ein Bier in der Hand. Er prostet mir zu, und als er lächelt, schlägt mein Magen einen Purzelbaum.

Dann leuchten die Scheinwerfer über der Bühne auf. Ich neige mich zum Mikrophon, und das Publikum wird leiser. Da Joe sagte, er kündige die Künstler grundsätzlich nicht an, muss ich mich selbst vorstellen. Ich werde später ein paar Worte sagen; jetzt will ich loslegen, mit einem meiner flippigsten Songs als Opener.

»Hallo, zusammen. Ich bin Eliza Thompson, und der erste Song heißt ›Don't Forget Your Toothbrush‹.«

Ich spiele den ersten Akkord und fange an zu singen.

»Du warst großartig!«, schwärmt Michelle, als ich von der Bühne komme. Sie hat sich an der Seite vorbeigedrängt, um mich in Empfang zu nehmen, und ich bin unheimlich froh über ihre Unterstützung. Ich bedanke mich aufrichtig bei ihr.

Joe kommt rüber, macht die Tür zum Backstagebereich auf und winkt mich mit einem Nicken zu sich.

»Ich schließe nur mal schnell meine Gitarre weg«, sage ich zu Michelle und blicke mich nervös um. Ich habe Angus aus den Augen verloren.

»Dein Auftritt hat mir echt gut gefallen«, lobt mich Joe, während er die Tür hinter uns schließt. »Warum haben wir dich nicht schon viel früher mal bei uns gehabt?«

»Ich komme gerne wieder«, entgegne ich mit einem schelmischen Grinsen.

Leise lachend meint er: »Da lässt sich sicher etwas machen. Ruf in ein paar Tagen noch mal an oder schau rein, wenn du in der Nähe bist. Dann suchen wir nach einem Termin.«

»Vielen Dank!« Ich muss mich bremsen, um ihm nicht um den Hals zu fallen.

Ich verstaue meine Sachen, mache mich ein bisschen frisch und wechsle mein T-Shirt gegen eines, das nicht durch die Hitze im Scheinwerferlicht verschwitzt ist. Mein Haar ist zurzeit ziemlich lang, und ich trage es zu einem Zopf geflochten über die linke Schulter. Ich muss es unbedingt mal schneiden lassen. Unwillkürlich denke ich dabei an Rose, die vor kurzem Angus' Haar geschnitten hat.

Ich frage mich, ob sie von diesem Auftritt wusste. Ob sie auch nur ansatzweise vorhatte zu kommen? Doch schon verdränge ich den Gedanken wieder. Ich will jetzt nicht sentimental werden.

Michelle wartet in der Nähe der Tür, als ich in den Barbereich zurückkomme.

»Weißt du, wo Angus ist?«, frage ich ohne Umschweife.

»An der Theke, er holt etwas zu trinken für dich«, antwortet sie lächelnd.

»Na los, komm«, dränge ich.

»Hey!«, begrüßt er mich, als wir ihn kurz darauf finden. Er nimmt mich in die Arme und drückt mich an seinen heißen, ein wenig verschwitzten Körper. Ein herrliches Gefühl! »Das war toll!«, sagt er begeistert und löst sich von mir. »Das war der beste Gig, den ich je von dir gesehen habe. Und, bist du zufrieden?«

»Ja. Ich glaube. Ja.«

»Hier, ich hab dir ein Bier geholt.«

»Danke.« Wir stoßen an.

»Wer ist der Typ, auf den Rose deiner Meinung nach stehen würde?«, frage ich ihn kurze Zeit später, während ich flüchtig seine Freunde mustere.

»Evan, der da drüben.« Mit einer Kopfbewegung deutet er auf einen dunkelhaarigen mittelgroßen Typen in weißem Hemd und marineblauem Blazer.

»Im Ernst?« Ich rümpfe die Nase.

»Meinst du nicht, sie würde ihn gut finden?«

Ich zucke mit den Schultern. »Ich weiß nicht. Vielleicht. Ja, ich glaube schon.« Für mich sieht er ein bisschen zu gesetzt und durchschnittlich aus. »Was macht sie denn heute Abend?«

»Ist zu Hause und sieht fern«, antwortet er beiläufig.

»Hast du nicht überlegt, sie zu fragen, ob sie mit hierherkommen will?«

Unsicher sieht er mich an. »Ich dachte, du wolltest nicht, dass sie weiß, dass wir uns treffen?«

Ich trete von einem Fuß auf den anderen und bin plötzlich verlegen. »Stimmt schon, aber findest du nicht, dass es ein bisschen komisch ist, es ihr zu verheimlichen? Ich meine, warum sollten wir das tun?«

Überrascht antwortet er: »Okay, kein Ding. Ich erzähle es ihr morgen.«

»Sie wird dich fragen, warum du es bisher nicht erwähnt hast. Dabei machen wir ja gar nichts Schlimmes.«

Ich erröte, sobald es heraus ist. Dummerweise bemerkt er es. Er blickt lange Zeit auf mich hinunter, den Mund zu einem geraden Strich zusammengepresst. Dann werden wir von einem seiner Freunde unterbrochen, und das Thema ist erledigt.

Angus fährt Michelle und mich nach Hause. Als wir in unserer Wohnung ankommen, melden sich meine Nerven wieder.

»Ich bin fix und fertig, Leute, ich hau mich aufs Ohr«, sagt Michelle und sieht mich mit einer vielsagend hochgezogenen Augenbraue an, als sie mich umarmt. »Danke fürs Mitnehmen, Angus«, fügt sie hinzu.

»Gern geschehen«, antwortet er. Auch er klingt nervös.

»Möchtest du ein Bier?«, frage ich ihn.

»Nein, danke, ich darf nichts mehr trinken«, antwortet er und setzt sich aufs Sofa.

»Kaffee? Tee?«

»Nein, lieber etwas Kaltes. Jetzt noch Koffein, und ich liege die ganze Nacht wach.« Er gähnt und reckt sich, wobei sein T-Shirt hochrutscht.

»Mir war nicht klar, dass du heute Abend noch Auto fährst«, rufe ich auf dem Weg in die Küche.

»Ich wollte euch auf jeden Fall noch nach Hause bringen.«

»Wirklich?« Ich schaue aus der Küche zu ihm hinüber. »Das war lieb von dir.«

Er sagt nichts mehr, während ich unsere Getränke hole und mich zu ihm aufs Sofa setze. Ich rutsche ganz ans andere Ende und sitze ihm mit angezogenen Knien gegenüber.

»Ich wollte dich mal was fragen«, beginnt er verlegen.

»Schieß los.« Sofort bin ich hellwach.

»Keine Sorge, ist nichts Schlimmes«, sagt er mit einem kleinen Lächeln. Er hat gut reden. »Es geht darum, dass ich den Auftrag habe, ein Feature über Themenhotels zu schreiben, und ich muss mir eines ansehen, von dem ich glaube, dass es dir gefallen würde. Es heißt Hotel Gotham. Hast du schon mal davon gehört?

Ich straffe den Rücken. »Das in dem ehemaligen Bankgebäude, bei dem sich alles um Batman dreht?«

»Genau das.«

»Der Blick von der Dachterrasse soll atemberaubend sein!«

»Und das Restaurant ist auch toll. Ich weiß, dass du den Samstagabend wahrscheinlich nicht freimachen kannst, aber wie wäre es am Sonntag? Hättest du Lust, mit mir dort essen zu gehen?«

»Was denkst du denn!«

Er grinst. »Keine Ahnung, warum ich Hemmungen hatte, dich zu fragen.«

Ich schneide ihm eine Grimasse. »Weiß ich auch nicht, du Blödmann. Du hättest doch wissen müssen, dass ich ganz wild auf alles bin, was mit Batman zu tun hat.«

Wie oft haben wir über Comics geredet, als wir jünger waren!

Wir unterhalten uns noch eine Weile, aber bald muss ich andauernd ein Gähnen unterdrücken.

»Du bist fix und fertig«, stellt er fest. »Ich sollte mich wohl auf den Weg machen.«

»Entschuldige, nein, du musst nicht gehen«, erwidere ich.

»Es wäre aber besser. Morgen Vormittag habe ich eine Deadline, aber wir sehen uns am Sonntag, ja? Ich checke gegen drei Uhr nachmittags ein und chille ein bisschen, also komm einfach vorbei, wann du willst.«

Ich folge ihm zur Tür, lehne mich gegen die Wand und warte darauf, dass er sie öffnet. Ich wünschte, er würde nicht gehen. Er dreht sich zu mir um.

»Du warst unglaublich heute Abend«, sagt er aufrichtig. »Gut gemacht.«

Er meint es wirklich ernst. Wenn jemand anderes das sagen würde, würde es vielleicht abgedroschen klingen.

»Danke noch mal«, antworte ich von Herzen und schaue zu ihm auf.

Er macht keinerlei Anstalten zu gehen, und als wir einander so gegenüberstehen, schlägt mein Herz schneller.

Er seufzt leise, einen nachdenklichen Ausdruck in den wunderschönen Augen.

Dann sagt er: »Du bist mir immer noch wichtig.«

Ich schlucke und kann den Blick nicht von ihm abwenden,

bis er einen kleinen Schritt nach vorn macht und ich wieder zu mir komme.

»Angus«, sage ich erschrocken. »Nein!«

Er legt seine Stirn gegen meine, nimmt meine Hand und bringt mich zum Schweigen. Mehr tut er nicht. Aber mein Herz klopft, als wollte es aus der Brust springen.

»Wir sehen uns am Sonntag. Irgendwann nach drei«, erinnert er mich, tritt zurück und lässt meine Hand los, um die Tür zu öffnen.

»Warte …«, sage ich, als er hinaustritt.

Er bleibt stehen, dreht sich aber nicht um.

»Vielleicht solltest du Rose doch nichts sagen«, bitte ich.

Er nickt, und ich schließe die Tür hinter ihm.

Sobald er weg ist, überschlagen sich meine Gedanken.

Was tue ich da? Nichts hat sich verändert, nicht wirklich. Phoebe ist nicht mehr da, aber Mum und Rose sind es, und was würde Judy denken? Angus und ich können nicht zusammen sein, nicht so.

Aber der Gedanke daran, mich wieder von ihm abzuwenden und keinen Kontakt mehr zu ihm zu haben, ist so schlimm, dass ich mir die Seele aus dem Leib schluchzen könnte.

Ein paar Minuten später findet mich Michelle in genau diesem Zustand auf dem Sofa.

»Hey!«, ruft sie und eilt zu mir. »Was ist denn los?«

Ich schüttle den Kopf. Ich weine so sehr, dass ich nicht sprechen kann.

Beruhigend fährt sie mir mit der Hand übers Haar.

»Was ist passiert?«, fragt sie. »Denkst du an Phoebe?«

»Ich denke immer an Phoebe!«

»Ach, Liz«, sagt sie sanft und streichelt mein Haar. »Ich weiß, dass ich dir das schon oft gesagt habe, aber hast du mal versucht, mit ihr zu reden?«

»Nein.« Ich schüttle den Kopf. »Das kann ich nicht. Ich wüsste nicht mal, wo ich anfangen soll.« Meine Unterlippe zittert wie verrückt.

»Versuch's wenigstens mal, es tut auch nicht weh.«

»Doch!«, fauche ich. »Es tut verdammt weh!«

»Entschuldige«, murmelt sie.

»Schon gut. Vielleicht brauche ich einfach nur ein bisschen Schlaf. Bestimmt geht es mir morgen früh wieder besser.«

»Es war ein aufregender Abend«, stimmt sie mir zu. »Du hast ganz schön viel zu verarbeiten.«

Ich nicke, stehe vom Sofa auf und trockne meine Tränen.

»Eliza?«, ruft sie mir hinterher, als ich Richtung Bad laufe.

»Ja?«

»Wird es nicht langsam mal Zeit, an dich zu denken? Wenn Angus der Richtige für dich ist … Ich glaube nicht, dass Phoebe wollen würde, dass du unglücklich bist.«

»Phoebe wäre stinksauer, wenn sie wüsste, dass ich mit Angus zusammen bin!«, stoße ich mit erstickter Stimme hervor.

»Bist du sicher? Ich bin nämlich nicht so überzeugt davon«, erwidert sie.

Vollkommen erschöpft flüstere ich: »Ich habe es so satt, immer auf alle Rücksicht zu nehmen.«

»Versuche, mit ihr zu reden«, drängt Michelle. »Bitte. Tu's für mich.«

Schweigend gehe ich ins Bad.

Kapitel 22

Phoebe

Es ist mitten in der Nacht, und ich hatte gerade wieder einen Albtraum. Ich habe andauernd welche. Remy ist aus dem Schlafzimmer geflüchtet, weil ich angeblich Angus' Namen im Schlaf gerufen habe. Er ist sauer, aber ich kann mich nicht mal dazu aufraffen, aufzustehen und ihn zu trösten – mir geht es zu schlecht.

In meinem Traum war Angus mit Eliza zusammen. Sie küssten sich leidenschaftlich und rissen sich gegenseitig die Kleider vom Leib. Ich schrie sie beide an, aber sie schauten mich nur genervt an und machten einfach weiter. Ich versuchte, sie auseinanderzuziehen, aber sie schubsten mich weg und lachten mich aus, als fänden sie es urkomisch, dass ich leide. Es war furchtbar. Ich kann auf keinen Fall wieder einschlafen.

Jetzt ist es später Vormittag, und ich habe mir inzwischen so meine Gedanken darüber gemacht, woher diese Albträume stammen. Ich habe momentan einfach zu viel im Kopf, muss zu viele Entscheidungen treffen, und tagsüber verdränge ich meine Probleme. Ich nehme an, nachts tischt mir mein Unterbewusstsein die Rechnung dafür auf.

Aber es ist nun mal so, dass ich mich immer mehr in Remy verliebe. Jedes Mal, wenn er irgendetwas Besonderes tut, wenn er mit mir einen Berg besteigt, mich mitnimmt zum

Paragliding oder mich einfach nur hier auf dem Balkon küsst, vor der Kulisse der Berge, verstärken sich meine Gefühle für ihn. Ich stecke so tief drin, dass es ist, als wäre ich in eine Felsspalte gefallen und käme nicht mehr heraus. Er hält mein Herz in seinen Händen, und wenn er es zerquetscht, zerquetscht er mich. Es ist mir unangenehm, dass ich in dieser Hinsicht so abhängig von ihm bin. Bei Angus war das nie so. Bei ihm konnte ich so sein, wie ich bin, selbstbewusst und glücklich. Ich weiß nicht, ob ich das in dem Maß zu schätzen wusste, wie ich es hätte tun sollen. Nicht ein einziges Mal hatte ich das Gefühl, mich an ihn klammern zu müssen, nie habe ich mich unsicher gefühlt. War es ein Fehler, ihn gehenzulassen?

Kapitel 23

Rose

Würde ich jedes Mal ein Pfund bekommen, wenn ich höre, dass jemand sagt, er könne Krankenhausgeruch nicht ausstehen, würde ich mir wahrscheinlich ein Flugticket nach Australien leisten können, um meinen Onkel Simon zu besuchen. Arbeitet man in einer Bäckerei, beschwert sich nie jemand, ganz im Gegenteil: Der Duft von frisch gebackenem Brot hat etwas Herzerwärmendes und Lebensbejahendes. Ich beginne jeden Tag in allerbester Laune.

Als ich heute jedoch um sieben Uhr morgens die Tür der Bäckerei mit meinem nachgemachten Schlüssel öffne, stimmt irgendetwas nicht.

Ein Indierocksong dröhnt ohrenbetäubend laut aus der Anlage in der Backstube. Ich werfe einen Blick hinein und entdecke Toby, der gerade ein paar Brötchen von einem großen Metalltablett auf ein Bäckerregal schiebt. Er trägt ein weißes T-Shirt und ein weißes Tuch um die Stirn, damit ihm das dunkle Haar nicht ins Gesicht fällt. Er gleicht eher einem Karatekämpfer als einem Bäcker.

Ich drehe die Musik leiser, und er wendet mir den Blick zu.

»Musste dein Vater wieder früh weg?«, frage ich.

Er verzieht bekümmert das Gesicht und stützt sich schwer auf der Arbeitsfläche ab.

»Er ist im Krankenhaus«, erwidert er. »Mum hatte gestern Abend einen Herzinfarkt.«

»O nein!« Rasch gehe ich zu ihm und lege ihm eine Hand auf den mehlbestäubten Unterarm und die andere auf den Rücken. Sein T-Shirt fühlt sich feucht an, ein Zeichen dafür, wie heiß es hier drin ist, wenn alle Öfen auf vollen Touren laufen.

»Die Ärzte meinen, sie erholt sich wieder. Es war nur ein kleiner Infarkt. Ein *Warnzeichen*«, fügt er verbittert hinzu.

»Es tut mir so leid! Geht's dir einigermaßen?«

Er richtet sich auf, und mein Griff lockert sich. »Ja, aber ich bin spät dran.«

»Warst du die ganze Nacht allein?«, frage ich alarmiert in Anbetracht der zahlreichen Brotlaibe, die auf den Regalen auskühlen.

Er nickt.

»Du musst ja vollkommen erschöpft sein!«

Kein Wunder, dass er die Musik so laut aufgedreht hat. Sie hat ihn wahrscheinlich wach gehalten.

»Mir geht's gut«, behauptet er müde. »Das war der letzte Schwung.«

»Sag mir, wie ich dir helfen kann.«

»Würdest du im Geschäft schon mal alles vorbereiten? Ich könnte eine Zigarettenpause gebrauchen.«

»Natürlich.« Ich schenke ihm ein mitfühlendes Lächeln und hole die Kassenschublade aus dem Tresor. Ich arbeite inzwischen lange genug hier, um genau zu wissen, was vor dem Öffnen alles zu tun ist. Das Geschäft hat bisher einen phantastischen Umsatz gemacht. Hoffen wir, dass es so bleibt.

Später, als der erste Kundenansturm vorbei ist, wirft Toby die Kaffeemaschine an. Er sieht fix und fertig aus und bewegt sich langsam und träge.

»Warum fährst du nicht lieber nach Hause und legst dich

hin?«, rede ich ihm gut zu. »Ich komme hier schon allein zurecht.«

Er schüttelt den Kopf. »Nein, ich möchte lieber weitermachen.«

»Und wenn dein Vater heute Abend wieder nicht herkann?«, erwidere ich. »Was dann? Du musst dich jetzt ausruhen, solange es geht.«

»Ich will nicht nach Hause.« Er wirkt plötzlich beklommen.

»Hey«, sage ich sanft, gehe zu ihm und nehme ihn in die Arme.

»Ich hasse dieses beschissene Haus«, murmelt er, umgreift meine Taille und legt das Kinn auf meinen Kopf. Dann stößt er einen lauten Seufzer aus.

»Dann leg dich doch hinten ein bisschen hin«, schlage ich vor und löse mich ein wenig von ihm, um zu ihm aufzublicken.

»Okay.« Wir lassen einander los, und mit schwerem Herzen sehe ich ihm nach, als er durch die Tür der Backstube verschwindet. Armer Kerl. »Weck mich vor dem Mittagsansturm«, ruft er mir über die Schulter hinweg zu.

Doch als ich um kurz vor zwölf in die Backstube schlüpfe, finde ich ihn tief schlafend auf dem Fußboden, den schlanken Körper um einen Mehlsack gekrümmt. Ich bringe es nicht fertig, ihn zu wecken, und mache allein weiter.

Es ist zwei, bis er wieder rauskommt, und bis dahin hat sich die Lage beruhigt. Ich wusste zeitweise nicht mehr, wo mir der Kopf stand.

»Ach du Scheiße«, murmelt er und reibt sich die Augen. »Warum hast du mich nicht geweckt?«

»Du hast die Ruhe mehr gebraucht als ich deine Hilfe«, erwidere ich.

»Danke dir.« Schläfrig lächelt er mir zu und gähnt. Ich sehe, dass er sein Smartphone in der Hand hält. »Dad hat vom Krankenhaus aus angerufen. Sie behalten Mum ein paar Tage da, deswegen muss ich heute Nacht wieder für ihn einspringen. Du hattest recht.«

»Fahr doch jetzt mal nach Hause, Toby«, rede ich ihm zu. »Gönn dir ein bisschen Schlaf in einem richtigen Bett.«

»Mache ich, aber erst nach Ladenschluss«, entgegnet er.

»Hier wird jetzt nicht mehr viel zu tun sein«, erwidere ich mit einem Blick auf die Uhr. »Ich schaff das alleine. Wann musst du wieder hier sein?«

»Gegen zehn.«

»Verdammte Scheiße!«

»Dad macht das jeden Tag«, erinnert er mich und gähnt wieder. »Ich erneuere nur noch schnell das Anstellgut, bevor ich gehe.«

»Anstellgut?«

Eine Kundin kommt herein, und Toby kehrt in die Backstube zurück, bevor ich weiter nachfragen kann.

Abends bin ich dermaßen erledigt, dass ich um neun ins Bett falle, doch nur wenige Stunden später reißt mich ein Albtraum aus dem Schlaf. Ich liege eine Weile lang hellwach da und kann nicht mehr einschlafen, und bald wandern meine Gedanken zu Toby. Ich weiß, wie es ist, einen Elternteil durch einen Herzinfarkt zu verlieren, und ganz bestimmt quält ihn die Angst, dass seine Mutter es nicht schafft. Er muss mit so vielen Problemen fertigwerden! Und jetzt schuftet er wieder ganz allein in der Backstube. Ein Blick auf den Wecker sagt mir, dass es kurz nach zwei Uhr morgens ist. Kann ich überhaupt noch einmal einschlafen? Oder soll ich in den sauren Apfel beißen und zu Toby fahren, um ihm zu helfen?

Schon bin ich aus dem Bett und schlüpfe in die nächstbesten Klamotten, die ich aus dem Schrank ziehe – schwarze Jeans und ein marineblaues Oberteil. Ich stecke die Haare zu einem Knoten auf, gehe in die Küche und hinterlasse Angus eine Nachricht, damit er weiß, wo ich bin.

Draußen ist es kühl, und jenseits des orangefarbenen Straßenlaternenlichts funkeln Sterne am Himmel, als ich aus dem Auto steige und den Bürgersteig entlang zum Jennifer's gehe. Sale liegt totenstill da; selbst jetzt in der Nacht von Freitag auf Samstag kuscheln sich um diese Zeit alle zu Hause in ihre Betten. Alle, außer uns.

Der Song, der gerade läuft, als ich aufschließe, ist mir vertraut, aber ich bin zu lange raus aus der coolen Musik, um zu wissen, von wem er ist.

Ich stoße die Tür zur Backstube auf und sehe Toby einen großen durchsichtigen Plastikbehälter hinüber zur hölzernen Arbeitsinsel tragen.

»Hey!«, rufe ich, denn ich weiß, dass er sich sonst zu Tode erschrecken würde. »Toby!«

Doch er ist so in Gedanken versunken, dass er mich gar nicht wahrnimmt. Er stülpt einen Riesenberg Teig auf die Arbeitsfläche und beginnt, die Ränder immer wieder ineinanderzufalten, von außen nach innen, und zwischendurch den Klumpen zu wenden. Fasziniert beobachtete ich ihn. Kurz darauf liegt ein glatter, runder, elastischer Ball vor ihm. Er hebt den Blick und fährt vor Schreck zusammen.

»Heilige Scheiße!«, ruft er. »Was machst du denn hier?« Er dreht die Musik leiser, aber das laute Stampfen der Maschinen erfüllt weiterhin den Raum.

»Ich konnte nicht schlafen und dachte, du könntest vielleicht etwas Hilfe gebrauchen.«

»Ich glaube, ich liebe dich.« Erleichtert seufzt er auf,

kommt hinter der Arbeitsfläche hervor und umarmt mich fest. Das Herz geht mir auf, als ich seine Umarmung erwidere.

»Sag mir, was ich tun soll«, bitte ich ihn, als er den Inhalt des Hobarts überprüft, der großen Stand-Teigmischmaschine.

»Gib mir bitte mal den Kümmel«, sagt er und schaltet die Maschine ab.

Ich reiche ihm das Gewürz, er gibt den Kümmel in den Teig und schaltet die Maschine wieder ein.

»Und könntest du mir jetzt vielleicht die Gärkörbe holen?« Er kehrt wieder zu dem Haufen Teig zurück, der auf der hölzernen Anrichte wartet. »Du kannst mir helfen, den Sauerteig zu formen.«

»Was sind Gärkörbe?«, frage ich.

Ungläubig sieht er mich an.

Gärkörbe, so lerne ich, sind Behälter zum Gären von Teigstücken. Sie können aus Peddigrohr, Holzschliff, Kunststoff oder Bast in verschiedenen Formen bestehen. Sauerteig ist offenbar ein feuchter Brotteig, deswegen muss er vor dem Backen vorgeformt gären, um nicht auszulaufen.

Ich mehle die Formen ein, während Toby mit einem Teigschneider den Brotteig portioniert. Anschließend helfe ich ihm, jedes Stück in Form zu rollen und in die unterschiedlichen Gärkörbe zu geben. Toby arbeitet schwindelerregend schnell, während mir ständig der Teig an den Fingern kleben bleibt.

»Nimm Mehl, um ihn abzukriegen, nicht Wasser«, rät er mir, als könne er meine Gedanken lesen, während ich hinüber zum Waschbecken schaue. Tatsächlich werden die Hände mit dem Mehl ganz leicht sauber. »Du musst schnell arbeiten, sonst bleibt der Teig wieder kleben«, warnt er.

Während der Arbeit redet er mit mir, und ich lerne, dass man einen guten Bäcker daran erkennt, in welcher Zeit er seine Backwaren herstellt. Während es in diesem Stadium wichtig ist, schnell zu arbeiten, ist es noch entscheidender für den Prozess, anschließend langsamer zu werden, denn je mehr Zeit man sich für ein Produkt nimmt, desto besser wird sein Geschmack.

Traditionell wird Brot aus Mehl, Wasser und irgendeinem Triebmittel hergestellt – die Zutat, die den Teig dazu bringt, zu fermentieren und aufzugehen. Französisches Brot wird mit frischer Hefe gemacht, die in kleinen Päckchen verkauft wird, ähnlich wie Butterstücke, und ziemlich übel riecht, während Sauerteig aus einem natürlichen Gärprozess entsteht, für den man einen Starter oder das sogenannte Anstellgut aus reifem Sauerteig verwendet.

Toby behauptet, das Anstellgut für den Sauerteig seines Vaters ruhe schon seit Anbeginn der Zeiten im Kühlschrank und werde jeden Tag mit frischem Mehl und Wasser gefüttert. Manche Bäckereien in Frankreich und Italien brüsten sich damit, ihr Anstellgut seit Jahrhunderten zu besitzen und es von einer Generation zur nächsten weiterzugeben. Das ist bei näherer Überlegung irgendwie gruselig, aber Toby erinnert mich daran, dass Backwaren umso besser schmecken, je mehr Zeit man investiert.

»Willst du es mal mit Baguettes versuchen?«, fragt er mich lächelnd.

»Na klar.«

»Kein Mehl auf der Arbeitsfläche, nur an deinen Händen«, weist er mich ein. »Auf einer mehligen Oberfläche kann man keine Baguettes formen. Solange die Arbeitsfläche sauber bleibt, klebt der Teig auch nicht.«

Ich sehe ihm zu, wie er das erste Baguette herstellt, indem er blitzschnell den Teig von außen nach innen faltet, die Enden anspitzt und die Masse rollt, bis die Länge stimmt. Das

Ganze dauert bei ihm ungefähr zehn Sekunden. Dann legt er das Brot der Länge nach auf ein mit Mehl bestäubtes Tuch, das mehrfach gefaltet ist, so dass man die Brote dazwischenlegen kann.

»An die Arbeit!«, fordert er mich auf.

Ich schüttle den Kopf. »Ich weiß ja nicht mal, wo ich anfangen soll. Ich schaue lieber erst noch mal zu.«

Am Ende der nächsten zehn Sekunden bin ich immer noch nicht schlauer.

Er lächelt, als er meine ahnungslose Miene sieht, geht weg und kommt mit einem kleinen Stück Papier wieder. »Schau zu, wie ich es falte«, sagt er.

Er knickt die Ränder von außen nach innen um und faltet das Papier dann noch einmal längs. »Stell dir eine unsichtbare Linie in der Mitte vor. Du erschaffst eine Wirbelsäule«, sagt er. Es erinnert mich daran, wie ich früher mit meinen Schwestern und Dad Papierflieger gebastelt habe. Toby schlägt die Ränder an den Enden ein, um eine abgerundete Form zu erzielen, und faltet sie dann noch einmal längs, bis ein langes, dünnes Stück Papier übrig bleibt, das wie ein schmales Boot aussieht. »So, und jetzt rollst du den Teig, bis er die richtige Länge hat. Okay?«

»Okay.« Ich nicke und mache mich an die Arbeit. Wenn ich an das Blatt Papier denke, fällt es mir leichter, mich an die Falttechnik zu erinnern. Toby stellt immer noch an die zehn Stück in der Zeit her, die ich für eines brauche, und natürlich sind meine Hände am Ende teigverklebt.

»Man braucht Übung«, beruhigt er mich, als ich Mehl zwischen den Händen verreibe.

»Du bist sehr gut. Hast du wirklich schon mit acht Jahren backen gelernt?«

»In der Bäckerei ja, aber mit Mum und Dad habe ich zu

Hause schon Brot und Kuchen gebacken, solange ich denken kann. Komm, wir können jetzt eine Pause machen, während der Teig geht. Möchtest du einen Kaffee?«

»Gerne.«

Wir gehen rüber ins Geschäft, und Toby schaltet die Maschine ein. Draußen ist es noch dunkel, aber es kann nicht mehr lange dauern, bis die Sonne aufgeht.

»Ich glaube, dass das Backen dir mehr Spaß macht, als du zugibst«, behaupte ich.

»Ja, weil es so dynamisch ist«, gesteht er, während er gemahlenen Kaffee in die Maschine gibt. »Ich arbeite gerne schnell und unter Druck. Und das fertige Produkt ist ja auch ganz nett.«

»Machst du auch mal Fehler?«

»Klar, ganz oft. Lektion Nummer eins: Vergiss das Salz nicht. Das Salz braucht man für den Geschmack und für die Bildung des Glutens. Manchmal knete ich stundenlang den Teig und wundere mich, dass er einfach nicht das macht, was er soll. Dann kommt Dad rein, probiert ein Stück und sagt mir sofort, was ich falsch gemacht habe. Lektion Nummer zwei: Geh nicht raus eine rauchen und vergiss, die Knetmaschine auszuschalten.«

»Was passiert dann?«, frage ich.

»Wenn du den Teig überstrapazierst, überdehnt man die Glutenbindungen und macht sie kaputt. Weißt du noch, wie ich den Teig gefaltet habe, als du reingekommen bist?«

Ich nicke.

»Er hat glatt und elastisch ausgesehen, stimmt's? Das tut er dann nicht mehr. Wenn man ihn überstrapaziert, ist er verdorben, und man muss ihn wegwerfen.«

»Warum benutzt du keinen Timer?«

»Das sollte ich wohl, weil ich mich manchmal ablenken

lasse, aber meinem Vater passiert das nie. Der Prozess ist ihm in Fleisch und Blut übergegangen.«

Die Ehrerbietung in seiner Stimme verrät mir, dass er seinen Vater wesentlich mehr respektiert, als er es sich anmerken lässt.

»Hast du schon oft die Nacht über mit deinem Vater zusammengearbeitet?«, frage ich, während die Kaffeemaschine spuckend und gurgelnd Kaffee in die wartenden Tassen füllt.

»In letzter Zeit nicht mehr. Früher kam es öfter vor, damals, als Mum ...« Er beendet den Satz nicht.

»Als deine Mutter was?«, hake ich nach.

»Als es ihr noch gutging, bevor sie ...« Er zuckt mit den Schultern, den Rücken zu mir gedreht.

»Glaubst du, der Herzinfarkt könnte ein Ansporn für sie sein, mehr für ihre Gesundheit zu tun?«, frage ich vorsichtig.

»Wer weiß?« Er reicht mir eine Tasse.

»Danke.«

Er wirft einen Blick zu den Cupcakes auf dem Tresen, die immer weniger werden. »Sie werden uns heute ausgehen.«

»Wer liefert sie?«, erkundige ich mich. Das habe ich mich schon öfter gefragt.

»Mum backt sie«, antwortet er zu meiner Überraschung. »Die Bäckerei hat früher ihr gehört. Nicht diese hier, sondern das erste Jennifer's in East London. Dort haben sie und Dad sich kennengelernt.«

»Ist sie auch Bäckerin?«

»Ja, sie hat auch Brot gebacken, aber Kuchen und Feingebäck sind ihre eigentliche Spezialität.« Er pustet auf sein Getränk. »Inzwischen stellt sie schon seit Jahren die Kuchen und das Gebäck für unser Geschäft zu Hause her.«

»Hat sie immer noch Spaß daran?«

»Das würde ich mir für sie wünschen«, sagt er und trinkt

einen Schluck Kaffee. »Vielleicht schaffe ich es ja sogar, schon etwas für Sonntagnacht vorzubereiten.« Glücklicherweise hat die Bäckerei morgen geschlossen, so dass niemand eine Nachtschicht einlegen muss, aber am Montag wird es wieder mit Volldampf weitergehen.

»Was soll ich jetzt machen?«, frage ich, als ich ihm zurück in die Backstube folge. »Du kannst Knoblauch anbraten, rote Zwiebeln karamellisieren, Rosinen einweichen oder Körner und Nüsse rösten – such dir was aus.«

Die Baguettes werden zuletzt in den Ofen geschoben, weil sie am wenigsten Zeit zum Auskühlen brauchen, aber als sie fertig sind, bleibe ich für einen Moment stehen und überblicke die Vielzahl der Brotlaibe, die auf den Regalen ruhen.

Noch nie hat Brot für mich so appetitlich ausgesehen. Ob Feigen-, Fenchel-, Roggen-, Kümmel-, Knoblauch-, Rosmarin-, Kreuzkümmel- oder Gruyèrebrot – ich habe das Gefühl, von jedem eines verschlingen zu können. Sogar das einfache rustikale Weißbrot oder *pain au levain*, wie es in Frankreich heißt, sieht wie ein Kunstwerk aus.

Ich schaue auf die Uhr. Es ist schon fast sieben.

»Vanessa kommt später«, bemerkt Toby mit einer hochgezogenen Augenbraue, während er eine Nachricht auf seinem Handy liest. »Sie schreibt, dass sie um zehn da wäre. Du solltest jetzt nach Hause gehen und dich ein bisschen ausruhen.« Mit dem Saum seines T-Shirts wischt er sich den Schweiß von der Stirn. Überrascht fällt mir auf, wie muskulös seine Brust ist. »Ich mache auf.«

»Ich kann noch etwas bleiben«, erwidere ich und schüttle mich ein wenig. »Ich nehme an, dass wir heute beide nur mit halber Kraft arbeiten. Es sei denn, ich soll lieber gehen, weil ich müffle?« Belustigt sieht er zu, wie ich an meinen Achseln schnüffle. Sie stinken nicht, Gott sei Dank. Zum Glück habe ich geduscht, als ich gestern Abend nach Hause gekommen bin.

»Danke, Rose«, sagt er unvermittelt, kommt auf mich zu und umarmt mich. Überrascht zucke ich zusammen, als er eine Hand auf meinen Hintern legt und ihn einmal fest klopft. »Du bist klasse.«

»Danke.« Errötend löse ich mich von ihm. »Es hat mir Spaß gemacht, von dir zu lernen.«

»Ich hole die Kasse, du machst auf.« Grinsend dreht er sich weg.

Erst später, als zwei unserer Stammkunden lachen, als ich ihnen den Rücken zudrehe, um ihre Bestellung zu holen, wird mir klar, was er getan hat. Ich blicke über die Schulter und sehe einen weißen mehligen Handabdruck auf meiner rechten Pobacke.

»Toby!«, rufe ich empört. »Du kleiner Mistkerl!«

Er kommt zu mir, legt mir einen Arm um den Hals und flüstert mir ins Ohr: »Lektion Nummer drei: Trage niemals Schwarz in einer Bäckerei.«

Kapitel 24

Eliza

»Ich bin im zweiten Stock«, verkündet Angus, als ich ihn anrufe, um ihm Bescheid zu sagen, dass ich am Hotel Gotham angekommen bin. »Ich hole dich am Aufzug ab.«

Das »Batman«-Gebäude sieht tatsächlich aus wie aus einem Comic mit seinem imposanten neoklassizistischen Design aus Stein und Stahl und den Jugendstil-Bogenfenstern. Nicht mal die Wasserspeier auf dem Dach fehlen.

Angus erreicht den Aufzug, kurz nachdem ich rausgekommen bin. »Hey«, sagt er liebevoll und sieht mich mit großen Augen an. »Du siehst phantastisch aus.« Er begrüßt mich mit einem Kuss auf die Wange.

Als Michelle und ich vorhin auf der Website des Hotels nachgeschaut haben, wirkte das Restaurant dort ziemlich schick. Deshalb überredete sie mich, ein schwarzes Kleid von ihr im Stil der dreißiger Jahre mit meinen High Heels dazu anzuziehen. Mein Haar habe ich nicht hochgesteckt, sondern sorgfältig geföhnt und geglättet, so dass es mir glänzend auf den Rücken fällt.

»Du auch«, erwidere ich überrascht. Ich habe erwartet, ihn wie üblich in Jeans und T-Shirt zu sehen, doch er trägt schicke schwarze Hosen und ein weißes Hemd, dessen Ärmel bis zu den Ellbogen aufgekrempelt sind und dessen oberster Knopf offen steht. Sein dunkelblondes Haar fällt jedoch so wirr durcheinander wie immer.

»Ich dachte, ich gebe mir mal ein bisschen Mühe, um nicht zu sehr wie der Penner auszusehen, der ich in Wirklichkeit bin«, flüstert er verschwörerisch. »Und ob du es glaubst oder nicht, ich habe für später eine Krawatte und ein Jackett.« Er blickt den Flur hinunter zu seinem Zimmer und schaut dann auf die Uhr. Es ist kurz vor fünf. »Möchtest du direkt in die Bar gehen?«, fragt er.

»Ja, gerne.« Ich bin zwar neugierig auf sein Zimmer, aber vielleicht kann ich es mir später noch ansehen.

Dieser Gedanke führt zu einem anderen, und die Röte steigt mir vom Hals aus ins Gesicht, als wir wieder in den Aufzug treten.

In dem Gebäude befand sich früher die Midland Bank, und überall finden sich Hinweise auf diese Vergangenheit: Beutel mit Falschgeld halten die Türen auf, und Angus erzählt mir, dass auf den Toiletten Kosmetikartikel auf künstlichen Goldblöcken stehen. Im Restaurant rahmen wunderschöne Bogenfenster den Blick über die Stadt ein, aber die Bar im Dachgeschoss raubt mir den Atem. Die Aussicht auf die Skyline von Manchester ist wirklich spektakulär, und es gibt sogar Plätze direkt hinter den Wasserspeiern.

»Wann hast du eingecheckt?«, frage ich, nachdem wir uns Drinks bestellt und auf eine schwarze Bank gesetzt haben, den Rücken gegen die Außenwand des grauen Steingebäudes gelehnt. Die Sonne steht noch hoch am Himmel.

»Vor ungefähr einer Stunde. Ich habe mich so lange ein bisschen aufs Bett gelegt und gelesen.«

»Wie ist dein Zimmer?«, frage ich.

»Der Hammer! Es gibt sogar batmanförmige Kekse in einem Plätzchenglas.«

»Cool!«

»Wenn du magst, kannst du ja nachher mitkommen und

eine Tasse feinsten Tee trinken.« Er sagt es beiläufig und errötet nicht so wie ich bei dem Gedanken an uns beide allein in seinem Zimmer. »Und, was war bei dir so los?«, erkundigt er sich.

»Joe hat angerufen!«, platze ich heraus. »Er möchte, dass ich übernächste Woche noch einmal auftrete – an einem Freitagabend!«

»Wow, das ist phantastisch!«

Ich erzähle ihm alles, wir probieren verschiedene Cocktails aus und unterhalten uns, während die Sonne allmählich hinter den Dächern versinkt. Plötzlich fällt uns unsere Reservierung zum Abendessen ein, und wir eilen hinunter ins Restaurant. Dort werden wir vor einem der Bogenfenster platziert und blicken hinaus auf ein weiteres Jugendstilgebäude. Es ist immer noch hell draußen, aber trotzdem brennen Kerzen auf den Tischen.

»Was hast du Rose erzählt, wo du heute Abend bist?«, frage ich.

»Ich habe ihr gesagt, dass ich hier bin.« Er räuspert sich. »Sie glaubt, dass ich eine Freundin habe.«

»Oh. Und, hast du sie aufgeklärt?«

»Ja. Ich meine, ich habe keine, oder?« Er sieht mich mit hochgezogenen Augenbrauen an. »Aber es hat sie scheinbar trotzdem getroffen.«

»Wahrscheinlich findet sie, dass es noch zu früh ist«, erwidere ich tonlos.

»Es ist jetzt über ein Jahr her«, berichtigt er mich nüchtern und runzelt die Stirn. »Und im Übrigen …«

In dem Moment kommt der Kellner, schenkt rubinroten Wein in unsere Gläser und fragt, ob wir schon gewählt hätten.

Froh über die Unterbrechung, suche ich mein Menü aus.

»Machst du dich manchmal auch verrückt, indem du über die Zukunft nachdenkst?«, fragt mich Angus, als wir bei der Hauptspeise angelangt sind.

»In der Regel versuche ich, das nicht zu tun«, antworte ich.

Er schüttelt den Kopf. »Ich meine nicht unsere Zukunft in zehn Jahren, sondern in zwei-, drei-, zehntausend Jahren.«

»Meinst du nicht, dass wir uns bis dahin mit Atombomben in die Luft gesprengt haben?«

»Wer weiß? Aber angenommen, wir haben es nicht? Angenommen, die menschliche Art existiert immer noch, und wir wurden nicht alle von tödlichen Viren und Weltkriegen ausgerottet? Ich frage mich, wer dann die Supermacht sein wird, und damit meine ich keinen Comic-Helden.«

»Ich weiß«, erwidere ich lächelnd und frage mich, worauf er hinauswill. Es klingt wie eine der verrückten Unterhaltungen, die wir früher geführt haben.

»Die Vereinigten Staaten, die Sowjetunion, das britische Empire vor dem Zweiten Weltkrieg – das alles waren Supermächte«, fährt er fort. »Aber schau mal zurück in die Geschichte, zum alten Ägypten, dem persischen Reich, den Griechen und Römern … Wer werden die Supermächte der Zukunft sein?«

»China?«, spekuliere ich.

»Kann sein. Aber wie wird die Welt aussehen? Welche technischen Möglichkeiten wird es geben? Wird irgendeines dieser Gebäude noch stehen? Und wenn nicht, warum nicht? Was wird sie zu Fall bringen? Werden sie abgerissen und größer wieder aufgebaut werden?«

»Man kann sich in den Wahnsinn treiben, wenn man darüber nachdenkt«, bemerke ich.

»Ja, stell dir vor, deine Neugier wäre so stark, dass du dich tatsächlich wahnsinnig machen könntest.«

»Wahrscheinlich gibt es einen medizinischen Begriff für so was«, sage ich kichernd.

»Ja, ein Begriff für die tödlich Neugierigen. Man kann weder abschalten noch nachts einschlafen.«

Ich werfe ihm ein Lächeln zu. »Ich mag es, wenn du anfängst, über das Universum nachzudenken.«

Er erwidert mein Lächeln, und sein Gesicht und sein Haar leuchten golden im Kerzenlicht. Seine Augen funkeln unwiderstehlich. Er ist so attraktiv, dass es weh tut. Plötzlich frage ich mich, ob er sich auch damals mit Phoebe über solche verrückten Dinge unterhalten hat. Natürlich hat er das.

»Woran hast du gedacht?«, fragt er mit einem Gespür für meinen Stimmungswechsel.

»Phoebe?«, antworte ich leise.

Ich blicke gerade noch rechtzeitig auf, um ihn schlucken zu sehen, aber dann senkt er den Blick und legt Messer und Gabel nebeneinander auf den Teller.

»Ich bin satt bis obenhin.«

»Kein Platz mehr für Nachtisch?«, hake ich nach.

»Nein, aber nimm du einen.«

»Ich glaube, ich möchte lieber eine Tasse Tee. Ich habe etwas zu viel Wein getrunken.«

»Wie gesagt, Tee und Kaffee gibt es in meinem Zimmer, und nicht zu vergessen die Kekse.«

Ich lächle. »Als könnte ich die vergessen.«

Auf alt getrimmte rosafarbene Zeitungen mit dem Titel *The Gotham News* hängen über goldenen Leisten an der Wand im Flur. Angus öffnet die Tür seines Zimmers mit einer Schlüsselkarte, und ich folge ihm hinein.

Der Raum ist dunkel und luxuriös ausgestattet. In der Mitte steht ein Doppelbett mit einem locker über das Ende drapierten Fellüberwurf. Ich setze mich auf den einzigen Sessel, und Angus hält mir ein Glasgefäß hin. Lächelnd nehme ich mir ein Batman-Plätzchen, während Angus den Wasserkocher füllt und einschaltet.

»Wann musst du morgen wieder bei der Arbeit sein?«, frage ich in dem Versuch, Smalltalk zu machen.

»So gegen zehn«, erwidert er und setzt sich ans Fußende des Bettes mir gegenüber. Er stützt die Ellbogen auf die Knie, verschränkt die Hände, und ich erhasche einen Blick auf seine Brust unter seinem Hemd.

»Ich lass dich gleich in Ruhe«, sage ich und nicke in Richtung Wasserkocher, als dieser sich mit einem Klicken abschaltet.

Er steht auf, um den Tee aufzugießen, und ich lehne mich entspannt im Sessel zurück und schlage die Beine übereinander. Das Bett dominiert den kleinen Raum, und es ist ein bisschen warm hier drin.

Als er sich umdreht, scheint er ganz leicht zusammenzuzucken. Seine Augen wandern über meine Beine, während er zu mir hinüberkommt und mir eine Tasse reicht.

»Wenn du mich anschaust, siehst du dann manchmal Phoebe?«, frage ich, als er sich setzt.

Er erbleicht. »Wie bitte? Nein!«

»Tut es dir manchmal weh, mich anzusehen?«, bohre ich, während meine Laune in den Keller rutscht – ein sicheres Zeichen für zu viel Alkohol. Ich bin in einer destruktiven Stimmung und kann nichts mehr dagegen tun.

»Eliza«, sagt er bekümmert, stellt seine Tasse auf einen nahen Tisch und kniet sich vor mich auf den Teppichboden.

Er starrt zu mir hoch. »Nein. Natürlich erinnerst du mich manchmal an sie, weil du ihre Schwester bist, aber das kommt selten vor. Meistens bist du einfach Eliza.«

Meine Augen füllen sich mit Tränen. Er seufzt, nimmt mir die Tasse ab, zieht mich auf die Füße und in seine Arme. Er ist warm und stark, und ich schmiege mich an ihn. Meine Kehle schnürt sich unangenehm zusammen.

Er drückt mich noch fester. »Ich bin so dankbar, dass ich noch dich und Rose habe.«

Meint er als Freundinnen? O Gott, ich weiß nicht, was ich will!

Ich lege die Hände auf seine Schultern und schiebe ihn etwas von mir weg, drehe das Gesicht zur anderen Seite. Er streicht mir eine Haarsträhne hinter die Ohren und fordert mich auf, ihn wieder anzusehen. Er umfasst mein Gesicht mit seinen Händen.

»Was willst du …«, beginne ich, doch er berührt mit dem Daumen meinen Mund und bringt mich zum Schweigen. Dann nimmt er den Daumen weg und legt seine Lippen auf meine.

Es ist ein unglaublich süßer Kuss. Er dauert nicht länger als wenige Sekunden und ist wahnsinnig sanft und vorsichtig, aber mir zittern die Knie, als Angus sich zurückzieht.

»Das hättest du nicht tun sollen«, flüstere ich und halte mich an seinen Armen aufrecht. Mein Herz rast.

»Warum nicht?«

Ich bin mir intensiv des Doppelbetts hinter ihm bewusst. Es wäre so leicht und so wunderbar, ihn rückwärtszudrängen und mich vollkommen rauschhaft in diesem intensiven Moment zu verlieren.

Aber das kann ich nicht tun.

Oh, aber dann küsst er mich wieder!

Die Schauer, die mir den Rücken hinauf- und hinunterlaufen, lassen meine Beine immer weicher werden.

»Angus«, flüstere ich, als er mir die Lippen auf den Mund presst. »Wir dürfen das nicht.«

»Doch, wir dürfen«, murmelt er sanft.

Mit äußerster Willenskraft lege ich meine Hände auf seine Brust und stoße ihn weg.

Erschrocken sehe ich, wie seine Augen vor Wut aufblitzen.

»Du hast mir einmal gesagt, wenn ich Phoebe nicht wollte, könne ich keine von euch haben«, sagt er mit tiefer, gefährlicher Stimme.

Ich nicke nervös. »Vielleicht ist das immer noch so.«

»Schwachsinn!«, bricht es aus ihm heraus, so dass ich zusammenzucke.

Ich beginne, auf dem engen Raum neben dem Bett hin und her zu laufen, als er tobt: »Das ist Schwachsinn, das weißt du genau! Sie ist für immer fort. Aber du und ich, wir sind hier. Und wir sollten zusammen sein. Es wird wirklich Zeit, verdammt nochmal!«

Der Blick in seinen Augen raubt mir den Atem. Er ist umwerfend, wenn er aufgeregt ist.

Meine Willenskraft schwindet, und ich gehe einen Schritt auf ihn zu. Er sieht mich kommen und schließt die Lücke.

Was vorher zögerlich war, ist jetzt so aufgeladen mit Leidenschaft, dass wir die Möbel in Brand setzen könnten.

Er umfasst mein Gesicht und küsst mich wild und drängend. Mir schwindelt, aber ich stürze mich genauso auf ihn. Ich will nicht aufhören. Ich kann nicht aufhören. Aufzuhören ist einfach unmöglich und sinnlos. Ich brauche ihn. Ich will ihn, und verdammt nochmal, ich werde ihn bekommen.

Wir ziehen einander aufs Bett.

Der Morgen kommt und mit ihm die Gewissensbisse. Das Gefühl eines Déjà-vus ist überwältigend, aber als ich mich umdrehe und Angus friedlich schlafend neben mir liegen sehe, spüre ich eine plötzliche Welle der Entschlossenheit. Die letzte Nacht war unglaublich. Und ich bin hoffnungslos verliebt.

Ich drücke ihm einen sanften Kuss auf die Schulter, und er regt sich.

Seine schönen Augen öffnen sich, und er wirkt im ersten Moment verwirrt. Mein Herz setzt einen Schlag aus. War er sehr betrunken gestern Abend? Erinnert er sich daran, was geschehen ist? Weiß er, wer ich bin? Doch dann grinst er nur schläfrig.

»Hallo, kleine Hexe«, flüstert er und wischt all meine Sorgen beiseite. Er streckt den Arm aus und legt mir die Hand auf die Wange. »Geht es dir gut?«

»Ich glaube schon«, antworte ich. »Und dir?«

Er nickt, legt den Arm um mich und zieht mich an seine nackte Brust.

Zufrieden seufzend schmiege ich mich fest an ihn, eine Handfläche flach auf seinen Bauch gelegt.

»Eliza?«, fragt er nach einem Augenblick.

»Ja?«

»Flipp nicht wieder aus, wenn du später allein bist. Das hat mich echt umgehauen, als wir achtzehn waren.«

»Mach ich nicht«, verspreche ich und lege mich so hin, dass ich zu ihm aufblicken kann. Seine Augen sind voller nervöser Unruhe.

»Ich liebe dich«, flüstere ich und streiche mit den Fingerspitzen an seiner Kinnlinie entlang.

Seine Anspannung löst sich, als er mich an sich zieht, damit ich ihn küssen kann. »Ich liebe dich auch«, sagt er an meinen Lippen.

In diesem Augenblick wird mir klar, dass Michelle recht hat. Ich muss mit Phoebe reden.

Die Luft ist noch regenfeucht, als ich den gewundenen Wegen des Friedhofs folge. Eine Windböe raschelt in den Bäumen und lässt eine Kaskade von Regentropfen auf meinen Kopf rieseln. Ich spüre sie kaum.

Ich erreiche den Grabstein mit der Inschrift:

RICHARD THOMSON,
geliebter Ehemann und Vater,
und
PHOEBE THOMSON,
geliebte Tochter und Schwester.
Viel zu früh aus dem Leben gerissen.

Ich falle auf die Knie. Nasser Schlamm dringt durch das Gras und meine Hosenbeine.

»Es tut mir leid, Phoebe, aber ich muss dir etwas sagen. Ich liebe Angus. Ich habe ihn von Anfang an geliebt.«

Mir kommen die Tränen, und ich muss mich beherrschen, um nicht laut zu schluchzen.

»Es tut mir so leid! Wenn du noch da wärst, wäre das nie passiert. Ich habe so lange versucht, mich von ihm fernzuhalten, aber ich kann nicht mehr. Ich leide so sehr, weil ich dich unendlich vermisse, und ich habe das Gefühl, dass er mich heilt. Ich hoffe, du kannst das akzeptieren. Ich würde nicht von dir erwarten, dass du dich für mich freust. Ich würde alles darum geben, dich wiederzuhaben, und ich weiß, dass das bedeuten würde, Angus aufgeben zu müssen. Ich fühle mich unvollständig ohne dich. Ich liebe dich so sehr. Und es tut mir leid. Aber ich liebe ihn auch. Und er ist hier. Ich hoffe, du verstehst das.«

Ich kann nicht mehr weitersprechen, weil der Kloß im Hals mir die Kehle zuschnürt, doch ich bleibe noch lange dort, eine Hand auf den Grabstein gelegt, während mir die Tränen über die Wangen laufen.

Kapitel 25

Phoebe

Unfassbar, was ich gestern getan habe! Ich habe mit Dad oben auf dem Montblanc gestanden! Wir haben es geschafft! Wir haben den Gipfel erklommen!

Die Größenverhältnisse dort oben waren einfach überwältigend. Im Vergleich zu den Bergen waren wir nicht nur zwergenhaft, sondern mikroskopisch klein.

Früher hat Mum Dad immer vorgeworfen, er sei egoistisch, weil er sein Leben beim Klettern riskiert, obwohl er eine Frau und drei kleine Kinder hat. Das sei durch nichts zu rechtfertigen.

Aber jetzt verstehe ich ihn. Wenn man einen Grat entlangwandert, auf Messers Schneide zwischen Leben und Tod balanciert, fühlt man sich erst richtig lebendig.

Kaum zu glauben, dass dies meine letzte Seite ist. Und ich kann auch nicht glauben, was ich schreiben werde. Tief durchatmen: Dad hat mich überredet, mit ihm nach Hause zu fahren. Er hat Angst, ich könne meine Ziele aus den Augen verlieren, wenn ich bleibe, und er hat recht. Aber ich weiß, dass es mich umbringen wird, mich von Remy zu trennen.

Und auch von dir muss ich mich jetzt trennen. Welche Abenteuer ich dieses Jahr erlebt habe! Unglaublich.

Also, au revoir.

Auf Wiedersehen …

Kapitel 26

Rose

Tränenüberströmt schließe ich Phoebes violettes Tagebuch, und meine Finger zittern, als ich das winzige Schlösschen wieder anbringe. Das war der letzte Eintrag, waren die letzten Zeilen in ihrer schönen geschwungenen Handschrift, und jetzt ist sie fort, für immer.

Ich habe ihr Teenager-Tagebuch schon seit über einem Jahr in meinem Besitz, seitdem ich es damals auf dem Speicher gefunden habe, am selben Tag, an dem ich auch Elizas entdeckte. Ich hatte jedoch nie vor, Phoebes zu lesen – dafür hatte ich zu großen Respekt vor ihr. Ich befürchte, dass ich über mein Verhältnis zu Eliza nicht dasselbe behaupten kann. Bei ihr war meine Neugier so groß, dass ich kein Gefühl mehr dafür hatte, wie falsch es war, es zu lesen, und bestimmt ist sie deswegen immer noch sauer auf mich.

Im Mai, kurz vor Phoebes Todestag, fühlte ich mich eines Abends beim Zubettgehen untröstlich traurig. Ich wünschte mir so sehr, ihre Nähe zu spüren, ihre Stimme wieder zu hören, und deswegen suchte ich ihr altes Tagebuch heraus.

Ich habe versucht, sie lebendig zu halten, indem ich die Lektüre so lange wie möglich hinauszögerte, obwohl ich ihre Aufzeichnungen natürlich am liebsten in einem Rutsch verschlungen hätte. Aber jetzt habe ich das Ende erreicht, und es ist, als hätte ich sie von neuem verloren. Es tut so weh! Ich kann es nicht ertragen.

Ich liebe die Art, wie sie geschrieben hat. Sie verlieh mir das Gefühl, bei ihr zu sein, etwa, als sie meinte, sich kneifen zu müssen, während sie auf dem Balkon ihrer Wohnung in Argentière saß und die Sonne hinter den Bergen untergehen sah. Ich habe alle Klettertouren miterlebt, die sie mit Remy unternommen hat, und war bei ihren Abenteuern dabei, beim Paragliding oder bei den Ausflügen zur Eishöhle. Noch vor einem Augenblick stand ich auf dem Gipfel des Montblanc mit ihr und Dad, nachdem sie ihn endlich überredet hatte, sie in jenem Sommer zu besuchen. Es war die letzte große Klettertour, die sie miteinander unternommen haben. Und natürlich durchlitt ich auch ihre Albträume mit ihr, in denen Eliza Angus küsste und Dad auf einem Berg ums Leben kam. All das erscheint im Rückblick seltsam prophetisch.

Ich rolle mich auf meinem Bett zusammen und überlasse mich meinen Gefühlen. Angus ist nicht da und kann mich deswegen nicht weinen hören. Er hat letzte Nacht in einem Hotel übernachtet – er schreibt wohl ein Feature darüber. Ich habe ihn ins Gesicht gefragt, ob er eine Freundin hat, aber er hat es abgestritten.

Ich weiß, dass er irgendwann jemand Neues finden wird, aber ich werde nie eine neue Schwester bekommen. Egal, was die Leute glauben, wenn sie uns sehen: Phoebe war einzigartig. Und sie lässt sich nicht ersetzen.

Manchmal denke ich an den Tag zurück, als Mum den Anruf erhielt, durch den wir erfuhren, dass wir sie verloren hatten. Eliza und ich waren gerade vor der Tür in einen Riesenstreit geraten, als das Telefon klingelte und Mum rief: »PHOEBE!«

Wir gingen automatisch davon aus, dass Phoebe am Telefon war und Eliza drohte, ihr alles über Angus zu erzählen, aber dann stieß Mum einen gequälten, unmenschlichen Laut aus, als würde ihr das Herz aus der Brust gerissen. Eliza und ich starrten uns für den Bruchteil einer Sekunde entsetzt an und rannten dann hinein. Mum war auf dem Küchenfußboden zusammengebrochen, das Telefon ans Ohr gepresst. Ich nahm es ihr ab, und als ich hörte, dass Josie dran war, wusste ich sofort Bescheid.

»*Phoebe ist von einer Lawine verschüttet worden*«, brachte Josie schluchzend hervor.

Mein Drilling, ein Drittel von mir, war für immer fort.

»Was ist denn mit dir los?«, fragt Toby, als ich zur Arbeit komme. Ich habe sorgfältig Concealer aufgetragen, aber meine Augen müssen vom Weinen immer noch gerötet sein.

»Ach, nichts«, murmele ich, als ich seinen mitfühlenden Gesichtsausdruck bemerke. Kurz darauf sehe ich alles durch einen Tränenschleier.

»Hey«, sagt er sanft und geht zur Eingangstür. Ich höre, wie er sie abschließt.

»Nicht, Toby, alles ist gut«, protestiere ich. »Wir dürfen nicht später aufmachen.« Aber er kommt zu mir, nimmt mich am Arm und führt mich in die Backstube.

»Sag mir, was los ist«, verlangt er.

Ich gebe meinen Widerstand auf, und einen Moment später liege ich in seinen Armen, und er hält mich fest, während ich weine.

»Als du mich gefragt hast, ob ich eineiige Drillingsschwestern hätte, konnte ich nicht antworten«, erkläre ich ihm kurz darauf, als ich mich so weit beruhigt habe, dass ich reden kann. Wir sitzen draußen auf den Gartenmöbeln, die ich von zu Hause mitgebracht habe. Ich habe vorletztes Wochenende die Wand angestrichen, aber noch nicht die Erde für die Pflanzen fertig vorbereitet, deswegen sind wir immer noch von Plastiktöpfen umgeben.

»Es war das erste Mal, dass jemand mir gegenüber ›Drillinge‹ gesagt hat, seitdem Phoebe gestorben ist«, erkläre ich. »Und es war so ein Schock für mich, als mir dämmerte, dass ich nicht wissen kann, ob ich immer noch ein Drilling bin. Bin ich das, nachdem eine von uns gestorben ist?« Meine Stimme klingt erstickt, und ich kann nur mit Mühe die Tränen zurückhalten.

»Das weiß ich nicht«, antwortet er leise. »Fühlst du dich denn noch wie einer?«

»Ja.« Ich nicke.

»Da hast du deine Antwort.«

Ein Schluchzen entschlüpft mir. Er legt den Arm um mich und zieht mich an sich.

»Ganz ruhig«, sagt er besänftigend, und sein warmer Atem kitzelt mich am Kopf. Es ist, als wären unsere Rollen plötzlich vertauscht. Jetzt ist er der Erwachsene, der das Kind tröstet. Und er ist wirklich ziemlich gut darin.

»Du solltest jetzt aufmachen«, rate ich irgendwann. »Die Kunden schlagen uns sonst die Tür ein.«

»Die können warten.«

»Nein, Toby, wirklich, es ist in Ordnung. Dein Vater wäre sauer. Ich komme gleich in den Laden.«

»Okay.« Widerstrebend verlässt er mich schließlich.

Ich bleibe noch eine Viertelstunde draußen, bearbeite die Erde im Pflanzkasten, um mich zu beschäftigen, und hoffe, dass die Röte in meinem Gesicht etwas verblasst. Letzte Nacht hat es ein Gewitter gegeben, und der Boden ist feucht, daher mache ich gute Fortschritte.

Als ich mich wieder etwas stabiler fühle, gehe ich hinein und wasche meine Hände am Waschbecken der Backstube, bevor ich den Laden betrete. Toby wirft mir ein ermutigendes Lächeln zu, während er einen Kunden zu Ende bedient.

»Alles in Ordnung?«, fragt er, als alle weg sind. Da immer noch einige Mütter mit Babys im kleinen Cafébereich sitzen, reden wir leise.

»Ja. Danke dir.«

»Macht es dir etwas aus, wenn ich draußen mal schnell eine rauchen gehe?«, fragt er, eine Augenbraue hochgezogen.

»Kein Problem.«

Fünf Minuten später ist er zurück.

»Wann willst du die Pflanzen einsetzen?«, fragt er.

»Ich wollte es eigentlich schon letztes Wochenende machen, aber ich war zu erledigt nach unserer Nachtschicht in der Backstube. Wo willst du eigentlich in deinen Zigarettenpausen hin, wenn alles fertig ist?«, frage ich.

»Keine Ahnung.« Er zuckt mit den Schultern. »Vielleicht höre ich auf. Rauchen kostet einen Haufen Geld. Ich bin ständig pleite.«

»Ist das dein einziger Grund, aufzuhören? Nicht vielleicht auch, weil es schrecklich schädlich für die Gesundheit ist und man widerlich aus dem Mund stinkt?«

Er wirkt ein wenig schockiert.

»Entschuldige, das klang jetzt fieser als beabsichtigt.«

»Vergiss es«, antwortet er und starrt auf die leere Stelle auf der Theke, wo sich vorher die Cupcakes stapelten. Seine Mutter kommt morgen aus dem Krankenhaus, wird aber noch eine Weile lang nicht backen können.

»Was hast du heute Abend vor?«, fragt er unvermittelt und sieht mich an.

»Nichts. Warum?«

»In der Stadt spielt eine Band, die ich mir gerne ansehen möchte. Willst du mitkommen?«

»Äh …«

»Also, hast du doch schon etwas vor?«, fragt er.

»Nein, aber …«

»Was? Hast du an einem Montagabend etwa Besseres zu tun? Komm schon, Rose, lebe ein bisschen. Es wird dir guttun.«

»Willst du nicht lieber mit jemandem in deinem Alter hingehen? Mit einem Freund oder so?«, frage ich.

»Ich habe hier keine Freunde in meinem Alter.«

»Ich auch nicht«, gestehe ich. »Jedenfalls nicht mehr. Sie sind alle weggezogen.«

Er wirft mir einen bedeutungsvollen Blick zu.

»Was ist mit Vanessa?«, frage ich. »Sie ist jung und hübsch.«

»Vanessa ist langweilig«, behauptet er.

»Na schön«, antworte ich spontan. »Ich fahre.«

»Mein Gott, Rose, du bist nicht meine Mutter.« Er kommt auf mich zu, packt mich an den Armen und schüttelt mich leicht. »Lass uns die U-Bahn nehmen und was trinken. Trag dein Haar offen.« Er sieht erst meinen Dutt und dann mich an.

»Ich glaube, du würdest besser zu meiner anderen Schwester passen«, erwidere ich sarkastisch.

Ich hätte wissen müssen, dass diese Bemerkung zu einem Bumerang werden würde. Sobald Toby und ich an dem Abend mit Drinks in der Hand an der Bar stehen, fragt er mich nach Eliza.

»Wir reden momentan nicht oft miteinander«, erkläre ich, doch daraufhin will er natürlich erst recht mehr erfahren.

»Es dauert noch eine Stunde, bevor die Band loslegt«, sagt er. »Raus mit der Sprache.«

Ich atme tief durch und seufze laut.

»Ich bin dein einziger Freund«, erinnert er mich und zwinkert mir zu. »Rede mit mir.«

Ich grinse ihn freudlos an. »Ich habe noch einen Freund in dieser Stadt, weißt du. Angus, mein Mitbewohner. Wir kennen uns, seit wir siebzehn sind.«

»Und er ist nur dein Mitbewohner?« Er hebt eine Augenbraue.

»Ja.« Ich trinke einen Schluck. »Ich habe mal gedacht, ich wäre in ihn verliebt, aber er war mit Phoebe zusammen. Sie waren verlobt, wollten heiraten.«

»Scheiße«, sagt er, und seine Augen weiten sich.

»Bevor du mich für eine schreckliche Person hältst, sollte ich dir erzählen, dass auch Eliza in ihn verliebt war, nicht nur ich.«

»Mein Gott, was für ein Durcheinander.«

Die Unterhaltung verläuft nicht so, wie ich es mir erhofft hatte, aber ich erkenne meinen Fehler zu spät.

Ich schürze die Lippen und murmele: »Tja, das würde wohl keiner von uns abstreiten.«

»Wusste Phoebe, dass ihr beide auf ihn gestanden habt?«

Ich schüttle den Kopf. »Ich glaube nicht.«

Er wirft mir einen langen, bedeutungsvollen Blick zu.

»Eliza!«, ruft der große, stämmige Mann hinter der Bar plötzlich aus. Man braucht kein Genie zu sein, um zu wissen, dass er mich meint.

»Ich bin nicht Eliza, sondern ihre Schwester«, erwidere ich, gewöhnt daran, dass so etwas passiert, obwohl es schon länger nicht vorgekommen ist.

Ihm klappt der Unterkiefer runter. »Du siehst aber genauso aus wie sie!«

Ich zucke mit den Achseln. »Wir sind eineiige …«

»Zwillinge!«, beendet er meinen Satz. »Hi, ich bin Joe.«

»Rose«, erwidere ich und reiße mich zusammen. Sogar Toby ist bei dem Zwillingskommentar erstarrt.

»Sie singen nicht zufällig, oder? Ihr beide zusammen da oben würdet toll aussehen.«

Entsetzt sehe ich ihn an.

»Nein, ich bin vollkommen unmusikalisch.«

Überrascht zuckt er mit den Schultern. »Na ja, aber vielleicht könntest du deiner Schwester dieses Mock-up hier geben, wenn du sie das nächste Mal siehst. Ich habe es gerade drucken lassen.« Er zieht den Dummy eines Flyers unter der Theke hervor und reicht ihn mir. Er zeigt ein Foto von Eliza, die mit ihrer Gitarre auf einem Barhocker sitzt, offenbar mitten bei ihrem Auftritt, mit nachdenklicher Miene. Es versetzt mir einen Stich, als ich ihr Bild ansehe, doch dann lenkt mich Toby ab, indem er über meine Schulter späht.

»Klar«, verspreche ich Joe, der sich daraufhin einem anderen Gast zuwendet.

»Ist sie gut?«, fragt mich Toby.

»Dir würde ihre Musik wahrscheinlich gefallen.« Ich falte das Stück Papier zusammen und stecke es in meine Tasche. »Können wir uns irgendwo einen Tisch suchen?« Ich möchte irgendwohin, wo es dunkel ist, diskret, wo mich keiner mit Eliza verwechseln kann.

»Klar.« Er nimmt seinen Drink und folgt mir, da ich schon unterwegs bin.

Meine Nervosität ebbt nach meinem dritten Wodka-Cranberry ab, und als die Band auf die Bühne kommt – eine vierköpfige Indierockband –, bin ich bester Laune. Toby hat sich vor ein paar Minuten in die Menge geworfen, überrascht, dass ich sitzen bleiben wollte. Schlimmer noch: Er sah mich an, als würden mir Hörner aus dem Kopf wachsen. Dabei habe ich nur Angst davor, mit Eliza verwechselt zu werden, oder davor, dass sie womöglich selbst hier irgendwo auftaucht. Offenbar ist sie ja Stammgast hier.

Ich erhasche einen Blick auf Toby. Er trägt ein schwarzes T-Shirt und dunkle Jeans. Ich bin daran gewöhnt, ihn in heller Kleidung in der Bäckerei zu sehen, aber Schwarz steht ihm gut. Ein wenig tut es mir leid, dass ich hier alleine sitze und langweilig bin. Endlich bin ich mal abends in der Stadt – warum mache ich nicht das Beste daraus? Was ist schon so schlimm daran, wenn ich verwechselt werde?

Ich trinke meinen Wodka aus und stehe auf. Zuerst werde ich mal an die Bar gehen.

»Kann ich dir einen ausgeben?«, fragt mich ein Mann sofort, nachdem ich versucht habe, die Bedienung auf mich aufmerksam zu machen. Er sieht nicht schlecht aus. Etwas durchschnittlich, aber so war Gerard auch, und der hat es sogar geschafft, gleich zwei Frauen rumzukriegen.

»Vielen Dank, aber ich brauche zwei Drinks«, antworte ich.

»Haben wir uns schon mal gesehen?«, fragt er. »Du kommst mir bekannt vor.«

»Nein, ich glaube nicht«, erwidere ich unschuldig.

»Wie heißt du?«, fragt er.

»Rose.«

»Ein schöner Name«, sagt er. »Und du bist ein schönes Mädchen.«

Ich unterdrücke ein Schnauben, aber er scheint es nicht zu bemerken und stellt sich als Alan vor.

Zwei Hände legen sich auf meine Schultern, und als ich mich umblicke, sehe ich, dass Toby mit einem leichten Stirnrunzeln auf mich hinunterblickt. »Du warst nicht mehr am Tisch«, sagt er. »Ich dachte schon, du wärst gegangen.«

»Nein, ich wollte nur an die Theke. Das ist Adam«, erkläre ich.

»Alan«, verbessert er mich und sagt dann: »Tut mir leid, Kumpel, ich wusste nicht, dass sie mit dir hier ist.«

Alan verzieht sich, und ich muss lachen. »Sehe ich jünger aus, als ich bin, oder du älter?«

»Vielleicht ein bisschen von beidem«, sagt Toby leicht amüsiert. »Du siehst jedenfalls nicht wie achtundzwanzig aus.«

»Wunderbar«, antworte ich entzückt. »Und du siehst älter aus als einundzwanzig. Du bist weit für dein Alter«, füge ich weise hinzu und versuche, dabei keine Miene zu verziehen.

Er winkt der Bedienung zu, und sie kommt sofort.

»Kann ich bitte ein einfaches Glas Wasser haben?«, fragt er sie. »Ein großes.«

»Für mich einen Wodka-Cranberry!«, rufe ich dazwischen.

»Und ein Bier«, fügt er trocken hinzu und reicht mir das Wasser, als es kommt. »Trink das«, sagt er, als ich protestiere.

»Oh, ich sollte ja mein Haar offen tragen«, sage ich, ohne zu reagieren. Verdammt, genau das werde ich tun. Ich löse die Klammern aus dem Haar, eine nach der anderen, bis es zu einem Pferdeschwanz hinunterfällt. Nein. Nicht genug. Mein Haargummi ziehe ich auch noch heraus, dann schüttle ich meine blonden Locken aus.

Toby sieht mich mit einer hochgezogenen Augenbraue an und bezahlt. »Danke«, sagt er zu der Frau an der Theke, trinkt einen Schluck Bier und weist mit dem Kinn auf das Wasser. »Ich will nicht, dass du mich nachher vollkotzt. Ich hab schon genug Ärger.«

Ich stoße einen verächtlichen Laut aus, befolge aber seinen Rat und trinke das Glas in einem Zug leer. Anschließend stelle ich es mit einem Knall auf die Theke.

»Komm, schauen wir uns die Band an!«, fordere ich ihn auf und laufe nach vorne, meinen Wodka in der Hand.

Alle Bedenken, dass ich erkannt – oder besser: verwechselt – werden könnte, sind verflogen. Ich bin sturzbesoffen und will feiern!

»Würg!«, stoße ich eine halbe Stunde später hervor, über einen Pflanztopf auf dem Bürgersteig gebeugt.

»Es ginge leichter, wenn du vorhin dein Haar nicht aufgemacht hättest«, bemerkt Toby sarkastisch, während er meine Locken zu einem improvisierten Pferdeschwanz zurückhält.

»Ich glaube nicht, dass ich mich übergeben muss«, erwidere ich tapfer, und er lässt mein Haar los, als ich mich wieder aufrichte. Verwirrt sehe ich ihn an. »Haben wir etwas gegessen?«

»Nein.« Er lacht kurz auf.

»Das war ziemlich blöd«, bemerke ich.

»Stimmt. Nehme ich an. Möchtest du etwas essen?«

»Ja, vielleicht sollten wir das besser nachholen.«

Wir machen uns auf den Weg. »Wie kannst du so nüchtern sein?«, grummele ich.

»Bin ich nicht. Ich bin ganz schön voll, nur nicht im Vergleich zu dir.«

Schon wieder muss ich kichern.

»Du kommst nicht oft raus, was?«, fragt er.

»Nein.« Ich schweige. »Du hängst mit einer Loserin ab. Gratuliere.«

»Du bist keine Loserin«, sagt er lieb, legt mir den Arm um die Schultern und drückt mir einen Kuss auf den Scheitel. Er ist so groß! Und wirklich sehr attraktiv. Wie er erst in ein paar Jahren aussehen wird!

Un-wi-der-steh-lich.

»Hey, wie wär's mit einem Hamburger?«, fragt er und reißt mich damit aus meinen Gedanken.

Wir bleiben vor einem Restaurant namens Roxy's stehen. Den Namen kenne ich, aber woher?

Und dann sehe ich sie. Natürlich. Mum hat mir erzählt, dass Eliza hier arbeitet.

»Nein!«, stoße ich hervor und weiche zurück.

»Ist das deine Schwester?«, fragt Toby verwundert, als er meinem Blick folgt.

Ich bleibe wie angewurzelt auf dem Bürgersteig stehen. Unverwandt starre ich sie an. Sie trägt eine Uniform: ein rotes Kleid mit einer weißen Schürze, und sie hat ihr Haar zu einem hohen Pferdeschwanz gebunden. Doch trotz der Frisur sieht sie nicht aus wie Phoebe. Dazu ist sie zu dünn. Aber sie ist trotzdem immer noch schön.

Das muss ich ihr lassen.

Ich komme zu mir, für einen Moment ernüchtert. Toby steht weiterhin reglos da und beobachtet sie.

»Weißt du, wenn du ein bisschen älter wärst, wärst du absolut ihr Typ.«

Warum habe ich das jetzt gesagt?

»Wirklich?« Er zieht eine Augenbraue hoch, wendet den Blick aber nicht von ihr ab. Er scheint fasziniert zu sein.

Ich drehe mich um und mache mich auf den Weg.

»Warte!«, ruft er und läuft mir nach. »Wo willst du denn hin?«

»Nach Hause. Ich glaube, dass ich im Augenblick eher mein Bett als etwas zu essen brauche.«

»Zur U-Bahn geht's da lang.« Er greift nach meiner Hand und bringt mich zum Stehen.

In einer fließenden Bewegung drehe ich mich zu ihm um.

»Ich mag dich, Toby«, höre ich mich feierlich erklären. »Die Frau, die dich später mal kriegt, kann sich freuen.«

Seine dunklen Augen starren auf mich hinunter. Mein Magen rebelliert, aber nicht vor Übelkeit. Ich fühle mich plötzlich sehr seltsam, als ich ihn die Stirn runzeln sehe. Dann unterbricht er den Augenkontakt und blickt über meinen Kopf hinweg.

»Komm, Rose«, sagt er leise. »Bringen wir dich nach Hause.«

Kapitel 27

Eliza

»Was machst du denn hier?«, frage ich überrascht, als meine Schicht zu Ende ist und ich beim Verlassen des Roxy's Angus' Land Rover im Halteverbot parken sehe. Es ist halb zwölf, später als normalerweise an einem Montagabend.

»Kann ich dich nach Hause bringen?«, fragt er durch das offene Fenster. Er klingt nervös.

»Na klar«, antworte ich zögernd und frage mich, ob irgendetwas nicht in Ordnung ist.

Er wirkt gestresst, als er quer über den Beifahrersitz greift und mir die Tür öffnet. Ich umrunde das Auto, steige ein und sehe ihn an. »Alles okay mit dir?«

»Klar.« Er nickt, startet den Motor und biegt auf die Straße ab. Mir schnürt sich die Kehle zu, als mir klarwird, dass wir uns zur Begrüßung nicht mal geküsst haben. Bedauert er, was zwischen uns geschehen ist? Wird er diesmal derjenige sein, der es beendet?

Als ich ihn heute Morgen verlassen habe, habe ich ihm gesagt, dass ich auf den Friedhof gehen würde. Er war nicht begeistert. Mit zusammengekniffenen Lippen sah er mich an und konnte mir kaum in die Augen schauen.

»Ist das wirklich notwendig?«, fragte er.

»Ich habe das Gefühl, dass ich ihr etwas sagen muss«, erwiderte ich.

»Was denn?«

»Ich weiß nicht genau, Angus, aber es hat nichts mit dir zu tun.«

Er wirkte nicht überzeugt, aber er musste zur Arbeit, und deswegen verabschiedeten wir uns, und das war das Letzte, was ich den ganzen Tag über von ihm gehört oder gesehen habe.

Mir war nicht klar, wann wir uns wiedersehen würden. Da ich abends arbeite und er tagsüber, gibt es nicht viele Überschneidungen. Es sei denn, er kommt so spät wie jetzt und riskiert, Rose misstrauisch zu machen … Wir werden es ihr früher oder später sagen müssen. Falls wir bis dahin überhaupt noch zusammen sind.

»Was denkst du?«, fragt Angus.

»Nichts«, antworte ich.

»Du hast gerade geseufzt. Warum?«

»Rose«, antworte ich leise. »Und wir.«

Ich drehe mich auf meinem Sitz zu ihm um und studiere sein Profil im Licht der Straßenlaternen, die wir passieren. Von Licht zu Schatten, Orange zu Schwarz.

»Tut es dir irgendwie leid?«, frage ich verzagt.

Er sieht mich an, setzt den Blinker und fährt an den Bürgersteig.

»Nein«, erwidert er fest. Er küsst mich sanft, doch ich öffne die Lippen, atme scharf ein und will mehr. »Und dir?«, flüstert er, nur Millimeter von meinem Mund entfernt. Er vertieft seinen Kuss nicht, wie ich es mir gewünscht hätte.

»Nein.«

Wir setzen unseren Weg schweigend fort, und die Atmosphäre ist aufgeladen. Gestern Abend, als wir Sex hatten, waren wir betrunken. Heute Abend sind wir beide stocknüchtern.

»Kommst du noch mit rauf?«, frage ich unsicher, als wir vor meinem Haus ankommen.

Seite an Seite gehen wir zur Tür. Ich drücke den Aufzugknopf, und er studiert wie üblich die Wandschmierereien im Hausflur, die unregelmäßigen Flecken auf dem Linoleum und das flackernde Neonlicht über unseren Köpfen.

Ein paar Minuten später sind wir in meiner Wohnung, und ich schließe die Tür hinter ihm.

»Michelle übernachtet heute bei ihrem Freund«, sage ich zögernd.

Er nickt und nimmt meine Hände. Wir stehen da, sehen einander lange an. Ich fühle mich immer noch schuldig. Ich kann nichts dagegen tun. Ich hoffe nur, dass es mich nicht auffrisst.

Mit einer winzigen Kopfbewegung deute ich zu meinem Schlafzimmer. Er nickt ganz leicht zur Antwort.

Wir fühlen uns beide unbehaglich, als wir am Fußende meines Bettes stehen. Ich lege ihm die Arme um die Taille und fahre mit den Händen über seinen straffen Körper unter dem T-Shirt. Früher ist er geschwommen, um sich fit zu halten. Ich nehme an, das tut er immer noch.

Er ist so männlich, so anders als der Junge, den ich vor fast einem Jahrzehnt geküsst habe. Und wie er gestern Abend mit mir umgegangen ist ... Das war ein großer Unterschied zu den hektischen Fummeleien als Teenager. Doch dann fällt mir ein, dass er seine Erfahrungen in den letzten Jahren mit Phoebe gesammelt hat, und ein unangenehmer kalter Schauder überläuft mich.

»Warte«, flüstere ich, als seine Lippen meine Wange berühren.

»Was ist denn?«

»Ich kann nicht ... Mir geht zu viel durch den Kopf.«

Als er vor mir zurückweicht, sieht er müde und resigniert aus. Er hat wohl schon damit gerechnet.

»Komm mit«, sagt er leise, nimmt mich an der Hand und geht zur Tür.

»Wo willst du hin?«, frage ich verwirrt.

»Ins Wohnzimmer. Lass uns einfach nur reden.«

»Wirklich?« Ich verziehe das Gesicht und tappe hinter ihm her.

Es zieht mich auf eines der Sofas und dann fest an sich. Dicht an ihn geschmiegt, sitze ich da, seine Arme um meine Taille. Ich kann sein Gesicht nicht sehen, spüre aber das Vibrieren seiner Brust, während er spricht.

»Vielleicht sollten wir es langsamer angehen lassen«, sagt er sanft. »Ich will es nicht vermasseln.«

»Aber wir hatten doch schon Sex«, erwidere ich etwas ungehalten und spanne mich unter seiner Berührung an.

»Ich weiß. Aber wir waren betrunken.«

Ich erröte und bin jetzt froh, dass er mich nicht ansieht.

»Aber wenn wir das nächste Mal zusammen ins Bett gehen«, fährt er fort, »finde ich, dass wir nüchtern sein sollten, und es muss für uns beide absolut in Ordnung sein.«

Jetzt wird der Drang, ihn anzusehen, zu groß. »Ist es für dich nicht in Ordnung?«, höre ich ihn sagen. Ich habe plötzlich Angst und drehe mich jetzt doch zu ihm um.

Er streicht mir eine Haarsträhne aus dem Gesicht und schaut auf meine Stirn anstatt in meine Augen.

»Nein, aber ich sehe dir an, dass es das für dich nicht ist.« Meine Stimme zittert.

»Nicht ganz«, flüstert er und zieht mich wieder an seine Brust. »Aber es wird so sein. Ich verspreche dir, das wird so sein.«

Jetzt habe ich einen Kloß im Hals. »Es war zu früh.«

»Vielleicht. Aber es hat sich richtig angefühlt. Ich will nicht, dass du es bereust.«

»Das tue ich nicht«, antworte ich. »Du etwa?«

»Kein bisschen«, antwortet er entschieden und drückt mich noch fester. »Ich liebe dich schon seit langem.«

Wir schweigen beide, aber meine Gedanken wirbeln durcheinander.

Irgendwann stelle ich ihm die Frage, die mir auf der Zunge liegt. »Wie konntest du Phoebe und mich gleichzeitig lieben? Das verstehe ich nicht.«

»Siehst du, deswegen müssen wir reden«, sagt er, als ich mich wieder zu ihm umdrehe. Ich rücke ein Stück von ihm ab. Besorgt begegnet er meinem Blick. »Es gibt so vieles, das wir zu besprechen haben.«

Ich weiß, dass er recht hat. Es wird mich auffressen, wenn wir nicht offen darüber reden. Eifersucht kann noch zerstörerischer sein als Schuld.

»Phoebe und ich haben sehr schnell ernst gemacht«, sagt er, streckt den Arm aus und nimmt meine Hand. »Wahrscheinlich weil wir direkt nebeneinander gewohnt haben, das hat alles beschleunigt, aber für dich habe ich mich schon von Anfang an interessiert.«

»Nicht für Rose?«

»Nein.« Er schüttelt den Kopf. »Mit Rose war es anders. Ich habe sie sehr gemocht, fühlte mich aber nicht in derselben Art zu ihr hingezogen wie zu dir.«

»Aber wir haben kaum miteinander geredet«, erwidere ich stirnrunzelnd. »Nicht bis zu dem Abend, an dem du eine Papierkugel in mein Zimmer geworfen hast.«

Er lächelt.

»Ich habe den Zettel aufgehoben«, erzähle ich ihm.

»Wirklich?«, fragt er überrascht.

»Ja, ich habe ihn in mein Tagebuch gelegt, in das, das Rose geklaut hat«, fahre ich zähneknirschend fort. »Weißt du, dass sie gelesen hat, was wir im Baumhaus gemacht haben?«

Seine Augenbrauen schnellen hoch. »Nein!«

»Wir hatten einen Riesenstreit deswegen.«

»Aber bestimmt hast du ihr doch inzwischen verziehen, oder?«, fragt er perplex. »Das kann doch nicht der Grund dafür sein, dass ihr schon so lange nicht miteinander redet?«

»Ist es auch nicht«, antworte ich seufzend. »Rose und ich haben uns schon immer aneinandergerieben. Dieser Streit war längst überfällig. Aber inzwischen erinnert sie mich einfach nur an Phoebe. Es ist leichter für uns beide, wenn wir uns voneinander fernhalten.«

Angus wirft mir ein entmutigtes Lächeln zu und drückt mir die Hand. Ich rutsche näher, lege mein Gesicht gegen seine Brust, und er schlingt den Arm um mich. So bleiben wir lange Zeit sitzen.

Kapitel 28

Rose

Heilige Mutter Gottes, mein *Kopf*!

Argh, und mein Magen ...

Ich schaffe es gerade noch rechtzeitig zur Kloschüssel. Wie kann ein Mensch sich so was antun? Wie zum Teufel soll ich heute arbeiten gehen?

Eine Stunde zu spät trudele ich ein, die Augen durch eine dunkle Sonnenbrille geschützt.

»Mahlzeit«, begrüßt mich Toby trocken, während er einer Kundin ein Brot reicht.

»Mach dich bloß nicht über mich lustig, junger Mann«, meckere ich, als wir allein sind, und gehe hinter die Theke.

»Ach, auf einmal bin ich wieder ein junger Mann, was?« Er hakt die Daumen in die Gürtelschlaufen, mustert mich amüsiert und fügt ironisch hinzu: »Gestern Abend war ich noch *weit für mein Alter.*«

»Das hab ich gesagt?«

»Weißt du das nicht mehr?« Er runzelt die Stirn.

»Ich weiß überhaupt nicht mehr viel«, gebe ich zu.

»Schade«, sagt er lässig, während er sich umdreht, um den Trester der Kaffeemaschine zu leeren. »Es war ein schöner Abend.«

Ich schiebe mir die Sonnenbrille auf den Kopf. »Ja, es war ein schöner Abend, oder?« Ich nicke zustimmend. Autsch, das war ein Fehler – mein Kopf! Das mache ich nicht noch mal.

»Kaffee?«, fragt er.

»Ja, gerne.«

»Wie viel Wasser hast du heute schon getrunken?« Er wirft mir einen Blick über die Schulter zu.

»Nicht viel.«

»Trink mal ein Glas.« Mit einer Kopfbewegung schickt er mich in die Backstube.

»Ach, jetzt fällt's mir wieder ein«, bemerke ich versöhnlich. »Du bist weit für dein Alter!«

Achselzuckend erwidert er: »Mein Vater hatte früher ein Alkoholproblem.«

»Oh.« Das Lächeln vergeht mir.

»Ist nicht mehr so schlimm«, erklärt er. »Nur manchmal überkommt es ihn noch.«

»Tut mir leid. Das ist echt heftig.« Mir fehlen die Worte.

»Los, trink was«, erinnert er mich mit einem erneuten Nicken zur Backstubentür.

Na schön, ich tue, was er will.

Im Laufe des Vormittags füllen sich nach und nach die Lücken meiner Erinnerung an den gestrigen Abend. Als ich das Mock-up für das Flugblatt in meiner Handtasche entdecke, fällt mir wieder ein, dass mich der Mann an der Bar für Eliza gehalten hat und ich mich daraufhin in die Ecke verdrückt habe. Dann hat mich irgendein Typ angequatscht und mich zum Kichern gebracht, weil er Toby und mich für ein Paar hielt. Und ich erinnere mich daran, wie wir vor Elizas Restaurant standen und ich zu Toby gesagt habe, dass sie auf ihn stehen würde, wenn er ein paar Jahre älter wäre. Und dann, o mein Gott … Was habe ich mir dabei bloß gedacht? Ich habe gesagt, *dass ich ihn mag und glaube, dass die Frau, die ihn später mal kriegt, sich freuen kann*!

Argh!

Mir wird ganz heiß, als ich ihn heimlich mustere. Ich räume einen Tisch im Cafébereich ab, und er steht hinter der Theke und blickt starr geradeaus. Er wirkt etwas abwesend, doch dann schaut er zu mir herüber, und ich komme wieder zu mir und wische hastig den Tisch sauber.

Ich war gestern Abend ziemlich peinlich. Deswegen muss ich mich heute ordentlich ins Zeug legen, um das wiedergutzumachen.

Um Viertel vor fünf sind unsere letzten Kunden gegangen. Wir schließen um fünf, und es ist unwahrscheinlich, dass so spät am Tag noch jemand kommt.

»Du solltest jetzt Schluss machen und deine Mutter besuchen«, rate ich ihm und merke, wie autoritär ich klinge. Sie ist heute aus dem Krankenhaus gekommen. »Ich kann abschließen.«

»Nein. Ich möchte noch den Starter und die Zutaten für heute Abend vorbereiten. Mein Vater wird fix und fertig sein.«

»Na schön, dann helfe ich dir«, sage ich.

»Lass nur. Du siehst aus, als müsstest du ins Bett.«

Ich überhöre ihn und gehe in die Backstube. Kurz darauf gesellt er sich zu mir und scheint sich zu wundern, als ich mir die Schürze umbinde, anstatt meine Sachen zusammenzupacken.

»Was machst du denn da?«, fragt er.

»Ich röste die Nüsse und Körner. Kümmere du dich um den Starter.«

Er starrt mich lange an. »Ich hab doch gesagt, ich komme allein zurecht.«

»Alles gut.« Schon bin ich am Vorratsschrank, nehme den Stapel Tupperdosen mit den verschiedenen Körnern heraus, stelle sie auf den Tisch und hole die Nüsse.

Ich höre ihn seufzen, aber als ich mich umdrehe, holt er bereits den Behälter mit dem Anstellgut aus dem Kühlschrank.

»Es ist mir ein Rätsel, wie dein Vater es schafft, jede Nacht alles allein zu backen«, sage ich, während ich Kürbissamen in die eine und Mohnsaat in die andere Pfanne streue. »Ich habe das Gefühl, dass mir die letzte Freitagnacht immer noch in den Knochen steckt.«

»Ja, die nächsten paar Wochen werden hart werden«, stimmt er mir bedrückt zu.

»Vielleicht sollte er noch jemanden einstellen«, schlage ich vor. »Denn was sollen wir so lange ohne die Cupcakes machen?«

»Ich weiß es nicht, Rose«, erwidert er schroff und frustriert.

Überrascht starre ich ihn an. »Alles klar mit dir?«

»Es ist nur … Hör auf, mich zu bemuttern, ja? Ich brauch' das nicht.«

Mir ist ein wenig übel, als ich seinen Blick erwidere. »Ich …«

»Du lässt die Körner anbrennen!« Er stürmt zum Herd. Ich zucke zusammen und springe ihm mit einem Satz aus dem Weg, als er das Gas abgedreht. Grob reiße ich mir die Schürze über den Kopf, werfe sie auf die Arbeitsfläche, schnappe meine Tasche und eile zur Tür.

»Rose!«, ruft er mir hinterher, aber ich bin schon weg.

»Bin ich eine blöde Kuh?«, frage ich Angus später. Ich sitze mit dem Rücken an die offene Balkontür gelehnt und starre hinaus in den Regen. Er ist gerade von der Arbeit gekommen.

»Was soll der Quatsch?«, fragt er und setzt sich zu mir. Er sieht müde aus.

»Hältst du mich für eine blöde Kuh?«, frage ich ihn ins Gesicht. »Dad hat immer gesagt, ich wäre eine Gebende, keine Nehmende. Hat er damit vielleicht einfach nur gemeint, dass ich dumm bin?«

»Natürlich nicht«, erwidert Angus spöttisch. »Nur weil du ein guter Mensch bist, bist du noch lange keine Idiotin.«

»Hmm«, mache ich und schaue wieder hinaus in den Regen.

»Was soll das eigentlich?«, fragt er seufzend, zieht sich einen Stuhl heran und lässt sich darauf fallen. »Was redest du denn für einen Unsinn?«

»Toby hat so etwas Komisches zu mir gesagt«, flüstere ich. »Ich wollte ihm eigentlich helfen, aber vielleicht war ich zu übergriffig. Womöglich will er meine Hilfe gar nicht.«

»Dann ist er aber der Trottel«, erwidert Angus genervt. »Du bist für ihn mitten in der Nacht aufgestanden. Ich kann's immer noch nicht fassen. Er hat verdammtes Glück, und wenn er das nicht weiß, dann sollte ich vielleicht mal rübergehen und es ihm klarmachen.«

Das bringt mich zum Lächeln.

»Du bist keine blöde Kuh, Rosie«, sagt er entschieden. »So, und was hast du mir heute zum Abendessen gekocht?«

Ich schlage ihm gegen die Brust, und er lacht.

»Aber jetzt mal im Ernst«, sagt er, steht auf und geht zum Kühlschrank. »Ich glaube nicht, dass wir viel im Haus haben. Sollen wir was bestellen?«

»Gerne. Langsam kommt mein Appetit wieder.«

»Wieso, wo war er denn hin?«, fragt er neugierig, während er die Schublade mit den Speisekarten öffnet und mir einige reicht.

»Heute Morgen hatte ich einen üblen Kater.«

»Echt? An einem Dienstag?« Aha, das interessiert ihn wohl. »Was hast du denn gestern Abend angestellt?«

»O weh!« Jetzt fällt mir wieder ein, was ich ihm erzählen wollte. »Toby und ich haben uns gestern eine Band angesehen, in einem Club namens Elvis & Joe's im Northern Quarter. Kennst du den?«

»Äh, ja«, ruft er mir hinterher, als ich in die Diele gehe, um meine Tasche zu holen.

Ich kehre mit dem Flugblatt-Dummy zurück. »Schau mal, wer in zwei Wochen da auftritt.«

Ich beobachte sein Gesicht, als ich ihm den Zettel reiche. Alles klar, seine rechte Augenbraue zuckt.

Egal, was ich damals draußen vor der Tür gesagt habe, an dem Tag, als wir das mit Phoebe erfuhren, ich glaube nicht mehr, dass Angus und Eliza eine Affäre hatten. Eliza kann sich nicht gut verstellen; ihre Reaktion auf meinen Vorwurf war garantiert nicht gespielt. Ich gehe also davon aus, dass das, was zwischen ihnen war, längst der Vergangenheit angehört. Angus' unkontrolliertes Augenbrauenzucken hat nichts mit ihr zu tun. »Der Mann an der Bar hat mich gebeten, ihr das hier zu geben«, fahre ich fort. »In den nächsten Tagen besuche ich Mum – sie kann es Eliza weitergeben.«

»Wow«, sagt er leise und betrachtet Elizas Foto.

Ich schlucke und verschränke die Arme vor der Brust. »Ich hab mir überlegt, vielleicht sollten wir, ich meine, vielleicht sollten wir hingehen.«

Rasch blickt er zu mir auf.

»Vermisst du sie denn nicht?«, frage ich.

»Vermisst du sie?«, erwidert er vorsichtig.

Ich nicke leicht.

Ehrlich gesagt vermisse ich Eliza schon seit einer ganzen Weile, seitdem ich Phoebes Kommentare über uns in ihrem Tagebuch gelesen habe. Ich habe immer geglaubt, dass mich Eliza für dumm und langweilig hält. Ich dachte, die Gegensätze in unseren Persönlichkeiten seien zu groß, als dass wir sie je würden überwinden können. Mir war nie bewusst, wie furchtbar gemein ich zu ihr war, als wir jünger waren, und zwar aus Eifersucht und Unsicherheit. Es wundert mich nicht, dass sie nichts mehr mit mir zu tun haben wollte – und die Jahre, in denen ich ein so enges Verhältnis zu Phoebe und Angus hatte, haben die Situation natürlich nicht verbessert. Wenn ich mich in ihre Lage versetze, wird mir klar, dass ich das auch unerträglich gefunden hätte.

All das bespreche ich jedoch nicht mit Angus. Ich versuche noch immer, mit mir ins Reine zu kommen.

»Ja, schon, ein bisschen. Nach dem Auftritt wollten Toby und ich was essen gehen und kamen zu einem Restaurant namens Roxy's. Da habe ich von draußen gesehen, dass sie dort arbeitet.«

»Ach ja, stimmt«, sagt er.

»Ich hab ganz vergessen, dass sie nicht mehr im Mario's kellnert.«

Plötzlich legt Angus das Mock-up hin und sieht mich eindringlich an. »Warum rufst du sie nicht an? Tauch nicht einfach bei ihrem Auftritt auf. Es gibt so vieles, worüber ihr reden müsst.«

»Ich weiß nicht«, erwidere ich. »Ich dachte, vielleicht wäre das erst mal ein kleiner Schritt in die richtige Richtung.« Ich habe Eliza nie richtig unterstützt. Das würde ich gerne wiedergutmachen. »Kein Problem, wenn du nicht mitkommen möchtest.«

»Das ist es nicht«, sagt er. »Aber mein Gott, Rose, das muss deine Mutter doch fertigmachen. Wenn man eine Tochter verliert und die beiden anderen …«

»Bitte reite nicht darauf herum, Angus. Ich weiß das selbst«, erwidere ich kalt. »Ich mache das ja nicht absichtlich.

Phoebe zu verlieren war schlimm genug ...« Tränen treten mir in die Augen, und mit einem tiefen Seufzer zieht er mich an sich.

Ich verberge mein Gesicht an seinem Schlüsselbein, atme sein vertrautes Aftershave ein und versuche, meine Tränen zu unterdrücken. Angus' Umarmungen waren immer die besten.

»Alles wird gut«, murmelt er und wiegt mich tröstend.

Ich löse mich von ihm, um meine Augen zu trocknen, und er lässt mich los. »Du bist müde«, sagt er sanft. »Wahrscheinlich hast du ein Alkoholtief. Pizza hilft dagegen.«

Ich lächle trotz der Tränen. »Darauf hast du Hunger?«

»Such du uns etwas aus. Ehrlich. Ich würde alles essen.«

»Thailändisch?«, frage ich schüchtern.

»Alles klar.«

Er nimmt mir die Speisekarte aus der Hand und geht hinüber zum Telefon.

Ich habe vergessen, dass das thailändische Restaurant nicht liefert, und deswegen geht er kurz darauf aus dem Haus, um unser Essen abzuholen. Nach zehn Minuten klopft es an der Tür. Ich nehme an, dass Angus seinen Schlüssel vergessen hat, deswegen öffne ich, ohne nachzudenken. Erschrocken sehe ich Toby draußen auf dem Treppenabsatz vor der Wohnung stehen, das Skateboard in der Hand.

»Was machst du denn hier?«, frage ich überrascht und schaue die Treppe hinunter. »Wie bist du überhaupt reingekommen?«

»Ein Mädchen ist gerade rausgegangen und hat mich reingelassen.«

»Das ist eigentlich nicht erlaubt«, sage ich dämlicherweise.

Er starrt mich lange und eindringlich an. »Kann ich reinkommen?«, fragt er dann.

»Äh, na klar.« Ich trete zur Seite, um ihn vorbeizulassen.

»Ich bin gekommen, um mich zu entschuldigen.« Er sieht beschämt aus. »Ich war einfach schräg drauf.«

»Vergiss es«, antworte ich und lehne mich mit dem Rücken gegen die Dielenwand.

»Als ich heute Morgen aufgewacht bin, habe ich beschlossen, mit dem Rauchen aufzuhören«, erklärt er. »Den ganzen Tag habe ich mich gefühlt wie ein Bär mit Kopfschmerzen.«

Diese Neuigkeit heitert mich auf. »Hast du wirklich aufgehört?«

»Ja.«

»Phantastisch!«, sage ich begeistert.

Er lächelt schwach und umfasst dann mein Handgelenk.

»Es tut mir wirklich leid«, sagt er leise und streichelt mit dem Mittelfinger seitlich über meine Hand. Mein Herz setzt einen Schlag aus, als ich seinen Blick erwidere. Und dann geht die Tür auf, und Angus platzt herein.

»Der Laden war rappelvoll«, beginnt er und hält dann abrupt inne, als er Toby entdeckt, der mein Handgelenk fallen lässt wie eine heiße Kartoffel.

»Das ist Toby«, sage ich schnell, reiße mich zusammen und stelle die beiden einander vor.

»Äh, hi«, sagt Angus und mustert ihn von Kopf bis Fuß.

Toby greift nach der Tür, bevor sie sich schließt. »Ich muss jetzt los. Sehen wir uns morgen?«

Ich nicke, und er wirft Angus einen Blick zu.

»Bis dann«, sagt er, dreht sich um und springt die Treppe hinunter.

Angus sieht mich mit hochgezogenen Augenbrauen an, als er die Tür schließt. »Das war also Toby, was?«

»Ja.« Ich kehre zurück ins Wohnzimmer und fühle mich merkwürdig kribbelig.

»So habe ich ihn mir gar nicht vorgestellt«, bemerkt er, während er in die Küche geht, um das Essen auszupacken.

»Nein?«, frage ich beiläufig. Ich schaffe es gerade noch rechtzeitig ans Fenster, um Toby über den Bürgersteig fahren zu sehen.

»Ich dachte eher, er wäre ein magerer Teenager«, sagt Angus.

Ich schnaube, als mir etwas in den Sinn kommt. »Gestern Abend habe ich zu ihm gesagt, er wäre Elizas Typ. Natürlich ist sie zu alt für ihn, aber wenn sie ein bisschen jünger wäre, würde sie bestimmt auf ihn stehen.«

Angus rümpft die Nase. »Wirklich?«, fragt er skeptisch.

»Ja, du weißt doch, dass sie die Skater–Indie-Jungs immer toll fand.«

»Ich war mal einer von ihnen«, bemerkt er wehmütig. »Bis ich ernsthaft anfangen musste zu arbeiten und nicht mehr so rumlaufen konnte.« Er blickt an sich hinunter – dunkelgraue Cordhosen und hellblaues Designer-T-Shirt.

»Du bist immer noch ein Indieboy, Angus«, erwidere ich liebevoll.

Und du bist immer noch Elizas Typ, denke ich, spreche es aber nicht laut aus.

Kapitel 29

Eliza

»Ich möchte ihr von uns erzählen«, sagt Angus am Telefon.

Es ist Mittwochmittag, und wir unterhalten uns über Rose. Er hat mir gerade erzählt, dass sie am Montagabend im Elvis & Joe's war und sich eine Band angehört hat! Wie bitte? Seit wann geht sie auf Konzerte? Schlimmer noch: Joe hat sie erst für mich gehalten und ihr dann ein Mock-up für ein Flugblatt gegeben. Angus sagt, dass er sich zurückhalten musste, um es nicht gleich einzustecken und mir mitzubringen.

»Nein, lass es«, erwidere ich energisch, das Telefon ans Ohr gepresst.

»Doch, ich muss«, erwidert er. »Es würde ihr sehr weh tun, wenn sie die Wahrheit selbst herausfindet, und das hat sie nicht verdient.«

»Sie würde sich nur einmischen! Sie wird es für zu früh halten. Sie wird es nicht verstehen.«

»Dann müssen wir dafür sorgen, dass sie es versteht. Ich will sie nicht mehr anlügen. Auf lange Sicht macht die Heimlichtuerei alles nur noch schlimmer. Je länger das mit uns hinter ihrem Rücken geht, desto schwerer wird es ihr fallen, uns zu verzeihen.« Er schweigt einen Moment. »Sie vermisst dich«, behauptet er. »Sie möchte dich sehen.«

Mein Herz zieht sich zusammen. »Lass uns später darüber reden«, murmele ich.

Nach unserem Gespräch bleibe ich einen Moment sitzen, tief in Gedanken versunken, und urplötzlich steigt die Erinnerung daran auf, wie Rose und ich früher gespielt haben, wir wären unsere Spiegelbilder. Das war in der Schule, und unsere Klassenkameraden lachten sich kaputt. Ich weiß nicht mehr, wo Phoebe war – ausnahmsweise waren Rose und ich allein.

Diese Erinnerung führt mich unmittelbar zu einer weiteren, nämlich wie wir beide als Teenager Klamotten für eine Schuljahresabschlussdisco kauften. Phoebe und ich hatten schnell etwas Passendes gefunden, und Phoebe war losgegangen, um sich mit Josie zu treffen, aber Rose war unschlüssig. Sie hatte gerade eine schwere Grippe hinter sich und fühlte sich noch wackelig auf den Beinen, deswegen probierte ich schließlich Kleider für sie an und drehte irgendwann sogar mein Haar zu einem Dutt auf, damit ich ihr noch mehr ähnelte. Wie hat sie gelacht! Aber wir haben ein Kleid für sie gefunden.

Seltsam. Als wir jünger waren, schloss sich die Kluft zwischen Rose und mir oft, wenn Phoebe mal nicht dabei war. Doch jetzt, wo sie für immer fort ist, ist sie tiefer denn je.

Ich schrecke aus meiner Träumerei auf und schaue auf die Uhr. Heute Nachmittag wollte ich zu Mum fahren.

Ich packe meine Kellnerinnenuniform ein, denn von Mum aus muss ich direkt zur Arbeit.

»Du siehst gut aus«, stellt Mum fest, als wir an ihrem kleinen Küchentisch sitzen.

»Du auch.« Und das stimmt. Sie trägt schicke Hosen und eine cremefarbene Bluse und hat ihr dunkelblondes Haar zu einem akkuraten Bob geföhnt. Sie hat sogar ein wenig Make-up aufgelegt; dazu hat sie sich seit Jahren nicht aufgerafft.

»Ein neuer Mann in Sicht?«, fragt sie gewitzt.

»Nö.« Ich will nicht mit ihr darüber reden. »Und bei dir?« Ich ziehe eine Augenbraue hoch.

»Na ja, Bert sieht gar nicht schlecht aus, wenn er sein Gebiss drin hat«, scherzt sie. Bert ist ihr Nachbar.

Ich grinse sie an.

Die Sackgasse, in der Mum jetzt wohnt, liegt zu Fuß nur ein kleines Stück vom Zentrum entfernt. Viele der derzeitigen Bewohner sind hierhergezogen, weil sie etwas Kleineres suchten, und durch die eng verbundene, hilfsbereite Nachbarschaft geht es hier manchmal fast zu wie in einer Seniorenwohnanlage. Als ich ankam, stand Mum auf dem Bürgersteig und plauderte munter mit zwei ihrer neuen Freundinnen. Sobald sie mich sahen, erkundigten sie sich, »welche ich sei«.

Ich muss zugeben, dass Rose möglicherweise recht hatte. So gutgelaunt habe ich Mum lange nicht mehr erlebt.

»Hast du in letzter Zeit mal mit Rose gesprochen?«, erkundigt sie sich.

O je, sie kommt aber schnell zur Sache. Das letzte Mal hat sie gute zehn Minuten gebraucht, bis sie das Thema angeschnitten hat.

»Nein, Mum«, antworte ich matt.

»Beinahe hätte ich euch beide zusammen eingeladen und es zur Bedingung gemacht, dass ihr euch aussprecht.«

»Zur Bedingung?«, frage ich erstaunt.

Sie lehnt sich mit leuchtenden Augen nach vorn. »Ich habe vor, Rose und dir etwas Geld zu geben, das vom Hausverkauf übrig ist.«

Das haut mich um.

»Ihr solltet nicht warten müssen, bis ich tot bin, um euer Erbe zu bekommen.« Das versetzt mir einen Stich, aber ungerührt fährt sie fort. »Ich möchte euch lieber unter die Arme greifen, solange ich noch lebe, um mit eigenen Augen zu sehen, wie ihr davon profitiert.« Sie hebt die Hand, um meine Fragen im Keim zu ersticken, und greift dann über den Tisch nach meiner Hand, einen Ausdruck mütterlicher Sorge im Gesicht. Instinktiv sträubt sich alles in mir gegen den Vortrag, der jetzt kommen wird.

»Schatz, ich mache mir Sorgen um dich. Ich habe mir schon immer Gedanken um dich gemacht: Was du wohl machst, wohin du gehst, wo du wohnst.« Letzteres klingt vorwurfsvoll. Sie war entsetzt, als sie unsere Mietskaserne sah, und ist seitdem nie wieder bei mir gewesen. »Und mit wem du zusammen bist«, fügt sie hinzu.

»Ich hab dir doch gesagt, dass ich gerade keinen Freund habe.«

»Das ist vielleicht gar nicht so schlecht. Die Auswahl deiner Partner in den letzten Jahren hat mich nicht gerade entzückt.«

Mit gerunzelter Stirn sehe ich sie an. »Mum, du hörst dich an wie aus dem letzten Jahrhundert.«

»Ich bin nur ehrlich. Du bist achtundzwanzig, Liebling.«

»Du brauchst mich nicht mit der Nase darauf zu stoßen.« Allmählich werde ich sauer. »Ich weiß, dass ich bisher ein bisschen ziellos durchs Leben getappt bin, aber es scheint endlich aufwärtszugehen.«

Ich erzähle ihr von meinem zweiten geplanten Auftritt im Elvis & Joe's.

»Macht die Musik dich denn immer noch glücklich?«, fragt sie sanft.

»Ja«, antworte ich mit einem schwachen Lächeln. »Ich weiß, dass ich bisher keine Karriere gemacht habe, aber noch bin ich nicht bereit aufzugeben.« Sie nickt mitfühlend, lässt aber nicht locker. »Aber dieses schreckliche Haus, in dem du wohnst …«

»Es liegt nah bei der Arbeit«, halte ich ihr vor Augen. »Außerdem kann ich mir etwas Besseres nicht leisten.«

»Das ist jetzt vorbei«, erklärt sie bedeutungsvoll. »Mir gefällt der Gedanke nicht, dass du abends nach deinen Schichten so spät nach Hause kommst. Der Gedanke, dass dir etwas passieren könnte …« Ihre Augen füllen sich mit Tränen.

»Bitte weine nicht!«

»Früher bist du gerne von zu Hause aus mit der U-Bahn in die Stadt gefahren«, erinnert sie mich. »Wenn du näher zu mir ziehen würdest, könnten wir uns öfter sehen. Ich vermisse dich, Schatz. Ich wohne gerne hier, aber ich vermisse dich. Wir hatten früher so viel Spaß miteinander. Durch dich habe ich mich jünger gefühlt.« Sie nimmt sich ein Taschentuch.

Auch ich brauche eins. »Rose war der Meinung, ich mache dich verrückt«, bemerke ich, während wir beide schluchzen.

»Das hast du auch getan. Und das tust du immer noch.« Sie verdreht die Augen zur Decke. »Und ich nehme an, es wird auch immer so bleiben.«

Durch meine Tränen lächle ich sie an.

»Ihr müsst eure Differenzen beilegen, du und Rose«, fleht sie mich an. »So kann es nicht weitergehen. Ihr müsst das klären, das ist für uns alle wichtig.« Sie hält inne, atmet tief durch, und ich spüre, dass sie etwas zu sagen hat – etwas, von dem sie annimmt, dass es mir nicht gefallen wird. »Vielleicht hätte ich es dir schon früher erzählen sollen, aber Rose wohnt hier in Sale.«

Ich nicke.

»Mit Angus zusammen«, stößt sie seufzend hervor.

Erleichtert lasse ich die Schultern sinken. Ist das alles?

»Ich weiß«, antworte ich.

»Hat sie es dir erzählt?«, fragt sie erstaunt.

»Nein, aber ich habe davon gehört.«

»Und es macht dir nichts aus?«

»Nein, Mum, es ist in Ordnung.«

»Ich hatte Angst, du würdest glauben, dass sie in Phoebes Fußstapfen tritt«, sagt sie leise.

Als würde ich Rose das vorwerfen, denke ich und fühle mich unbehaglich.

»Es war Judys Vorschlag«, fährt sie fort. »Ehrlich gesagt war ich überrascht. Ich dachte, Angus würde zu sehr darunter leiden, dass …«

Wieder kommen ihr die Tränen, aber diesmal kann das Taschentuch sie nicht aufhalten, und sie fließen ihr über die Wangen. Ich nehme ihre zitternde Hand und wende den Blick ab. Mum weinen zu sehen macht mich fertig. Ich habe miterlebt, wie sie nach Dads Tod durch die Hölle gegangen ist. Und es hat mich fast zugrunde gerichtet, ihr in den schlimmsten Zeiten der Trauer beizustehen, nachdem Phoebe gestorben war. Ich habe es mir nie anmerken lassen, aber tatsächlich war ich unglaublich erleichtert, als Rose von London hierhergezogen ist. Endlich hatte ich jemanden, mit dem ich die Bürde teilen konnte. Ich bin nicht stolz darauf, aber durch unsere heftigen Streitigkeiten hatte ich einen Vorwand, mich aus dem Staub zu machen.

»Ich glaube nicht, dass Angus Phoebe vor sich sieht, wenn er uns anschaut«, höre ich mich sagen. »Er hat uns immer wie drei ganz unterschiedliche Persönlichkeiten behandelt, genau wie du und Dad.«

Ich wünschte, ich könnte dasselbe von mir behaupten.

Wenn Rose vor mir steht, sehe ich Phoebe. Und genauso geht es mir, wenn ich in den Spiegel schaue. Es tut so weh, als würden spitze Glasscherben durch mein Herz gebohrt.

Ich versuche Spiegel, so gut es geht, zu meiden.

Und ich versuche, Rose nicht zu sehen.

Kapitel 30

Rose

»Willst du wirklich noch zu deiner Mutter fahren?«, fragt Toby kurz vor Ladenschluss, während er einen Blick auf die übriggebliebenen Brote wirft. Wir haben nur noch drei: eines mit Walnüssen und Cranberrys, ein Roggenbrot mit Kümmel und ein einfaches rustikales Weißbrot.

»Ja, das hatte ich vor«, antworte ich und massiere mir den Nacken.

Es war ein bisschen komisch zwischen uns, als ich heute Morgen angekommen bin. Nachdem er gestern Abend bei mir war, fand ich es schwierig, ihm in die Augen zu sehen. Doch mittlerweile gehen wir wieder normal miteinander um.

»Obwohl ich tatsächlich ziemlich kaputt bin«, füge ich hinzu. »Ich habe den fehlenden Schlaf immer noch nicht nachgeholt.«

»Setz dich mal einen Moment hin«, drängt er, geht hinüber in den Sitzbereich und zieht einen Stuhl hervor.

Ich schleppe mich zu ihm.

»Warum bist du denn so müde?«, fragt er und weist mit einem energischen Nicken auf den Stuhl, dessen Lehne er festhält. Ich setze mich mit dem Rücken zu ihm. »Bist du gestern Abend lange mit Angus aufgeblieben?«

»Warum sagst du seinen Namen so komisch?« Ich zucke zusammen, als er beginnt, meine Schultern zu massieren. Oh, wow, das fühlt sich toll an!

»Er ist doch der Typ, in den ihr alle drei verliebt wart, oder?«

Ich erstarre. »Augenblick, woher …?« Ich fahre herum und blicke zu ihm auf, doch dann fällt mir wieder ein, dass ich ihm das am Montagabend erzählt habe. »Stimmt«, erwidere ich süffisant, als ich mich wieder umdrehe. »Aber das war nur eine Jugendschwärmerei.« Er kommentiert das nicht, und ich entspanne mich allmählich unter seinen Berührungen. »Hmm. Das kannst du aber wirklich gut«, seufze ich verträumt.

»Habe ich schon öfter gehört.«

»Von wem?« Meine Frage kommt zu schnell, und ich höre den amüsierten Ton in seiner Stimme, als er antwortet.

»Nur von meiner Mum.«

Etwa eine halbe Minute vergeht, während ich angestrengt versuche, meine Neugier zu bremsen, aber ich schaffe es nicht. »Hattest du schon viele Freundinnen?«

»Ein paar«, antwortet er und bohrt seine Daumen tiefer in meine Muskeln.

»Ich könnte auf der Stelle einschlafen«, murmele ich.

»Dann trage ich dich zu deiner Verabredung«, scherzt er. »Du kannst übrigens das restliche Brot mitnehmen. Vielleicht möchte deine Mutter auch ihren Freundinnen welches abgeben.«

»Wirklich? Meinst du, deine Eltern möchten nichts davon haben?«

»Nein, Mum soll Kohlenhydrate reduzieren. Wir sind in der falschen Branche«, bemerkt er trocken.

»Wie geht es ihr?«

»Ganz gut. Diese Woche wird jemand vom medizinischen Dienst vorbeischauen. Sie will nicht aus dem Haus gehen, obwohl sie zum Abnehmen in die Diätklinik soll.«

»Leidet sie unter Agoraphobie? Ich meine, wurde sie mal daraufhin untersucht?«

»Ich weiß nicht genau.«

»Haben ihre Symptome mit Panikattacken begonnen?«, hake ich nach.

»Kann sein. Ja, ich glaube, sie hatte manchmal welche.«

»Weißt du, warum? Ist irgendetwas passiert, gab es einen Grund, warum sie aufgetreten sind?«

»Sie war ziemlich fertig, als meine Oma gestorben ist. Zu der Zeit ist mir zum ersten Mal aufgefallen, dass sie sich von anderen Leuten zurückgezogen hat. Aber ich glaube, ihre erste Panikattacke hatte sie, nachdem ein paar Wichser einen Backstein durch das Fenster der Bäckerei geworfen haben.«

»Das ist ja furchtbar!« Ich drehe mich um und sehe ihn an. »Aber sie kann wirklich etwas dagegen tun. Ich besorge ihr Infomaterial. Es gibt Methoden zur Selbstbehandlung, die sie zu Hause durchführen kann, und Medikamente, wenn nichts anderes nützt, doch der erste Schritt besteht darin, ihren Zustand zu diagnostizieren. Obwohl der medizinische Dienst sie ja vielleicht schon berät«, füge ich hinzu und drehe mich wieder um.

Wir schweigen. Als er weiterspricht, klingt er sanft.

»Du warst eine gute Krankenschwester, oder?«

Das habe ich oft gehört, aber sein Ton sagt mir, dass er keine Antwort von mir erwartet. »Vielleicht gehe ich wieder zurück ins Krankenhaus, eines Tages, wenn ich dazu bereit bin«, sage ich.

»Hast du aufgehört, weil das mit deiner Schwester passiert ist?«

»Ja«, gebe ich leise zu. Er hat den Nagel auf den Kopf getroffen. »Mit Tod und Verlust umzugehen ist mir danach zu schwergefallen. Ich konnte es nicht ertragen.«

»Es tut mir leid«, sagt er und lässt die Hände auf meinen Schultern ruhen.

»Schon okay. Mum brauchte mich ja auch. Es war der richtige Zeitpunkt, nach Hause zu kommen.«

»Jetzt braucht sie dich aber nicht mehr.«

Ich blicke ihn über die Schulter hinweg an. »Willst du mich etwa loswerden?«

»Um Gottes willen, nein. Ohne dich wäre ich verloren.«

Er hat »ich« gesagt, nicht »wir«.

Ich tätschele seine Hand und ziehe einen zweiten Stuhl unter dem Tisch hervor. »Aber du weißt schon, dass ich nicht mehr lange bleiben werde.« Schließlich habe ich schon ziemlich früh angekündigt, dass dies hier nur ein Sommerjob für mich ist.

Seufzend setzt er sich neben mich. »Ich wünschte, ich könnte auch aufhören«, sagt er geistesabwesend, stützt die Ellbogen auf den Tisch und lässt das Kinn in die Handflächen sinken.

»Aber das kannst du doch. Du bist erwachsen. Du kannst machen, was du willst.«

»Wie könnte ich meinen Vater mit dem ganzen Mist hier alleinlassen?«

»Er könnte jemanden einstellen, der ihm hilft.«

»Würde er nicht.«

»Er hat mich eingestellt«, entgegne ich. »Und die Frau vor mir, die leider immer die Nächte durchgemacht hat, und Vanessa. Es wird ihm vielleicht nicht gefallen, aber er könnte auch noch jemand anderen engagieren, und wer weiß? Vielleicht geht es deiner Mutter eines Tages wieder besser, so dass sie wieder im Geschäft helfen kann.«

Der Gedanke muntert ihn nicht auf. »Ich habe schon zu lange darauf gewartet, dass alles wieder so wird wie früher, als ich jünger war. Das wird nie passieren.«

»Das kannst du doch gar nicht wissen.« Ich strecke den Arm aus und berühre seinen Unterarm, betroffen über die Verzweiflung in seiner Stimme. »Lass mich die Broschüren für sie organisieren. Sie hat die Chance, ihre Situation zu verbessern. Versuche, zuversichtlich zu sein. Ungefähr ein Drittel der Patienten mit Agoraphobie werden irgendwann ganz gesund. Die Hälfte erzielt eine Verbesserung. Glaub an sie. Dann glaubt sie vielleicht auch irgendwann an sich selbst.«

Er holt tief Luft und atmet zittrig aus. »Wo willst du hin?«, fragt er. »Und wann gehst du?«

»Ich würde gerne reisen«, antworte ich sehnsüchtig. Von Phoebes Abenteuern zu lesen hat mich inspiriert. Ich muss nur genügend Geld zusammensparen.

»Ach ja? Wohin denn?«

»Durch Europa, nach Chamonix, wo Phoebe gestorben ist.« Ich starre an ihm vorbei an die Wand.

»Was ist mit ihr passiert?«, fragt er sanft.

»Sie ist kurz vor ihrer Hochzeit nach Chamonix gefahren, als Junggesellinnenabschied. Dort wurde sie von einer Lawine verschüttet.«

»Mein Gott.« Er schweigt. »Ist das nicht traurig, dahin zu fahren, wo sie gestorben ist?«

»Ich hoffe irgendwie, dass mir das hilft. Ich stelle mir vor, dass ich mich ihr dadurch vielleicht näher fühle, wenn ich in ihre Fußstapfen treten und all das mit eigenen Augen sehen kann, worüber sie in ihrem Tagebuch geschrieben hat.«

»In ihrem Tagebuch?«

Mist. Das war das Fettnäpfchen.

»Ja, ich habe es gefunden und gelesen. Sie hat es als junges Mädchen geführt«, gestehe ich. Aber er verurteilt mich nicht, und schließlich erzähle ich ihm alles über ihren Besuch in der Eisgrotte, den Ausblick vom Gipfel des Montblanc und ihrer sorglosen Zeit auf der Aiguille du Midi. Ich seufze. »Andererseits könnte ich auch nach Australien fliegen und meinen Onkel in Byron Bay besuchen.«

Seine Augen leuchten auf. »Australien! Da wollte ich immer schon mal hin. Wenn nur die Flüge nicht so teuer wären. Vielleicht sollten wir eine Bank ausrauben und zusammen fliegen.«

Die Vorstellung ist merkwürdig reizvoll.

»Ich begleite dich ein Stück«, schlägt Toby vor, nachdem wir das Geschäft abgeschlossen haben. Er lässt sein Skateboard zu Boden fallen und stößt sich vom Bürgersteig ab.

»Ich wünschte, ich hätte auch ein Skateboard«, sage ich. »Ich muss mich immer beeilen, um mit dir Schritt zu halten.«

Mit hochgezogenen Augenbrauen fragt er: »Kannst du skaten?«

Ich muss laut lachen. »Machst du Witze? Schau mich doch an!«

Ich trage Ballerinas und ein weißes Strickjäckchen über einem grünweißen Sommerkleid mit knieumspielendem Saum.

»Okay, na und?«

»Findest du, ich sehe wie ein Skatergirl aus? Du würdest dich wirklich viel besser mit Eliza verstehen«, murmele ich.

»Ich kann mir nicht vorstellen, mich mit irgendjemandem besser zu verstehen als mit dir.«

Er sagt es ganz beiläufig, aber ich merke, dass er es todernst meint, und mir wird auf einmal ganz warm.

»Probier doch mal mein Board aus, wenn du magst«, schlägt er kurzerhand vor.

»Meinst du wirklich?« Ich muss grinsen. Die Vorstellung, dass ich Skateboard fahren könnte – zum Schreien! Aber auch *echt verdammt cool*!

»Komm hier entlang.« Er ändert die Richtung und fährt auf einen schmalen Durchgang zu.

»Was, jetzt?«, frage ich alarmiert, während ich hinter ihm herrenne.

»Nur mal kurz probieren.« Wir kommen zu einem verlassenen Platz hinter ein paar Geschäften, und er tritt auf das hintere Ende seines Boards und wirbelt es wieder mit den Fingern herum, als er es auffängt.

»Angeber«, necke ich ihn.

»Meinst du?« Er klingt ein wenig sarkastisch – verständlich, finde ich.

»Spring auf«, sagt er und weist mit dem Kinn auf das Board – schlicht, mit abgestoßenen Kanten und limonengrünen Rollen.

Ich trete auf das Ende und stoße einen spitzen Schrei aus, als es vorne hochwippt.

Er lacht auf, und ich zucke kurz zusammen, als er die Hände auf meine Hüften legt, um mich zu stabilisieren. Ich fühle ihre Wärme durch den Stoff meines Kleides. »Langsam. Stell einen Fuß hierhin und den anderen dahin.« Er tritt leicht gegen das Board, um mir zu zeigen, welche Stellen er meint, und als ich diesmal darauf trete, balanciere ich mich geschickter aus. Von mir aus könnten seine Hände gerne dortbleiben, wo sie sind.

»Fahr los«, fordert er mich auf, also stoße ich mich vom Boden ab und rolle ein paar Meter nach vorn. »Stell einen Fuß hintendrauf, wenn du bremsen willst«, ruft er mir hinterher. Ich tue, was er sagt, und falle beinahe runter.

Lachend kommt er zu mir gelaufen.

»Kannst du eigentlich auch in einer Halfpipe fahren?«, frage ich und stelle mich noch einmal auf das Board. Noch will ich nicht aufgeben. Er steht mir gegenüber und ist immer noch größer als ich, trotz meiner erhöhten Position.

»Manchmal.«

Ich stelle meinen Fuß nach hinten, so dass die Vorderseite ein wenig hochkommt, und versuche, irgendwie die Balance zu halten. »Kannst du diesen Move, bei dem man oben rausfliegt, sich dreht und dann wieder runtersaust?« Ich habe das im Fernsehen gesehen und fand es ziemlich cool.

Er grinst und zuckt mit den Schultern. »Klar.«

»Wirklich?« Ich bin tief beeindruckt.

Ich könnte noch stundenlang bleiben, doch mir fällt ein, dass ich verabredet bin.

»Meine Mutter wartet auf mich«, sage ich bedauernd.

Er nickt und fährt mir voraus in Richtung Straße. Ein paar Stufen führen hinunter, und verblüfft beobachte ich, wie er mit dem Board hochspringt und über das Geländer hinunterrutscht.

»Hey!«, höre ich unten jemanden rufen. »Skateboardfahren verboten!«

Ich laufe hinterher und sehe, wie ein Polizist Toby wütend anstarrt, während er sein Board hochkickt und auffängt. »Tut mir leid«, entschuldigt er sich lässig, dreht sich um, kommt ein paar Schritte auf mich zu und sieht mir in die Augen. »Bis morgen dann.«

»Okay. Tschüss!«

Keine Ahnung, warum ich erröte, als ich mich umdrehe und in die andere Richtung davongehe.

»Ich habe mir überlegt, es teilweise zur Bedingung zu machen«, verkündet Mum, als sie mich über ihre Teetasse hinweg ansieht.

Mir ist der Unterkiefer runtergeklappt. Sie hat mir gerade

eröffnet, dass sie Eliza und mir Geld aus dem Hausverkauf überschreiben will. Und jetzt will sie, dass wir uns versöhnen und alles vergeben und vergessen ist.

Ich schüttle den Kopf und komme wieder zu mir. »Du hast ja recht, unser Streit dauert schon viel zu lange. Ich wollte sie auch schon anrufen.«

Mum strahlt über das ganze Gesicht. »Wirklich, Schatz?«

»Ja.« Ich nicke. »Und es hat nichts mit dem Geld zu tun«, füge ich hinzu.

Sie trinkt einen kleinen Schluck Tee und sagt: »Ich habe ihr erzählt, dass du mit Angus zusammenwohnst.«

Ungläubig starre ich sie an.

»Aber sie wusste es schon«, fügt sie hinzu.

»Wirklich?« Ich frage mich, warum Eliza nicht längst aus der Deckung gekommen ist und mich deswegen genervt hat. »Und, hat es ihr etwas ausgemacht?«

»Nein, es schien in Ordnung für sie zu sein«, erwidert meine Mutter. »Ehrlich gesagt weiß ich gar nicht, warum wir es ihr überhaupt verheimlicht haben.«

»Ich wollte nicht, dass sie glaubt, ich würde etwas überstürzen.«

Sie nickt verständnisvoll. Mein Blick wird von den gerahmten Fotos auf den Bücherregalen angezogen. Es sind Bilder von meinen Eltern und von Eliza, Phoebe und mir. Wir sind nie einzeln zu sehen, außer auf Vorschulporträts von uns im Alter von fünf Jahren, aber sogar diese sind Seite an Seite in einem Dreierrahmen mit Scharnieren angebracht.

Wenn Phoebe Gus geheiratet hätte, gäbe es ein Foto der beiden an ihrem Hochzeitstag. Bei dem Gedanken kommen mir die Tränen. Werden Eliza und ich je auf einem Foto zu sehen sein, nur wir beide? Ich sollte wirklich nicht so denken, wenn Mum dabei ist. Ich muss das Thema wechseln, bevor ich die Fassung verliere. Also sage ich das Erstbeste, was mir in den Sinn kommt.

»Ich glaube, Angus hat eine Freundin.« Ich könnte mir die Zunge abbeißen, als ich sehe, wie Mum schmerzlich das Gesicht verzieht.

»Ich nehme an, das musste früher oder später so kommen«, sagt sie leise und stellt ihre Tasse auf den Tisch. »Wie geht's dir damit?«

»Nicht besonders«, gestehe ich.

Sie nickt mitfühlend. »Du hattest schon immer eine Schwäche für ihn.«

Mir steigt die Hitze ins Gesicht, und ich will es schon abstreiten, als sie fortfährt.

»Eine Mutter spürt so etwas. Liegt dir immer noch etwas an ihm, ich meine, als Mann?«

Ich schüttle den Kopf.

»Auch nicht ein kleines bisschen?«, hakt sie nach.

»Ich weiß nicht, Mum. Das ist alles so lange her. Natürlich liegt mir immer noch etwas an ihm. Was ist mit Eliza?«, frage ich, bemüht, das Gespräch von mir wegzulenken.

»Was soll mit ihr sein?«

»Glaubst du, dass sie Gefühle für Angus hat?«

Stirnrunzelnd erwidert Mum: »Ich bin mir nicht sicher. Eliza ist nicht so leicht zu durchschauen.«

So viel zur mütterlichen Intuition. Ich versuche, die Enttäuschung darüber hinunterzuschlucken, dass ich die Vorhersehbare, leicht zu Durchschauende bin.

»Es spielt ja sowieso keine Rolle, was wir denken«, seufze ich. »Denn wie gesagt, ich glaube, dass er eine neue Freundin hat.«

Nach einer Weile überlasse ich meine Mutter ihren Freundinnen und dem Brot, das ich ihr mitgebracht habe. Ich möchte den Abend mit Angus verbringen, mit ihm allein sein und mich mit ihm aussprechen. Ich hoffe, dass er sich mir öffnet, und ich möchte ihm erzählen, dass ich nach Chamonix fahren will. Vielleicht würde er gerne mitkommen.

Dank Mum werde ich mich wohl schon bald auf den Weg machen können. Sie hat nichts dagegen, dass ich einen Teil meines Erbes für Reisen ausgebe, solange ich ihr verspreche, die Zeit zu nutzen, um mir ernsthaft darüber Gedanken zu machen, was ich will. Sie wünscht sich, dass ich gefestigt nach England zurückkehre und, so ihre Idealvorstellung, wieder als Krankenschwester anfange. Ich bin mir immer noch nicht sicher, ob das wirklich das Richtige für mich ist, aber vielleicht geht es mir nach einer Auszeit anders.

Leider wird nichts aus meinen Plänen für heute Abend, denn als ich nach Hause komme, wartet eine Nachricht von Angus auf dem Anrufbeantworter auf mich, dass es bei ihm spät werden wird.

Ernüchtert werfe ich mich auf die Couch und starre ins Leere.

Nach einer Weile wandern meine Gedanken zu Toby. Seine dunklen Augen. Sein hübsches Lächeln. Er zeigt es nicht oft; nur, wenn er allein mit mir ist. Ja, er hat was, das kann man nicht leugnen. Und er ist sehr gut auf seinem Skateboard. Als ich an seinen Sprung auf das Treppengeländer denke, habe ich so ein Kribbeln im Bauch.

Okay, ich gebe es zu. Vielleicht bin ich ein bisschen verknallt in ihn. Aber er ist erst einundzwanzig! Wenn Mum davon wüsste, würde sie einen Anfall kriegen. Apropos unpassend …

Da ich zu zappelig bin, um weiter auf dem Sofa meinen

Gedanken nachzuhängen, springe ich plötzlich auf, und ehe ich mich versehe, stehe ich in der Tür zu Angus' Zimmer.

Vor seinem Fenster zur Linken wächst ein großer Kirschbaum, und an der rechten Wand steht ein breites Bett. Mir gegenüber befindet sich ein geräumiger eingebauter Wandschrank. Von der Einrichtung her ist das Zimmer minimalistisch. Vom Chaos her unbeschreiblich. *Warum räumt er seine Klamotten nicht weg?*, maule ich innerlich und hebe seine T-Shirts vom Boden auf.

Ich halte mir eines unter die Nase, um zu prüfen, ob es gewaschen werden muss, und überlege, gleich mal eine Maschine anzuwerfen, aber ich rieche nichts außer seinem Deo. Mir schwindelt, als ich seinen Geruch einatme. Den habe ich immer geliebt.

Ich beginne, die sauberen T-Shirts zu falten, und werfe die schmutzigen auf einen Haufen. Dann gehe ich zu den Kleiderschränken und öffne die Doppeltüren zur Linken, auf der Suche nach einem Fach, in das ich seine T-Shirts legen kann.

Doch in diesem Schrank ist kein Platz für Angus' Kleidung. Stattdessen ist der Innenraum mit Kartons gefüllt. Ich bin fasziniert. Was ist in den Kartons? Und dann dämmert es mir.

Das sind Phoebes Sachen.

Es klingt vielleicht überraschend, aber als wir Kinder waren, hatte ich die meisten Unfälle. Eliza war linkisch und oft ungeschickt, aber wenn es darum ging, Warnungen zu beachten, war ich diejenige, die nie gehorcht hat.

Ich war diejenige, die auf die Herdplatte fasste, obwohl man mir eingeschärft hatte, dass sie noch heiß war.

Ich war diejenige, die auf die Leiter kletterte, um die Aussicht von hoch oben im Apfelbaum zu bewundern.

Ich war diejenige, die nach dem Zubettgehen die Treppe

hinunterschlich, um einen Streit zwischen unseren Eltern zu belauschen.

Ich war diejenige, die sich verbrannte, die sich die Knochen brach, die sich mit Ängsten quälte, dass unsere Eltern sich scheiden lassen könnten.

Ich war diejenige, die von ihrer Neugier getrieben wurde.

Und jetzt sitze ich hier, umgeben von Kartons, die die persönlichen Gegenstände meiner verstorbenen Schwester enthalten. Kleider, Make-up, Schmuck, Sonnenbrillen, Fotoalben, ein iPhone mit noch eingestöpselten Kopfhörern, ein rosaviolettes Kletterseil, mit einem Knoten darin.

Ich sehe Phoebe förmlich vor mir, wie sie ihre Knoten übt. Einige von ihnen waren richtige Kunstwerke. Mit zierlichen Bewegungen schlang sie das bunte Seil ineinander, kreuz und quer.

Das ist ein Webleinstek …

Das ist ein Achterknoten …

Das ist ein Palstek …

Schau mal, Rose, ich zeig dir, wie es geht …

Überall im Haus ließ sie Seilenden herumliegen. Mum las sie jedes Mal auf und brachte sie seufzend in ihr Zimmer, aber Dad sah zu, wie sie einen Knoten meisterte, und brachte ihr dann gleich den nächsten bei. Ich weiß noch, wie er sagte, dass es eigentlich nur drei Knoten gäbe, die sie wirklich bräuchte, aber Phoebe war entschlossen, sie alle zu lernen. Sie wollte ihn unbedingt beeindrucken.

Uns allen war es wichtig, uns von den anderen abzuheben, aber Phoebe war die Erste, der es gelang. Sie wurde zum Star der Show, als sie zum ersten Mal die Kletterwand erklomm und Dad ihr mit stolzgeschwellter Brust zusah. Von dem Augenblick an strahlte sie am hellsten, und das blieb so bis zu dem Tag, an dem sie starb.

Ich nehme ihr Parfüm und sprühe mir etwas davon auf das Handgelenk. Dann halte ich es mir unter die Nase und atme ein. Sie ist überall rings um mich herum, und das ist so schlimm, dass ich es kaum ertragen kann.

Ich vermisse sie so sehr! Ich würde alles geben, um ihre Stimme wieder zu hören. Ich ziehe den grauen Kaschmirkapuzenpullover heraus, der ganz oben in einem Karton voller Kleider liegt, und fange an zu weinen, als ich aus meiner Strickjacke schlüpfe, ihn über den Kopf ziehe und dann mit den Händen in die kuschelig weichen Ärmel fahre. Mit beiden Armen presse ich das Gewebe an meine Brust, in dem Wunsch, von ihr eingehüllt zu werden. Ich durchsuche die Kartons nach ihrer Lieblingsjeans, und ein schmerzlicher Stich durchfährt mich, als ich sie entdecke. Ich ziehe sie an, stecke den dünnen Stoff meines Kleides in den Hosenbund und ziehe auf dem Weg zum Spiegel die Klammern aus dem Haar, so dass es in einem hohen Pferdeschwanz hinunterfällt.

Lange stehe ich so da und starre meine Schwester an. Wir sehen genau gleich aus, abgesehen von unseren Augen. Während ihre hell und leuchtend waren, sind meine rot und geschwollen. Ich sinke zu Boden und schluchzte mir das Herz aus dem Leib; hebe das Handgelenk an die Nase und atme wieder ihr Parfüm ein. Der Kloß in meinem Hals schmerzt und macht keine Anstalten zu schrumpfen.

Ich greife in einen Karton, um eines der Fotoalben herauszunehmen, doch als ich es hochhebe, entdecke ich das marineblaue und gelbe Notizbuch darunter.

Mein Herz setzt einen Schlag aus.

Ich nehme es heraus, blättere durch die Seiten und kann es kaum glauben: Anhand der Daten weiß ich, dass ich Phoebes letztes Tagebuch in der Hand halte, in das sie bis zu ihrem Tod hineingeschrieben hat.

Sie ist nicht fort. Ich kann immer noch ihre Stimme hören, falls ich wage, es zu lesen.

Dabei weiß ich ganz genau, dass meine Neugier schlimme Folgen haben wird.

Kapitel 31

Eliza

Tut mir leid«, sage ich zu Angus, als ich ihm die dritte Tasse Kaffee an diesem Abend serviere.

Mein Chef verliert allmählich die Geduld, weil ich zu viel Zeit auf dieser Seite des Raumes verbringe.

»Will dein Freund den ganzen Abend da sitzen bleiben?«, hat er eben gegrummelt. Dabei haben wir gar nicht viel zu tun. Der Tisch wird sowieso nicht gebraucht.

Ich habe Angus gebeten hierherzukommen, damit ich ihm von meinem Treffen mit Mum erzählen kann. Ich habe gehofft, dass mein Chef mir erlauben würde, heute Abend früher Schluss zu machen – wir hatten keine Reservierungen oder großen Gruppen –, aber bis jetzt war er ein ziemlicher Arsch.

»Warte nicht länger auf mich«, sage ich niedergeschlagen zu Angus. »Ich muss bestimmt bis elf bleiben.«

Er schüttelt den Kopf und lächelt mir zu. »Das ist vollkommen okay für mich.«

»Eliza!« Schon wieder mein Chef. Mit kaum verhohlener Gereiztheit drehe ich mich um und gehe zu ihm hinüber.

»Bring den Kaffee zu Tisch neun, dann kannst du gehen.«

»Wirklich?«, frage ich erfreut.

»Schnell, bevor ich meine Meinung ändere.«

Nach der peinlichen Situation am Montagabend fahren Angus und ich nicht wieder zu meiner Wohnung und natürlich auch nicht zu seiner.

»Ich kann's nicht glauben, dass ich bisher nicht gesehen habe, wo du wohnst«, beklage ich mich, als wir uns in einem nahe gelegenen Pub in eine Sitzecke verziehen.

Er antwortet nicht, und die Message ist deutlich. Solange Rose und ich uns nicht ausgesprochen haben, werde ich die Wohnung nicht betreten.

Ich muss zugeben, das ist ein zusätzlicher Anreiz, aber ich bin trotzdem nicht wild darauf, meiner Schwester die Sache mit Angus zu beichten und ihren Zorn über mich ergehen zu lassen.

Angus nimmt mich in den Arm und zieht mich fest an sich, so dass ich mit meiner ganzen rechten Seite an seine linke geschmiegt bin. Ich lege den Arm um seinen Bauch und das Gesicht an seine Brust. Es fühlt sich intim an, hier so mit ihm zu sitzen und sich nicht um die anderen Leute zu kümmern. Ich hebe das Kinn und gebe ihm einen Kuss auf den Hals. Er drückt mich noch fester.

Ich frage mich, ob ich je das Gefühl haben werde, dass er mir gehört. Ganz allein mir. Wie lange wird es dauern? Bestimmt Jahre. Für fast ein Jahrzehnt hat er Phoebe gehört. Wie lange wird es dauern, bis ich die Erinnerung an die beiden als Paar auslöschen kann?

Kaum kommt mir dieser Gedanke, fühle ich mich wie vergiftet. Und dann wird mir klar, dass ich mir etwas vormache. Ich werde nie vergessen können, dass er eigentlich mit ihr zusammen sein müsste.

Aber wird es je aufhören, weh zu tun?

»Was denkst du gerade?«, fragt Angus leise, mit seinem untrüglichen Gespür.

»Weinst du noch um sie?« Ich weiß nicht warum, aber diese Frage lag mir auf der Zunge, und als Reaktion spüre ich, wie sich sein flacher Bauch unter meiner Handfläche anspannt.

»Manchmal«, gibt er zu.

»Hast du Gewissensbisse, weil du mit mir zusammen bist?«

»Ein bisschen.« Wieder ist er ganz ehrlich.

Ich löse mich von ihm und rutsche ein Stück weg.

»Geh nicht«, bittet er traurig.

Die Seite meines Körpers, die vorher warm war, fühlt sich jetzt kalt an.

»Sie wäre kreuzunglücklich darüber«, sage ich mit zitternder Stimme.

Er schüttelt den Kopf. »Das glaube ich nicht. Ich glaube, sie würde sich wünschen, dass wir glücklich werden.«

»Blödsinn! Sie wäre stinksauer, dass wir zusammen sind«, erwidere ich heftig.

»Eliza, bitte lass das«, fleht er und greift nach meiner Hand.

Tausend Fragen schwirren mir durch den Kopf. Ich weiß, dass die Antworten mich verrückt machen und nur weitere Fragen nach sich ziehen werden, aber ich muss sie trotzdem stellen.

»Wie viele Kinder wolltet ihr haben?«

Angus starrt mich entsetzt an, und nach einem Moment füllen sich seine schönen Augen mit Tränen.

»Früher wollte sie immer zwei«, erzähle ich, als ich nicht länger auf seine Antwort warten will. »Erst einen Jungen und drei Jahre später ein Mädchen. Hat sie dir das gesagt?«

Er wendet den Blick ab und nickt.

Ich rede weiter. »Sie wollte keine drei Kinder. Sie wollte, dass erst der Junge ihre ganze Aufmerksamkeit bekommt, und wenn er in den Kindergarten gegangen wäre, hätte sie genug Zeit für das zweite Baby gehabt. Sie hatte alles genau geplant.«

Zu meiner Überraschung lächelt er schwach. »Ja, das hatte sie«, stimmt er mir zu und wischt eine Träne weg. »Aber man kann so etwas nicht planen.«

»Nein.« Ich nicke und erwidere sein zittriges Lächeln. »Womöglich hättet ihr am Ende Drillinge bekommen.«

»Oder zweimal Zwillinge.«

Ich lache. »Wann wolltet ihr eigentlich mit dem Kinderkriegen anfangen?«

Das Lächeln vergeht ihm.

»Sofort«, antworte ich an seiner Stelle, weil ich die Wahrheit spüre.

Er nickt einmal, und eine Welle der Übelkeit überkommt mich.

»War sie deswegen einverstanden, wieder hierherzuziehen? Weil sie sowieso bald ihren Job aufgeben wollte?« Ich wusste, dass sie ein Buch schreiben wollte, deshalb hätte eine Schwangerschaft gut in ihre Pläne gepasst.

Wieder nickt er. Ich lasse seine Hand los.

»Warum tust du uns das an?«, fragt er gequält.

»Ich kann nicht anders«, flüstere ich. »Ich muss es wissen.«

»Es wird dich auffressen.«

»Aber es geht nicht anders«, sage ich mit Nachdruck. »Ich muss wissen, welche Pläne ihr hattet, wo ihr jetzt stehen würdet. Wenn wir sie nicht verloren hätten, könnte sie jetzt deinen Sohn erwarten.«

»Hör auf«, bittet er mich.

Ich schweige, aber die Erleichterung ist von kurzer Dauer, denn dann ertönt »They« von Jem aus den Boxen in der Kneipe.

»Das war einer von Phoebes Lieblingssongs. Sie hat das Album rauf und runter gehört in dem Jahr, als sie dich kennengelernt hat.« Ich klinge jetzt fast ein wenig schnippisch.

»Ich weiß«, sagt er und starrt geistesabwesend vor sich hin.

»Sie mochte verträumtes Girlie-Zeug. Welche Musik hat sie kurz vor ihrem Tod gehört?«

»Mumford and Sons«, erwidert er tonlos. »Ihr zweites Album lief in Endlosschleife.«

»Ich wusste nicht mal, dass sie ihr erstes Album mochte«, erwidere ich. Phoebe und ich hatten einen unterschiedlichen Musikgeschmack. »Ich habe sie wirklich nicht so gut gekannt, wie ich dachte, oder?«

»Aber das verträumte Girlie-Zeug hat sie immer noch gehört«, sagt er.

Ich höre nicht mal zu. »Wir haben uns im Lauf der Jahre voneinander entfremdet.«

Er sieht absolut elend aus, als er sich über den Tisch beugt und die Hände um sein Bierglas legt. »Tut mir leid«, sagt er.

»Sollte es auch, denn es lag an dir«, erwidere ich. »Und deinetwegen wollte ich auch aus Manchester weggehen.«

Er bittet mich jetzt nicht mal mehr aufzuhören. Er weiß, dass ich es ohnehin nicht tun werde.

»Wenn ich mir aussuchen könnte, ob ich lieber Phoebe wiederhaben oder mit dir zusammen sein wollte, würde ich Phoebe wählen.«

»Das weiß ich!«, fährt er wütend auf und starrt mich mit blitzenden Augen an. »Aber verdammt nochmal«, zischt er, »sie ist nicht hier. Also, warum machst du uns alles kaputt? Glaubst du nicht, dass ich auch so irgendwann eine neue Freundin gefunden hätte?«

Ich starre ihn fassungslos an, aber er ist noch nicht fertig.

»Mein Leben ist nicht vorbei, nur weil Phoebe gestorben

ist. Und deines auch nicht. Ich bilde mir keine Minute lang ein, dass du nicht auch irgendwann mit einem anderen Typen zusammengekommen wärst. Und ja, vielleicht hättest du mit dem zusammen keine Schuldgefühle, aber wenn du meinst, dass du mit jemand anderem glücklicher wirst, was machst du dann noch hier, zum Teufel?«

Es dauert einen Augenblick, bevor ich etwas dazu sagen kann. »Aber hast du nicht mehr Schuldgefühle, wenn du mit mir zusammen bist, als mit einer Frau, die Phoebe nie gekannt hat?«

»Nein«, fährt er mich an. »Ganz sicher nicht.« Er streicht sein Haar zurück, immer noch wütend und frustriert. »Wahrscheinlich wäre jede Frau entsetzt, wenn sie erfährt, dass ich jetzt verheiratet sein könnte. Und dass meine Verlobte gestorben ist, als sie mit irgendeinem anderen Typen auf diesem verdammten Berg war!«

Mir wird eiskalt. »Wovon redest du denn da?«

»Von Phoebe!«, ruft er und gibt sich nicht mal mehr die Mühe, seine Stimme zu senken. »Warum musste sie unbedingt mit einem Typen in die Berge gehen, in den sie mal verliebt war?«

»Mit wem denn?« Ich verstehe ihn nicht.

»Mit Remy!«

»Phoebe war mit Remy in den Bergen? Mit demselben Typen wie damals mit achtzehn?«

»Ja«, antwortet er gequält.

»Ich hatte keine Ahnung, dass sie noch Kontakt zu ihm hatte.«

»Hatte sie auch nicht«, erwidert er niedergeschlagen. »Sie ist ihm am Abend vor ihrem Tod zufällig begegnet und hat spontan beschlossen, mit ihm in die Berge zu gehen. Sie war seit Jahren nicht klettern! Warum hat sie das getan?« Verständnislos schüttelt er den Kopf. »Sie hat offenbar noch etwas für ihn empfunden.«

»Oh, mein Gott«, murmele ich.

»Sind ihr Zweifel gekommen?« Ich sehe ihm an, wie durcheinander er ist. »Es tut mir leid. Ich sollte nicht mit dir darüber reden.« Wieder schüttelt er den Kopf, aber es schmerzt mich nicht so sehr, wie es sollte, mit seinen Ängsten in Bezug auf meine Schwester konfrontiert zu werden. Wie dem auch sei, er ist sowieso noch nicht fertig. »Ich wollte Rose heute Abend von uns erzählen. Ich wollte dich davon überzeugen, dass es das Richtige für uns ist, zusammen zu sein. Aber jetzt bin ich mir nicht mehr so sicher. Wenn wir beide es nicht schaffen ...«

Mir gefriert das Blut in den Adern, und ihm treten wieder Tränen in die Augen, als er fortfährt.

»Was hätte es dann für einen Sinn, andere zu verletzen?«

Kapitel 32

Rose

»Rose!«

Angus' Stimme reißt mich aus dem Schlaf. Ich brauche eine Weile, um zu mir zu kommen.

»Was zum Teufel hast du angestellt?« Sein Gesicht ist weiß vor Wut.

Ich erkenne voller Entsetzen, dass ich auf meinem Bett eingeschlafen bin, inmitten von Phoebes Kleidern. Schlimmer noch: Ich trage noch eines ihrer Lieblings-Ausgehoutfits, ein marineblaues Shiftkleid und schwarze High Heels.

»Ich wollte mich ihr näher fühlen«, wimmere ich und stehe aus dem Bett auf. Seine Augen mustern mich von Kopf bis Fuß, und er öffnet den Mund.

»Du hast dich verkleidet?«, fragt er ungläubig und weicht rückwärts aus meinem Zimmer.

»Es tut mir so leid, Gus!«, rufe ich ihm nach und stolpere hinter ihm her, die hohen Schuhe noch an den Füßen.

Ich folge ihm, als er in sein Zimmer stürmt, wo alles noch genauso aussieht, wie ich es verlassen habe. Oh, mein Gott!

»Es tut mir so leid«, ächze ich, während er sich bückt und ein Bündel Kleider aufhebt.

»Hol ihre Sachen!« Er deutet zu meiner Zimmertür. Noch nie habe ich ihn so wütend erlebt.

»Mach ich«, flüstere ich. »Ich räume alles auf. Geh einfach ins Wohnzimmer und warte.«

»Hol sie, sofort!«, blafft er mich an.

Ich renne aus seinem Zimmer und hole Phoebes Kleidung von meinem Bett. Als ich zurück in sein Zimmer stürze, sehe ich gerade noch, wie er grob ihre Habseligkeiten in die Kartons stopft.

»Angus, bitte«, flehe ich. »Lass sie mich wieder zusammenlegen.«

Er stürmt auf mich zu, und ich zucke zusammen, als er mir die Sachen aus den Armen reißt, sich umdreht und sie in den nächsten Karton quetscht. Plötzlich stößt er einen gequälten Laut aus, und ich erstarre. Zögernd gehe ich einen Schritt nach vorn und lege ihm die Hand auf den Rücken, und dann bricht er endgültig zusammen.

»Es tut mir so furchtbar leid«, flüstere ich. Wir sitzen beide auf dem Sofa im Wohnzimmer und halten Teetassen in den Händen, aber die vergangene Stunde war die Hölle.

So habe ich Angus noch nie erlebt. Er war bereits hier nach Sale in diese Wohnung gezogen, als Phoebe starb, und ich war noch in London, deswegen habe ich seine unmittelbare Reaktion auf ihren Tod nicht miterlebt. Jetzt ist er zutiefst verstört, und da er die ganze Zeit nicht wollte, dass ich ihn berühre, wusste ich nicht, was ich mit mir anfangen soll. Ich musste untätig danebenstehen, während er sich die Seele aus dem Leib schluchzte wie ein Kind.

Jetzt weint er nicht mehr. Er hat mein Angebot angenommen, Tee zu kochen, hat mich aber gebeten, erst wieder meine eigenen Kleider anzuziehen.

»Ich hätte nicht in dein Zimmer gehen dürfen«, sage ich.

»Nein, hättest du nicht«, stimmt er mir mit leiser Stimme zu und bläst über den heißen Tee in der Tasse.

»Es tut mir so leid«, wiederhole ich zutiefst beschämt. »Ich gehe nie wieder rein«, schwöre ich. »Ich wollte doch nur aufräumen.«

»Das ist nicht deine Aufgabe, Rose«, erwidert er, jetzt ein wenig gereizt.

»Ich wollte doch nur helfen.«

»Ich weiß, aber lass es bitte.«

Die Hitze steigt mir ins Gesicht. Ich hab's schon wieder getan: jemandem ungefragt meine Hilfe aufgezwungen.

»Wie spät ist es?«, frage ich und unterdrücke ein Gähnen.

Er schaut auf seine Armbanduhr. »Eins.«

»Wir werden morgen früh fix und fertig sein. Wo warst du heute Abend?«

Er wirkt verlegen und antwortet nicht sofort. Ist jetzt der Zeitpunkt für unsere Aussprache gekommen? Nein. Ich glaube, keiner von uns kann das jetzt verkraften.

»Dann komm, wir sollten jetzt lieber schlafen gehen«, schlage ich vor.

Er nickt und steht auf. »Arme?«, frage ich vorsichtig.

Zur Antwort breitet er sie aus. Ich trete nach vorn und sie umschließen mich, schwemmen meine Sorgen weg. Mein Herz krampft sich zusammen, als ich meine Wange an seine Brust schmiege. Ich fühle mich so schlecht, weil ich ihm weh getan habe. Ich atme tief ein in der Hoffnung, dass mich das wieder aufmuntert, aber der Duft, der mir in die Nase steigt, stammt nicht von seinem üblichen Deo. Ich erstarre, trete zurück und unterbreche damit unseren Kontakt.

»Was ist?« Er legt den Kopf schief, als er meinen Gesichtsausdruck sieht.

»Nichts«, sage ich. »Wir sehen uns morgen früh. Gute Nacht.«

»Nacht!«, ruft er mir hinterher, als ich in mein Zimmer

verschwinde, die Tür schließe und meinen Rücken dagegen presse.

Ich weiß, mit wem er heute Abend zusammen war. Ich glaube, ich muss kotzen.

Am nächsten Morgen wage ich mich erst aus dem Zimmer, als Angus schon zur Arbeit gegangen ist. Dadurch komme ich zu spät, aber ich will ja sowieso kündigen. Je eher ich aus dieser Stadt rauskomme, desto besser.

Ich kann nicht glauben, dass Angus sich mit Eliza getroffen hat. Wie konnten sie mich so hintergehen? Wie konnten sie Phoebe betrügen? Ihr Grab hat sich kaum gesetzt, da hüpfen sie schon miteinander ins Bett.

Von allem, was Eliza jemals getan hat, ist das mit Abstand das Schlimmste.

Eine leise Stimme in meinem Kopf argumentiert, dass das, was immer auch zwischen Angus und Eliza vor sich geht, nichts mit mir zu tun hat. Aber ich bringe sie zum Schweigen. Ich habe das Gefühl, betrogen worden zu sein. Und deswegen ist es Betrug.

Ich bin nicht etwa traurig darüber. Ich bin stinksauer.

»Wo warst du?«, erkundigt sich Toby, als ich eine Dreiviertelstunde zu spät in den Laden marschiere.

»Hab verschlafen«, antworte ich und werfe der Kundin, die nach mir durch die Tür gekommen ist, nur ein sparsames Lächeln zu.

Meine mangelnde Reue scheint ihn zu wundern, aber er spricht mich nicht darauf an, solange im Laden zu tun ist.

Später, als der Mittagsansturm vorüber ist, stellt er mich zur Rede.

»Raus mit der Sprache!«

»Angus und Eliza haben eine Affäre«, zische ich wütend, während ich einen Tisch abwische.

Ratlos sieht er mich an. »Sind sie mit anderen zusammen?«

»Nein! Sie sind einfach zusammen! Zusammen!«

»Das nennst du eine Affäre?«

Ich richte mich auf und starre ihn an. »Phoebe ist gerade mal ein Jahr tot.«

Erstaunt schüttelt er den Kopf, und eine Welle der Übelkeit überkommt mich, weil er mich nicht versteht.

»Ich kündige«, sage ich kurz angebunden, beuge mich vor und nehme einen Stapel Teller in die Hand.

Entgeistert sieht er mich an, doch ich drehe mich schnell um und verschwinde in Richtung Backstube.

»Meine Mutter gibt mir etwas Geld«, sage ich über die Schulter hinweg. »Ich will reisen, und zwar sobald wie möglich.«

Die Tür schwingt hinter ihm zu. Er ist mir gefolgt, bringt aber kein Wort heraus.

»Tut mir leid«, sage ich. »Ich will euch nicht enttäuschen. Ich bleibe bis Ende des Monats, damit ihr genügend Zeit habt, einen Ersatz für mich zu finden.«

Sein Blick verhärtet sich. »Wie du willst«, murmelt er und zieht sich aus der Backstube zurück.

Den Rest des Tages würdigt er mich kaum eines Blickes.

Ich will nicht nach Hause zu Angus. Ich will ihn nicht sehen. Also sage ich Toby Bescheid, dass ich nachher abschließe, und gehe dann hinaus in den Hof.

Meine Hände stecken bis zu den Knöcheln in der Erde, weil ich gerade orangerote Garten-Montbretien pflanze, als Gavin auftaucht. Ich bin so in Gedanken versunken, dass ich mich zu Tode erschrecke, als die Hintertür auffliegt.

»Mein Gott nochmal!«, bricht es aus ihm heraus. »Du bist

das! Ich dachte, es wären Einbrecher, die hier draußen herumscharren.«

»Entschuldige, ich wollte den Garten fertig machen.«

»Das wird deine Hinterlassenschaft für uns, was?«, fragt er trocken. »Toby hat mir gesagt, dass du kündigen willst.«

»Ja, das stimmt leider.« Ich drehe mich von ihm weg und hole die nächste Pflanze.

»Wir lassen dich nur ungern gehen«, sagt er. »Er ganz besonders.«

»Er wird drüber wegkommen.«

Es ist mir nicht recht, dass Gavin rauskommt und sich auf eine Ecke des Pflanzkastens setzt. Ich will keine Gesellschaft.

»Ich glaube, du unterschätzt dich«, sagt er. »Er braucht dich mehr, als du denkst.«

»Aber ich kann nicht seine Mutter sein! Er hat schon eine.«

Gavins Gesicht läuft knallrot an, und das Adrenalin bringt meinen Puls zum Rasen, weil ich weiß, dass ich eine Grenze überschritten habe. Doch schon im nächsten Moment normalisiert sich seine Gesichtsfarbe wieder, und noch bevor ich etwas sagen kann, fährt er fort: »Wenn du's so siehst, kann ich wohl nichts tun, um deine Meinung zu ändern.« Er steht auf. »Heute Abend hänge ich eine Stellenanzeige im Fenster aus. Du kannst gehen, sobald wir jemanden gefunden haben.«

»Es tut mir leid«, platze ich heraus, als er sich umdreht, um wieder hineinzugehen.

»Es muss dir nicht leidtun, Rose. Ich bin froh um die Zeit, die wir mit dir hatten.«

Warum habe ich dann ein so mieses Gefühl?

Bald darauf gehe ich nach Hause und stelle unterwegs fest, dass ich mir wünsche, Angus wäre nicht da, selbst wenn das bedeuten würde, dass er mit Eliza zusammen ist. Dummerweise höre ich den Fernseher, sobald ich durch die Tür trete.

»Hey!«, ruft er mir vom Wohnzimmersofa aus zu. »Wo warst du? In der Küche stehen Nudeln, falls du dir welche aufwärmen möchtest.«

»Keinen Hunger«, erwidere ich und öffne die Tür zu meinem Zimmer.

»Rose?«, ruft er mir irritiert hinterher. »Geht's dir gut?«

»Ich bin nur müde und geh sofort ins Bett.« Ohne seine Antwort abzuwarten, mache ich meine Zimmertür hinter mir zu und schließe ab. Dann setze ich mich aufs Bett und ziehe unter der Decke das blaugelbe Tagebuch hervor, das meiner Schwester gehörte.

Natürlich habe ich es noch.

Ich habe Angus gestern zwar Phoebes Kleider zurückgegeben, aber das hier bekommt er nicht.

Es ist nicht mit einem Schlösschen gesichert. Phoebe hat Angus vertraut und sah keinen Grund, es seinetwegen abzuschließen. Mit mir hat sie natürlich nicht gerechnet.

Ich schlüpfe aus meinen Schuhen, lehne mich in die Kissen und schlage die erste Seite auf.

Ein neues Jahr, ein neues Tagebuch!, schreibt sie, und fast höre ich ihre übersprudelnde Stimme im Ohr.

Die nächsten zwölf Monate werden turbulent! Hochzeit, Umzug zurück nach Manchester, und wer weiß, was mich sonst noch erwartet?

Mein Blick ist tränenverhangen, aber dennoch lächle ich. Sie ist doch nicht ganz weg. Sie ist immer noch hier bei mir.

Kapitel 33

Eliza

»Wen haben wir denn da, Eliza oder Rose?«, fragt Joe, als ich am Freitagnachmittag in der Bar aufkreuze.

»Eliza«, antworte ich lächelnd.

»Hat dir deine Schwester das Mock-up für das Flugblatt gegeben?«, fragt er.

»Nein, wir haben uns seitdem nicht gesehen.«

»Egal. Ich hab die Flugblätter trotzdem schon mal drucken lassen.« Er greift unter die Theke und reicht mir einen kleinen Stapel. »Die kannst du an deine Freunde verteilen.«

»Toll, vielen Dank! Hoffentlich lässt mein Chef mich wieder ein paar im Roxy's aufhängen.«

»Perfekt. Und, was kann ich für dich tun? Möchtest du etwas trinken?«

»Gern. Ein Wasser, bitte. Ich muss bald zur Arbeit.«

Ich bin nervös, als ich zusehe, wie er eine Flasche Mineralwasser aus dem Kühlschrank holt. Als er sich umdreht, habe ich mich wieder so weit gefangen, dass ich ihm meine Frage stellen kann.

»Joe?«

»Ja?« Er zieht eine Augenbraue hoch.

»Meinst du, du könntest vielleicht ein paar von deinen Bekannten aus der Musikindustrie zu meinem nächsten Auftritt einladen?«

»Aah.« Er schaut mich vielsagend an.

Eigentlich wollte ich ihn erst um Unterstützung bitten, wenn wir uns besser kennengelernt haben, aber dann dachte ich, ist doch egal. Ich kann nicht ständig alles vor mir herschieben. Ich muss in den sauren Apfel beißen und es wagen. Außerdem brauche ich eine Ablenkung von meinen ständigen Gedanken an Angus. Wir haben seit Mittwochabend nicht mehr miteinander gesprochen.

»Natürlich kann ich ein paar Freunde fragen, ob sie vorbeikommen. Aber versprechen kann ich dir nichts. Mach dir nicht zu viele Hoffnungen, Eliza. Es ist nicht leicht, es heutzutage zu schaffen.«

»Das weiß ich, ich bleibe realistisch«, antworte ich schnell. »Vielen Dank!«

Beschwingt verlasse ich die Bar. Nächster Halt: Rose. Ich glaube immer noch an Angus und mich, aber erst muss ich ein paar Dinge klären.

Die Bäckerei, in der meine Schwester arbeitet, liegt im Stadtzentrum von Sale. Angus hat mir davon erzählt, aber ich habe nicht damit gerechnet, dass sie so hübsch ist. Ich öffne die Tür, und die nächste positive Überraschung ist der Anblick des coolen Typen hinter der Theke.

»Hallo«, sage ich und reiße die Augen auf.

Mit gerunzelter Stirn sieht er mich an. Nicht die Reaktion, mit der ich gerechnet habe.

»Du bist nicht Rose«, stellt er fest.

»Nein, ich bin Eliza. Ist sie da?«

»Sie musste mal kurz weg. Weiß sie, dass du kommst?«

»Nein.« Ich lächle ihn an. »Kann ich einen Cappuccino haben? Ich warte hier auf sie.«

»Setz dich.«

Freundlich ist er nicht gerade.

Es ist schon relativ spät, deswegen sitzt niemand an den Tischen im hinteren Teil des Ladens. Schönes Café, denke ich bei mir, als ich nach hinten gehe, aber ich kann mir nicht vorstellen, dass man hier viel verdient. Ich frage mich, wie Rose über die Runden kommt. Andererseits glaube ich nicht, dass sie Angus eine hohe Miete zahlen muss.

Nach ein paar Augenblicken kommt der Typ zu mir. Es dämmert mir, wer er sein könnte.

»Bist du Toby?«, frage ich.

»Bin ich«, bestätigt er und stellt meine Kaffeetasse auf den Tisch.

Aha! Jetzt verstehe ich, warum Rose nach der Arbeit gerne noch mit ihm abhängt. Aber Moment mal, hat Angus nicht gesagt, er sei praktisch noch ein Teenager?

Die Tür geht auf, und wir werden beide von Roses Anblick abgelenkt, die sich mit etwas abschleppt, das wie ein schwerer Sack Erde aussieht. Das wird ja immer merkwürdiger!

Abrupt hält sie inne, und ihre Augen huschen zwischen Toby und mir hin und her.

»Was machst du hier?«, stößt sie hervor, und der Sack rutscht ihr aus den Händen. Toby springt auf sie zu und nimmt ihn ihr ab.

»Sie hat nach dir gefragt«, höre ich ihn sagen, und sie scheinen einen bedeutungsvollen Blick zu wechseln.

Ich habe das Gefühl, dass er mehr über mich weiß, als mir lieb ist.

»Ich trag den dann mal nach hinten.« Er schwingt sich den Riesensack über die Schulter, so wie ich mir vorstelle, dass er einen Sack Mehl trägt. Er sieht mich nicht mehr an, als er durch die Tür hinter dem Tresen verschwindet.

Rose klopft sich Erde von den Händen und kommt dann zögernd näher, doch nach ein paar Schritten reckt sie das Kinn nach vorn und hebt den Kopf.

Angus muss irgendetwas missverstanden haben. Sie sieht nicht wie eine Frau aus, die die Vergangenheit ruhen lassen möchte.

»Was willst du?«, fragt sie.

»Ich wollte dich sehen«, antworte ich.

»Warum?«

»Verdammt nochmal, Rose, meinst du nicht auch, wir sollten uns endlich aussprechen, wenn schon nicht unseretwegen, dann Mum zuliebe?«

»Ich wollte dich auch sehen, aber dein Timing ist mies.«

Ich wundere mich. »Was soll das heißen?«

»Ich weiß über dich und Angus Bescheid.«

Sofort krampft sich mein Magen vor Übelkeit zusammen.

»Hat er es dir erzählt?«

»Einen Scheiß hat er!«, faucht sie, und ich weiche zurück, da Rose für gewöhnlich nur selten flucht.

»Hey.«

Beim Klang von Tobys Stimme fahren wir beide zusammen. Er öffnet die Tür hinter der Theke und gibt uns mit dem Kopf ein Zeichen. Stimmt, er hat recht, wir sollten diese Unterhaltung nicht an einem öffentlichen Ort führen, auch wenn er momentan verlassen ist.

»Komm mit«, fordert mich Rose mürrisch auf und führt mich an Toby vorbei und durch die Backstube zu einer Hintertür. Kurz darauf stehen wir in einem schmalen Hof, umgeben von einer hohen Backsteinmauer, deren hintere Wand malvenfarben angestrichen ist. Es ist derselbe Farbton wie der unserer hinteren Gartenwand zu Hause, doch dieser Gedanke lenkt mich nur einen Moment lang ab.

»Wie hast du es herausgefunden?«, frage ich, als Rose die Tür hinter uns schließt.

Angewidert sieht sie mich an. »Ich habe dein Parfüm an ihm gerochen, als er mich gestern Abend umarmt hat.«

Mir dreht sich der Kopf. »Weiß er, dass du es weißt?

»Nein.« Sie schüttelt den Kopf. »Was ihr macht, ist eure eigene dreckige Sache. Ich bin bald weg, und dann könnt ihr beide zusammenziehen und euch meinetwegen zu Tode vögeln.«

»Ist nicht wahrscheinlich bei der Frequenz«, erwidere ich unglücklich. »Hör zu, Rose, wir hatten vor, es dir zu sagen. Er wollte es schon am Mittwochabend tun …«

»Wie lange geht das schon so?«, unterbricht sie mich.

»Mein Gott, erst seit ein paar Tagen.«

Diesmal gerät sie ins Stocken. »Ein paar Tagen?«

»Seit Sonntag.« Plötzlich fühle ich mich mutlos. »Du hast gedacht, wir wären schon länger zusammen, oder?«

Sie nickt.

»Ich bin ihm ungefähr zur selben Zeit zufällig wieder begegnet, als du mit ihm zusammengezogen bist.«

Etwas beunruhigt fragt sie: »Du hast davon gewusst?«

»Ja.« Ich nicke kläglich.

Sie seufzt. »Ich dachte, du wärst sauer.«

»War ich auch«, gebe ich zu und winke dann ab. Das ist jetzt nicht unser wichtigstes Thema. »Also, ich wollte dir nicht von Angus erzählen, weil ich weiß, dass du sagen würdest, dass es zu früh ist. Und es war auch zu früh.« Meine Stimme zittert. »Ich kann einfach nicht aufhören, an Phoebe zu denken, und wie entsetzt sie wäre. Es wird wahrscheinlich immer zu früh sein, für dich und für uns. Ich weiß noch nicht, wie es weitergeht, aber Angus und ich haben uns am Mittwochabend nicht im Guten getrennt. Es könnte schon vorbei sein, bevor es überhaupt angefangen hat.«

Rose atmet tief durch und stößt dann einen langen Seufzer aus. Keine Ahnung, ob vor Erleichterung.

»Im Moment kann ich nicht mal mit ihm im selben Raum sein«, murmelt sie.

Ich schließe kurz vor Resignation die Augen. »Es tut mir leid, dass wir dir weh getan haben.«

Sie sagt nichts. Es ist keine einfache Unterhaltung, aber ich muss ehrlich zu ihr sein.

»Was du in meinem Tagebuch gelesen hast«, beginne ich. »Dieser Abend mit Angus im Baumhaus, das war der Anfang und zugleich das Ende. Es war das erste Mal, dass wir uns geküsst haben. Am vergangenen Sonntag war es das zweite Mal. Er war Phoebe niemals untreu. Vor zehn Jahren hatten sie sich getrennt, und er wollte eigentlich nicht wieder mit ihr zusammenkommen. Ich habe sie praktisch einander wieder in die Arme getrieben.« Ich schlucke. »Angus hat Phoebe geliebt, und er hätte sie geheiratet, und sie wären sehr glücklich miteinander geworden. Aber ich wusste, dass er auch Gefühle für mich hatte, und es tat zu weh, ihn in der Beziehung mit Phoebe zu erleben. Ich habe euch beide schrecklich vermisst, als ihr in London gewohnt habt. Ja, dich auch«, füge ich hinzu, als ich ihren Gesichtsausdruck sehe. »Aber ich konnte nicht in Phoebes und Angus' Nähe sein. Ich habe ihn immer noch geliebt, und kein anderer Typ hatte je eine Chance, solange er da war. Ich weiß, dass du ihn auch gemocht hast«, füge ich vorsichtig hinzu. »Und ich weiß, dass du ihn immer noch magst. Aber du hast ihn nie geliebt, Rose.«

»Woher willst du wissen, was ich empfunden habe?«, faucht sie.

Aber ich fahre fort und versuche, sie nicht zu verletzen. Es muss einfach ausgesprochen werden. »Und er hat dich auch nie geliebt. Nicht so, wie er mich geliebt hat – wie er mich *liebt.*«

Tränen steigen ihr in die Augen. »Dann will ich mal hoffen, dass es mit euch beiden klappt«, sagt sie.

Ich bezweifle, dass sie das ernst meint.

Kapitel 34

Rose

»Alles in Ordnung mit dir?«

Ich stehe immer noch im Hof und starre auf die Stelle, an der eben noch Eliza gesessen hat.

Ich drehe mich zu Toby um und sehe ihn an. »Ja. Ich komme gleich wieder rein.«

»Ich habe schon abgeschlossen«, erwidert er. »Möchtest du darüber reden?«

»Nein. Ich muss erst mal selber damit klarkommen.«

Er nickt.

»Sie und Angus scheinen sich wirklich zu lieben«, platzt es aus mir heraus, obwohl ich eben noch gesagt habe, dass ich nicht reden will. »Ich dachte früher, ich wäre auch in ihn verliebt, aber Eliza glaubt, dass meine Gefühle für ihn nicht annähernd so intensiv sind wie das, was sie für ihn empfindet.«

»Aber sie weiß doch gar nicht, was du empfunden hast.«

»Stimmt, aber sie hat recht. Ich glaube nicht, dass ich überhaupt schon einmal jemanden richtig geliebt habe. Ich bin achtundzwanzig und habe noch nie geliebt. Wie traurig ist das denn?«

Er setzt sich auf die schmiedeeiserne Bank und blickt mit seinen dunklen Augen zu mir auf. Dann klopft er auf den Platz neben sich.

Ich setze mich.

»Warum belastet dich das so sehr?«, fragt er. »Dein ganzes Leben liegt doch noch vor dir.«

»Bei Phoebe war es nicht so«, erwidere ich bedrückt. »Als sie starb, hatte sie schon zweimal geliebt.« Angus und Remy. »Ich habe immer geglaubt, Eliza würde nur auf Männer stehen, die schlecht für sie sind, dabei hat ihr Herz die ganze Zeit nur Angus gehört. Deswegen hat sie sich nie so richtig auf einen anderen Typen eingelassen. Je länger ich darüber nachdenke, desto mehr glaube ich, dass ich vielleicht diejenige mit dem Problem bin.«

Er sagt lange nichts, und ich sitze da, in Gedanken versunken.

»Wenn du dich mit Eliza verträgst, gehst du dann trotzdem?«, fragt er irgendwann.

»Ja. Ich will nach Chamonix und quer durch Europa reisen, vielleicht sogar nach Australien fliegen. Ich habe mir nach der Schule kein freies Jahr gegönnt, deswegen glaube ich, dass es mir guttun würde. Meine Mutter ist auch damit einverstanden. Gesundheitlich geht es ihr gut, und sie ist auch sonst relativ glücklich. Wenn ich zu lange warte, habe ich vielleicht nicht mehr die Möglichkeit.«

Er lehnt sich nach vorn und stützt die Ellbogen auf die Knie.

»Kann ich deine Mutter kennenlernen, bevor ich fahre?«, frage ich unsicher.

Er schluckt, und sein Adamsapfel hüpft auf und ab. »Wozu?«

»Wahrscheinlich komme ich irgendwann wieder, weißt du«, sage ich sanft. »Und wir können doch in Kontakt bleiben, oder? Wir können trotzdem Freunde sein.«

Er dreht sich um und schaut mir direkt ins Gesicht. Als die Sekunden verrinnen und er immer noch nichts sagt, schwärmen Schmetterlinge in meinem Bauch.

Er sollte mich nicht so ansehen. Ich bin zu alt für ihn.

»Toby?«, frage ich misstrauisch. »Freunde?«

Abrupt wendet er den Blick ab und springt auf. »Ja, natürlich«, sagt er.

Ich meide Angus immer noch und bleibe abends wieder lange im Jennifer's, so dass Gavin und ich uns erneut begegnen.

»Du arbeitest noch?«, fragt er überrascht, während ich mir die Hände am Waschbecken in der Backstube säubere.

»Ich wollte vor dem Wochenende mit dem Hof fertig werden. Jetzt bin ich so weit.«

»Dann wollen wir uns das Ergebnis mal ansehen.«

Ich gehe ihm voraus, und er bleibt stehen und starrt nach draußen. Ich habe nicht nur die Wand angestrichen, sondern auch einige der alten Holzkisten, in denen die Topfpflanzen standen. Sie sind jetzt dunkelblau und mit dicker schwarzer Folie ausgeschlagen, so dass sie als Pflanzkästen dienen. Ich habe einige Pflastersteine entlang der Mauer herausgenommen, um ein kleines Beet anzulegen, und dieses mit leuchtend orangeroten Garten-Montbretien, dunkel orangefarbenen Sonnenröschen und flammend roten Dahlien bepflanzt. Die exotischen Farben scheinen in der Spätnachmittagssonne zu glühen und heben sich wunderhübsch vor der angestrichenen Wand ab. Im Pflanzkasten habe ich aromatische Kräuter wie Salbei, Rosmarin, Thymian und Minze gesetzt. Die taubeneiblauen Gartenmöbel aus meinem alten Zuhause ergänzen das Farbschema.

»Einfach wunderschön, Rose«, lobt Gavin und schüttelt erstaunt den Kopf. »Jenny wäre begeistert.«

Es ist das erste Mal, dass er seine Frau erwähnt, und ich fühle mich geehrt.

»Gibt mir die Quittungen, damit ich dir deine Auslagen erstatten kann«, fügt er hinzu.

»Nicht nötig«, erwidere ich. »Die meisten Pflanzen habe ich aus unserem ehemaligen Garten geholt, und außerdem hat es mir Spaß gemacht. Und schließlich habe ich dich ja nicht mal um Erlaubnis gefragt.« Eigentlich hatte ich das vorgehabt, mich aber am Ende mit Tobys Zustimmung begnügt.

»Ich bin vielleicht nicht der allergroßzügigste Chef, aber ich will nicht, dass du das auf eigene Kosten machst. Ich bestehe darauf«, entgegnet er.

»Okay, dann vielen Dank.« Ich spüre, dass ich diese Diskussion nicht gewinnen kann. »Ich habe auch ein paar Zwiebeln gesetzt«, verrate ich. »Im Frühling seht ihr das Ergebnis. Dann blühen überall im Hof orangefarbene und rote Tulpen und gelbe Narzissen. Ansonsten habe ich nur Stauden gepflanzt, die jedes Jahr wiederkommen, falls ihnen nicht ein besonders harter Winter zusetzt.«

Bei der Arbeit habe ich festgestellt, dass sehr vieles aus der Zeit mit meiner Mutter im Garten bei mir hängengeblieben ist.

»Jenny liebt Lichterketten«, erzählt Gavin liebevoll lächelnd. »Früher hingen sie bei ihr überall an den Wänden. Ich kann mir gut vorstellen, wie sie hier draußen sitzt und ihre Cupcakes verziert.«

»Meinst du, sie kommt es sich ansehen?«, frage ich hoffnungsvoll.

Er zuckt mit den Schultern, und sein Lächeln verblasst. »Wer weiß? Wir arbeiten daran. Danke für die Infobroschüren, übrigens.«

Ich hatte einen ehemaligen Kollegen angerufen und gebeten, mir welche zu schicken.

Wir kehren in die Backstube zurück, und ich hole meine Sachen.

»Was ich noch sagen wollte«, beginnt Gavin, während er sich die Schürze umbindet, »vorhin hat jemand angerufen und nach der Stelle gefragt. Bist du sicher, dass du uns verlassen willst?«

Mein Magen verkrampft sich, aber ich nicke. »Ich will mir eine Auszeit nehmen und ein bisschen herumreisen.« Ich habe mir schon im Internet eine Route zusammengestellt.

»Wirklich? Mich persönlich hat das nie gereizt. Ich mag meine vertraute Umgebung.«

Ich lächle ihn an. »Dann kommt Toby nicht nach dir.«

»Toby?« Er lacht ironisch, während er Wasser in die große silberne Knetschüssel des Hobarts gibt. »Du machst Witze, oder? Ihm gefällt's zu Hause am besten.«

Das ist wahrscheinlich einer dieser Momente, in denen ich mich aus den Angelegenheiten anderer Leute raushalten sollte, aber ein Leopard kann nicht über Nacht seine Flecken ändern.

»Toby hat mir erzählt, er würde gerne nach Australien fliegen«, verrate ich.

»Ach, wirklich?« Gavin wirkt überrascht, als er nach dem Mehl greift.

»Aber er hat das Gefühl, dich nicht alleinlassen zu können, wo du doch so viel zu schultern hast.«

Mitten in der Bewegung hält er inne, stellt mit einem Knall das Mehl zurück auf die Arbeitsfläche und blickt mich durchdringend an. »Hat er das gesagt?«

Ich bleibe standhaft. »Ja.«

»Hmm. Dann sollte er besser schon mal anfangen zu sparen«, grummelt er und fährt mit der Arbeit fort. »Flüge nach Down Under kosten ein Vermögen.«

Angus' Land Rover steht draußen vor dem Haus am Straßenrand, als ich heimkomme, aber er ist nicht im Wohnzimmer, und seine Zimmertür ist geschlossen. Ich mache mir Sorgen, deswegen klopfe ich an, auch wenn er mich ermahnt hat, seine Privatsphäre zu respektieren. Wenn ich weg bin, hat er seine Wohnung wieder ganz für sich allein.

Da er nicht antwortet, öffne ich behutsam die Tür. Er liegt in Embryonalstellung auf dem Bett, gekleidet in eine schwarze Jeans und ein blaues T-Shirt.

»Angus?«, frage ich leise, aber er antwortet nicht, und während ich warte und ihn beobachte, hebt und senkt sich seine Brust langsam und gleichmäßig.

Er hat das Gesicht von mir abgewendet, deswegen schleiche ich auf die andere Seite seines Bettes. Er schläft tief und fest und sieht friedlich aus, aber nicht mal der Schlaf verbirgt die dunklen Ringe unter seinen Augen. Ich muss den Impuls unterdrücken, mich hinunterzubeugen und ihm das Haar aus dem Gesicht zu streichen.

Ich habe ihn so lieb, denke ich. Das war schon immer so und wird auch ewig so bleiben.

Die Kleiderschranktüren stehen einen Spalt offen, und ich kann es mir nicht verkneifen, sie im Vorübergehen zuzudrücken, doch sie springen wieder auf und geben Phoebes Sachen frei, die nach allen Seiten aus den Kartons quellen. Ihr grauer Hoodie liegt obenauf, und verstohlen greife ich hinein, nehme ihn, verlasse Angus' Raum und schließe leise die Tür hinter mir.

Ich bin durcheinander, als ich weiter die Zutaten für eine Gemüsepfanne kleinschneide. Ich bereite genügend vor, damit auch Angus mitessen kann, falls er aufwacht und Hunger hat. Ich war mir nicht sicher, ob er heute Abend hier sein würde. Ich dachte, er würde vielleicht bei Eliza sein, aber nachdem, was sie mir erzählt hat, halten sie zurzeit etwas Abstand voneinander. Es muss sehr kompliziert für sie sein.

Ich spüre eine plötzliche Welle der Eifersucht, wenn ich mir die beiden zusammen vorstelle. Warum stört mich das so sehr?

Einzelne Passagen aus Elizas Tagebuch kommen mir in den Sinn. Als ich daran denke, wie sie über ihn geschrieben hat, mit welcher Sehnsucht, welcher Leidenschaft, halte ich mit der Arbeit inne. Habe ich je so über ihn geschrieben?

Mein altes Tagebuch war bei den anderen oben auf dem Speicher. Ich habe es mitgenommen, bisher aber noch nicht gelesen.

Ich lasse das vorbereitete Gemüse auf der Anrichte liegen, gehe in mein Zimmer, schließe die Tür hinter mir und mache es mir mit dem dritten und letzten lila Tagebuch auf meinem Bett gemütlich.

Eine halbe Stunde später sitze ich immer noch da und winde mich vor Verlegenheit. Ich klinge wie ein liebeskranker Teenager. Ich war ein liebeskranker Teenager. Die erste Hälfte des Tagebuchs handelt von vier verschiedenen Jungs in meiner Schule, in die ich verliebt war, doch als Angus schließlich ins Spiel kommt, erreiche ich ein neues Niveau an Lächerlichkeit.

Ich habe gerade gesehen, wie Angus und Phoebe sich geküsst haben. Mein Herz tut so weh. Ich weiß genau, dass ich mich in den Schlaf weinen werde.

Ich liebe ihn. Ich liebe ihn! Warum muss er auf sie stehen? Wenn er doch stattdessen mich lieben würde!

Mein Gesicht ist ganz heiß vor Verlegenheit. Ich klinge wie zwölf, nicht wie achtzehn. Ich dachte, ich wäre die Erwachsenste von uns gewesen, diejenige, die wusste, was sie aus ihrem Leben machen wollte, aber jetzt erkenne ich, dass das keineswegs so war.

Angus kommt nicht zum Abendessen, und nachdem ich im

Internet nach Flügen und günstigen Hotels gesucht habe, ziehe ich mich endlich wieder in mein Zimmer zurück, um weiter in Phoebes Tagebuch zu lesen. Im nächsten Abschnitt schreibt sie über den Maifeiertag. Wir picknickten auf dem Primrose Hill, zusammen mit Josie und Craig. Ich kann mich noch genau an den Tag erinnern – Gerard hatte in letzter Minute abgesagt, weil er arbeiten musste, aber ich hatte trotzdem eine wunderschöne Zeit mit meiner Schwester und meinen Freunden. Fast spüre ich wieder die warme Sonne auf meinem Gesicht, als ich ihre Zeilen lese …

Ich erwache, schwitzend und beklommen.

Stolpernd haste ich ins Badezimmer und erhasche einen Blick auf mein Spiegelbild. Kein Wunder, dass mir so heiß ist: Statt einem Schlafanzug habe ich vor dem Zubettgehen Phoebes Kaschmirhoodie übergezogen.

Ich presse mir einen kalten feuchten Waschlappen ins Gesicht, dann verlasse ich das Badezimmer und schalte im Hinausgehen das Licht aus.

Abrupt erstarre ich. Angus steht in der Tür seines Zimmers, nackt bis auf eine Boxershorts. Er scheint wacklig auf den Beinen zu sein, als wäre er noch im Halbschlaf.

Panik erfasst mich, als ich daran denke, was ich anhabe, aber ich kann den Pulli auch nicht ausziehen, weil ich nichts darunter trage. Ich will ihn gerade fragen, ob alles okay ist, aber er kommt mir zuvor.

»Phoebe?«, flüstert er.

Ich erstarre innerlich zu Eis.

»Rose.« Ich schüttle den Kopf. »Angus, ich bin's, Rose.« Meine Stimme klingt nicht wie meine eigene.

»Warum tust du mir das an?«, fragt er bestürzt. Es sieht so verloren aus, dass ich es nicht ertragen kann. Ich renne zu ihm und schlinge ihm die Arme um den Hals.

»Es tut mir so leid«, schluchze ich.

Er steht da, stocksteif unter meiner Berührung, und legt dann die Hände langsam um meine Taille.

»Du fühlst dich an wie sie«, flüstert er, und seine Umarmung wird fester. Ich verkrampfe mich, als er sein Gesicht an meinen Hals und mein Haar schmiegt und tief einatmet. »Und du riechst wie sie.«

Ich stoße ihn weg und stolpere rückwärts. Seine Augen funkeln im Halbdunkel.

»Willst du, dass ich dich für sie halte?«, fragt er leise, fast bedrohlich.

»Nein.« Ich schüttle heftig den Kopf. Das alles ist völlig bizarr.

»Weil es nicht das erste Mal wäre, dass ich diesen Fehler mache?«

»Hör auf, Angus!«, flehe ich verzweifelt. Er ist doch sonst nicht so grausam, aber ich weiß, dass er sich selbst genauso quält wie mich.

»Geh wieder ins Bett«, sagt er dumpf und wendet sich von mir ab.

»Ich weiß das mit dir und Eliza!«, rufe ich ihm nach. Er bleibt stehen. »Wir haben uns heute gesehen.«

Ich höre, wie er tief einatmet, aber er bleibt mit dem Rücken zu mir stehen.

»Sie war heute bei mir in der Bäckerei. Wir wollen uns wieder vertragen«, erzähle ich ihm matt. »Wir sprechen uns aus, alles wird gut.«

»Freut mich für euch«, antwortet er monoton, geht ins Bad und schließt die Tür hinter sich.

Die restliche Nacht wälze ich mich schlaflos im Bett herum, und irgendwann in den frühen Morgenstunden gebe ich den

Versuch auf, wieder einzuschlafen. Ich dusche und ziehe ein typisches Rose-Outfit an: ein rotweiß geblümtes, tailliertes Kleid mit schwingendem Rock. Dann gehe ich in die Küche und koche eine Kanne Tee.

Angus erscheint auch schon recht früh, und aus seinem müden Aussehen schließe ich, dass er auch die halbe Nacht wach war.

»Es tut mir leid, dass …«, sagen wir beide im Chor.

»Bitte entschuldige«, murmele ich und eile zu ihm, um ihn zu umarmen. Ich erstarre nur kurz, als er meine Umarmung erwidert, aber es gibt keine Anzeichen, dass er mir gegenüber wieder so komisch wird.

»Mir tut es auch leid«, sagt er und lässt mich los. »Ich hätte nie solche Sachen zu dir sagen dürfen.«

»Ist schon okay.« Meine Augen füllen sich mit Tränen. »Es war ein Fehler, dass ich mir wieder ihren Pulli genommen habe. Ich hole ihn dir.«

Er hält mich am Arm fest. »Brauchst du nicht«, sagt er fest und zieht mich zurück. »Sie war deine Schwester. Ich hätte nie von dir verlangen sollen, dass du mir ihre Sachen zurückgibst. Das war falsch von mir. Du kannst dir von ihr nehmen, was du möchtest. Ich war gerade von Eliza zurück und ziemlich aufgewühlt, und als ich dich dann in Phoebes Kleidern gesehen habe, hat mir das irgendwie den Rest gegeben. Bitte entschuldige.«

Ich beiße mir auf die Unterlippe und starre zu Boden.

»Du weißt also von uns?«, fragt er sanft und neigt sich nach vorn in dem Versuch, mir in die Augen zu sehen. Ich halte seinem Blick stand.

»Ja.«

»Ich hätte dir sagen sollen, dass ich mich mit ihr treffe.« Es kommt widerstrebend heraus.

»Ich verstehe, warum du es nicht getan hast«, erwidere ich. »Und ich gebe zu, dass ich gemischte Gefühle deswegen habe.«

Er streicht sich mit der Hand das Haar aus dem Gesicht und setzt sich mit einem tiefen Seufzer aufs Sofa. Ich schließe mich ihm an. Es scheint, als wäre die Zeit für unsere Aussprache gekommen.

»Um ehrlich zu sein, bin ich nicht sicher, ob es mit uns weitergeht.« Er sieht zutiefst erschöpft aus. »Wir sind beide ziemlich durcheinander.«

Ich hebe die Hand.

»Ja, du auch«, sagt er, wieder mit einem Lächeln. »Ich nehme an, das war zu erwarten.«

»Vielleicht hätte ich nie zu dir ziehen dürfen«, seufze ich deprimiert.

»Sag das nicht«, grummelt er. »Ich bin froh, dass du es getan hast.«

»Aber ich bleibe nicht mehr lange.«

Endlich erzähle ich ihm von meinen Reiseplänen.

»Du willst dahin fahren, wo Phoebe gestorben ist?«, fragt er schockiert.

»Ja. Ich weiß, dass es hart werden wird, aber ich hoffe, dass es auch etwas Gutes hat. Phoebe wollte, dass ich all das sehe. Ich will auf die Aiguille du Midi, ich will in den Bergen wandern gehen und den Blick hinunter ins Tal genießen. Ich hab mir sogar überlegt, dich zu fragen, ob du vielleicht mitkommen möchtest.«

Mit offenem Mund sieht er mich an. Dann schließt er ihn wieder. »Nein, das könnte ich nicht. Ich könnte es nicht ertragen. Unfassbar, dass du es kannst.«

»Ich wollte auch Eliza fragen, ob sie mitwill.«

Diesmal zieht er die Mundwinkel hoch. »Bist du verrückt? Das würde sie niemals tun.«

Ich lache verhalten. »Wahrscheinlich hast du recht.« Erstens hat Eliza Höhenangst, und zweitens hasst sie lange Abschiede. »Ich wollte sie trotzdem fragen. Aber letzten Endes werde ich wohl alleine fahren.«

Er wirkt tatsächlich beeindruckt.

»Hast du in letzter Zeit mal mit Josie gesprochen?«, frage ich, und aus unerfindlichen Gründen verhärtet sich sein Gesichtsausdruck plötzlich. »Was ist denn?«, frage ich.

Er schüttelt den Kopf. »Josie und ich haben seit Monaten keinen Kontakt, aber ich hatte vor, sie anzurufen. Ich muss mit ihr über etwas reden.«

»Worüber denn?«

»Ich hoffe, dass sie mir Klarheit darüber verschaffen kann, was mit Phoebe und Remy gelaufen ist.«

Jetzt bin ich an der Reihe, schockiert auszusehen, als er mir alles erzählt.

Kapitel 35

Eliza

Am Samstagmittag mache ich mich auf den Weg ins Roxy's. Ich bin schon fast zur Tür hinaus, als Rose mich anruft.

»Eliza, ich bin's, Rose.«

»Hi«, antworte ich überrascht.

Es folgt ein seltsames Gespräch über Remy, Josie und Phoebes lila Tagebuch aus ihrem Auslandsjahr, das meine Schwester, wie sich herausstellt, vor kurzem ebenfalls gelesen hat.

»Das ist die reinste Büchse der Pandora«, warne ich sie. Vielleicht waren Phoebes Geheimnisse dazu bestimmt, mit ihr ins Grab zu wandern.

»Angus muss es unbedingt wissen«, erwidert sie.

Das beunruhigt mich noch mehr. »Glaubt Angus, dass Phoebe mit Remy zusammen sein wollte?« Und wenn es so war, meint er, dass er dann meinetwegen keine Schuldgefühle mehr zu haben braucht? Apropos gefährliches Spiel …

»Das glaube ich nicht, aber irgendwas war da«, sagt Rose. »Ich fahre morgen noch London und treffe mich mit Josie. Willst du mitkommen?«

Ohne zu überlegen, sage ich ja.

Josie hat eine Wohnung im Zwischengeschoss in Dartmouth Park, im Norden Londons. Wir sind ein paar Jahre lang zusammen zur Schule gegangen, aber sie war hauptsächlich

Phoebes Freundin. Ich war noch nie bei ihr zu Hause und fühle mich wie eine Außenseiterin, als sie und Rose sich im winzigen Hausflur herzlich umarmen.

»Wie geht's dir?«, fragt Josie eindringlich, streicht ihr übers Haar und blickt ihr in die Augen.

»Mir geht's gut«, antwortet Rosie beruhigend und tätschelt Josies Hand. Dann schaut sie mich an und tritt beiseite, damit Josie auch mich begrüßen kann.

»Hi, Eliza«, sagt sie.

Wir umarmen uns kurz, und anschließend führt sie uns eine Treppe hinunter. Die Wohnung ist offen gestaltet; die Küche liegt nach vorne zur Straße hin, das Wohnzimmer nach hinten zum Garten. Ein kleiner Junge mit braunen Haaren spielt mit einer Eisenbahn auf einem grauen Teppich.

»Ist der gewachsen!«, ruft Rose, fällt neben ihm auf die Knie und säuselt: »Du bist ja jetzt ein richtig großer Junge, Harry!« Gleich darauf erkundigt sie sich: »Wo ist denn Craig?« Craig ist Josies Ehemann.

»Er spielt Tennis mit Ned«, antwortet Josie, während sie den Wasserkocher füllt. »Eben waren übrigens Amber und Katy hier.«

»Wie geht es ihnen?«, fragt Rose voller Sympathie.

»Sehr gut. Katy kann inzwischen laufen.«

Ich schalte ab, da ich die Leute nicht kenne. Ich habe am Londoner Leben nicht teilgenommen, und es tut weh, wenn ich daran denke, dass Phoebe und Angus zu diesem Freundeskreis gehörten.

»Wie geht's Angus?«, fragt Josie, und ich horche wieder auf.

»Ganz gut«, antwortet Rose und wirft mir einen verlegenen Blick zu. Wer von uns sollte diese Frage beantworten? Diejenige, die ihn jeden Abend nach der Arbeit sieht, oder diejenige, mit der er vor kurzem Sex hatte?

Rose dominiert weiterhin die Unterhaltung, und als Josie mit einem Tablett voller Teetassen und einer passenden Teekanne zu uns hinüberkommt, erzählt ihr meine Schwester von Angus' Sorgen wegen Phoebe und Remy.

»Er versteht nicht, warum Phoebe mit ihm klettern gegangen ist. Weißt du, ob sie in Kontakt geblieben sind?«

»Wenn ja, hat sie mich angelogen«, antwortet Josie. »Aber ich glaube, dass sie die Wahrheit gesagt hat. Wir haben Remy zufällig im Restaurant beim Abendessen getroffen. Plötzlich stand er an unserem Tisch. Er wirkte überrascht, sie zu sehen, aber Phoebe war ganz ruhig, fast so, als hätte sie mit ihm gerechnet. Es ergab irgendwie keinen Sinn.«

»Meinst du, sie haben das Treffen arrangiert?«, mische ich mich ein.

Josie schüttelt den Kopf. »Nein, das glaube ich nicht, wenn ich daran denke, wie er sie angesehen hat. Phoebe hat mir hinterher erzählt, sie hätte so ein Gefühl gehabt, dass sie ihn wiedersehen würde. Ich bin fast vom Stuhl gefallen, als sie ihn gefragt hat, ob sie ihn am nächsten Tag auf seiner Klettertour begleiten kann.«

Remy hatte sich wohl eine Weile lang zu ihnen gesetzt. Josie meinte, es sah so aus, als hätten er und Phoebe sich zum ersten Mal seit Jahren wiedergesehen.

»Aber wie sie miteinander umgegangen sind ...« Sie runzelt die Stirn in dem Versuch, es zu erklären. »Sie waren so zaghaft, wisst ihr? Ein bisschen unsicher einander gegenüber.«

Rose und ich nicken gleichzeitig.

»Na ja«, fährt Josie fort, »jedenfalls hat Remy von einer Tour erzählt, die er mit ein paar Amerikanern von der Aiguille du Midi aus geplant hat, und Phoebe fragte sofort, ob sie mitkommen könne. Ich hab sie angegrinst, weil ich davon ausgegangen bin, sie macht einen Scherz. Die ganze Zeit hat sie mich schon damit geneckt, dass sie mich mit zum Bergsteigen schleppen will. Wie todernst es ihr war, wurde mir aber erst an dem Abend klar.« Sie erschrickt vor ihrer unglücklichen Wortwahl.

»Bitte erzähl uns alles«, drängt Rose. Ich sehe, wie sehr sie sich zusammenreißen muss. »Auch das, was du nur vermutest.« Sie schaut mich kurz an, und ich nicke Josie aufmunternd zu. Auch ich will die ganze Wahrheit erfahren.

Josie trinkt einen Schluck von ihrem Tee und stellt die Tasse zurück auf die Untertasse. Das Klappern verrät ihre Nervosität. »Ich habe das Gefühl, als würde ich hinter ihrem Rücken über sie tratschen«, sagt sie leise. »Ich weiß wirklich nicht, was ihr durch den Kopf gegangen ist, aber da war auf jeden Fall etwas zwischen ihnen. Ich kannte Remy nicht besonders gut und war damals schon weg, als Phoebe und er zusammenkamen, aber so, wie sie sich anschauten ... Es war so ... intim. Ich habe mich wie das fünfte Rad am Wagen gefühlt. Phoebe hat sogar Französisch gesprochen, als sie ihn gefragt hat, ob sie ihn begleiten kann, aber ich habe sie trotzdem verstanden. Er hat mit den Schultern gezuckt und gelacht, aber gesagt, wenn sie wolle, könne sie gerne mitkommen, und auch das habe ich verstanden. Ich habe sie dann aber im Scherz beschuldigt, absichtlich eine Geheimsprache zu benutzen, und daraufhin haben sie wieder Englisch gesprochen. Als es dann um die Einzelheiten ging, Treffpunkte und Startzeiten, konnte ich es kaum glauben. Danach ist Remy gegangen.«

»Haben sie sich zum Abschied geküsst?«, hakt Rose neugierig nach.

Josie nickt bedrückt. »Zweimal, und der zweite Kuss von Remy war sehr gefühlvoll. Als er ging, ist Phoebe knallrot geworden und hat zu mir gesagt: ›Schau mich doch nicht so an!‹ Ich habe versucht, sie von ihrem Plan abzubringen, aber sie ist stur geblieben und wollte wissen, was denn so schlimm daran wäre. Sie hat mir vorgeschlagen, ich könne doch tagsüber in Ruhe shoppen, und mir versprochen, vor dem Abendessen zurück zu sein.«

Josie Nase wird ganz rot, und dann kommen ihr die Tränen.

Ich stehe auf und gehe zur Hintertür, erleichtert, dass sie nicht abgeschlossen ist. Von dort aus geht es hinaus in den kleinen Garten. Ich brauche unbedingt frische Luft. Drinnen werden Nasen geputzt, und ich versuche, mich auf das Brummen eines Flugzeugs hoch über mir zu konzentrieren.

Glücklicherweise fängt Harry an zu schreien, so dass Josie sich zusammenreißen muss. Widerstrebend gehe ich wieder hinein und nicke Rose zu, als sie mir einen mitfühlenden Blick zuwirft. Sie weiß, dass ich nicht gut damit umgehen kann, wenn jemand anfängt zu weinen.

»Mehr kann ich euch leider nicht erzählen«, fährt Josie fort, Harry auf ihrer Hüfte tragend. »Als ich am nächsten Morgen an ihre Zimmertür geklopft habe, war sie schon weg.«

»Hat sie dir keine Nachricht hinterlassen?«, fragt Rose.

»Doch.« Josie nickt. »Sie hat nur geschrieben …« Die Stimme versagt ihr. »Sie hat nur geschrieben, ich bräuchte mir keine Sorgen zu machen und wir würden uns später zu einem Drink auf dem Balkon treffen.«

Sie legt die Hand an die Kehle, um das Weinen zu unterdrücken, dreht den Kopf und lächelt ihrem Kind strahlend zu. »Na so was«, sagt sie gezwungen fröhlich. »Dumme alte Mami.« Sie wendet das Gesicht wieder uns zu, während ihr die Tränen über die Wangen laufen. »Ich nehme an, wir werden nie erfahren, was ihr in diesen letzten Stunden durch den Kopf gegangen ist.«

Rose greift in ihre Handtasche und zieht ein blaugelbes Notizbuch hervor.

»Vielleicht finden wir die Antworten da drin«, sagt sie leise.

»Oh, mein Gott«, murmele ich und schaue weg.

»Was ist das?«, fragt Josie gespannt, setzt ihren zappeligen Sohn wieder auf den Teppich und kommt zu uns aufs Sofa. »Ist das Phoebes Tagebuch?«

»Ja«, gesteht Rose.

Ich hebe den Kopf, beiße mir auf die Lippe und sehe die beiden an.

»Was soll das, Rose?« Bedrückt schüttelt Josie den Kopf. »Das solltest du nicht lesen. Es ist privat.«

»Halleluja«, bemerke ich.

Rose wirft mir einen verärgerten Blick zu. »Ich bin anderer Meinung«, erwidert sie fest. »Das wäre es nur, wenn sie noch leben würde.«

Ich stoße einen ironischen Laut aus, und sie besitzt immerhin den Anstand, verlegen zu gucken. Bei meinem Tagebuch hatte sie nicht solche Bedenken.

»Es kann sie nicht mehr interessieren, und indem ich es lese, fühle ich mich ihr näher. Es ist, als würde sie mit mir reden«, erklärt Rose.

Wieder fängt Josie an zu weinen. Ich schenke uns Tee nach, trinke einen großen Schluck und verbrenne mir den Gaumen.

»Ich habe es noch nicht durch«, fährt Rose mit ernster Stimme fort. »Ich versuche, es mir so lange wie möglich aufzusparen.«

»Hast du ihren letzten Eintrag gelesen?«, fragt Josie vorsichtig und neugierig zugleich.

Rose schüttelt den Kopf.

Ich kann nicht feststellen, ob Josie eher erleichtert oder enttäuscht darüber ist.

»Toller Besuch«, murmele ich im Zug nach Hause und blicke zum Fenster hinaus.

Rose ignoriert mich. Als ich mich wieder zu ihr umdrehe, stelle ich schockiert fest, dass sie Phoebes offenes Tagebuch in der Hand hält.

»Willst du mich verarschen?«, keuche ich, einen Kloß im Hals beim Anblick von Phoebes vertrauter Handschrift. »Rose!« Ich verspüre das intensive Bedürfnis, aufzustehen und im Mittelgang auf und ab zu laufen, aber ich sitze am Fenster.

»Ich würde dir raten, es auch zu lesen«, erwidert sie gelassen.

»Das könnte ich nie im Leben!«, fauche ich.

»Man erfährt dabei aber ganz viel über ihren Charakter«, beharrt Rose.

»Was ich bisher nicht weiß, sollte ich wohl auch nie erfahren«, erwidere ich verbissen und muss wieder daran denken, wie ich es zugelassen habe, dass Phoebe mir so fremd werden konnte.

»Na schön«, erwidert Rose schnippisch. »Dann lese ich es eben nicht jetzt, wenn es dich stört.« Sie schließt das Buch, lässt es aber auf dem Schoß liegen. »Danke, dass du mitgekommen bist«, sagt sie nach einer Weile. »Ich weiß, dass das nicht angenehm für dich war.«

»Vermisst du London?«, frage ich, um das Thema zu wechseln. »Ich hatte das Gefühl, dass es dir dort gutging.«

Sie denkt einen Augenblick nach. »Stimmt, ich habe mich wohlgefühlt, und ich vermisse Josie und meine anderen

Freundinnen. Manchmal vermisse ich sogar das Krankenhaus.«

»Warum gehst du nicht zurück? Ich meine, die Bäckerei ist ja ganz schön, und ich kann mir vorstellen, dass es nett ist, dort zu arbeiten. Aber das passt irgendwie nicht zu dir. Du hattest einen richtigen Beruf, eine Karriere. Du warst so zielstrebig, hast viel erreicht, ganz anders als ich. Ich wusste nie, was ich wollte.«

»Wie bitte?!«, ruft sie aus. »Du warst zielstrebiger als alle anderen! Für dich gab es nie eine andere Option, als Gitarre zu spielen und Songs zu schreiben.«

»Und wohin hat mich das gebracht? Nirgendwohin.«

»Und was ist mit dem Auftritt nächste Woche?«, fragt sie. »Der Club ist total angesagt, bestimmt ist es eine Riesenchance, da aufzutreten.«

»Apropos Auftritt«, erwidere ich. »Wie kommst du eigentlich auf die Idee, dir Bands anzuschauen? Früher bist du nie zu Konzerten gegangen.«

Achselzuckend erwidert sie: »Toby hat mich gefragt, ob ich mitkommen will. Wir machen ab und zu was zusammen.«

»Aha …«

»Es ist nicht so, wie du denkst!«

Ich gebe ihr einen Klaps auf den Arm. »Ich mach doch nur Witze.«

Sie errötet und senkt den Blick auf ihre Knie. Einen Augenblick lang sehe ich sie an, und eine unerklärliche Welle der Zuneigung überkommt mich. Wieder steigen Bilder aus den Tiefen meiner Erinnerung auf. Wir müssen ungefähr vierzehn Jahre alt gewesen sein, und Phoebe übernachtete bei Josie. Josie war aus York nach Manchester gezogen, und wir fanden sie alle drei von Anfang an sympathisch. Rose freundete sich als Erste mit ihr an. Sie hatte sich in der Schule freiwillig gemeldet, um ihr bei der Eingewöhnung zu helfen. Doch wie üblich war Phoebe diejenige, die mit der Zeit die ganze Aufmerksamkeit auf sich zog. Phoebe hatte den größten Freundeskreis von uns, bekam die meisten Likes auf Facebook – und so weiter. An diesem Abend jedenfalls waren unsere Eltern zum Essen ausgegangen, und ich fühlte mich plötzlich fiebrig. Rose gab mir Medikamente und kühlte meine Haut mit einem feuchten Waschlappen. Sie blieb an meinem Bett sitzen, bis meine Eltern nach Hause kamen. Ich fühlte mich ihr an jenem Abend sehr nahe.

»Warum hast du im Krankenhaus aufgehört?«, frage ich. »Du warst eine so gute Schwester.«

Da erzählt sie mir von Roger und seiner sechzehnjährigen Tochter Bianca, die zwei Stunden nach einem Unfall starben, bei dem der Schuldige Fahrerflucht begangen hatte. Und sie erzählt mir von der Mutter und dem jüngeren Bruder, die sie hinterließen. Sie vertraut mir die Geschichte von Tara an, dem einjährigen Mädchen, das an Hirnhautentzündung gestorben ist, und von deren untröstlichen Eltern Lana und Michael. Sie fängt an zu weinen, und mir kommen auch fast die Tränen. Und dann, hier mitten im Zug, umarme ich schließlich meine Schwester und versuche, sie so zu trösten, wie sie es früher nur Phoebe erlaubt hat. Und ich wünschte, dass Phoebe jetzt hier wäre, denn sie könnte es so viel besser als ich.

Kapitel 36

Rose

Ich fühle mich kaputt, aber zugleich seltsam befreit, als ich am Sonntagabend die Treppe hinaufsteige, die Tür öffne und erwarte, Angus an seinem üblichen Platz auf dem Sofa sitzen zu sehen. Doch die Lichter sind ausgeschaltet, und er kommt aus seinem Zimmer, als ich die Wohnungstür hinter mir zuziehe.

»Hey«, begrüße ich ihn. Er wirkt erschöpft und ein wenig angespannt.

»Und, wie war's?«, fragt er.

»Gut«, antworte ich und deute zum Wohnzimmer. Er folgt mir, lässt sich auf die Couch fallen und legt seine nackten Füße auf den Wohnzimmertisch. Die Arme verschränkt er schützend vor der Brust.

Er kann mir kaum in die Augen sehen und starrt auf seine Füße, während ich ihm alles erzähle.

Ich traue mich nicht, ihm zu sagen, dass ich Phoebes Tagebuch habe. Ich will nicht riskieren, dass er es mir wegnimmt.

Er seufzt schwer, als ich fertig bin. »Ich müsste mit ihm reden, aber ich habe wirklich keine Lust dazu.«

»Mit wem?«

»Mit Remy.«

O je. Nein, das wäre kein Spaß. »Weißt du denn, wie du ihn erreichen könntest?«, frage ich zögerlich.

»Ich habe mich erkundigt, für welche Reisegesellschaft er

arbeitet. Ich dachte, ich würde eines Tages vielleicht etwas über Phoebes letzte Momente erfahren wollen.« Er wirkt gequält, bewahrt aber die Fassung – was man von mir nicht behaupten kann. Er reicht mir ein Taschentuch, wirft mir ein trauriges Lächeln zu und verschränkt dann wieder die Arme vor der Brust.

»Aber bisher wolltest du noch nicht mit ihm reden?«

»Nein, und ich will es immer noch nicht«, antwortet er leise. »Vor allem nicht nach dem, was Josie erzählt hat. Im Gegenteil, ich will das alles endlich hinter mir lassen.«

Plötzlich verstehe ich es. Er möchte wegen Eliza darüber hinwegkommen.

Ein Stich durchfährt mich, aber nicht aus Eifersucht. Ich leide mit ihm. Und mit ihr.

»Solltest du Eliza nicht mal anrufen?«, frage ich vorsichtig.

»Ich weiß nicht«, erwidert er ruhig, und ich sehe, wie sich seine Armmuskeln anspannen, als er seinen Griff um die Ellbogen verstärkt. »Ich dachte, sie bräuchte vielleicht etwas Freiraum. Und ich brauchte auch welchen. Die letzten Tage waren hart.«

Ich rutsche unruhig auf dem Sofa herum. Teilweise bin ich an der Situation mit schuld, weil ich Phoebes Sachen durchsucht habe. »Hat sie nicht am Freitagabend ihren Auftritt?«, frage ich.

Seine Augen weiten sich; er rutscht müde nach vorn und stellt die Füße auf den Boden. »O nein, das hatte ich vollkommen vergessen«, sagt er und fährt sich mit einer Hand über den Mund.

»Wir müssen unbedingt hin!«, sage ich.

Er sieht mich an. »Du auch?«

Ich zucke mit den Schultern. »Warum nicht?«

Amüsiert schüttelt er den Kopf, und ich grinse.

»Komm schon, Angus, alles wird gut, ganz bestimmt. Du und Eliza, ihr steht erst am Anfang. Einer Beziehung, meine ich. Ich weiß, dass ihr auch vor zehn Jahren schon einmal was miteinander hattet.«

Weder leugnet er es, noch versucht er, mir irgendetwas zu erklären.

»Ich bin mir nicht sicher, ob sie es jemals schafft, ihre Schuldgefühle gegenüber Phoebe abzulegen.« Er klingt so niedergeschlagen! Ich stehe auf und setze mich neben ihn.

»Doch, das wird sie. Es braucht nur Zeit«, sage ich und reibe ihm beruhigend über den Rücken.

»Sie glaubt einfach nicht, dass Phoebe jemals damit einverstanden gewesen wäre, dass wir zusammen sind. Sie hat da absolut extreme Ansichten. Da ich zuerst mit Phoebe zusammen war, gehörte ich ihr und könne nie ihr Freund sein, das hat sie immer gesagt.«

Noch nie hat er so offen mit mir über meine Schwestern gesprochen. So eng war unser Verhältnis bisher nicht. Ich bin mir noch nicht sicher, ob mir das gefällt, aber ich reibe ihm weiter über den Rücken und ermuntere ihn, fortzufahren.

»Phoebe und ich hatten gerade Schluss gemacht, als Eliza und ich uns geküsst haben, aber Eliza ist trotzdem vollkommen ausgeflippt. Sie wollte mich anschließend weder sehen noch mit mir reden. Und es hat sie richtig fertiggemacht, als ich ihr erzählt habe, was zwischen dir und mir passiert ist.«

Meine Hand auf seinem Rücken erstarrt. Einen Moment darauf lasse ich sie auf meinen Schoß fallen, zu verlegen, um ihn jetzt zu berühren. Nach vorn gebeugt bleibt er sitzen. Er redet über die Schulter hinweg mit mir, erwartet aber nicht, dass ich ihm in die Augen sehe. Das beruhigt mich nicht gerade.

»Das Schreckliche war, dass ich genau am Abend zuvor ihr

gegenüber behauptet habe, ihr wärt alle so unterschiedlich.« Er lacht unglücklich auf. »Und dann habe ich auf der Party alles vermasselt, indem ich dich geküsst habe.«

»Du warst betrunken.« Ich versuche, vernünftig zu klingen, aber ich schäme mich zu Tode, mit ihm darüber reden zu müssen. »Und ich hab dich auch nicht gerade weggeschubst«, füge ich hinzu, ganz hibbelig vor Verlegenheit.

Zu meinem Entsetzen dreht er sich jetzt um und sieht mir in die Augen, einen neugierigen Ausdruck im Gesicht. »Stimmt, das hast du nicht, oder?«, fragt er. »Anfangs jedenfalls nicht. Irgendwann schon.«

»Als ich zur Vernunft gekommen bin«, erwidere ich. »O Gott, Angus.« Ich verberge mein brennendes Gesicht in den Händen. »Vielleicht war ich auch ein bisschen in dich verknallt.«

»Wirklich?« Erstaunt weicht er vor mir zurück.

Ich sehe ihn zwischen den Fingern hindurch an. »O Gott, ist das peinlich!«

Verwundert fragt er: »Wieso? Warum das denn?«

»Ich weiß nicht«, sage ich und zucke hilflos mit den Schultern. »Sagen wir einfach, dass ich mir oft gewünscht hätte, du wärst auch ein Drilling.«

Ich fange an zu kichern, und daraufhin kriegt er einen Lachanfall und lässt sich rückwärts gegen die Couch fallen.

Meine gute Laune begleitet mich noch am nächsten Morgen auf dem Weg zur Arbeit, doch Tobys Gesichtsausdruck, als ich zur Tür hineinkomme, versetzt meiner Stimmung einen Dämpfer.

»Morgen«, grummelt er.

»Was ist denn mit dir los?«, frage ich ihn unumwunden.

»Nichts«, erwidert er.

Plötzlich fallen mir die Cupcakes auf der Theke auf. Sie sind wunderhübsch dekoriert, mit Zuckerguss in allen Farben des Regenbogens.

»Moment mal, hat deine …«

»Mum hat sie gebacken«, kommt er mir zuvor.

»Wow! Geht's ihr ein bisschen besser?«, frage ich erfreut.

»Nehme ich an«, brummt er, stößt die Tür zur Backstube auf und verschwindet.

Ich schaue ihm nach, aber eine Kundin kommt herein, und ich muss bedienen.

Kaum habe ich eine Verschnaufpause, spähe ich in die Backstube hinein, aber Toby ist nirgends zu sehen. Ich will den Laden nicht unbeaufsichtigt lassen, deswegen gehe ich zu den Fenstern zum Hof und öffne eines von ihnen.

»Hey!«, rufe ich verärgert, als ich ihn nach vorn gebeugt auf der Gartenbank sitzen sehe, eine fast heruntergebrannte Zigarette in der Hand.

Er hebt die Kippe an den Mund und inhaliert tief, wobei er mich durch eine Qualmwolke hindurch anstarrt.

»Ich dachte, du hättest aufgehört?«

Er wirft die Kippe weg, tritt mit der Ferse darauf und bläst Rauch aus.

»Was interessiert dich das?«, murrt er wie ein Teenager.

»Verdammt, werd endlich erwachsen, Toby«, fauche ich und schließe das Fenster wieder.

Ich rechne damit, dass er noch ein wenig schmollt, umso überraschter bin ich, als er sich beim Reinkommen entschuldigt.

»Tut mir leid«, flüstert er mir ins Ohr und berührt mit der Hand meinen Arm. Er lässt los und lehnt sich gegen die Theke.

»Schon gut«, sage ich, immer noch ein bisschen beleidigt.

»Dad hat einen Ersatz für dich gefunden«, sagt er leise.

Überrascht sehe ich ihn an. »Wirklich? Das ging ja schnell.«

»Eine alleinerziehende Mutter, die gefragt hat, ob sie so bald wie möglich anfangen kann. Er hat ihr gesagt, in einer Woche geht's los.« Mutlos sieht er mich an.

»Oh«, reagiere ich schockiert. »Das ist ja schon bald. Also will er, dass ich am Freitag aufhöre?«

Toby nickt langsam und vielsagend.

»Wow. Dann sollte ich mir wohl langsam mal meine Fahrkarten kaufen.«

Er beugt sich nach vorn, und ich zucke überrascht zusammen, als er meine Hand nimmt.

»Ich werde dich vermissen.«

»Ich dich auch«, antworte ich und sehe ihm in die dunklen Augen. Doch dann wird die Ladentür schwungvoll geöffnet, und er seufzt, lässt meine Hand los und richtet sich auf. »Was kann ich für Sie tun?«

Im Laufe des Tages keimt eine Idee in mir auf, aber erst als ich draußen auf dem Bürgersteig stehe und Toby abschließt, bringe ich den Mut zusammen, ihn zu fragen.

»Möchtest du am Freitagabend vielleicht mit mir zu Elizas Auftritt gehen?« Nervös trete ich von einem Fuß auf den anderen. »Ich dachte, als eine Art Abschiedsfeier.«

»Klar, gerne«, antwortet er beiläufig, und ich ärgere mich, dass ich ihn nicht schon früher gefragt habe. Er steckt den Schlüssel in die Tasche seiner Jeans und fragt: »Hast du dich wieder mit ihr vertragen?«

»Wir sind auf einem guten Weg«, antworte ich und erzähle ihm von unserer Fahrt nach London. Ehe ich mich versehe, sind wir schon auf halbem Weg zu Angus' Wohnung und haben die Abzweigung zu seinem Haus verpasst.

»Äh, hat dein Vater eigentlich irgendwas dazu gesagt, dass wir uns neulich unterhalten haben?«, frage ich unruhig.

Toby zieht fragend eine Augenbraue hoch. »Nein. Worum ging's denn?«

»Ich hab angedeutet, dass du auch gerne mal rauskommen würdest, ihn aber nicht mit dem ganzen Schlamassel alleinlassen willst.«

Er lässt die Schultern sinken. »Rose!«

»Entschuldige!«, rufe ich. »Es ist mir einfach so rausgerutscht! Aber er war nicht sauer. Er hat nur gesagt, du solltest besser anfangen zu sparen.«

Kopfschüttelnd sieht er mich an, aber er scheint mir nicht böse zu sein. »Ich spare schon seit Ewigkeiten für ein Auto«, gesteht er.

»Hast du einen Führerschein?«, frage ich überrascht.

»Natürlich habe ich einen Führerschein, was denkst du denn!«

»Tut mir leid, aber ich seh dich ja immer nur auf dem Skateboard.«

»Das ist ja das Problem? Verdammt.« Er schüttelt den Kopf. »Ich muss wirklich langsam erwachsen werden.«

Und ich muss mich dringend um meine Reiseplanung kümmern.

Kapitel 37

Eliza

»Hey.«

»Hey.«

Ich dachte, es wäre eine gute Idee, Angus anzurufen, aber seiner Stimme nach zu urteilen sieht er das anders.

»Du hörst dich nicht gut an«, stelle ich fest, wobei sich mein Magen vor Nervosität zusammenzieht.

»Ich versuche, ein paar Antworten zu finden«, erwidert er. »Aber ich komme irgendwie nicht weiter. Ich wollte etwas tun, was uns vielleicht weiterhilft.«

Erleichterung überkommt mich, gleichzeitig spüre ich aber auch, dass ich enttäuscht bin. »Ohne die Schuldgefühle?«, frage ich, komme aber seiner Antwort zuvor. »Du machst dir was vor. Ich befürchte, das geht nie vorbei. Ich glaube nicht, dass Phoebe vorhatte, dich mit Remy zu betrügen. Sie wäre nach Hause gekommen und hätte dich geheiratet. Und damit musst du dich abfinden. Und ich muss mich auch damit abfinden.« Heiße Tränen steigen mir in die Augen. »Und ich will mich damit abfinden«, füge ich verzweifelt hinzu.

»Ich wünschte, wir würden uns nicht am Telefon darüber unterhalten«, sagt er leise. »Denn ich würde dich jetzt unglaublich gerne im Arm halten.«

»Das wäre schön«, antworte ich und fahre mit einem Finger unter meinem Auge entlang, damit die Wimperntusche nicht verläuft. »Aber ich muss leider arbeiten.«

»Rose und ich kommen am Freitagabend zu deinem Auftritt«, verspricht er.

»Wirklich?« Das bringt mich zum Lächeln.

»Ja. Wir sehen uns also dann, okay?«

»Okay.«

Die nächsten Tage schleppen sich dahin. Ich widerstehe der Versuchung, Angus noch einmal anzurufen, und er meldet sich auch nicht. Es tut ein bisschen weh, aber ich gehe davon aus, dass wir uns am Freitag sehen und nach der Auszeit hoffentlich etwas besser fühlen werden.

Doch dann erscheint am Freitagmorgen seine Festnetznummer auf meinem Handy.

Mein Herz hüpft, als ich mich melde. »Angus?«

»Nein, ich bin's, Rose«, antwortet meine Schwester, und ich bin so enttäuscht, dass ich Gewissensbisse habe. »Mum hat gesagt, du kommst heute vorbei?«

»Stimmt«, antworte ich. Ich bin auf Wohnungssuche. Ich habe Angus noch nicht erzählt, dass ich wieder nach Sale ziehen will. Wenn Rose weggeht, möchte ich näher bei Mum sein und natürlich auch mehr in seiner Nähe.

»Ist alles in Ordnung?«, frage ich, weil ich Nervosität in Roses Stimme höre.

»Ja, aber ich würde dich gerne vor heute Abend sehen, wenn du es irgendwie schaffst vorbeizukommen. Heute ist mein letzter Arbeitstag, aber Toby hat gesagt, ich kann zwischendurch für eine Stunde nach Hause.«

»Du willst, dass wir uns bei Angus treffen?«, hake ich nach. Merkwürdige Vorstellung.

»Ja. Ist das okay?« Sie klingt unsicher.

»Ja, in Ordnung.« Ich versuche, mein Unbehagen abzuschütteln. »Würde dir elf Uhr passen?«

»Perfekt«, sagt sie und wirkt erleichtert.

Ich frage mich, was das soll.

Ich habe Hemmungen, Angus' Wohnung zum ersten Mal zu betreten und von Rose in Empfang genommen zu werden. Angus hat einen hervorragenden Geschmack, und unwillkürlich bin ich stolz auf ihn, als ich in dem luftigen offenen Wohn-Esszimmer stehe und mich umblicke. Ich wünschte nur, er wäre hier, um mich herumzuführen.

»Wo sind eure Zimmer?«, erkundige ich mich bei Rose und deute fragend in Richtung Diele.

Sie nickt. »Meins ist das rechte.«

Ich stecke meinen Kopf durch die Tür und lächle beim Anblick des ordentlich gemachten Doppelbetts mit dem Blümchenüberwurf. Angus würde das Zimmer sicher komplett anders einrichten.

»Was ist denn so lustig?«, fragt Rose verschnupft, als sie meinen Gesichtsausdruck sieht.

»Nichts«, antworte ich grinsend. »Es ist ein hübsches Zimmer. Und das da drüben ist das von Angus?«

»Ja.« Sie nickt. Es scheint sie zu stören, als ich hinübergehe und hineinspähe. Aber es wäre schon ziemlich heuchlerisch, wenn sie mich bitten würde, seine Privatsphäre zu respektieren. Außerdem bin ich sicher, dass es ihm nichts ausmacht.

Ich öffne die Tür und betrete sein Zimmer. Beim Anblick seines ungemachten Bettes steigt eine Flut von Flashbacks an unsere gemeinsame Nacht in mir auf. Seine Bettwäsche ist weißgrau gesprenkelt, und die Daunendecke liegt achtlos beiseitegeworfen, als wäre er gerade aufgesprungen. Auf dem Kissen ist noch der Abdruck seines Kopfes zu sehen, stelle ich fest, und plötzlich werde ich von der intensiven Sehnsucht überwältigt, in seinen Armen zu liegen und von ihm gehalten zu werden.

»Also«, sagt Rose, so dass ich mich wieder ihr zuwende. »Ich habe nicht viel Zeit, bevor ich wieder zurück zur Arbeit muss, aber ich wollte dir unbedingt etwas zeigen.«

Mit gerunzelter Stirn frage ich: »Was denn?«, während ich ihr zurück in ihr Zimmer folge.

»Das hier.«

Ich kann es kaum glauben, als sie dieses verdammte Tagebuch wieder hervorzieht.

Ich will schon drauflosschimpfen, als sie es mir aufgeschlagen vors Gesicht hält. *»Ich weiß, warum Eliza sich so distanziert verhält – nämlich, weil sie Angus liebt«*, sagt sie, und mir fällt der Unterkiefer runter. Hat sie es auswendig gelernt?

Sie fährt fort. *»Und ich weiß, dass er auch etwas für sie empfindet.«*

Das Blut weicht mir aus dem Gesicht. Mit weichen Knien setze ich mich auf ihr Bett und nehme ihr das Tagebuch aus der Hand.

»Das hat sie am Abend vor ihrem Tod geschrieben. Sie wusste schon seit Jahren, was du fühlst«, sagt Rose sanft. »Und es war okay für sie. Mehr als das«, fügt sie hinzu, als mein Herz vor Hoffnung hüpft. »Schau mal.« Sie deutet auf einen weiteren Absatz. »Sie hatte Schuldgefühle, weil sie sich Angus geschnappt hat. Sie wusste, wie gut ihr zusammenpassen würdet. Aber ihr war auch klar, dass du ihn ihr nie ausgespannt hättest oder versucht hättest, mit ihm zusammen zu sein, wenn sie Schluss gemacht hätte.«

Meine Augen huschen hinüber zu Phoebes Worten, und mir wird schwindlig, als ich versuche, in das alles einen Sinn hineinzubringen.

Rose sagt es mir in ihren eigenen Worten. »Sie schreibt, dass sie sich spektakulär von Angus trennen müsste, damit ihr beide jemals eine Chance hättet. Und sie schreibt, sie wüsste, du würdest ihn nicht mit der Kneifzange anfassen, obwohl du immer noch Gefühle für ihn hättest.«

Doch es ist ein anderer Satz, der meine Aufmerksamkeit auf sich zieht. Mir gefriert das Blut in den Adern, als ich ihn laut vorlese:

»Wenn Eliza und Angus füreinander bestimmt sind, müssen alle Sterne und Planeten in der richtigen Konstellation stehen, damit sie zusammenkommen.« Mein Gesicht verzerrt sich. »O Gott!«

»Nein, nein, nein!«, sagt Rose entsetzt. »So darfst du nicht denken! Ich zeige dir das nicht deswegen. Denk daran, Eliza!« Sie schüttelt mich leicht und versucht, mich wieder aufzurichten. »Du hast ihn zuerst gesehen! Du warst das! Ich habe es in deinem Tagebuch gelesen. Dein größter Fehler war es, nicht um ihn zu kämpfen. Keine von uns hat je mit Phoebe um etwas gekämpft! Das Glück war einfach immer auf ihrer Seite. So war sie, und wir alle haben sie dafür geliebt, aber sie stand auch wirklich gerne im Mittelpunkt. Du hast sie immer wie eine Löwin beschützt, doch wenn du ehrlich bist, weißt du, dass ihr Licht uns manchmal geblendet hat. Wir dürfen nicht vergessen, dass das jetzt *unser* Leben ist. Wir dürfen es nicht vergeuden. Du musst einen Schlussstrich ziehen. Dein Leben leben. Angus liebt dich, und du liebst ihn, und ich lasse es nicht zu, dass ihr beiden noch länger unglücklich seid. Das akzeptiere ich nicht.«

»Weiß er davon?«, bringe ich mühsam hervor.

»Nein, um Gottes willen«, erwidert sie. »Du hättest mal sehen sollen, wie er sich aufgeregt hat, als ich ihre Sachen gefunden habe. Wenn er erfährt, dass ich ihr Tagebuch gelesen habe, flippt er wahrscheinlich völlig aus.«

»Welche Sachen?«, frage ich verwirrt.

»Die im Kleiderschrank in seinem Zimmer.« Verlegen erzählt sie mir, wie Angus die Fassung verloren hat.

»Das muss schlimm gewesen sein«, sage ich.

»War es«, antwortet sie, und ihr Unbehagen scheint noch zu wachsen. »Du hattest recht, weißt du. Ich habe ihn nie richtig geliebt. Keinen Mann bisher. Das waren immer nur Schwärmereien. Auch bei Gerard, obwohl er eigentlich perfekt gewesen wäre. Abgesehen von seiner Nicht-Exfrau«, fügt sie hastig hinzu. »Ich weiß nicht, was für ein Problem ich habe. Ich würde gerne eine Familie gründen, aber vielleicht muss ich mich erst mal *selbst finden.*« Letzteres sagt sie in einem albernen Tonfall. »Ich glaube, es wird mir guttun, mal für eine Weile rauszukommen und mir darüber klarzuwerden, was ich wirklich mit meinem Leben anfangen will. Aber ich werde dich vermissen. Ehrlich.«

»Ich werde dich auch vermissen.« Und ich meine es so ernst, dass es weh tut.

Als ich das letzte Mal im Elvis & Joe's gespielt habe, war ich nervös. Diesmal habe ich solches Lampenfieber, dass ich fix und fertig bin. Joe hat mir erzählt, dass ein paar Leute von einem lokalen Indierock-Label seine Einladung angenommen haben und heute Abend vorbeischauen. Er will sie mir nach dem Gig vorstellen. Ich versuche, mir nicht zu viele Hoffnungen zu machen – ich muss cool bleiben –, aber es fällt mir schwer. Und außerdem bin ich natürlich auch unglaublich aufgeregt, weil ich Angus wiedersehe.

Es klopft an der Tür. Das muss Michelle sein, die mir mein Wasser bringt. Alkohol würde mich bestimmt etwas auflockern, aber ich trinke nie welchen vor einem Auftritt. »Komm rein«, rufe ich und lächle, als sie den Kopf durch die Tür steckt.

»Schau mal, wer gerade gekommen ist.« Sie öffnet die Tür weiter, und ich sehe Rose – und Angus.

Mein Herz schlägt einen Purzelbaum. Er sieht so toll aus in seinen alten Jeans und einem seiner ausgeblichenen Band-T-Shirts.

»Hi!« Ich stelle meine Gitarre hin und springe vom Barhocker. Erst will ich Rose begrüßen und dann Angus.

»Hey«, sagt er, umarmt mich verlegen und zieht sich wieder zurück. Ich bin enttäuscht, versuche aber, es mir nicht anmerken zu lassen, und nehme das Glas entgegen, das Michelle mir reicht.

»Prost.«

»Wir haben noch nichts«, antwortet Angus lächelnd und hält die Handflächen hoch. »Wir waren gerade auf dem Weg zur Bar.«

»Toby wartet«, erinnert ihn Rose. Die drei sind zusammen gekommen. »Ich schau mal nach ihm. Sehen wir uns hinterher?«, fragt sie mich.

»Na klar. Hoffentlich bin ich bis dahin ein bisschen entspannter.«

Michelle verschwindet mit Rose, so dass Angus und ich plötzlich allein sind.

»Wie geht es dir?«, fragt er, zieht sich einen Stuhl heran und setzt sich, die Ellbogen auf die Knie gestützt.

»Ich hab Lampenfieber«, gebe ich zu und hebe meine Gitarre wieder auf. Ich habe sie schon gestimmt, aber ich brauche etwas, hinter dem ich mich verstecken kann.

»Soll ich lieber gehen, damit du dich konzentrieren kannst?«, fragt er besorgt.

»Nein!«, rufe ich. »Nein, ich bin froh, dass du da bist.«

Er lächelt leicht, und ich habe den Drang, meine Gitarre wegzulegen, mich auf seinen Schoß zu setzen, ihm das Haar aus dem Gesicht zu streichen und ihn zu küssen.

»Du siehst wunderhübsch aus«, sagt er.

Ich blicke unsicher an mir hinunter. »Wirklich? Ich dachte, vielleicht hätte ich etwas Bunteres anziehen sollen.« Ich trage ein langärmeliges, bauchfreies schwarzes Flattertop mit Empirebund, dazu dunkelblaue Skinnyjeans und silberne Sandalen. Mein Haar habe ich zu einem Fischgrätenzopf geflochten.

»Schwarz steht dir. Und die Frisur auch. Ich mag das.«

Der Blick in seinen Augen bringt mein Herz zum Schmelzen. Ich lehne meine Gitarre an die Wand, beuge mich nach vorn und fahre mit der rechten Hand über seinen gebräunten Unterarm. Er nimmt meine Finger mit der anderen Hand, zieht mich zu sich, und dann bin ich dort, wo ich kurz zuvor hinwollte, rittlings auf seinen Schoß, und blicke genau in seine wunderschönen gesprenkelten Augen. Er legt mir die Hände auf die Hüften und zieht mich näher zu sich heran.

»Ich habe dich vermisst«, flüstert er.

»Ich habe dich auch vermisst«, flüstere ich zurück, streiche mit den Daumen seitlich über sein Gesicht und fahre ihm mit den Fingern durch sein wuscheliges dunkelblondes Haar. Er sieht mir direkt in die Augen.

Es klopft an der Tür.

»Herein«, rufe ich und unterdrücke einen Seufzer. Ich bin etwas erschrocken, als ich sehe, dass es Joe ist und nicht Michelle. Ich klettere von Angus' Schoß und richte mich auf, aber Joe wirkt lediglich amüsiert.

»Angus, stimmt's?«

Sie schütteln sich die Hände, und dann wendet Joe sich mir zu.

»Ich wollte nur hallo sagen. Brauchst du irgendetwas?«

Angus drückt mir die Schulter. »Ich lass dich dann mal allein.«

Bedauernd sehe ich ihm nach, aber es wird ohnehin Zeit, mich innerlich vorzubereiten.

Kapitel 38

Rose

»Ach, kannst du mir nicht doch einen Wodka-Cranberry bestellen?«, frage ich Toby im letzten Moment. Eigentlich wollte ich Wein trinken.

»Wird das jetzt wieder so chaotisch wie beim letzten Mal?«, fragt er, als die Bedienung gegangen ist, um unsere Drinks zu holen.

»Ich hoffe nicht«, erwidere ich ironisch.

»Schade«, sagt er und blickt über meine Stirn hinweg auf meinen Dutt, den ich heute deutlich lockerer gesteckt habe als sonst. »Ich mochte es, als du dein Haar offen getragen hast.«

Wie peinlich! »Hast du nicht geglaubt, ich wäre vollkommen verrückt geworden?«

»Warst du auch. Du warst lustig«, erwidert er amüsiert.

»O Gott, bin ich eine von denen, die nur lustig sind, wenn sie was getrunken haben?«, stöhne ich. »Die meiste Zeit bin ich die Langeweile in Person.«

Grinsend entgegnet er: »Nein, bist du nicht.«

Voller Wärme sieht er mich an, und die Sekunden ticken vorüber, als ich ihm in die Augen schaue. Ich ziehe die Augenbrauen hoch, als die Bedienung mit unseren Drinks wiederkommt.

Ausgerechnet in diesem Moment gesellt sich Angus zu uns, aber vielleicht ist es besser so, da der Blick in Tobys Augen mich aus der Fassung bringt.

Angus greift nach seinem Bierglas und trinkt es zu einem Drittel aus. »Ah, tut das gut!«

»Wie geht's Eliza?«, frage ich und bemühe mich um einen lockeren Tonfall, obwohl mir absolut nicht danach zumute ist.

»Der geht's gut.« Er entdeckt ein paar Bekannte. »Hey, Stewart!« Ruft er. »Evan!«

»Sollen wir näher an die Bühne rangehen?«, frage ich Toby. Ich bin ein bisschen hibbelig.

»Können wir machen«, sagt er, aber dann kommt Angus mit seinen Arbeitskollegen zurück: Stewart, dessen Vater die Bar gehört, und Evan, der aussieht, als käme er gerade aus dem Urlaub, so braungebrannt ist er. Ich erfahre, dass er für den Reiseteil der Zeitung arbeitet.

Nachdem wir uns eine Weile unterhalten haben, gehen wir alle zusammen in Richtung Bühne. Als Eliza erscheint, wird das Stimmengewirr rings um die Theke leiser. Sie klingt cool, ruhig und gefasst, als sie sich über das Mikrophon ankündigt, und ich bin von Stolz erfüllt, als sie die ersten Akkorde anschlägt. Dann fängt sie an zu singen. Sie hat eine wunderschöne Stimme, gefühlvoll und ausdrucksstark, und ihre Texte sind klug und außergewöhnlich. Man hört hier und da leises Kichern, als sie zu einer Pointe kommt, und sie belohnt ihr Publikum mit einem schelmischen Grinsen.

Ich werfe einen Blick hinüber zu Angus. Er starrt hoch zu Eliza, und seine Miene drückt seine innersten Gefühle aus. Ich denke zurück an die Zeit, als wir Anfang zwanzig waren und Phoebe und Angus nach ihrer anderthalbjährigen Pause wieder zusammengekommen waren. Ich hatte Phoebe an der Universität besucht, und Angus war da. Sie nahm an einem Kletterwettbewerb teil, und er stand am Fuß des Felsens und beobachtete sie. Er war so stolz, als sie gewann! So voller

Liebe. Und genau diese Emotionen spiegeln sich auch jetzt auf seinem Gesicht wider.

Er hat Phoebe geliebt. Und er liebt Eliza. Es muss möglich sein, zwei Menschen gleichzeitig zu lieben; der Beweis steht hier vor mir.

Toby stupst mich an, und ich bin froh über die Ablenkung, denn ich kann die Tränen kaum mehr zurückhalten. »Sie ist gut«, sagt er beeindruckt.

»Ja.« Ich nicke, immer noch bemüht, die Fassung zu bewahren. »Das ist sie.«

Es ist nicht zu spät für uns. Manchmal war es so, als wären Eliza und ich die schlimmsten Feindinnen, aber dann konnten wir wieder beste Freundinnen sein. Wenn es uns nur gelingen würde, die andere nicht länger als selbstverständlich hinzunehmen!

Ich bin ziemlich beschwipst, als Eliza später zu uns kommt, und sie scheint sich zu freuen, als ich ihr den Arm um den Hals lege.

»Ich sage das nicht, weil ich betrunken bin«, verkünde ich und hänge mich an sie. »Aber ich bin sehr, sehr stolz auf dich.«

»Oh, danke, Rose«, antwortet sie. Sie ist stocknüchtern.

»Im Ernst!«, rufe ich aus. »Und Angus ist auch stolz auf dich. Du hättest sein Gesicht sehen sollen, als er dir zugehört hat. Er liebt dich wirklich.«

Sie starrt mich an, plötzlich ganz ernst.

»Ihr seid mir zwei«, unterbricht uns Joe. Dann fragt er mich: »Und du kannst wirklich nicht singen?«

Kichernd schüttle ich den Kopf.

»Ich würde dich jetzt gerne meinen Bekannten vorstellen. Bist du bereit?«, fragt er Eliza.

Sie sieht nervös aus, als sie gehen. Angus kommt zu mir.

»Und, wie findest du Evan?«, fragt er.

»Was?« Mit gerunzelter Stirn blicke ich an Angus vorbei zu seinem Kollegen. »Tja, er scheint ganz okay zu sein.«

»Du schäumst ja nicht gerade über vor Begeisterung«, scherzt er grinsend.

»Ich fahre in ein paar Tagen. Es hat keinen Sinn.«

»Und was ist mit«, er ahmt meine Stimme nach: *»Ehrlich gesagt, Gus, würde mir eine kleine Affäre auch schon reichen?«*

Ich schlage ihm auf den Bauch, und lachend krümmt er sich zusammen.

»Was war das denn?«, fragt Toby, als ich die Augen verdrehe.

»Angus versucht, mich zu verkuppeln.«

»Mit wem?«

»Mit Evan.« Pause. »Kein Interesse.« Als ich aufblicke, sehe ich, dass Toby mich mustert. Er ist ziemlich selbstbewusst, mich so anzuschauen, denke ich. Dadurch wirkt er älter.

Kurze Zeit später kommt Eliza zurück und versucht, uns einzuholen, indem sie ein paar Kurze an der Bar trinkt. Sie und Angus gehen so entspannt miteinander um. Für mich ist es sehr merkwürdig, sie jetzt tatsächlich in einer Beziehung zu erleben. Ich habe das Gefühl, meine Perspektive zurechtrücken zu müssen. Sie lachen viel und berühren sich oft – so ganz wohl fühle ich mich dabei nicht, aber bestimmt werde ich mich daran gewöhnen. Muss ich wohl. Nein, ich will es auch.

»Ich würde gern tanzen gehen«, verkünde ich, kurz bevor die Bar schließt.

»Willst du noch in einen Club?«, fragt Toby. »Jase und ich

sind letzten Samstag in einem Laden gewesen, der ziemlich cool war.«

Sein Freund aus London war letztes Wochenende zu Besuch.

»Klar! Lass uns die anderen fragen, ob sie mitwollen.«

»Wirklich?«, fragt Eliza erstaunt, als ich den Vorschlag mache.

»Warum nicht?«, erwidere ich.

Sie dreht sich zu Toby um und stößt ihn gegen die Brust. »Was hast du mit meiner Schwester gemacht?«

Er verdreht die Augen, aber er lächelt.

»Kommt ihr nun mit oder nicht?«, will ich wissen.

Eliza wirft Angus einen Blick zu. Er sieht sie vielsagend an, und sie dreht sich wieder zu mir um.

»Nein, wir kommen nicht mit«, sagt sie.

»Wirklich nicht?« Dann dämmert es mir. »Ach so. Ihr wollt früh ins Bett, stimmt's?«

Sie tritt von einem Fuß auf den anderen. »Kann sein.«

In diesem Fall sehe ich sie womöglich morgen früh. Ich weiß noch nicht, wie es mir damit gehen wird, aber im Moment bin ich zu betrunken, um mir etwas daraus zu machen.

Der Club ist voll mit jungen Leuten, und ich fühle mich unsicher, während ich darauf warte, dass Toby von der Bar zurückkommt. Ich habe eine leere Sitzecke entdeckt und bin sofort darauf zugesteuert, was er offenbar lustig findet. Ich beobachte ihn von hier aus. Er wirkt so selbstsicher, so cool. Er passt genau zu dem Publikum hier. Seine zerrissenen Jeans hängen ihm tief auf den schmalen Hüften, gehalten von einem dicken schwarzen Gürtel. Er trägt ein schwarzes T-Shirt, das in der Wäsche eingegangen sein muss, so, wie es sich an den

Seiten hochzieht. Seine Taille wird ein Stück weit entblößt, als er sich schräg gegen die Theke lehnt.

Er ist wirklich sexy.

Die Mädchen zu seiner Rechten scheinen das auch zu finden. Ich beobachte, wie eine von ihnen, die wunderhübsch ist mit ihren langen schwarzen Haaren, sich umdreht und etwas zu ihm sagt. Er antwortet lächelnd, dann ist er an der Reihe.

Auch das Mädchen an der Theke ist jung und sexy, und sie starrt ihn lächelnd an, während sie seine Bestellung entgegennimmt.

Was mache ich hier?, denke ich plötzlich. Ich gehöre nicht hierher. Ich sollte im Bett liegen.

Doch dann fällt mir ein, dass Eliza jetzt wahrscheinlich mit Angus in unserer Wohnung ist, und darauf habe ich jetzt auch keine Lust.

Dann kehrt Toby zu unserem Tisch zurück.

»Ich habe das Gefühl, dass ich für dich ein Klotz am Bein bin«, sage ich, als er neben mich rutscht. Die Wirkung des Alkohols muss nachgelassen haben, denn ich kann mir inzwischen nicht mehr vorstellen, mich unter die schwitzende Menge auf der Tanzfläche zu mischen.

»Was redest du denn da?«, fragt er verblüfft.

»Diese Mädchen an der Theke. Du hättest dir eine aussuchen können. Stattdessen leistest du mir alter Schachtel Gesellschaft.«

»Mein Gott nochmal«, stöhnt er, die Augen ungläubig geweitet. »Rose«, sagt er laut und dreht sich zu mir um, so dass er mir direkt ins Gesicht sieht. »Hör auf mit dem Scheiß!«

»Sorry, aber ich bin fast ein Jahrzehnt älter als du!«

»Bist du nicht«, erwidert er ironisch. »Du bist nur sechs Jahre älter – das ist nur knapp über ein halbes Jahrzehnt.«

»Ich bin achtundzwanzig, und du bist einundzwanzig. Das macht sieben Jahre.«

»Demnächst werde ich zweiundzwanzig. Ich runde ab.«

»Ist sowieso egal. Du hast recht. Ich sollte mir nicht zu viele Gedanken darüber machen.«

»Aber warum machst du dir denn überhaupt Gedanken?«, fragt er mich unverblümt.

»Keine Ahnung.« Ich zucke mit den Achseln und versuche, das Thema zu wechseln. »Also, raus mit der Sprache. Hast du jemanden abgeschleppt, als du letztes Wochenende hier warst?« Ich bemühe mich, lässiger zu klingen, als ich mich fühle, aber wenn ich ehrlich bin, hat mich die Frage schon die ganze Woche über gequält.

Er schüttelt den Kopf. »Nein.«

Ich greife nach meinem Drink und nehme einen großen Schluck, in dem Versuch, mein Level von eben wieder zu erreichen. Ich denke zu viel nach, und seine Nähe macht mich seltsamerweise nervös.

»Waren deine bisherigen Freunde immer im selben Alter wie du?«, fragt er.

Ich spüre, dass wir uns auf gefährliches Terrain begeben, aber ich antworte trotzdem.

»Nein«, sage ich. »Mein letzter Freund war acht Jahre älter als ich. Und er war ein Fehlgriff.«

»Weil er älter war?«

»Nein, weil er ein Arsch war.« Ich trinke noch einen Schluck von meinem Wodka. »Und du?«

»Alle meine Freundinnen bis auf eine waren älter als ich.«

»Wirklich?« Meine Stimme klingt quietschig. »Wie viel älter?«

Er zuckt mit den Schultern. »Als ich elf war, war meine erste Freundin zwölf. Als ich fünfzehn war, hatte ich eine zwei

Jahre ältere Freundin und mit siebzehn eine, die drei Jahre älter war als ich.«

»Wow.«

»Und mit einundzwanzig hatte ich eine Freundin, die sechs Jahre und ein bisschen älter war«, sagt er grinsend, trinkt einen Schluck Bier und sieht mich aus den Augenwinkeln an.

Moment mal. »Was?«, stoße ich hervor und verdrehe dann die Augen, als ich kapiere, dass er mich aufzieht.

»Komm, trink aus, und dann lass uns tanzen gehen.« Er deutet mit einem Nicken auf meinen Wodka-Cranberry.

Scheiß drauf. Ich kippe ihn runter und knalle mein Glas auf den Tisch. Er rutscht aus der Sitzecke und geht mir voraus.

Der Drink ist mir sofort zu Kopf gestiegen, aber trotzdem bekomme ich immer noch mit, wie die Frauen auf Toby reagieren, als er sich durch die Menge drängt. Falls er es auch bemerkt, lässt er sich nichts anmerken.

Glücklicherweise kommt ein Song, den ich erkenne, als wir uns der Tanzfläche nähern, und es dauert nicht lange, bis ich meine Hemmungen über Bord werfe und Spaß habe. Dabei hilft es, dass Toby ein toller Tänzer ist. Nach ungefähr einer halben Stunde legt er die Hand auf meine Hüfte. Es fühlt sich an, als würde meine Haut unter seiner Berührung brennen.

»Noch was zu trinken?«, fragt er in mein Ohr und löst sich von mir, um mir in die Augen zu sehen.

Ich nicke, fühle mich plötzlich fiebrig, heiß und schwitzig.

»Bin gleich wieder da.«

Er geht an die Bar und lässt mich auf der Tanzfläche alleine. Seltsamerweise macht es mir nichts aus. Ich habe achtundzwanzig Jahre dazu gebraucht, aber ich scheine endlich meine Scheu überwunden zu haben.

Verdammter Mist, denke ich weniger als eine Minute später, als ein paar besoffene Typen auf mich aufmerksam werden. Einer von ihnen torkelt genau auf mich zu, aber ich tanze von ihm weg, bevor er mich erreicht hat. Das entmutigt ihn leider nicht, und ich fühle mich unbehaglich, als sie näher kommen. So geht das eine Weile – sie umkreisen mich, ich versuche, ihnen zu entgehen –, als ich, zu meiner immensen Erleichterung, Toby kommen sehe. Er hält keine Gläser in der Hand und sieht genervt aus, und dann liegen plötzlich zwei heiße, verschwitzte Hände auf meinen Hüften, und einer der Typen kreist mit seinem Schritt an meinem Hintern. Ekelhaft!

»Hey!«, ruft Toby und reißt mich aus dem schwitzigen Griff. Er stößt den betrunkenen Grapscher fest gegen die Brust. »Lasst sie in Ruhe!«, ruft er und dreht sich zu mir um. »Alles gut bei dir? Ich habe sie von der Theke aus beobachtet.«

O Gott, er ist wunderbar! Mein Blick fällt genau auf seine Lippen. Unwillkürlich nähere ich mich ihm und sehe, wie sich seine Augen ein klein wenig weiten. Ich lege meine Hand auf seine schönen schlanken Hüften und fahre mit dem Daumen über die nackte Haut unter seinem T-Shirt. Ich spüre, wie er den Bauch einzieht, als er einatmet, und dann umfasst er mit den Händen mein Gesicht und küsst mich.

Ich fühle mich zittrig, als seine Zunge meine Lippen teilt, bin aber machtlos, ich kann unseren Kuss nicht unterbrechen. Lustvolle Schauer durchlaufen mich, als er mich näher an sich zieht und meine Brust gegen seine presst. Es läuft mir kalt den Rücken runter, und meine Beine fühlen sich wacklig an. Dann löst er sich.

Nein, nein, was macht er denn? Das war der schönste Kuss meines Lebens, und ich will nicht, dass er endet, aber er nimmt meine Hand und zieht mich von der Tanzfläche. Einen Moment darauf stehen wir in der Dunkelheit gegen eine Wand gelehnt und küssen uns wieder.

Mir dreht sich der Kopf, als ich meine Hände um seine Taille lege. Er küsst mich auf die Wange, und ich schnappe nach Luft, als er an meinem Ohrläppchen knabbert. Ich bin ganz atemlos und hibbelig und stehe ein bisschen neben mir, wenn ich ehrlich bin. Ich habe zu viel getrunken, und das, was passiert, bringt mich ganz durcheinander. Ich knutsche mit einem Einundzwanzigjährigen, und mein Kopf sagt mir, dass das falsch ist, ganz im Gegensatz zu dem, was der Rest meines Körpers meint.

Es kostet mich enorme Willenskraft, ihm die Hand auf den Bauch zu legen und ihn von mir wegzudrücken.

»Das dürfen wir nicht«, murmele ich, und mein Herz krampft sich zusammen. »Ich bin zu alt für dich.«

Sein Gesichtsausdruck wird ein wenig sanfter. »Nein, das bist du nicht.« Er versucht, mich wieder an sich zu ziehen, aber ich halte immer noch die Hand hoch.

»Bitte«, flehe ich ihn an und versuche mit aller Macht, stark und erwachsen zu sein. »Ich fahre am Sonntag.«

Seine Hände liegen wieder auf meinen Hüften. »Du machst dir etwas vor.«

»Dann ist es eben so. Ich habe meine Gründe.«

»Ich will nicht, dass du wegfährst«, sagt er erstickt und fährt mit den Händen unter mein Top. »Geh nicht.« Ich zucke zusammen, als er am Rand meines Hosenbunds entlangfährt.

»Ich muss aber.« Ich zwinge mich, einen Schritt zurückzutreten. »Es ist wichtig, dass ich das allein durchziehe. Ein ganzes Leben lang habe ich mich um andere gekümmert. Jetzt bin ich an der Reihe.«

Er lehnt an der Wand und verschränkt die Arme. Wir stehen jetzt dreißig Zentimeter voneinander entfernt, immer noch zu nahe, aber ich will nicht noch weiter vor ihm zurückweichen.

»Verstehe«, sagt er. »Aber du musst wissen, dass da etwas ist.« Er deutet auf uns beide. »Du bist mir wichtig. Sehr wichtig.«

»Vertrau mir«, erwidere ich und versuche, mich zusammenzureißen. »In zehn Jahren wirst du zurückblicken und verstehen, dass ich recht hatte. Du wirst in den nächsten Jahren so viel Lebenserfahrung sammeln. Wir stehen auf verschiedenen Stufen. Du bist Anfang zwanzig, und ich gehe schon auf die dreißig zu. Ich sollte eine Familie gründen und mich nicht wie ein Teenager verhalten.«

»Meine Eltern haben sich mit achtzehn kennengelernt, und sie sind immer noch zusammen«, erwidert er eisern. »Trotz allem lieben sie sich. Mein Vater arbeitet sich die Finger wund, nur für uns. Er würde alles für Mum und mich tun.«

Die Leidenschaft in seinen Augen raubt mir den Atem, aber ich bleibe standhaft.

»Ich kann das nicht tun, Toby«, sage ich tonlos und schüttle den Kopf. »Es fühlt sich nicht richtig an.«

Niedergeschlagen sieht er mich an. »Wenn sich das nicht richtig anfühlt, dann kann ich mir nicht vorstellen, was sich je richtig anfühlen soll.«

Kapitel 39

Eliza

»Bist du sicher, dass du das willst?« Angus bleibt stehen, den Schlüssel im Schloss.

»Für die Frage ist es jetzt wirklich ein bisschen spät«, antworte ich gespielt schnippisch. »Wir sind jetzt ganz bis raus nach Sale gefahren. Glaubst du etwa, ich schlafe jetzt bei meiner Mutter auf dem Fußboden?«

Er lächelt, öffnet die Tür und schaltet das Licht ein, während er mich hineinführt.

Wir sind beide nicht betrunken, aber auch nicht ganz nüchtern, obwohl wir das für das nächste Mal, wenn wir ins Bett gehen wollten, vereinbart hatten. Doch das scheint jetzt egal zu sein. Ich hoffe wirklich, dass Rose nicht so bald nach Hause kommt.

»Hat Rose dir erzählt, dass ich heute schon mal hier gewesen bin?«, frage ich.

»Ach, wirklich?« Er wirkt etwas verblüfft.

Ich denke daran, dass Rose befürchtet hat, er würde sauer werden, wenn er herausfindet, dass sie Phoebes Tagebuch liest. Ich will sie nicht in die Pfanne hauen. »Ja, ich war gerade in der Nähe, auf der Suche nach einer Wohnung.« Ich schaue mich um. »Ist wirklich gemütlich hier.«

»Danke. Möchtest du was zu trinken?«, fragt er mit gerunzelter Stirn.

»Bring mich einfach in dein Zimmer, Angus.«

Amüsiert nickt er und fährt mit den Fingern langsam meinen Arm hinunter, als er sich dicht neben mich stellt. Er blickt mir in die Augen, und das Herz schlägt mir bis zum Hals, als ich zu ihm aufblicke. Dann schließen sich seine Finger um meine Hand, und er bringt mich in sein Zimmer. Er macht die Tür hinter mir zu, schließt ab, und dann legt er die Hände auf meinen Po und hebt mich hoch. Ich schlinge die Beine um seine Taille, und er presst meinen Rücken gegen die Tür und küsst mich.

Ich bin froh, dass er mich hält, denn mein ganzer Körper wird bei seinen Küssen zu Gelee. Als er mich zum Bett trägt, stelle ich fest, dass es immer noch ungemacht ist, aber dann denke ich an nichts mehr außer seinen Lippen auf meinem nackten Bauch und seiner Zunge, die die empfindliche Haut rund um meinen Nabel umkreist.

»Ich mag dieses Top«, murmelt er. »Schon den ganzen Abend über wollte ich dich da küssen.«

Ich erschauere vor Sehnsucht und greife nach seinem T-Shirt. Er richtet sich auf, streift es sich über den Kopf und entblößt seine definierte, honigfarbene Brust.

Er zieht mir das Top über den Kopf, hakt meinen BH auf und fährt mit den Fingern über die Kurven meines Körpers. Ich greife hektisch nach den Knöpfen an seiner Jeans, aber ich bin zu ungeschickt, und er muss übernehmen.

Ich will ihn auf mir. Ich will das Gewicht seines Körpers fühlen, das sich in meinen hineindrückt. Ich will mich von ihm verzehrt fühlen, deswegen ziehe ich ihn hinunter und keuche auf, als sich unsere Haut berührt. Wir küssen uns leidenschaftlich, und eine Minute später reißen wir uns den Rest unserer Kleidung vom Leib, und er nimmt mich ganz.

Danach liegen wir in der Dunkelheit, Seite an Seite, und sehen uns in die Augen.

»Wir wollten eigentlich nüchtern sein«, erinnere ich ihn.

»Was machst du morgen Abend?«, lautet seine Antwort, begleitet von einem frechen Grinsen.

»Arbeiten«, erwidere ich lächelnd.

»Mach frei«, drängt er.

»Kann ich nicht. Das ist der hektischste Abend der Woche.«

»Und am Sonntag?«, fragt er. »Wir könnten uns zu einem richtigen Date treffen.«

»Wirklich?«

»Ja.« Er küsst mich sanft. »Wie ist es deinem Gefühl nach heute Abend gelaufen?«

Ich ziehe die Mundwinkel runter. »Ganz okay, glaube ich.«

Er stützt sich auf einem Ellbogen ab und sieht mich ernst an. »Erzähl.«

»Joe hat mich zwei Männern von Red Vox Records vorgestellt«, erwidere ich matt.

»Und?«, hakt er nach.

»Der wichtige Typ ist leider gleich danach abgehauen, aber sein Stellvertreter ist geblieben und hat sich eine Weile mit mir unterhalten.«

Ich versuche mich immer noch, mit dem abzufinden, was er mir gesagt hat. Der Mann, Sean Nottingham, erinnerte mich an Dad, ziemlich väterlich, und sein Ratschlag war freundlich, aber ehrlich.

Angus sieht besorgt aus, als er die Hand ausstreckt und mich über den ganzen Arm streichelt, von der Schulter bis zum Handgelenk.

»Schon okay«, sage ich. »Mir geht's gut.«

Tief im Herzen habe ich es bereits gewusst. Die Musikindustrie ist ein hartes Geschäft, und die Firmen nehmen nur hübsche junge Dinger unter Vertrag. Sonst kommt niemand rein. Aber Sean hat mich gefragt, ob ich mir schon mal überlegt hätte, hinter den Kulissen zu arbeiten. Er sagte, sein Boss, der Chef des Labels, der schon gegangen war, brauche eine neue persönliche Assistentin. Sie hätten die Stelle noch nicht ausgeschrieben, und er meinte, den Stress könnten sie sich auch sparen. Es wäre ein Anfang, ich wäre Mädchen für alles. Ich würde unten anfangen und mich dann hoffentlich hocharbeiten.

»Und, was hältst du davon?«, fragt Angus zögernd, nachdem ich ihm davon erzählt habe.

»Ich liebe dich dafür, dass du immer an mich geglaubt hast.«

Er neigt sich nach vorn und drückt mir einen zärtlichen Kuss auf die Lippen. Als er zurückweicht, habe ich Tränen in den Augen. »Aber ich glaube auch, dass es Zeit wird, etwas anderes auszuprobieren.«

»Du musst deine Musik ja nicht aufgeben«, sagt er ernst.

»Ich weiß. Ich würde immer noch gerne Auftritte machen, aber mein Gott ...« Ich schüttle den Kopf, als mir klarwird, was für eine Chance Seans Angebot für mich bedeutet. »Es wäre schon ziemlich cool, wenn ich aufhören könnte zu kellnern und stattdessen bei einem Musiklabel arbeiten würde.«

Er nickt beeindruckt. »Kann man wohl sagen.«

»Sean hat erzählt, es gäbe auch Vergünstigungen. Ich käme umsonst auf Konzerte und könnte manchmal bei Aufnahmen im Studio dabei sein.«

»Klingt, als wäre das ganz nach deinem Geschmack.«

»Stimmt.« Ich lächle ihn an, und etwas verspätet sprudelt die Aufregung in mir hoch.

Dad hat immer gesagt, wir müssten herausfinden, wofür

wir uns im Leben leidenschaftlich begeistern können, und dann einen Weg finden, es zu verwirklichen. Wenn wir das täten, was wir liebten, würden wir auf Gleichgesinnte stoßen. Das ist also meine Chance, Leute in der Musikindustrie kennenzulernen, und wer weiß, was die Zukunft bringt? Vielleicht kann ich eines Tages Songs für die nächste Nummer eins schreiben oder als Backgroundsängerin für einen anderen Künstler arbeiten. Ich bin nicht scharf darauf, im Vordergrund zu stehen – ich will nur über die Runden kommen, indem ich tue, was mir wirklich Spaß macht.

Je länger ich darüber nachdenke, desto mehr bin ich mit mir im Reinen.

Angus küsst mich wieder. »Ich bin so stolz auf dich«, murmelt er. »Und dein Dad wäre es auch.«

»Danke dir«, flüstere ich, und meine Nase kribbelt.

Das Geräusch eines Schlüssels im Schloss lässt mich aufhorchen.

»Das ist nur Rose«, flüstert er.

»Ich hoffe, es stört sie nicht, wenn ich morgen früh da bin«, flüstere ich zurück, ganz nervös, als ich höre, wie sie in ihr Zimmer geht und die Tür hinter sich schließt.

»Sie wird sich damit abfinden müssen.« Er küsst meine Nasenspitze. »Alle werden sich damit abfinden müssen. Ich will nicht mehr getrennt von dir sein. Von jetzt an sind wir zusammen.«

Kapitel 40

Rose

Am nächsten Morgen habe ich das Gefühl, dass meine Kopfschmerzen mein kleinstes Problem sind. Ich liege eine Weile lang im Bett und lasse die Ereignisse des vergangenen Abends Revue passieren. Ich kann nicht glauben, dass ich Toby geküsst habe. Was ist nur in mich gefahren?

Irgendwann stehe ich auf, gehe in die Küche und fülle den Wasserkocher. Ich trinke gerade ein Glas Wasser und nehme zwei Kopfschmerztabletten, als Angus reinkommt.

»Kochst du Kaffee?«, fragt er und pflanzt sich schläfrig auf einen Barhocker an der Kücheninsel. Er trägt tiefsitzende Pyjamahosen und sonst nichts, aber das interessiert mich nicht.

»Ja, willst du einen?«

»Gern«, sagt er und wirkt plötzlich verlegen.

»Soll ich zwei oder drei Tassen machen?«, frage ich spitz.

»Drei bitte«, erwidert er grinsend.

»Alles klar.« Es klingt ein bisschen ätzend, und als ich mich umdrehe, um die Tassen zu holen, höre ich ihn seufzen.

»Rosie, bitte ...«

»Alles okay«, unterbreche ich ihn und werfe ihm einen kurzen Blick zu. »Ich mache ihr nicht das Leben schwer, das verspreche ich.«

Er lässt die Schultern erleichtert sinken. »Uff. Danke dir.«

»Ist es okay, wenn ich reinkomme?«, ruft meine Schwester

aus dem Flur. Sie ist offenbar nackt, außer einem T-Shirt von Angus.

»Na klar, ich brauche keinen großen Bruder, der mich vorwarnt«, erwidere ich trocken.

Grinsend schlendert sie herein und schwingt sich auf einen Hocker neben Angus. Sie lächeln sich vertraut zu.

Es ist unheimlich, sie so zusammen zu sehen. Vielleicht ist es in gewisser Weise gut, dass sie ein Paar geworden sind, bevor ich weggehe. Schlimmer wäre es gewesen, wenn sie mich bei meiner Rückkehr damit überrascht hätten.

»So«, beginnt Eliza und lässt eine bedeutungsvolle Pause eintreten, bevor sie fortfährt. »Wie war's denn mit Toby gestern Abend?« Vielsagend zieht sie eine Augenbraue hoch, und als Reaktion werde ich knallrot. »Rose!«, ruft sie tadelnd und grinst breit.

»Was denn? Nein!« Ich würde ihr gern sagen, dass sie einen ganz falschen Eindruck hat. Aber wie kommt sie überhaupt auf die Idee, so eine Frage über Toby zu stellen? »Wir sind nur Freunde!«, betone ich.

»Da ist aber nichts Platonisches an der Art, wie ihr zwei euch anschaut«, erwidert sie. »Erzähl mir, was passiert ist!«, drängelt sie, und es ist klar, dass sie keinerlei Ausflüchte akzeptieren wird. »Hast du ihn geküsst?«

Stöhnend verberge ich mein Gesicht. »Du hast ihn geküsst!«, ruft Eliza. Ich streite es nicht ab.

»Moment, du hast Toby geküsst?«, wirft Angus verwirrt ein.

»Hat sie!«, bestätigt Eliza fröhlich.

Angus starrt mich an. *»Nein!«*

»Was ist denn so schlimm daran?«, erwidert Eliza auf seine entsetzte Reaktion hin.

»Er ist praktisch noch ein Teenager!«, ruft Angus aus.

»Er ist einundzwanzig, fast zweiundzwanzig«, verbessere ich ihn unwillkürlich. Angus wirkt immer noch schockiert. »Ich weiß, ich weiß.« Ich presse die Hände gegen meine glühenden Wangen. »Ihr müsst es mir nicht sagen. Ich weiß, dass ich einen Fehler gemacht habe.«

Eliza stupst Angus gegen den Arm. »Husch ins Körbchen, großer Bruder. Das ist Schwesternangelegenheit.«

Verstimmt rutscht Angus auf seinem Hocker zurück.

»Warum war das ein Fehler?«, fragt Eliza. »Er ist erwachsen. Du bist erwachsen. Und er ist unfassbar sexy.«

»Hey!«, ruft Angus empört dazwischen.

»Außerdem mag er dich wirklich sehr«, fährt Eliza fort, ohne auf Angus zu achten. »Und du ihn genauso, das merke ich doch«, fährt sie fort, als ich sie anstarre. »Du wärst ganz schön blöd, wenn du dir einen heißen Typen wie ihn entgehen lässt. Der bleibt nicht lange allein.«

Ich reiße mich zusammen. »Bestimmt nicht, da hast du recht. Und ich werde mich damit abfinden müssen.« Ich versuche, so reif und erwachsen zu klingen, wie ich es sein sollte. »Ich möchte heiraten und Kinder kriegen. Ich will das, was meine Freundinnen haben und was ihr zwei sicher auch bald haben werdet.«

Beide rutschen gleichzeitig nervös auf ihren Barhockern herum, aber keiner von ihnen dementiert.

»Du suchst immer noch deinen Ritter auf dem weißen Pferd«, behauptet Eliza nüchtern.

»Stimmt«, bestätige ich mit entschlossenem Nicken.

»Aber«, sagt sie, »denk daran, dass er nicht unbedingt in der Gestalt erscheint, die du erwartest.«

Auf der Heimfahrt im Taxi gestern Abend herrschte eine unerträgliche Spannung zwischen Toby und mir. Ich wollte nicht über das reden, was passiert war, also saß Toby einfach nur auf der anderen Wagenseite und starrte humorlos aus dem Fenster. Erst als wir bei mir zu Hause ankamen, sah er mir in die Augen.

»Komm morgen noch mal vorbei und sag auf Wiedersehen«, bat er.

Ich nickte und stieg aus.

»Rose«, rief er mir hinterher, so dass ich mich noch einmal umdrehte und zurückschaute. »Ich meine das ernst«, sagte er. »Fahr nicht, ohne vorher auf Wiedersehen zu sagen.«

»Mach ich nicht«, schwor ich. Er schien sich ein wenig zu entspannen.

Im Nachhinein bereue ich, so ein Versprechen gegeben zu haben.

Bestimmt wäre es besser für uns beide, wenn wir einen sauberen Schlussstrich ziehen. Aber nein, ich will wirklich, dass wir Freunde bleiben, und außerdem wollte ich ihm noch etwas geben.

Toby steht mit Vanessa hinter der Theke, als ich ins Jennifer's komme. Er sieht mich nur kurz an, nickt dann in Richtung Backstube und hält mir die Tür auf, um mich durchzulassen. Draußen im Hof stelle ich fest, dass die Fenster zum Cafébereich geschlossen sind und die Milchglasfolie noch daran klebt.

»Ich hoffe, ihr zieht die Folie ab oder öffnet die Fenster, wenn ich nicht mehr da bin«, bemerke ich. »Sonst habe ich mir all die Mühe umsonst gemacht.«

Er lächelt, obwohl ihm ganz offensichtlich nicht danach ist. »Entschuldige, ich hab's einfach noch nicht geschafft, aber ich mache es, das verspreche ich dir. Dad überlegt, eins der Fenster zu einer Tür zu erweitern, so dass die Gäste auch hier draußen ihren Kaffee trinken können. Es gefällt ihm sehr, wie du den Hof gestaltet hast.«

»Gute Idee von ihm«, erwidere ich begeistert. »Wie geht's deinem Kopf?«, frage ich und ziehe mir einen Stuhl heran.

»Dem Kopf geht's gut. Das Herz ist das Problem«, entgegnet er und setzt sich mir gegenüber.

Wie üblich glüht mein Gesicht auf wie ein Heizkörper, aber er wirkt bemerkenswert cool, als er meinen Blick erwidert.

»Ich hab dir etwas mitgebracht.« Ich versuche, mich zusammenzunehmen, als ich den Blumentopf auf den niedrigen Tisch stelle.

Ich habe einen der Rosenableger umgetopft, den ich von zu Hause mitgenommen habe, und ihn mit einer Plastiktüte abgedeckt, um ein Treibhausklima zu schaffen. Die anderen beiden Reiser werde ich Mum und Eliza geben. Sie fangen gerade an, Wurzeln zu treiben. Ich nehme jetzt die Folie ab, um Toby den Trieb zu zeigen, und klopfe die Erde ringsum glatt, während ich erkläre, wo er herkommt.

»Es ist eine Kletterrose. Wenn ich zurückkomme, pflanze ich sie für euch ein. Sie blüht orange und passt deshalb gut zu den Montbretien und den Sonnenröschen.«

Traurig sieht Toby mich an. Ich streiche eine lose Strähne hinters Ohr.

»Du musst ihn jeden Tag mit Wasser besprühen ...«

Ich beende meinen Satz nicht, weil er die Hand ausstreckt und mit dem Daumen über meine Wangen streicht.

»Erde«, erklärt er, reibt sie sich von den Händen und sieht mir wieder in die Augen. »Das erinnert mich irgendwie an meine Mutter, wenn sie zu Hause in der Küche gebacken hat. Sie hatte immer Mehl im Gesicht. Bei dir ist es Erde.«

Traurig lächelnd schüttle ich den Kopf. »Ich würde keine gute Bäckerin abgeben, oder?«

»Nein, aber eine umso bessere Gärtnerin«, entgegnet er.

In dem Moment trifft mich ein Geistesblitz. Mit offenem Mund starre ich ihn an.

»Was ist?«, fragt er.

»Ich glaube, mir ist gerade klargeworden, was ich mit meinem Leben anfangen will«, erkläre ich.

Fragend sieht er mich an.

»Ich will nicht wieder als Krankenschwester arbeiten, und nicht nur deshalb, weil es mich zu sehr belastet. Im Grunde wollte ich das nie wirklich machen. Es ist nicht das, was ich liebe, nicht meine wahre Leidenschaft.« Ich blicke mich um und lache leise. »Das hier ist es.« Tränen brennen mir in den Augen, und ich fühle mich merkwürdig aufgewühlt. »Ich liebe Gartenarbeit.«

Meine Bestimmung ist es, im Garten zu arbeiten, egal ob bei Wind, Regen oder Sonnenschein. Das Gärtnern war auch Mums Hobby – ihre Leidenschaft. Krankenpflege war ihr Job. Sie hatte ihre Berufung nicht gefunden, genau wie ich. Aber für mich ist es noch nicht zu spät.

Plötzlich lache ich erregt auf.

»Heißt das, dass du nicht wegfährst?«, fragt Toby, immer noch etwas nachdenklich, aber in erster Linie hoffnungsvoll.

Ich werde ernst. »Nein. Ich fahre. Ich muss.«

Ich möchte in Phoebes Fußstapfen treten, aber es geht mir nicht nur darum, zu tun, was Phoebe getan hat, und zu sehen, was Phoebe gesehen hat. Es geht darum, meinen Frieden zu machen. Danach kann ich meinen eigenen Weg gehen und mir die Welt ansehen.

»Wie lange bleibst du weg?«, fragt Toby niedergeschlagen.

»Ich weiß es noch nicht. Vielleicht ein Jahr, vielleicht weniger.« Morgen nehme ich den Zug nach Paris, und ein paar Tage später fahre ich weiter nach Chamonix. Eigentlich wollte ich zuerst auf dem Kontinent herumreisen, wie Phoebe es getan hat, aber dafür habe ich einfach keine Nerven, weil ich weiß, dass die Alpen auf mich warten. Erst danach geht es weiter durch Europa, bevor ich dann im Dezember nach Brisbane fliege.

»Mein Onkel und seine Lebensgefährtin haben mich über Weihnachten zu sich nach Byron Bay eingeladen«, erzähle ich Toby. »Danach will ich mit dem Rucksack durch Australien reisen und über Asien zurückkommen.«

»Ich beneide dich«, gibt er zu.

»Fang an zu sparen«, erwidere ich lächelnd.

Er starrt den Ableger auf dem Tisch an.

»Meine Mutter hat versprochen, vorbeizuschauen und sich an meiner Stelle um den Garten zu kümmern«, erzähle ich ihm. »Aber vielleicht solltest du der neuen Angestellten sagen, dass sie ihn regelmäßig gießt.«

Er schüttelt den Kopf. »Nein, das übernehme ich selbst.«

»Okay, und wenn wir schon mal dabei sind: Fang nicht wieder an zu rauchen«, warne ich.

Mein Herz flattert, als er mich ruhig ansieht.

»Bleiben wir in Kontakt?«, fragt er schließlich. »Schreibst du mir?«

»Möchtest du das?«

»Natürlich.« Er sieht mich vorwurfsvoll an. »Obwohl du dich mir gestern an den Hals geworfen hast, bist du immer noch meine Freundin.«

»Ich hab mich dir gar nicht an den Hals geworfen!«

Er lacht über meinen empörten Gesichtsausdruck und steht auf. »Komm, lass dich umarmen.«

Ich schneide ihm ein Gesicht, stehe aber auf und mache mich zum Abschied bereit. Er legt die Arme um mich und drückt mich fest.

»Ich werde dich vermissen«, flüstert er mir ins Ohr. »Danke für alles.«

»Ich werde dich auch vermissen«, flüstere ich und lasse ihn los, bevor ich anfange zu weinen.

Kapitel 41

Eliza

Rose ist heute abgefahren. Das macht mich ziemlich fertig. Gestern haben wir mit Mum zu Abend gegessen. Immer wieder hat sie uns verträumt angeschaut, und ich bekam ein schlechtes Gewissen, weil wir so lange nicht miteinander geredet hatten.

Ich dachte, Mum wäre entsetzt über Roses Pläne, nach Chamonix zu fahren, aber sie scheint sie zu verstehen. Ich bin mir nicht sicher, ob ich es tue. Und doch bedaure ich es irgendwie, dass ich nicht auf ihren Vorschlag eingegangen bin, sie zu begleiten. Nein, mich würde es belasten, es ist noch viel zu früh. Und ich weiß auch nicht, ob ich Roses Beispiel je folgen möchte, aber es tröstet mich zu wissen, dass Chamonix nicht über Nacht verschwinden wird.

Ich fühle mich merkwürdig illoyal, mich ohne Rose in Angus' Wohnung aufzuhalten. Sie wohnt zwar noch nicht lange hier, hat aber überall ihre Spuren hinterlassen. Mir ist ganz elend zumute, als ich in ihr Zimmer gehe und das abgezogene Bett sehe. Ihre Sachen stehen in Kartons verpackt im Schrank.

»Willst du dir einen neuen Mitbewohner suchen?«, frage ich Angus und überlege, was er in dem Fall mit Roses Sachen machen will. Einer seiner Kleiderschränke ist schon mit Phoebes Kisten gefüllt.

»Genau darüber wollte ich mit dir reden«, antwortet er. »Du suchst doch eine Wohnung …«

»Nein, Angus«, unterbreche ich ihn. »Dafür ist es noch zu früh.«

»Jetzt lass mich doch mal ausreden.« Er nimmt meine Hände und sieht mir in die Augen. »Wir kennen uns seit vielen Jahren. Wir wissen, worauf wir uns einlassen. Wenn du sowieso hierher nach Sale ziehen willst, verbringst du garantiert jede Menge Zeit in meiner Wohnung. Jedenfalls hoffe ich das«, ergänzt er mit einem erwartungsvollen Lächeln. »Ich will mit dir zusammen aufwachen. Ich will mit dir frühstücken und dir einen Abschiedskuss geben, bevor du zur Arbeit gehst. Wenn es bei der Musikfirma nicht klappt und du beschließt, weiter zu kellnern, dann will ich, dass du abends zu mir nach Hause kommst.«

Das muss man ihm lassen: Er hat gute Argumente.

»Aber was werden die Leute sagen?«, frage ich.

»Welche Leute?«, erwidert er stirnrunzelnd. »Mir ist egal, was irgendjemand sagt. Und wer immer ein Problem damit hat, dass wir zusammen sind, wird es überwinden, wenn er sieht, wie glücklich wir sind.«

»Glücklich? Wir streiten uns wie Hund und Katze«, stelle ich mit trockenem Lächeln fest.

Er grinst. »Du forderst mich, das stimmt. Aber genau das liebe ich an dir. Und du weißt, dass ich mich nicht so einfach geschlagen gebe.«

Ich stelle mich auf die Zehenspitzen und gebe ihm einen Kuss. »Ich weiß. Ich vertraue dir.«

»Dann zieh mit mir zusammen«, sagt er einfach. Der Blick in seinen Augen bringt mein Herz zum Schmelzen. Mir ist, als würde ich aus einem Traum erwachen, und plötzlich wäre er Realität geworden: Wir sind wirklich zusammen! Der einzige Mann, den ich immer gewollt habe, will mich.

»Und was ist mit Rose?«, frage ich.

»Sie wird damit einverstanden sein. Sie wird es genauso akzeptieren müssen wie unsere Mütter.«

»Nein, das meine ich nicht … Ich weiß, dass sie das mit uns irgendwann akzeptiert.« Bisher war sie toll. »Aber was ist, wenn sie zurückkommt? Wenn sie dann ihr Zimmer wiederhaben will?«

»Na ja, ich nehme mal an, dass du nicht in ihrem Bett schläfst«, erwidert er bedeutungsvoll.

Ich grinse ihn an, weiche zurück und wandere in sein Zimmer. Ich bleibe stehen und starre die Kleiderschränke an. Der Doppelkleiderschrank zur Linken ist voll mit Phoebes Sachen.

»Warum hast du ihren Kram in den linken Schrank geräumt?«, frage ich. »Und nicht in den da?« Ich deute nach rechts, auf den hintersten Schrank an der gegenüberliegenden Wand, der am schwersten zu erreichen ist.

»Als ich angefangen habe, die Kartons auszupacken, war sie in Chamonix«, erklärt er leise. *Und noch am Leben*, das braucht er nicht hinzuzufügen. »Ich habe versucht, die Wohnung vor ihrer Rückkehr in Ordnung zu bringen.«

Ich erinnere mich daran, dass Rose gerade zur Tür rauskam, um zu ihm zu fahren und ihm zu helfen, als wir den Anruf wegen Phoebe erhielten.

»Du hast ihr den besten Schrank gegeben«, stelle ich fest, überflüssigerweise, denn es ist sonnenklar.

»Ich räume ihn aus«, verspricht er, wieder so tief und leise.

Ich gehe hinüber zum Schrank. Er steht einen Spalt offen, und als ich die Türen ganz öffne, erkenne ich, warum. Phoebes

Kleider sind ganz durcheinander und quellen aus den Kartons.

»So sieht's normalerweise nicht da drin aus«, verteidigt sich Angus nervös.

»Ich weiß«, erwidere ich. »Rose hat mir erzählt, was sie getan hat.« Ich werfe ihm einen Blick über die Schulter zu. »Darf ich?«, frage ich und deute auf den Schrankinhalt vor mir.

Er nickt, aber unsicher. Er hat Angst, dass heute alles schrecklich schiefgeht.

»Es ist okay«, versuche ich ihn zu beruhigen. »Es ist okay.«

Wieder nickt er und kommt zu mir, als ich Phoebes Kleidung aus dem obersten Karton nehme und sorgfältig auf dem Bett ausbreite.

»Rose wollte einige von ihren Sachen behalten«, sagt er mit rauer Stimme, und auch ich habe einen Kloß im Hals. »Ich habe es ihr erlaubt.«

»Diese würde ihr gefallen«, antworte ich und fahre mit den Fingern über eine rote Chiffonbluse. »Hat Phoebe die zur Arbeit getragen?«

Er nickt, und ich entdecke einen bunten Strickpullover, der unter einigen anderen Kleidungsstücken hervorschaut. Ich ziehe ihn heraus. »Den hatte sie schon, als wir Teenager waren«, murmele ich.

»Sie hat gerne in Schlabberklamotten vor dem Fernseher gesessen«, erzählt er mit einem traurigen Lächeln.

Ich hebe den Pullover an die Nase. »Er riecht noch nach ihr. Alles hier riecht nach ihr.«

Eine Träne läuft mir über die Wange, und er berührt meinen Arm.

»Schon okay«, sage ich sanft und setze mich auf das Bett. Ich blicke zu ihm auf. »Phoebe wusste, dass ich in dich verliebt war.«

Sein Gesichtsausdruck verändert sich nur ein wenig. Er nickt und kniet sich zu meinen Füßen hin, so dass er jetzt zu mir aufblickt. Er legt die Hände auf meine Oberschenkel. »Und sie wusste auch, dass ich etwas für dich empfunden habe«, sagt er.

Ich bedecke seine Hände mit meinen. Unverwandt sehen wir uns in die Augen.

»Ich habe ihr Tagebuch gelesen.« Er gesteht mir das, was mir in diesem Moment klargeworden war. »Ich musste wissen, was ihr durch den Kopf gegangen ist.«

»Und so hast du auch das mit Remy rausgefunden?«

Er nickt. »Sie hat mir erzählt, wie sie in ihrem Europajahr mit ihm zusammengekommen ist, deswegen war ich schockiert, als ich seinen Namen auf dem Unfallbericht entdeckte. Und dann kamen Phoebes Sachen zurück aus Chamonix, einschließlich des Notizbuchs, in das sie manchmal hineingeschrieben hat. Lange Zeit habe ich widerstanden, darin zu lesen, aber es war immer da und hat mich in Versuchung geführt. Irgendwann konnte ich es nicht mehr aushalten. Hast du es gelesen?«, fragt er.

»Nein«, ich schüttle den Kopf. »Rose hat mir erzählt, was drinsteht.« Mist, jetzt habe ich sie doch verraten. »Sie hat es jetzt«, gestehe ich.

»Ja«, antwortet er mit einem trockenen Lächeln. »Ich weiß, dass sie es genommen hat.«

»Das hättest du ihr sagen sollen. Sie denkt, du flippst aus, wenn du es erfährst.«

Er stößt einen gespielt verzweifelten Laut aus und wird dann wieder ernst. »Geht es dir gut?«, fragt er mich.

»Ja.« Ich nicke, überrascht darüber, wie gut.

Ich lächle ihn an und wende mich dann dem Chaos auf dem Bett zu. »Lass uns mal die Sachen ordentlich wegräumen.«

»Okay«, stimmt er mir zu und steht auf.

Ich vergieße noch ein paar Tränen, als wir Phoebes Kleider auspacken und ordentlich zusammenlegen, aber Angus überlässt mich einfach meinen Gefühlen, und ich verspüre ein willkommenes Gefühl der Erleichterung, als wir fertig sind. Wir lassen die Kartons im linken Kleiderschrank. Sollte ich tatsächlich zu ihm ziehen, werden wir diese Brücke überqueren müssen, aber für den Moment habe ich meinen Frieden damit.

Sobald ich den Picknickkorb sehe, weiß ich, wo wir hinfahren. Bis wir ankommen, ist es später Nachmittag, und die Sonne wirft lange Schatten über die Hügel des Peak Districts. Wir parken an unserer üblichen Einbuchtung am grasbewachsenen Straßenrand, und Angus öffnet die hintere Klappe des Land Rovers. Musik weht aus dem Auto, als wir unser Picknick auf der Decke ausbreiten, aber sie ist so leise, dass sie das Plätschern des nahen Bachs und das Zwitschern der über uns hinwegfliegenden Vögel nicht übertönt.

»Bist du auch mal mit Phoebe hier gewesen?«, frage ich und könnte mir gleich darauf die Zunge abbeißen.

»Nein.« Er schüttelt den Kopf, und ich bin sehr erleichtert. Es ist schön, dass das unser Platz ist. Ganz für uns allein.

»Dann zeig mal, was du mitgebracht hast«, fordere ich ihn mit denselben Worten auf, die er damals zu mir gesagt hat, als wir zum ersten Mal hier waren.

Er grinst und holt Trauben, Millionaire's Shortbread und Salz-und-Essig-Chips heraus.

»Du hast sogar den gleichen Proviant dabei!«, rufe ich und richte mich auf.

Er lacht und zaubert noch eine Flasche Sekt hervor. »Und die ist für dich. Ich fahre, deshalb keinen Alkohol für mich.«

»Oh, wow!« Ich neige mich zu ihm und gebe ihm einen keuschen Kuss, nehme die Flasche und stelle sie zurück in den Korb. »Ohne dich möchte ich auch nichts, und denk daran, dass wir uns vorgenommen haben, heute Abend nüchtern zu sein.« Meine Bemerkung klingt flapsig, aber mein Gesicht verrät mich.

Er zieht eine Augenbraue hoch und kommt dann auf allen vieren zu mir herüber. Er küsst mich erst sanft, dann immer leidenschaftlicher, so dass ich mich auf die Picknickdecke fallen lasse und ihn mit mir ziehe.

Keiner kann uns sehen, und ich glaube kaum, dass die Schafe auf dem nahen Feld sich an uns stören. Als er meine Jeans aufknöpft, schwant mir, dass wir nicht bis heute Abend warten ...

Ich schreie auf, als er mich nimmt, aber dann hält er inne, und es ist derart intensiv, ihm so nahe zu sein, so verbunden, dass es fast unerträglich ist.

»Ich liebe dich«, sagt er dicht vor meinen Lippen.

Ich ergreife sein Gesicht mit beiden Händen und blicke ihm in die Augen, in denen sich all seine Gefühle widerspiegeln, genau wie in meinen. »Ich liebe dich auch, Angus Templeton. Und das werde ich mein ganzes Leben lang tun.«

Kapitel 42

Rose

Ich stehe auf dem Balkon eines Chalets in Argentière und blicke hinauf zu den nahen Bergen, die sich in den kristallblauen Himmel erheben. Ich atme tief ein und langsam wieder aus.

Es ist genau dasselbe Chalet, in dem Phoebe und Josie in der Woche von Phoebes Junggesellinnenabschied gewohnt haben, und heute Abend werde ich in Phoebes Bett schlafen. Josie machte sich Sorgen, als ich sie nach jedem noch so kleinen Detail fragte, aber ich versicherte ihr, dass ich das aushalten würde. Ich will mich nur meiner Schwester nahe fühlen.

Im Moment ist mir jedoch kalt.

Ich zittere und gehe wieder rein, ziehe die Tür hinter mir zu, verkrieche mich auf das Sofa und ziehe mir eine dicke Wolldecke hinauf bis zum Hals.

Doch ich kann mir nichts vormachen: Nichts, was ich tue, wird die Wärme zurückbringen.

Vor einer Woche bin ich in England aufgebrochen. Erst habe ich ein paar Tage in Paris verbracht und versucht, die Atmosphäre auf mich wirken zu lassen und mich auf das vorzubereiten, was vor mir lag. Dann nahm ich einen Zug hinunter nach Saint Gervais und stieg dort in den Montblanc-Express hinauf in das Tal von Chamonix. Ich schaute aus dem Fenster hinaus auf die imposanten Berge, die mit jedem Kilometer höher aufragten, und zugleich wuchs auch meine

Nervosität, weil ich bald in der Stadt ankommen würde, in der sich Phoebe so sehr zu Hause gefühlt hat.

Von meinem Platz auf dem Sofa aus blicke ich wieder hinauf zu den Bergen und kann kaum glauben, dass mein Vater und meine Schwester sie früher erklommen haben. Das an den Felsen hinunterschmelzende Eis gleicht einem Wasserfall, als hätte Gott eine Tüte Milch über dem Berg ausgeschüttet. Es ist atemberaubend. Heimweh überkommt mich, und ich wünschte, Mum, Eliza oder Angus wären hier, um dieses Erlebnis mit mir zu teilen. Oder Toby ...

Ich nehme Phoebes lila Tagebuch und ihr iPhone vom Wohnzimmertisch, in dem noch die Kopfhörer stecken. Ich stöpsele sie mir in die Ohren und drücke auf Play. Träumerische Musik von einer Künstlerin namens Greta Svabo Bech erklingt. Dann schlage ich das Tagebuch auf und beginne zu lesen. Ich möchte Phoebes Erfahrungen frisch im Kopf haben, wenn ich morgen hinauf auf die Aiguille du Midi fahre.

Es ist Anfang September; im Zentrum von Chamonix herrschen zwanzig Grad, und manchmal blitzt die Sonne zwischen den Wolken hervor. Ich trage Phoebes grauen Kapuzenpullover und fühle mich behaglich, als ich von einer Brücke aus hinunter auf den milchig grünen Fluss blicke, der laut darunter hindurchrauscht, bevor ich weiter hinauf zum belebten Stadtkern wandere. Chamonix ist ein hübscher Ort mit angenehmer Atmosphäre. Überall sitzen Leute draußen vor Restaurants und Cafés auf den Bürgersteigen. Ich spaziere eine Einkaufsstraße entlang, überquere einen Platz und blicke hinauf zu den Bergen ringsum. Am Fuß sind sie grün, und je höher sie himmelwärts ragen, desto weißer werden sie. An manchen Stellen sind die Hänge mit dunkelgrünen Kiefern bewachsen, an anderen wirken sie wie gestreift von den Kabeln der Skilifte, wobei es bis zur Skisaison noch eine Weile hin ist. Hoch über meinem Kopf schweben leuchtend bunte Paragliding-Schirme hierhin und dorthin und tragen Verrückte durch die Luft, die es lustig finden, von einem Berg runterzuspringen.

Meine Schwester war eine von diesen Verrückten, denke ich voller Bewunderung und Trauer zugleich. Bei ihrem ersten richtigen Date ist Remy mit ihr Paragliden gegangen.

Ich bin sehr gespannt darauf, ihn kennenzulernen, nach allem, was ich über ihn gelesen habe, aber ich muss mich noch ein paar Tage gedulden. Er ist zurzeit mit einer Gruppe Bergsteiger auf dem Montblanc, hat mir aber versprochen, sich bei seiner Rückkehr bei mir zu melden. Ich hoffe, ich habe ihn mit meiner E-Mail nicht zu sehr schockiert, aber wenn, hat er sich nichts anmerken lassen.

Ich habe bereits mein überteuertes Ticket für die Gondel hinauf auf die Aiguille du Midi gekauft – ohne Mum, nur mit meinen mageren Einkünften in der Bäckerei, hätte ich mir all das nie leisten können. Nach einer Weile gehe ich also wieder bergab zur Seilbahn und reihe mich in die lange Schlange vor dem Eingang ein.

Endlich stehe ich in einer überfüllten Gondel, die Türen schließen sich, und wir schweben hinauf über Chamonix. Genau wie die meisten anderen Passagiere schreie ich kurz auf, als wir schwungvoll über die Räder an den Pylonen rattern, und ich denke daran, wie Phoebe geschrieben hat, dass sie von den anschließenden Begeisterungsrufen nie genug bekommen konnte.

Ich blicke mich zu dem jungen Mädchen um, das als Servicekraft in der Gondel mitfährt: jung und hübsch, schokoladenbraune Augen, das dunkle Haar aus dem ovalen Gesicht gekämmt und am Hinterkopf zusammengebunden. Für einen

Moment stelle ich mir Phoebe an ihrer Stelle vor, mit blondem Haar anstatt braunem, aber in der gleichen dunklen Uniform, und ich muss gegen meine Tränen ankämpfen. Ich blicke hinunter und sehe, dass wir die Baumgrenze passiert haben und über Felsen und Gras schweben. An der Mittelstation steigen wir aus und fahren mit einer anderen Gondel weiter.

In dieser Gondel erwische ich einen Platz weit vorne und halte mich am Geländer fest. Kühle Bergluft strömt durch einen Fensterspalt herein. Schon bald sind die Felsen unter uns mit Schnee bedeckt, und in der Ferne erkenne ich winzige rote und orangefarbene Zelte auf einer ausgedehnten weißen Fläche. Was hat Phoebe geschrieben, als Dad sie besucht hat und sie gemeinsam den Montblanc bestiegen haben? Im Vergleich zu den Bergen seien sie nicht mal zwergenhaft, sondern mikroskopisch klein gewesen. Ich verstehe, was sie gemeint hat.

Die Gondel bricht durch die Wolken, begleitet von entzückten Schreien, und ich starre mit geblendeter Ehrfurcht die Berggipfel an, die das flauschige Weiß durchdringen. Es ist fast jenseitig, so hell strahlt die Sonne, und so unfassbar blau leuchtet der Himmel.

Wir steigen jetzt fast senkrecht auf, und nur etwa einen Meter vor mir ist blanker Felsen, so steil, dass nicht mal Schnee daran hängt, nur eine Vielzahl von Eiszapfen. Mir wird auf einmal schwindelig. Links von mir entdecke ich eine kleine Gruppe von Kletterern, die einen steilen, schmalen Grat entlangläuft, und ich traue meinen Augen kaum. Es sieht so gefährlich aus! Ich kann mir Phoebe und Dad bei so etwas kaum vorstellen.

Mein Schwindelgefühl verstärkt sich noch, als ich aus der Gondel trete und der Menge die Treppe hinunter folge. Ich fühle mich unsicher auf den Beinen, als ich auf eine breite Metallfußbrücke hinaustrete und mich wundere, wie niedrig das Geländer auf beiden Seiten ist. Wolken schweben nur zehn Meter unterhalb, daher habe ich keine Ahnung, wie tief ich fallen könnte. Überall um mich herum ragen majestätische braungraue, schneebedeckte Berggipfel in den Himmel, aber ich bin zu nervös und kurzatmig, um die Aussicht gebührend bewundern zu können. Liegt es an der großen Höhe? Ich hatte keine Ahnung, was sie bewirken kann. So hoch oben war ich noch nie zuvor in meinem Leben.

Ganz starr vor Angst zwinge ich mich dazu, mich umzudrehen und das Gebäude zu betrachten, das sich um einen zerklüfteten Gipfel windet. Erstaunlich, wie Menschen es schaffen, so etwas dort oben zu erbauen. Wer hat sich an den Berggipfel geklammert und diesen Nagel reingehämmert? Sind die Leute völlig verrückt?

Es dämmert mir, dass sich irgendwo innerhalb dieser Masse von menschengemachtem Material das Angestelltenapartment befindet, und als Nächstes wird mir klar, dass ich auf der Fußgängerbrücke stehe, auf der sich Remy und Phoebe zum ersten Mal geküsst haben. Ich wundere mich darüber, wie meine Schwester hier so entspannt stehen konnte, dass sie lächeln, ja sogar jemanden küssen und mit nur einer Kollegin im Apartment übernachten konnte. Ich wäre viel zu ängstlich. Und sie war sogar erst achtzehn und ständig hier oben.

Die Panoramaplattform liegt oben auf dem Gebäude, hinter dem Café und dem Souvenirshop, wie ich mich aus Phoebes Tagebuch erinnere, aber ich fühle mich jetzt zu zittrig, um mich noch höher hinaufzuwagen. Ich beschließe, mir stattdessen die Eishöhle anzusehen.

Als ich die Fußgängerbrücke überquert und den Tunnel betreten habe, fühle ich mich wieder etwas sicherer. Ich halte einen Moment inne, um mich zu beruhigen, und passe dabei auf, dass mir das Schmelzwasser von der Decke nicht auf den Kopf tropft. Größtenteils sind es Kletterer, die an mir vorbeigehen, ausgerüstet mit Rucksäcken, Eispickeln und Kletterseilen, und mit Bauchgurten, an denen Karabiner, Schlingen, Klemmgeräte und andere unverzichtbare Ausrüstungsgegenstände klappern. Diese Gurte haben mich immer an Bettelarmbänder erinnert, und plötzlich denke ich an Phoebe und Dad zurück, wie sie in voller Montur frühmorgens von einem Campingplatz in Wales aufbrachen. Mum, Eliza und ich drängten uns elend im Nieselregen um das Lagerfeuer, um uns ein wenig aufzuwärmen, während Dad und Phoebe aufgeregt und begeistert ihrer bevorstehenden Klettertour entgegenfieberten. Phoebe schien vor nichts Angst zu haben – vor nichts, außer, sich Hals über Kopf und unkontrollierbar in Remy zu verlieben.

Als ich in ihrem Tagebuch von ihren Ängsten las, wunderte ich mich darüber, dass sie es fertigbrachte, ihn zu verlassen; dass sie bewusst ihr Zuhause und eine gewisse Sicherheit der Achterbahn der Gefühle vorzog, die sie mit ihm erlebte. Ob sie es im Nachhinein bereute? Vielleicht war sie deswegen bereit, für einen weiteren Tag mit ihm ihr Leben aufs Spiel zu setzen.

Meine Neugier wächst, diesen Mann endlich kennenzulernen.

Ich gehe weiter, und bald darauf erreiche ich die Eishöhle und dahinter den Kamm, auf dem Remy und seine Cousine Amelie von ihrer Klettertour herunterkamen.

Durch die muschelförmigen Vertiefungen in den Wänden sieht das Eis wie geschlagener Eischnee aus, und das Licht am Ende des Tunnels strahlt hell durch die Reflexion der verschneiten Hänge. Den Grat habe ich vorhin von der Gondel aus schon entdeckt, und er ist genauso steil, wie er von weitem wirkte. Als sich eine Gruppe Kletterer nähert, werde ich ganz nervös. Sie sind mit einem Seil gesichert, aber dennoch ... Die Gefahr scheint zu groß zu sein, dass sie plötzlich den Halt verlieren, abrutschen und die anderen mit sich in die Tiefe reißen ...

Das Grauen von Phoebes Tod trifft mich wie ein Schlag in die Magengrube, und mein Herz schlägt schneller. Es wird immer schlimmer, und ich drohe, ohnmächtig zu werden.

»Geht es Ihnen gut?« Verschwommen sehe ich einen jungen Kletterer vor mir, der mich angesprochen hat. Ich versuche, tapfer zu sein und zu nicken, aber er nimmt es mir nicht ab. »Das liegt an der Höhe«, sagt er mit einem amerikanischen Akzent. »Sie sollten besser hinuntergehen.«

Wieder nicke ich und stolpere davon, unsicher über den Eismatsch und den Schnee rutschend.

»Brauchen Sie Hilfe?«, ruft er mir nach.

Ich schüttle den Kopf und ertaste mir den Weg aus der Eishöhle hinaus.

Immer noch benommen und verängstigt, steige ich in die Gondel. Mir ist, als würde ich ganz oben auf einer sehr, sehr hohen Leiter stehen und mich umdrehen und die erste Sprosse hinunterklettern müssen, ohne den Halt zu verlieren.

Die Gondel setzt sich langsam in Bewegung, und als sie wieder durch die Wolken taucht und die grauen Felsen erscheinen, ist der Himmel dunkel und verhangen. Egal, Hauptsache, es geht wieder abwärts! Ich hatte mir überlegt, an der Mittelstation auszusteigen, doch jetzt sehne ich mich nur noch danach, wieder runter ins Tal zu kommen.

Von oben betrachtet, sieht Chamonix nicht besonders schön aus – ein grauer, langweiliger Streifen von Gebäuden, die sich weit ins Tal hinunterziehen –, aber trotzdem bin ich froh, als ich wieder unten angekommen bin.

Am Abend setze ich mich hinaus auf den Balkon und lasse den Tag Revue passieren. Ich bin niedergeschlagen, fast, als würde ich Phoebe enttäuschen, weil ich das, was sie geliebt hat, nicht gebührend zu schätzen weiß. Die Beschreibungen in ihrem Tagebuch stimmen so gar nicht mit dem überein, was ich selbst erlebt habe. Der Gipfel der Aiguille war umwerfend, keine Frage, aber wie soll ich seine Schönheit bewundern, wenn mir das Herz bis zum Hals schlägt und ich kaum Luft bekomme?

Ich verstehe, warum sich Phoebe hier inspiriert fühlte, und ich verstehe, warum sie dort oben auf dem Gipfel der Welt sein wollte, aber ich kann mir nicht vorstellen, so zu handeln wie sie. Sie war abenteuerdurstig, tapfer und selbstsicher. Unterschiedlicher könnten zwei Menschen kaum sein.

Ich fühle mich ihr heute Abend nicht sehr nahe, und das macht mich traurig.

Das Tal vor mir ist in Dunkelheit gehüllt, und die Tannen sehen schwarz aus, nicht grün. Doch jenseits der Bäume ragen noch hell die Berge auf, und der blaue Himmel verdunkelt sich nur allmählich.

Wieder trifft mich das Bewusstsein, dass Phoebe dort oben gestorben ist, und ich muss schnell hineingehen, bevor ich die Fassung verliere.

An diesem Abend schluchze ich mir die Seele aus dem Leib. Irgendwann erscheint Elizas Name auf dem Display, und ich fühle mich unerträglich allein, als ich das Handy klingeln lasse. Sie ist sicher überfordert, wenn sie mich in diesem Zustand erlebt. Kurz darauf weine ich mich in den Schlaf.

Am nächsten Morgen bleibe ich noch lange liegen und frage mich, ob ich naiv war zu glauben, hierherzukommen wäre eine gute Idee. Mein Ausflug auf den Berg gestern kommt mir vor wie ein Traum. Aber ich will nicht, dass mein Aufenthalt von Trauer und Verzweiflung überschattet wird, deswegen stehe ich irgendwann auf und nehme mir fest vor, mich zusammenzureißen.

Als ich die Entscheidung traf, allein zu verreisen, fühlte ich mich befreit. Nicht im eigentlichen Sinne frei – der Gedanke an das, was mir bevorstand, verursachte mir einen Knoten im Bauch, der sich noch lange nicht aufgelöst hat –, doch ich wusste, dass es mir guttun würde, eine Zeitlang allein zu sein. Das letzte Mal habe ich mich so gefühlt, als ich an die Uni ging, aber zwischen damals und heute habe ich irgendwann mein Selbstvertrauen und meine Unabhängigkeit verloren. Ich würde beides gerne zurückgewinnen.

Der Zweck dieser Reise ist es, Phoebe zu ehren und zu versuchen, die Erinnerung an sie lebendig zu halten. Ich möchte nicht jedes Mal zusammenbrechen, wenn ich einen ihrer vertrauten Orte besuche. Ich möchte die Dinge zu schätzen wissen, die sie gesehen hat, und das respektieren, was sie respektiert hat.

Ich greife nach ihrem Tagebuch und blättere es durch, bevor ich eine Entscheidung treffe. Morgen nehme ich die Zahnradbahn nach Montenvers und besichtige die Grotte.

Der kleine rote Zug fährt von Chamonix ab, und ich lächle die junge Familie an, die mir gegenübersitzt, bevor ich zum Fenster hinaus auf die Farne blicke, die überall zwischen den Felsen wachsen, während wir steil den Berg hinaufschnaufen.

Das Mer de Glace, Frankreichs größter Gletscher, ist sieben Kilometer lang und zweihundert Meter tief. Sein Name bedeutet »Eismeer«. Die Grotte wird jeden Sommer neu gegraben, weil sich der Gletscher ungefähr siebzig Meter pro Jahr bewegt, und man muss Hunderte von Stufen hinuntergehen, bevor man sie erreicht. Schließlich betrete ich den riesigen kalten Eistunnel. Das Innere ist wunderhübsch beleuchtet, und ich fotografiere die verschiedenen »Räume«, an denen ich unterwegs vorbeikomme. Phoebe hat recht: Das ist genau nach meinem Geschmack. Ich versuche, nicht daran zu denken, dass sie plante, Eliza und mich einmal mit hierherzunehmen.

Später gehe ich zum Mittagessen in das Restaurant des Grandhotels, ein beeindruckendes, rechteckiges, mehrstöckiges Gebäude, dessen Inneres mit den holzvertäfelten Wänden überraschend gemütlich wirkt. Ich bestelle mir eine *tartiflette* – ein traditionelles Savoyer Gericht aus Kartoffeln, Reblochon-Käse, Speckstückchen und Zwiebeln. Es hat wahrscheinlich eine Million Kalorien, aber ich brauche etwas Tröstliches. Ich kämpfe mit meiner Einsamkeit – und meiner Trauer.

Ich wünschte, ich hätte Eliza überreden können mitzukommen. Mir fällt wieder ein, dass sie mich gestern Abend angerufen hat. Ich schicke ihr eine kurze, fröhlich klingende Nachricht und erzähle ihr von meinen Unternehmungen. Ich würde zu gern mit ihr reden, aber ich finde es unhöflich, in einem so schicken Restaurant zu telefonieren.

Wir sprechen abends miteinander, als ich mit einem Glas Wein in der Hand draußen auf dem Balkon sitze.

»Es ist toll hier«, erzähle ich ihr. »Ich verstehe, warum sich Phoebe so sehr zu den Bergen hingezogen fühlte.«

»Du hast doch nicht etwa vor umzusiedeln, oder?«, fragt sie alarmiert.

Ich lache. »Nein. Das ist ihr Platz, nicht meiner, aber er ist wunderschön.«

»Ist es schwer?«, fragt sie leise.

»Ein bisschen«, gestehe ich.

Wir schweigen beide. Sie fragt mich nicht weiter aus, und ich möchte sie nicht mit meinem Gejammer belasten.

»Ich wünschte, du wärst hier«, sage ich.

»Und ich bin froh, dass ich es nicht bin«, erwidert sie prompt und bringt mich erneut zum Lächeln. »Wo bist du im Moment?«, will sie wissen.

»Auf dem Balkon, mit Blick auf die Berge. Sie sind nur ein paar hundert Meter entfernt, hinter einem Tal, in dem überall Chalets stehen und viele Tannen wachsen. Es wird jetzt schon dunkel, aber man kann von hier aus die Aiguille du Midi sehen.«

»Was ist das?«, fragt Eliza.

»Der Berg, auf dem Phoebe während ihres Auslandsjahres gearbeitet hat«, antworte ich.

»Ach so«, sagt sie und lässt eine lange Pause eintreten, bevor sie traurig hinzufügt: »Ich wünschte, ich hätte in dem Jahr öfter mit ihr gesprochen. Ich weiß kaum etwas von dem, was sie da getan hat.«

»Mir geht es ähnlich«, erkläre ich ihr rasch. »Fast alles hab ich aus ihrem Tagebuch. Die Uni war zu aufregend, um viel über euch beide nachzudenken.« Ich versuche, scherzhaft zu klingen, aber in der Bemerkung steckt viel Wahres. Außerdem habe ich Phoebe nach dieser peinlichen Sache mit Angus gemieden. Wie sehr ich das jetzt bedauere!

»Was hast du denn bis jetzt da unten gemacht?«, fragt Eliza, und daraufhin erzähle ich ihr alles, spare allerdings meinen Zusammenbruch von gestern aus.

»Wann triffst du dich mit Remy?«, erkundigt sie sich schließlich.

»Morgen kommt er von seiner Klettertour zurück. Ich rufe ihn in ein paar Tagen an, wenn er sich bis dahin nicht bei mir gemeldet hat.«

Ich nehme an, dass er nicht annähernd so wild darauf ist, mich zu sehen, wie ich es bin.

Zu meiner Überraschung wohnt Remy nur fünf Minuten zu Fuß entfernt von meiner Unterkunft. Er hat mich zu sich nach Hause auf einen Kaffee eingeladen, und nervös folge ich zwei Tage nach meinem Gespräch mit Eliza seiner Wegbeschreibung durch die Straßen von Argentière. Seine Wohnung liegt in einem fünfstöckigen traditionellen Holzhaus, ganz ähnlich wie das, in dem ich wohne, und als ich klingele, antwortet er auf Englisch durch die Sprechanlage.

»Hallo?«

Er erwartet mich.

»Hi, Remy, ich bin's, Rose«, bestätige ich mit nervösem Magen.

»Ich wohne im zweiten Stock«, sagt er, und diesmal höre ich deutlich seinen französischen Akzent.

»Okay, danke«, antworte ich, als sich die Tür summend öffnet.

Innen im Chalet ist es kühl, und die Schritte meiner Stiefel hallen auf dem Steinboden der Treppe wider, als ich hinaufgehe. Ich erreiche den zweiten Stock, und Remy tritt aus der Tür, um mich zu empfangen.

Er hat kurzes dunkelbraunes Haar und einen ordentlich getrimmten Bart. Seine Augen sind erstaunlich blau, und sie weiten sich, als ich ihn anlächle. Gleich darauf weicht ihm das Blut aus dem Gesicht.

»Hallo«, sage ich, voller Mitgefühl, als der Drillingseffekt zu wirken beginnt.

Er erschrickt, reißt sich zusammen, tritt von der Tür zurück und hält sie mir auf.

»Komm rein, komm rein«, sagt er.

Er trägt dunkle Jeans und ein gelbes T-Shirt. Sein Gesicht sowie seine Beine und Unterarme sind gebräunt und sehnig. Mein Kribbeln im Bauch verstärkt sich, als ich seine Wohnung betrete.

»Möchtest du einen Kaffee oder lieber etwas Kaltes zu trinken?«, fragt er. Er klingt unsicher; ich bin nicht die Einzige, die hier nervös ist.

»Einen Kaffee gerne«, antworte ich.

»Setz dich«, sagt er und geht in die Küche.

Seine Wohnung liegt noch näher an den Bergen als meine, und wie bei mir führen Schiebetüren auf einen großen Balkon. Ich lasse mich auf das blassblaue, etwas abgenutzte Sofa sinken. Ein schwerer niedriger Holztisch steht auf einem abgewetzten Teppich. Die Wände sind ockerfarben gestrichen und mit Bildern geschmückt.

»Ich mag deine Wohnung«, sage ich, als Remy mit unseren Getränken zurückkehrt.

»Die Möbel haben meiner Großmutter gehört«, erzählt er mir lächelnd, reicht mir eine Tasse und setzt sich auf einen braunen Ledersessel. Er schlägt die Beine übereinander, einen Fußknöchel auf das gegenüberliegende Knie gelegt. Seine Haltung wirkt entspannt, aber ich bin mir sicher, dass es in ihm drinnen anders aussieht.

»Danke, dass du dich mit mir triffst.« Ich beschließe, sofort auf den Punkt zu kommen.

»Schon okay«, sagt er und stützt das Kinn in eine Handfläche.

Seine Augen huschen immer wieder von mir weg, als schmerze es ihn, mich zu lange anzusehen, aber dann wandern sie doch wieder zurück zu meinem Gesicht. Eine morbide Faszination.

Ich habe nicht gezögert, mich mit Remy in Verbindung zu

setzen, weil ich das Gefühl hatte, ihn schon zu kennen. Trotzdem weiß ich nicht, was ich sagen soll.

»Entschuldige«, platze ich heraus. »Das ist eine komische Situation, auch für mich. Ich habe so viel über dich gelesen, dass es sich anfühlt, als wären wir schon ewig Freunde, aber jetzt ist es doch schwieriger, als ich dachte.«

»Hat dir Phoebe von mir erzählt?«, fragt er verwundert. Wahrscheinlich glaubt er, er hätte mich missverstanden.

»Nein.« Ich schüttle den Kopf. »Nicht viel jedenfalls. Als sie vor zehn Jahren aus Frankreich zurückgekommen war, ging sie sofort an die Uni. Ich habe in ihrem Tagebuch von dir gelesen.«

Bestürzt sieht er mich an. »Ich erinnere mich daran, dass sie hineingeschrieben hat.« Er schluckt. »Was steht drin?«

»Sie hat alles aufgeschrieben, was ihr zusammen unternommen habt. Na ja, nicht alles.« Ich erröte. »Aber sie hat festgehalten, wie ihr euch kennengelernt habt, und dazu alles über euer erstes Date, den Besuch in der Grotte, eure Klettertouren und Bergwanderungen.«

Es sieht betroffen aus, aber ich fahre fort.

»Ich bin auf der Suche nach Antworten. Was ist an dem Tag geschehen, an dem sie gestorben ist? Und was an dem Abend zuvor? Ich weiß, dass ihr euch in einem Restaurant in Chamonix getroffen habt, aber hattet ihr euch verabredet? Wusstest du, dass sie dort sein würde?«

»Nein«, erwidert er energisch. »Ich hab überhaupt nicht mit ihr gerechnet.«

»Ich weiß, dass sie nicht so überrascht war.«

»Stimmt, war sie nicht«, bestätigt er, beugt sich auf seinem Sessel nach vorn, stützt die Ellbogen auf die Knie und verschränkt die Hände.

»Sie hat gesagt, ihr wäre es wie Schicksal vorgekommen«, füge ich hinzu.

Gedankenverloren starrt er vor sich hin. »Ja, mir auch.«

»Du wusstest, dass sie heiraten wollte, oder?« Ich klinge spitzer als beabsichtigt.

»Natürlich. Sie hat es mir erzählt«, erwidert er stirnrunzelnd. »Ich habe nicht versucht, sie zurückzugewinnen. Es hat mich nur interessiert, was aus ihr geworden ist. Wir haben uns jahrelang nicht gesehen, aber ich musste oft an sie denken und habe mich gefreut, ihr wieder zu begegnen. Sie machte einen glücklichen Eindruck.«

»Sie war auch glücklich«, bestätige ich leise.

Er wirkt gequält, und kurz darauf füllen sich seine blauen Augen mit Tränen.

Sanfter als zuvor dränge ich ihn zum Weiterreden: »Sie hat dich gefragt, ob sie mit dir klettern gehen kann, oder?«

Er nickt, und seine Augen laufen über. Er wischt sich die Tränen weg, aber seine Unterlippe zittert, und ich empfinde den Drang, zu ihm zu gehen und ihn zu umarmen.

»Ich hätte nein sagen sollen.« Er blickt lange hinunter auf seine Hände, bevor er wieder die Augen hebt und mich ansieht. »Ich wusste nicht, dass sie seit Jahren nicht geklettert ist. Warum hat sie aufgehört? Sie hat es so sehr geliebt.«

Entsetzt stelle ich fest, dass er tatsächlich erwartet, dass ich seine Frage beantworte.

»Äh, ich weiß es nicht.« Ich denke einen Augenblick lang nach. »Angus hatte keine Lust zum Klettern«, sage ich mit dem Gefühl, wie eine Verräterin zu klingen.

Er nickt gedankenverloren, doch dann schüttelt er den Kopf.

»Was ist?«, frage ich ihn.

Verzweifelt erzählt er: »Früher waren wir ein so gutes

Team, aber an diesem Morgen haben wir viel Zeit verloren. Sie hielt die Gruppe auf. Es waren noch drei andere erfahrene Kletterer dabei, und sie war nicht schnell und gut genug, um mit ihnen mithalten zu können, obwohl sie es versuchte. Sie schämte sich, wollte aber trotzdem nicht aufgeben.« Wieder schüttelt er den Kopf und kämpft gegen seine Tränen an. »Ich bin überhaupt nicht auf die Idee gekommen, sie nach ihrer Kondition zu fragen, weil ich einfach davon ausgegangen bin, dass sie fit ist.«

»Hätte ihr Tod verhindert werden können?« Mir ist eiskalt vor Angst. »Hat sie einen Fehler gemacht?«

»Nein, Rose, ich bin schuld!«, ruft er gequält. »Sie hätte gar nicht mit mir raufkommen dürfen! Ich bin Bergführer. Ich hätte beurteilen müssen, wer fit genug zum Klettern ist und wer nicht. Das ist mein Job!«

Diesmal stehe ich auf und gehe zu ihm, weil ich es nicht ertragen kann, sitzen zu bleiben und ihn leiden zu sehen. Ich knie mich vor ihm hin und versuche ihn zu trösten, und einen Moment darauf verliert er völlig die Fassung und legt die Arme um meinen Rücken. Schluchzend halten wir einander fest – zwei Fremde, die sich kein bisschen kennen und einander dennoch auf seltsame Weise vertraut sind. Ich sehe aus wie seine verstorbene Freundin, wahrscheinlich fühle ich mich für ihn auch so an, und mir ist, als würde ich ihn gut kennen, weil Phoebe so viel über ihn geschrieben hat.

»Ich hätte nein sagen müssen«, ruft er mit erstickter Stimme an meiner Schulter.

Ich halte ihn noch fester. »Niemand konnte Phoebe einen Wunsch abschlagen.«

Aus irgendeinem Grund scheint meine Bemerkung uns beide zu beruhigen, und schon nach etwa einer Minute finden wir die Fassung wieder. Remy entschuldigt sich, holt eine

Packung Taschentücher, und als er zurückkehrt, putzen wir uns beide lautstark die Nasen und lächeln uns schüchtern an, während ich zu meinem Platz auf dem Sofa zurückkehre.

Aber das Schlimmste kommt erst noch.

»Wie ist sie gestorben? Ich möchte alles wissen«, erinnere ich ihn mit ruhiger Entschlossenheit. Wenn es je eine Situation gab, in der ich mir mit meiner Neugier hätte die Finger verbrennen können, dann diese, aber ich muss es wissen.

»Wir wurden von einer Lawine mitgerissen«, erklärt er.

Das weiß ich schon, aber ich will verstehen, wie es war, und das sage ich ihm. »Bitte erzähl mir alles, woran du dich erinnern kannst. Jede Einzelheit.«

Er schluckt und starrt gedankenverloren in die Luft. »Es war, als würde uns nasser Zement treffen. Mit voller Wucht. Und wir konnten sie kommen hören. Es klang wie das Zischen von Schlangen.«

Meine Augen weiten sich. »Sie wusste also, dass sie sterben würde?«

Er schüttelt den Kopf und blickt mich an. »Natürlich hatte sie Angst. Der Blick in ihren Augen quält mich bis heute. Aber Phoebe war eine so positive Person, eine solche Kämpferin. In der Hinsicht hatte sie sich kaum verändert. Ich glaube nicht, dass sie dachte, sie würde sterben. Ihr Vater hatte ihr Überlebenstechniken beigebracht, für den Fall, dass sie von einer Lawine mitgerissen wird, davon hat sie mir bei einer unserer Klettertouren erzählt. Er hatte ihr zum Beispiel geraten, zu versuchen, durch den Schnee zu schwimmen und ein Luftloch vor dem Mund freizuhalten …«

Er wirkt jetzt lebhafter, als wir ein Thema berühren, mit dem er sich gut auskennt. Doch gleich muss ich ihn wieder in die grausame Realität zurückholen.

»Ich habe immer wieder Albträume, in denen sie unter

dem eiskalten Schnee feststeckt und versucht, herauszukommen«, sage ich, und erneut strömen mir Tränen über die Wangen.

Er schüttelt den Kopf. »Aber so war es nicht, wenigstens nicht für Phoebe. Bei Phoebe ging es schnell. Sie war sofort tot.«

Diesmal ist er es, der aufsteht und zu mir kommt. Er setzt sich neben mich, legt seine warmen Hände um meine und dreht mich zu sich.

»Sie wurde von einem großen Eisblock erschlagen, Rose.« Er schluckt. »Ich habe gesehen, wie es passiert ist.«

»O Gott!«

Er drückt meine Hände noch fester. »Es ging ganz schnell. Ich schwöre dir, sie hat nicht gelitten.«

»Aber hatte sie Angst?«, frage ich.

»Einen Augenblick lang ja. Aber das hinabstürzende Eis erwischte uns vor dem Schnee. Und der Block, der sie traf, war so groß ... Sie hatte keine Chance, den Aufprall zu überleben. Wir waren angeseilt und wurden beide vom Hang gerissen und mit dem Schnee hinuntergewirbelt. Ich hatte die anderen aus unserer Gruppe bereits vorausgeschickt, daher sahen sie, was passierte, und riefen die Bergrettung. Ich trug einen Lawinenpiepser, und wir wurden nicht sehr tief verschüttet, deswegen fand man uns relativ schnell und grub uns aus. Ansonsten wäre ich auch gestorben.«

»Aber du hast gesagt, dass Phoebe keine Chance hatte?«, frage ich erstickt.

»Ja. Sie war immer noch an mich angeseilt, und ich wusste mit absoluter Sicherheit, dass sie bereits tot war.«

Ich unterdrücke ein Schluchzen, aber einen Augenblick später verlieren wir beide wieder die Fassung.

Ich war heute zu aufgeregt, um etwas zu Mittag zu essen, deswegen bin ich einverstanden, als er vorschlägt, gemeinsam essen zu gehen. Wir spazieren hinunter in das kleine Zentrum von Argentière und betreten eine Bar.

»Was möchtest du trinken?«, fragt mich Remy.

»Einen Weißwein, bitte.«

»Dann such du uns schon mal einen Tisch. Ich bringe die Getränke. Hier, nimm eine Speisekarte mit.«

Nachdem wir bestellt haben, unterhalten wir uns ein wenig. Ich bin jetzt deutlich entspannter, nachdem wir das Schlimmste hinter uns gebracht haben. Remy fragt, wo ich nach meiner Abreise aus England überall gewesen bin, und ich erzähle ihm von Paris. Ich bin mir bewusst, dass er mein Gesicht studiert, jedes winzige Detail, und versucht, mit der Tatsache fertigzuwerden, dass ich genauso aussehe wie das Mädchen, das er geliebt hat.

»Es ist unheimlich, oder?«, frage ich verständnisvoll. »Wenn Eliza hier wäre, wärst du bestimmt noch verwirrter.«

Erschrocken erwidert er: »Entschuldige, ich wollte dich nicht anstarren. Ja, es ist schon seltsam, und dieser Pullover, den du trägst … Hat er …?«

»Ja, er hat ihr gehört«, bestätige ich. Es ist schon wieder der verdammte graue Kapuzenpullover.

»Er kam mir gleich bekannt vor. Ich glaube, sie hat ihn an dem Abend getragen, als ich sie zum ersten Mal wiedergesehen habe. An dem Abend, bevor …«

»Es tut mir so leid«, sage ich betroffen. Phoebes Sachen aus Chamonix wurden alle zu Angus geschickt – darunter der Pulli hier. »Ich habe gar nicht darüber nachgedacht, als ich ihn heute Morgen angezogen habe. Soll ich ihn lieber ausziehen?«

Er winkt ab. »Nein, ist schon in Ordnung. Wirklich«, versucht er, mich zu beruhigen. »Und, wie gefällt dir Chamonix?«

»Es ist nicht ganz so, wie ich erwartet habe«, erwidere ich ein wenig niedergeschlagen.

Fasziniert und zugleich ein wenig fragend sieht er mich an, vielleicht, weil ich bisher ziemlich begeistert geklungen habe. »In welcher Hinsicht?«

»Es ist wunderschön«, bestätige ich rasch. »Ja, es ist richtig toll. Aber ich habe irgendwie damit gerechnet, hier in Phoebes Fußstapfen treten zu können. Ich dachte, ich würde mich ihr dadurch näher fühlen, aber stattdessen ist sie mir immer fremder geworden. Sie und ich sind so unterschiedlich. Unser Aussehen war praktisch das Einzige, was wir gemeinsam hatten.«

Er greift über den Tisch hinweg nach meiner Hand. »Es tut mir leid. Wie schade, dass du die Zeit hier bisher nicht richtig genießen konntest. Wie lange willst du noch bleiben?«

»Noch etwa eine Woche.«

»Ich habe ein paar Tage frei. Vielleicht könnte ich dir ein bisschen die Gegend zeigen? Dir das Chamonix zeigen, wie ich es kenne und mag?«

»Klettern gehe ich aber nicht!«, erwidere ich energisch, nur um das gleich klarzustellen.

Er schüttelt den Kopf und wendet den Blick von mir ab, plötzlich ernst geworden. »Keine Sorge«, sagt er, »das werden wir auf keinen Fall tun.«

Am nächsten Morgen holt mich ein gutgelaunter Remy mit seinem silbergrauen Nissan X-Trail von meinem Chalet ab. Auf dem Dach sind zwei Mountainbikes montiert.

»Wozu sind die denn?«, frage ich ihn misstrauisch.

»Kannst du Rad fahren?«, fragt er zurück, ein Funkeln in den strahlend blauen Augen.

»Klar«, erwidere ich zögernd.

»Dann steig ein«, sagt er grinsend.

»Ich bin aber schon ewig nicht mehr gefahren«, warne ich, als er vom Parkplatz abbiegt.

»Das verlernt man nicht«, neckt er mich. »Und ich verspreche dir, dass es keine schwierige Strecke ist.«

Wir fahren nach Le Tour, und Remy erzählt mir, dass es im Winter ein Skigebiet ist und sich im Sommer wunderbar zum Wandern eignet. Die Fahrt bis zum oberen Ende des Tals dauert nur ungefähr fünf Minuten. Als wir ankommen, holt er die Räder vom Autodach, während ich mit dem Helm kämpfe, den er mir mitgebracht hat.

»Komm, ich helfe dir«, sagt er und kommt zu mir, um den Kinnriemen einzustellen. Mir gelingt es irgendwie nicht.

»Wie geht es übrigens Amelie?«, frage ich spontan.

Überrascht sieht er mich an.

»Entschuldige, aber ich habe das Gefühl, auch sie zu kennen«, erkläre ich. »Sie hat dich und Phoebe damals im Sommer öfter besucht.«

Aus Phoebes letztem Tagebuch weiß ich auch, dass sie den Kontakt zu Cécile verloren hatte. Sie schrieb, dass sie nach Deutschland gezogen war, aber wenn sie noch da gewesen wäre, hätte sie versucht, sich mit ihr zu treffen.

Remy nickt lächelnd. »Stimmt, das hat sie. Es geht ihr sehr gut, danke der Nachfrage. Sie hat letztes Jahr geheiratet. Hier«, sagt er und schiebt mir eines der Räder zu. »Steig auf. Ich überprüfe mal, ob der Sitz eingestellt werden muss.«

Ich tue, was er sagt.

»Perfekt«, bemerkt er. »Fühlst du dich wohl?«

»Ja.« Ich nicke.

»Ich fahre voraus, aber bitte sag mir Bescheid, wenn ich zu schnell oder zu langsam bin.«

Letzteres ist unwahrscheinlich.

Wir fahren den Berg über eine nicht allzu schwierige Route hinauf und setzen uns mittags in ein Café. Zu dieser Jahreszeit liegt kein Schnee, aber die Aussicht ist trotzdem überwältigend – wir können das ganze Chamonixtal überblicken, bis hin zum Montblanc-Massiv in der Ferne.

Der Ausflug macht mir einen Riesenspaß. Die Fahrt ist spannend und manchmal etwas beängstigend, aber die meiste Zeit total aufregend.

»Vielen, vielen Dank«, sage ich zu Remy auf der Autofahrt zurück. »Das war wirklich sehr schön.«

Meine Wangen sind rosig von der kühlen Bergluft, und mein Haar hat sich im Wind – gelöst. Ich fühle mich glücklich.

»Das freut mich.« Er erwidert mein Lächeln. »Und was jetzt? Hast du schon Pläne fürs Abendessen?«

»Nein, aber du musst nicht …«

»Ich würde mich freuen«, unterbricht er mich. »Ich kenne ein Restaurant in Chamonix, das dir gefallen könnte.«

»Ihr seht tatsächlich ein bisschen unterschiedlich aus«, bemerkt Remy, als wir einander gegenüber am Tisch sitzen.

»Findest du?«, erwidere ich angenehm überrascht.

»Ich kann nicht genau sagen, was es ist, aber ich bin sicher, dass ich euch voneinander unterscheiden könnte.« Er rutscht auf seinem Stuhl nach vorn. »Was machst du eigentlich so, Rose?«

»Momentan nichts Richtiges, wenn ich ehrlich bin«, erwidere ich lächelnd.

Er zieht fragend eine Augenbraue hoch, und so erzähle ich ihm, dass ich aufgehört habe, als Krankenschwester zu arbeiten, und meine Leidenschaft für die Gartenarbeit wiederentdeckt habe.

»Und du?«, frage ich teilnahmsvoll. »Magst du deinen Beruf?«

Sein Lächeln wird unsicher, und er blickt hinunter auf den Tisch. »Ja, ich habe ihn immer gemocht, damals wie heute. Aber ich habe eine Weile gebraucht, bis ich nach dem Unfall wieder arbeiten konnte.«

»Wurdest du verletzt?«, frage ich sanft. Ich will hier im Restaurant nicht die Fassung verlieren, und er sicher auch nicht, deswegen sollten wir nicht lange bei diesem Thema bleiben.

»Ich habe mir ein paar Rippen gebrochen, aber ansonsten hatte ich nur ein paar oberflächliche Schnitte und Blutergüsse. Ich habe großes Glück gehabt.« Seine Augen glänzen, als er zu mir aufblickt. »Entschuldige«, flüstert er.

»Stopp«, sage ich rasch und berühre seine Hand. »Wenn du die anderen aus der Gruppe nicht vorausgeschickt hättest, dann wärt ihr womöglich alle …«

Er schluckt, und ich hole tief Luft, um gefasst zu bleiben.

»Ich wollte eigentlich nicht noch mal darüber reden, aber ich bin froh, dass du immer noch als Bergführer arbeitest. Phoebe hat sich gefreut, dass du einen Job gefunden hast, der dir Spaß macht, obwohl ich glaube, dass sie auch ein bisschen neidisch war.«

»Tja, aber die Arbeit hat auch ihre Schattenseiten«, erwidert er trocken. »Am schlimmsten ist es, wenn ich mit einer Gruppe umkehren muss, weil die Bedingungen nicht stimmen oder ich glaube, dass die Teilnehmer für den Aufstieg zum Gipfel nicht fit genug sind. Den Kunden dann sagen zu müssen, dass wir nicht klettern können, obwohl sie eine Menge Geld dafür bezahlt haben … Ich habe oft mit sehr enttäuschten Leuten zu tun.«

»Wann gehst du das nächste Mal rauf?«, frage ich.

»In ein paar Tagen. Ich erwarte eine Gruppe von Australiern.«

»Erzähl mir von dem Aufstieg mit Phoebe und Dad«, bitte ich.

Es ist schön, dazusitzen, ihm zuzuhören und ihn zu beobachten, wie er immer lebendiger über sein liebstes Hobby redet. Es klingt, als hätte er sich gut mit Dad verstanden – sie respektierten sich gegenseitig –, obwohl Remy zugibt, dass es zu Kompetenzgerangel kam.

»Ich habe die beiden auf ihrer Vorbereitungstour begleitet, der ersten Etappe vor ihrem Aufstieg zum Montblanc. Den Berg wollten sie dann nur zu zweit besteigen«, erklärt er. »Dein Vater wollte die Führung übernehmen, aber das ist normalerweise meine Aufgabe.« Er lächelt gutmütig. »Phoebe drängte mich, ihm seinen Willen zu lassen.«

Ich lache und denke daran, wie dickköpfig Dad manchmal sein konnte. Er hätte es nicht zugelassen, dass ein Jungspund sich über ihn hinwegsetzt. »Na ja, er hatte ja auch viel Erfahrung«, erwidere ich diplomatisch.

»Aber nicht deswegen habe ich nachgegeben«, erwidert Remy grinsend. »Ich wollte es mir einfach nicht mit dem Vater meiner Freundin verderben.«

Wir lachen beide.

Es ist ein wunderschöner Abend, was surreal ist angesichts der Tragödie, die uns zusammengebracht hat.

»Es klingt so spannend, was du von deinen Touren erzählst«, bemerke ich, nachdem er mich mit seinen Geschichten unterhalten hat.

»Hast du wirklich nie Lust gehabt, es auch mal zu versuchen?«, fragt er.

»Für mich gibt es nichts Schlimmeres.«

Er lächelt. »Hast du Höhenangst?«

»Nein, das nicht. Obwohl mir oben auf der Aiguille du Midi schrecklich schwindlig geworden ist und ich in Panik geraten bin«, gebe ich zu. »Ich wollte eigentlich hinüber nach Helbronner, aber ich musste wieder runter.«

»Das ist schade«, sagt er bedauernd. »Die Fahrt ist wirklich etwas Besonderes, hoch über Schluchten hinweg und umgeben von Berggipfeln.«

»Jetzt tut es mir erst recht leid, dass ich das verpasst habe«, sage ich mit einem kleinen Lachen.

»Wenn du möchtest, fahre ich morgen noch mal mit dir rauf.«

Ich beschließe, Remys Angebot anzunehmen, und am nächsten Tag kehren wir zur Aiguille du Midi zurück. Oben bin ich immer noch kurzatmig und ein bisschen benommen, aber mit ihm an meiner Seite nicht mehr annähernd so ängstlich.

Wir nehmen eine der winzigen, eiförmigen Vier-Personen-Gondeln hinüber nach Italien, die über den Gletscher und wilde Schluchten hinwegschweben. Ich bin keineswegs entspannt, fühle mich aber so weit okay, dass ich die Aussicht genieße, ohne mir allzu große Sorgen zu machen, eventuell in Ohnmacht zu fallen.

In Helbronner besuchen wir das Kristallmuseum und gehen dann zum Mittagessen in ein Café.

»Ich habe vergessen, dass du früher in Turin mit deiner italienischen Freundin zusammengelebt hast«, bemerke ich, nachdem Remy in fließendem Italienisch bestellt hat.

Er schüttelt den Kopf, als wir unser Essen zu einem Tisch tragen. »Ich wünschte, ich hätte eure Tagebücher lesen können. Du hast einen unfairen Vorteil.«

Lachend setze ich mich. »Meine Tagebücher sind schrecklich. Ich war als Teenager eine liebeskranke Idiotin.«

Er zieht eine Augenbraue hoch.

»Ich habe sie vor kurzem noch mal gelesen«, erkläre ich und öffne eine Cola-Dose. »Ich war wirklich oft verliebt.«

Auf der Rückfahrt fragt Remy mich über Angus aus. »Du hast erzählt, dass er nicht klettert.«

»Richtig.«

»Aber er und Phoebe haben sich gut verstanden?«

»Sehr gut«, antworte ich. »Sie hatten viel Spaß zusammen.«

Ich klinge etwas defensiv, fühle mich aber tatsächlich unbehaglich dabei, mit Remy über Angus zu reden.

»Ich glaube nicht, dass Angus etwas damit zu tun hatte, dass Phoebe mit dem Klettern aufgehört hat«, spekuliere ich. »Er hätte nie versucht, sie von etwas abzuhalten, das sie so glücklich macht. Im Rückblick finde ich es wahrscheinlicher, dass sie aufgehört hat, weil Dad gestorben ist. Sie war zu traurig, um allein weiterzumachen.«

Remy nickt nachdenklich und starrt aus dem Fenster.

Manchmal denke ich, dass es ein Segen ist, dass Dad vor Phoebe gestorben ist. Ich weiß nicht, ob er es ertragen hätte, dass er sie zu etwas motiviert hatte, was ihr letztendlich den Tod brachte. Andererseits kannte er die Risiken. Sie kannten sie beide. Für mich ist Klettern eine egoistische Sportart; für sie war es so lebenswichtig wie Atmen.

»Wo wart ihr, als du sie verloren hast?«, frage ich leise und folge Remys Blick über die zerklüfteten Gipfel. Der Schnee fängt die Nachmittagssonne ein und wirft sie blendend zu uns zurück.

»Ich zeige es dir, wenn wir wieder auf der Aiguille sind«, antwortet er leise.

Mir wird übel, als wir mit dem Lift zur Aussichtsterrasse fahren, und ich zittere, als mich Remy zum Geländer führt und mir die Hand auf den Rücken legt, aber er lässt mich nicht warten, um mir zu erzählen, was ich wissen muss.

»Da«, sagt er und deutet auf eine Stelle am Berg. »Wir waren auf dem Montblanc de Tacul, direkt vor dem Montblanc.«

Ein schmerzhafter Kloß hat sich in meiner Kehle gebildet, und ich kann nichts anderes tun, als hinüberzustarren.

»Sie hat sich unserer Gruppe bei einer Vorbereitungstour für den Montblanc angeschlossen«, erzählt er mir leise, »genau wie die, die wir mit eurem Vater gemacht haben. Wir planten, auf dem Gipfel des Montblanc de Tacul umzukehren und wieder hierher zurückzukommen.«

Wieder nicke ich. Tränen laufen mir über die Wangen, und es ist ein Wunder, dass sie in der Kälte nicht gefrieren.

Als ich die Reise plante, hatte ich die Idee, einige Seiten von Phoebes Tagebuch mitzunehmen und sie im Wind fliegen zu lassen. Doch jetzt erscheint mir die Vorstellung zu melodramatisch, deswegen stehe ich nur da und denke an sie.

Ich erinnere mich daran, wie sie auf der Wiese im Park saß und aus Gänseblümchen Ketten flocht, die sie mir um den Hals hängte …

Ich erinnere mich daran, wie sie die Felswand in Sale hochkletterte und von oben mit einem überheblichen Grinsen auf uns hinunterblickte …

Ich erinnere mich daran, wie sie in London in unser gemeinsames Zimmer gerannt kam und mit dem Hintern vor mir herumwackelte, in diesen verdammten Einhorn-Unterhosen, um die wir uns ständig zankten …

Ich erinnere mich daran, wie sie gelacht hat …

Ich erinnere mich daran, wie sie geweint hat …

Ich erinnere mich an meine Schwester, meine geliebte Schwester, die ein Teil von mir war, egal, wie sehr wir uns unterschieden. Und als ich den Mund öffne, um auf Wiedersehen zu sagen, dringt stattdessen ein Schluchzen hervor, und es ist Remy, bei dem ich Trost suche.

»Danke, dass du für mich da bist«, flüstere ich. »Ich weiß wirklich nicht, wie ich allein mit allem fertiggeworden wäre.«

»Ich bin froh, dass ich die Möglichkeit hatte, dich kennenzulernen, Rose. Ich wünsche dir und deiner Schwester alles, alles Gute. Du kannst jederzeit wiederkommen, und dann treffen wir uns.«

»Ich danke dir«, sage ich, doch im Herzen weiß ich, dass es Zeit wird, dieses Kapitel abzuschließen.

Ich rufe Mum ein paar Tage später an, kurz bevor ich Argentière verlasse.

»Ich glaube es nicht!«, quakt sie durchs Telefon, so dass ich zusammenzucke. »Warum hast du mir nicht erzählt, dass Eliza und Angus zusammen sind?«

Inmitten meiner eigenen Dramen hatte ich die zu Hause ganz vergessen.

»Sie hat es dir also erzählt?«, frage ich trocken.

»Sie zieht mit ihm zusammen! In sein Zimmer, nicht in deins, in seins!«

Ich lache. »Ich weiß, Mum.«

»Und, kannst du das akzeptieren?«, fragt sie.

»Ja, das kann ich«, bestätige ich. Ich bin nicht glücklich darüber, aber einverstanden. Doch ich hoffe, dass sich das im Laufe der Zeit ändert.

»Das ist ja wenigstens etwas.«

»Was hat Judy gesagt?«, frage ich.

»Begeistert ist sie nicht gerade«, erwidert Mum, und Mitgefühl für Eliza überkommt mich, weil ich weiß, dass sie sich vor Judys Reaktion gefürchtet hat. »Ich glaube, sie macht sich Sorgen, dass Angus versucht, Phoebe zu ersetzen, aber …«

»Das tut er nicht«, unterbreche ich sie. »Es gibt keinen Ersatz für Phoebe. Eliza hat ihren eigenen, einzigartigen Charakter, und Angus hat schon immer etwas für sie empfunden. Phoebe wusste das. Sie hatte Verständnis dafür. Sie hat sich sogar ein bisschen schuldig gefühlt, weil sie sich Angus zuerst geschnappt hat.«

»Es klingt, als wüsstest du ganz genau Bescheid«, erwidert Mum verstört.

Mehr als ich sollte, so viel ist sicher.

»Ich möchte nur, dass alle glücklich werden«, entgegne ich.

»Das ist gut«, sagt sie, »denn das will ich auch. Und«, fügt sie hinzu, »das will auch Judy. Sie und Angus haben sich ausgesprochen, und sie hat den beiden ihren Segen gegeben.«

Das freut mich wirklich.

»Warst du in letzter Zeit noch mal in der Bäckerei?«, frage ich und wechsle damit das Thema.

»Ach, das wollte ich dir erzählen!«, ruft sie. »Ich habe Tobys Mutter kennengelernt!«

»Das ist nicht wahr!«, stoße ich hervor.

»Doch! Sie war draußen im Hof, als ich nach den Blumen schauen wollte. Sie scheint nett zu sein, nur ein bisschen schüchtern. Ich soll dir Grüße von ihr ausrichten.«

Ich bin erstaunt. Erfreut. Und sobald wir unser Gespräch beendet haben, muss ich sofort Toby anrufen.

»Du hast dir aber Zeit gelassen«, sagt er, als ich mich melde, und der Klang seiner tiefen nüchternen Stimme macht mich sofort nervös.

»Wie geht's dir?«, frage ich lächelnd. »Ich habe gehört, dass deine Mutter in der Bäckerei war?«

»Ja«, sagt er bewegt. »Es ist kaum zu glauben, wie sehr sie sich verändert hat.«

»Was ist passiert?«, frage ich.

»Ein paar Tage nachdem du weg warst, habe ich die Geduld mit ihr verloren und sie irgendwann richtig angeschrien.«

»Oh.«

»Ja, ich habe mich anschließend echt mies gefühlt«, gibt er bedrückt zu. »Aber ich weiß nicht, irgendwie hat sie das wohl angespornt. Sie scheint jetzt entschlossen zu sein, alles zu tun, was sie nur kann, damit es ihr bald bessergeht.«

»Oh, wie mich das freut!«

»Das haben wir zu einem großen Teil dir zu verdanken«, sagt er ernst.

»Aber ich hab doch gar nichts gemacht.«

»Doch, das hast du. Mehr, als du ahnst.«

Wir schweigen beide, und ich umklammere meine angezogenen Beine. Ich muss mir in Erinnerung rufen, dass sich nichts verändert hat – er ist immer noch zu jung für mich –, aber ich kann nicht leugnen, wie sehr es mir gefehlt hat, mit ihm zu reden.

»Wo bist du jetzt?«, fragt er.

»Ich bin in Chamonix. Oder besser Argentière, das ist das nächste Dorf. Ich bin jetzt schon ein paar Tage hier, und morgen fahre ich weiter nach Genf.«

»Und, wie war's bis jetzt?«

»Überraschend therapeutisch«, erwidere ich.

»So hast du es dir doch auch vorgestellt, oder?«

»Ich hatte es gehofft, aber als ich ankam, sah es erst mal nicht danach aus.« Er hört mir zu, als ich ihm alles erzähle.

»Die Landschaft ist malerisch«, schwärme ich. »Du solltest mal die Aussicht von meinem Chalet aus sehen!«

»Schick mir doch ein Selfie von dir auf dem Balkon«, schlägt er vor.

»Mache ich, gleich nach unserem Telefonat.«

Im Hintergrund höre ich ein paar Typen rufen.

»Wo bist du?«, frage ich erstaunt.

»Im Park«, antwortet er.

»Schick mir auch ein Selfie«, bitte ich, bevor ich es mir anders überlegen kann.

Wir beenden unser Gespräch, und ich gehe hinaus auf den Balkon und halte mein Handy hoch, in dem Versuch, die schneebedeckten, sonnigen Gipfel der Berge im Hintergrund mit einzufangen. Ich prüfe die Fotos, versende eines und erhalte kurz darauf eines von ihm.

Er liegt in der Nachmittagssonne auf der Wiese. Sein Gesicht badet in einem goldenen Schimmer, und seine dunklen Augen, mit denen er ins Handy schaut, sind karamellbraun gesprenkelt. Ich spüre ein Kribbeln in meinem Bauch. Dann kommt noch eine Nachricht von ihm, eine Reaktion auf das Foto, das ich ihm geschickt habe.

»Wunderschön«, schreibt er.

Wieder dieses Kribbeln. Ich zwinge mich, mein Handy wegzulegen.

»Ich verstehe einfach nicht, was du für ein Problem hast«, sagt Eliza zu mir am Telefon. Ich stehe draußen vor einem Geschäft in Genf. Vorher war ich drin und habe Regale voller Kuckucksuhren, Kuhglocken und Brieföffner fotografiert, und jetzt habe ich gerade blöderweise zugegeben, dass ich die ganze Zeit an Toby denken muss.

»Er ist übrigens mittlerweile zweiundzwanzig«, bemerkt sie. »Das Jennifer's war mit Ballons geschmückt, als ich gestern da war.«

»Mist! Wie konnte ich nur seinen Geburtstag vergessen?«

»Keine Sorge, die neue Verkäuferin hat ihn mit Aufmerksamkeit überschüttet.«

»Wie ist sie so?«, frage ich unsicher.

»Ha! Erwischt«, erwidert Eliza und springt sofort auf meine Eifersucht an. »Ende dreißig, sehr mütterlich. Ich sehe keine Gefahr.«

»Mein Problem ist«, fahre ich fort und versuche, wieder Kontrolle über das Gespräch zu gewinnen, »Mum hat sich jahrelang abgemüht, bis sie schwanger wurde, und auch meine biologische Uhr tickt.«

»Du bist nicht mal dreißig!«, ruft meine Schwester aus.

»Aber Toby ist noch lange nicht bereit, eine Familie zu gründen.«

»Nein, das ist er wahrscheinlich nicht, aber mein Gott, Rose, warum hast du es denn so eilig? Warum willst du unbedingt sofort heiraten und Kinder kriegen? Die meisten Leute machen das heute viel später.«

»Du hast leicht reden. Du hast Angus.«

»Wir wollen uns Zeit lassen«, behauptet sie fest. »Dein Problem ist, dass du dir einbildest, dein Leben in allen Einzelheiten planen zu können. In dieser Hinsicht bist du wie Phoebe. Aber die Liebe folgt keinen Plänen. Sie ist da, oder sie ist es eben nicht.«

»Ich liebe ihn nicht. Es ist nur wieder so eine blöde Schwärmerei.« Eine von vielen.

»Wie auch immer. Das musst du mit dir selbst ausmachen.«

In den nächsten Monaten reise ich durch Deutschland, Holland, Belgien, Frankreich, Portugal, Spanien und Italien. Ich besuche das Bauhaus-Archiv in Berlin, radle an den Grachten Amsterdams entlang und esse zu viele Pralinen in Brügge. Die

Sixtinische Kapelle ist geschlossen, aber ich besichtige den Vatikan in Rom, schlendere durch die großen Arkaden von Mailand, kichere über die Schniepel der Statuen in Florenz und bemühe mich, angemessen beeindruckt auf die Perfektion von Michelangelos David zu reagieren. Ich futtere zu viele Tapas auf dem Mercado San Miguel in Madrid und trainiere meine Beine, indem ich den größten Teil der sieben Hügel im heißen und schwülen Lissabon erwandere, ich sitze an einem Strand in Biarritz und beobachte die Surfer vor der Kulisse der Pyrenäen.

Mit Interrail durch Europa zu reisen bedeutet, immer wieder auf dieselben Leute zu treffen. Zuerst fühle ich mich fehl am Platz – als würde ich nicht zu den jungen Leuten in ihrem Auslandsjahr gehören –, aber bald stelle ich fest, dass ich mit vielen etwas gemeinsam habe, und finde Freunde, egal in welchem Alter.

Ich telefoniere regelmäßig mit Eliza. Anscheinend ist es ihr genauso wichtig wie mir, dass sich unsere Beziehung verbessert. Sie arbeitet inzwischen als persönliche Assistentin für den Chef eines Indierock-Labels und mag ihren Job sehr. Sie hat viel zu tun, doch das macht ihr nichts aus – sie ist viel lieber von Leuten aus der Musikbranche umgeben als von arroganten, undankbaren Restaurantgästen. Und sie erzählt begeistert, dass Joe sie regelmäßig für Auftritte buchen will. Ich habe Angus gebeten, beim nächsten Mal ein paar Songs aufzunehmen und sie mir per E-Mail zu schicken. Angus habe ich auch behutsam von all dem berichtet, was Remy mir erzählt hat. Es war ein herzzerreißendes Gespräch, und ich bin mir nicht sicher, ob all seine Fragen beantwortet wurden, aber ich habe das Gefühl, dass er sich allmählich mit dem Geschehenen abfindet und bereit ist, Phoebe zur Ruhe zu betten. Er ist jedenfalls hundertprozentig für Eliza da.

Natürlich telefoniere ich auch mit Mum, und ich schreibe und rede oft mit Toby. Ich habe es aufgegeben, meine Gefühle für ihn zu unterdrücken. Wer weiß, wo wir in einem Jahr stehen, wenn ich zurückkomme? Für den Augenblick sind wir Freunde, und ich werde mich nicht dagegen wehren.

Irgendwann lande ich wieder in Paris, denn der Flug nach Brisbane steht kurz bevor.

Eliza ruft mich an, als ich oben auf dem Eiffelturm stehe.

»Komisch, eigentlich bist du gerade gar nicht so weit weg«, sagt sie.

»Du hättest übers Wochenende rüberkommen sollen«, erwidere ich und versuche, einen Bissen Schokocroissant hinunterzuschlucken. Ich esse im Gehen.

»Warum hast du das nicht früher gesagt!«, ruft sie ganz außer sich.

Ich lache. »Es ist mir gerade erst eingefallen.«

»Weihnachten ohne dich wird schrecklich«, sagt sie betrübt.

»Für mich wird es auch schwer.«

Ich versuche, nicht zu viel darüber nachzudenken. Das erste Weihnachten ohne Phoebe war unerträglich. Das zweite wird eine genauso große Herausforderung werden, doch mit jedem Jahr, das vergeht, wird es leichter – daran müssen wir einfach glauben.

»Hast du in letzter Zeit mit Toby gesprochen?«, fragt sie.

»Gestern Abend. Wir telefonieren ziemlich häufig. Warum?«

»Glaubst du immer noch, es ist nur eine Schwärmerei?«

»Ach, ich weiß nicht, Eliza.« Mein Gesicht wird schon wieder warm.

»Sei nicht so stachelig, Rosie«, neckt sie mich.

»Ach, lass mich in Ruhe«, erwidere ich, und sie muss laut lachen. »Ich finde es schön, mit ihm zu reden«, gebe ich zu, als sie sich wieder gefangen hat. »Und ich vermisse ihn mehr, als ich mir je hätte vorstellen können.«

»Aber stehst du auch auf ihn?«, fragt sie herausfordernd.

»Er kann ziemlich gut am Telefon flirten«, gestehe ich. »Ich halte ihn nicht davon ab, obwohl ich das wahrscheinlich sollte.«

»Aber es gefällt dir zu sehr.«

»Stimmt.« Garantiert bin ich jetzt total rot angelaufen.

»Gut so«, sagt sie, und ich kann förmlich hören, wie breit sie dabei grinst.

Kurz darauf beende ich das Gespräch, weil der Turm leicht schwankt und mir davon übel wird. Die Welt scheint mir zeigen zu wollen, dass ich große Höhen doch nicht so gut vertrage.

Toby ruft mich eine Stunde später an, als ich an der Seine entlang unterwegs zu einem Museum bin.

»Wir haben doch erst gestern Abend miteinander gesprochen«, sage ich, aber ich lächle, als ich eine freie Bank entdecke.

»Eliza hat gesagt, du vermisst mich.«

»War sie in der Bäckerei?« Es ist Samstag.

»Sie kommt andauernd und streut damit Salz in meine Wunden.«

Ich lache. »Hältst du sie manchmal für mich, wenn sie zur Tür reinkommt?«

»Nie«, antwortet er ernst. »Aber ich wünschte, sie wäre du. Ich vermisse dich.«

»Ich vermisse dich auch, aber, Toby …« Ich seufze. »Du weißt, dass ich lange Zeit weg sein werde, stimmt's? Wer weiß, was noch alles passiert. Du solltest nicht auf mich warten.« Noch während ich es sage, wird mir ganz übel bei der Vorstellung, dass er mit einer anderen zusammen sein könnte.

»Vermisst du mich?«, fragt er nach einer langen Stille.

»Natürlich.« Ich straffe den Rücken. »Du bist nicht in Paris, oder?«

»Hättest du gerne, dass ich da wäre?«

»Bist du hier?« Hektisch suche ich mit den Augen die Menge ab.

»Nein, bin ich nicht«, erwidert er, und meine Enttäuschung darüber trifft mich unvorbereitet. »Entschuldige. Meine Mutter hat heute Geburtstag«, erklärt er. »Wir haben eine kleine Familienfeier in der Bäckerei. Sie schafft es noch nicht, in ein Restaurant zu gehen oder so.«

»Ach, aber das hört sich doch schon mal gut an.« Ich versuche, aufrichtig zu klingen, denn ich freue mich sehr für ihn. Keine Ahnung, warum mir zum Weinen zumute ist.

»Wann geht dein Flug morgen?«, fragt er.

»Abends um Viertel vor zehn.«

»Schreibst du mir, wenn du angekommen bist?«

»Natürlich.« Schon allein meine Handyrechnung wird mein Budget auffressen, wenn ich von Australien aus weiter so viel telefoniere.

»Geht's dir gut?«, fragt er sanft.

»Ja, mir geht's gut!« Doch in Wahrheit habe ich einen Kloß im Hals, und wenn ich versuchen würde, mehr als zwei Worte rauszuquetschen, würde er hören, wie erstickt ich klinge.

»Rose«, sagt er leise.

Ich breche in Tränen aus.

»Hey!«, sagt er verlegen.

»Tut mir leid!«, antworte ich und schnappe nach Luft. »Ich habe nur für einen Augenblick wirklich geglaubt, du wärst hier.«

»Tut mir leid«, sagt er, klingt aber eher amüsiert als beschwichtigend.

Ich wische meine Tränen weg und reiße mich zusammen.

»Es freut mich, dass du mich so gerne bei dir hättest.« Er wirkt auf mich fast ein bisschen zu selbstzufrieden, aber ich streite es nicht ab. Ich presse das Handy gegen mein Ohr, so dass es einen schmerzhaften Abdruck hinterlässt, und ich bin immer noch traurig, als er Anstalten macht, unser Gespräch zu beenden.

»Ich muss jetzt leider Schluss machen«, sagt er widerstrebend. »Vanessa ist allein im Laden, und ich glaube, es ist ziemlich voll.«

»Bist du im Garten?«, frage ich.

»Ja.«

»Sind die Fenster offen?«

»Nur gekippt. Die Milchglasfolie habe ich aber abgezogen«, kommt er meiner nächsten Frage zuvor.

»Gut.«

Wir schweigen beide lange, aber ich weiß, dass er lächelt. Er sagt zuerst wieder etwas.

»Ich liebe dich, Rose. Hab einen guten Flug und vergiss nicht, mir zu schreiben.«

»Ich verspreche es.«

Nachdem wir geendet haben, starre ich sprachlos hinunter auf das Handy in meiner Hand. Hat Toby mir gerade gestanden, dass er mich liebt?

In den nächsten Stunden habe ich noch ein Fünkchen Hoffnung, dass Toby und Eliza womöglich doch einen Plan ausgetüftelt haben, um nach Paris zu jetten und mich zu überraschen. Aber als ich abends im Bett liege, muss ich mir eingestehen, dass keiner mehr kommen wird. Mit schwerem Herzen und einem Gefühl von Einsamkeit schlafe ich ein. Und dieses Gefühl bleibt bis zu meiner Abreise.

Am Sonntagabend trete ich den langen Flug über Dubai nach Brisbane an, und am Dienstag trete ich aus dem Flieger hinaus in einen kühlen australischen Morgen.

Mein Onkel Simon und seine Lebensgefährtin Katherine holen mich vom Flughafen ab, und ich bin froh, wieder von Verwandten umgeben zu sein.

Simon ist mir der liebste von Dads drei Brüdern. Onkel Jack wohnt in Schottland, aber er ist ein mürrischer alter Mann, der keinen Besuch mag – obwohl Phoebe und Dad manchmal bei ihm vorbeigeschaut haben, wenn sie in der Gegend klettern waren. Unser anderer Onkel, Gerry, lebt mit seiner dritten Ehefrau in Amerika, und wir sehen ihn nur sehr selten. Aber Simon war oft zu Besuch – er und Dad haben sich sehr nahegestanden.

Ich habe Katherine nur dreimal bei verschiedenen Gelegenheiten getroffen – eine davon war Dads Beerdigung –, aber ich mag sie wirklich gern. Dabei hatte ich ganz vergessen, dass sie dreizehn Jahre älter ist als Simon, aber ein Fremder würde das auch nicht vermuten, wenn er sie nebeneinander sähe.

Als ich sie das erste Mal traf, hatte sie langes graumeliertes Haar, aber sie hat es allmählich immer kürzer schneiden lassen und trägt es im Moment braun und mittellang mit dunkelblonden Strähnen.

Onkel Simon ist jetzt so alt wie Dad, als er gestorben ist, und im Laufe der Jahre ist er ihm immer ähnlicher geworden. Ein schmerzlicher Stich durchfährt mich, als er genauso grinst wie sein Bruder, aber der ungewohnte australische Akzent bringt mich bald wieder zum Lächeln.

Früher haben Simon und Katherine in Sidney gewohnt, aber vor ein paar Jahren sind sie nach Byron Bay gezogen, wo sie eine Kunstgalerie eröffnet haben. Weihnachten ist schon in einer Woche, so dass bei meiner Ankunft die Innenstadt vollgestopft ist mit Touristen, die über die Feiertage hier sind, und wir auf der gesamten Hauptstraße im Stau stecken.

Katherines Neffen werden mit ihren Familien ebenfalls über Weihnachten erwartet, aber vorher bleiben mir ein paar Tage Zeit, um mit dem Jetlag fertigzuwerden. Ich habe sie noch nie getroffen, aber mein Onkel hat mir versichert, dass ich sie mögen werde. Zumindest hofft er das, denn im Haus wird es ziemlich eng werden.

Keine Ahnung, worüber er sich Sorgen macht. Es ist riesig: Neben den vier Schlafzimmern gibt es noch einen großen offenen Wohn-Ess-Bereich, der zu einem weitläufigen Balkon im ersten Stock führt. Unten haben sie einen Infinity-Pool mit einer unglaublichen Aussicht, die nur von zwei hohen Palmen im schräg abfallenden Garten unterbrochen wird. Ein weißer Sandstrand erstreckt sich die ganze Küste entlang, und zahlreiche Surfer reiten auf den kühlen blauen Wellen. Katherine und Simon wohnen auf einem Hügel, der Wategos Bay überragt und nur fünf Autominuten vom wesentlich belebteren Byron Bay entfernt liegt. Simon erzählt mir, dass man von hier aus einen wunderschönen Spaziergang zum Leuchtturm und Australiens östlichstem Punkt unternehmen kann.

Simon hat recht: Ich mag Katherines Neffen und ihre Familien wirklich, obwohl es sich im Haus tatsächlich ganz schön eng anfühlt mit elf Leuten.

Sam ist herzlich und freundlich und seine Frau Molly einfach umwerfend. Unglaublich, wie es ihr gelingt, ihre drei stürmischen Kinder zu bändigen.

Nathan ist nicht so extrovertiert wie sein Bruder, aber genauso herzlich, und mit seiner Frau Lucy verstehe ich mich auf Anhieb. Obwohl sie oft von ihrem unglaublich niedlichen achtzehn Monate alten Sohn Finn abgelenkt wird, finden wir

Zeit, uns zu unterhalten und bei einer Tasse Tee auf dem Balkon von Somerset zu schwärmen. Lucy hat als Kind ein paar Jahre in England gelebt, und ihre Mutter besitzt einen Laden in Dunster, nicht weit entfernt von meiner Tante Suzy. Ich glaube, ich bin früher sogar mal im Teeladen ihrer Mutter gewesen.

Nach ein paar Tagen erweist sich mein Jetlag in gewisser Weise als Segen, da ich von allein früh aufwache – ich hätte keine Chance, lang auszuschlafen bei dem Lärm, den die Kinder jeden Morgen machen. Ich genieße es, dass das Haus voll und lebendig ist, weil es mich von den Gedanken an das bevorstehende Weihnachtsfest ohne Mum und Eliza, ganz zu schweigen von Phoebe, ablenkt. Doch zwei Tage vor Weihnachten bemerkt Simon, wie ich beim Frühstück zwei Kopfschmerztabletten nehme, und ermuntert mich, runter zum Strand zu gehen und mir ein wenig Ruhe zu gönnen. Ich sitze im kühlen weißen Sand, blicke hinaus aufs Meer und sehe den Surfern dabei zu, wie sie auf den Wellen reiten.

»Guten Morgen«, spricht mich jemand an, und als ich nach links blicke, sehe ich, wie Nathan auf mich zukommt, ein Surfbrett unter dem Arm. Er hat seinen schwarzen Neoprenanzug bis zur Taille heruntergerollt, und sein dunkles Haar ist noch nass vom Salzwasser.

»Ich wusste gar nicht, dass du hier unten bist«, sage ich und versuche, ihm nicht auf die Brust zu starren. Lucy kann sich glücklich schätzen.

»Ich bin schon wieder auf dem Weg nach oben. Bleibst du noch hier? Ich glaube, Lucy möchte Finn runterbringen, damit er ein bisschen im Sand spielen kann.«

Das war's mit der Ruhe. Nicht dass es mich stört.

»Ja, ich bleibe noch ein bisschen«, sage ich.

»Cool, bis später«, sagt er, und ich folge ihm mit den Blicken, als er den Strand entlang davongeht. Seine gebräunten Füße hinterlassen Abdrücke im Sand.

»Ist das meine Konkurrenz?«, höre ich eine tiefe, vertraute Stimme sagen.

Mir springt fast das Herz aus der Brust, als ich ruckartig den Kopf wende und Toby hinter meiner rechten Schulter stehen sehe.

»Oh, mein Gott!«, flüstere ich und schnelle hoch.

Er sieht mich mit einer hochgezogenen Augenbraue an.

»Oh, mein Gott!«, stoße ich diesmal quietschend hervor und stürze mich auf ihn.

Lachend umarmt er mich.

»Oh, mein Gott!«, wiederhole ich und weiche zurück, um ihn anzusehen.

»Ich mach mir langsam Sorgen um dich, Rose«, bemerkt er trocken. »Hast du das Sprechen verlernt?«

»Heilige Scheiße!«, rufe ich.

Das scheint ihm zu gefallen.

»Was machst du denn hier?«, frage ich und starre die breiten khakigrünen Träger über seinen Schultern an. Ich fasse ihn am Arm, drehte ihn um und sehe den Riesenrucksack auf seinem Rücken. »Das kann nicht sein!«, keuche ich.

»Doch«, erwidert er grinsend. »Sieht so aus, als würde ich doch kein Auto kaufen.«

»Oh, mein Gott!«

»Rose!« Er schüttelt mich leicht. »Freust du dich, mich zu sehen?«

»Machst du Witze? Oh, mein Gott, willst du mich etwa auf meiner Rundreise begleiten?«

»Oh, mein Gott, nur, wenn du das möchtest«, erwidert er und äfft mich dabei nach. Dann lächelt er.

»Natürlich will ich das.« Mir kommen die Tränen.

»Och«, sagt er, nimmt mich wieder in die Arme und drückt mich fest an sich.

Er fühlt sich so wunderbar an, so echt. Eine Art Blase platzt in meiner Brust, und nicht nur vor Aufregung, sondern auch aus anderen Gründen.

»Wer war der Surfer?«, fragt er streng, und jetzt bin ich dran, ihn zu necken. Ich löse mich von ihm und zucke mit den Schultern.

»Ach, nur so ein Typ, den ich kennengelernt habe.«

Er erstarrt, und ich muss lachen, unfähig, ihm etwas vorzuspielen.

»Das ist Nathan, Katherines Neffe! Er ist verheiratet.«

Toby scheint es nicht sehr witzig zu finden, aber ich lache mich kaputt.

»Bist du kindisch«, grummelt er und bringt mich damit noch mehr zum Lachen. Grinsend löst er die Schnallen seines Rucksacks, lässt ihn in den Sand fallen und zieht mich dann mit sich zu Boden.

Er schlingt die Arme um die Knie und starrt ins Leere. »Aber jetzt mal im Ernst«, beginnt er etwas unsicher. »Ich will dir kein Klotz am Bein sein. Wenn du nicht möchtest, dass ich mit dir komme ...«

»Toby, ich kenne niemanden, mit dem ich lieber reisen würde. Ich kann einfach noch nicht fassen, dass du wirklich hier bist, aber ich freue mich total darüber!«

»Na, Gott sei Dank«, sagt er und atmet erleichtert auf.

»Aber wie kommt's?«, frage ich. »Waren deine Eltern einverstanden, dass du fährst? Und woher zum Teufel wusstest du überhaupt, wo du mich finden kannst?«

Er greift nach meiner Hand. Ich habe Schmetterlinge im Bauch, als ich seinen warmen festen Griff spüre. »Ja, sie waren einverstanden. Mehr noch, sie haben mich gedrängt zu fahren.«

Ich strahle ihn an, kann meine Begeisterung kaum verbergen.

»Und als es darum ging, dich ausfindig zu machen, na ja, dabei hatte ich ein bisschen Hilfe.«

»Eliza«, rate ich. »Sie wusste schon Bescheid, als ich in Paris mit ihr telefoniert habe, oder?«

»Oh, sie weiß es seit Wochen«, antwortet er amüsiert und wirft mir ein Grinsen zu.

»Und ist mein Onkel auch eingeweiht?«, frage ich stirnrunzelnd. Hat er überhaupt noch Platz für Toby?

»Ja, er weiß es. Hast du dich nicht gewundert, dass er dich runter zum Strand geschickt hat?«

Verblüfft schüttle ich den Kopf. »Kaum zu glauben, ihr habt alle unter einer Decke gesteckt!«

Er dreht den Kopf und sieht mich an, und mein Magen schlägt einen Purzelbaum, als seine dunklen Augen sich in meine versenken. Vielleicht hat Eliza recht: Der Prinz auf dem weißen Pferd kommt nicht immer in der Gestalt, in der man ihn erwartet. Wenn man jemandem begegnet, den man wirklich, wirklich mag – möglicherweise, wahrscheinlich, sogar liebt –, dann wäre man dumm, die Augen davor zu verschließen.

Toby streckt die Hand aus und streicht über meine Wange. »Sand«, flüstert er.

»Keine Erde«, erwidere ich, nehme seine Hand und halte sie an mein Gesicht.

Er beugt sich nach vorn und küsst mich.

Wir bleiben längst nicht so lange am Strand, wie ich es mir gewünscht hätte, weil Toby darauf drängt, raufzugehen und sich vorzustellen. Mir tut es leid um unsere Zweisamkeit, aber ich gebe nach, und als wir den Hügel hinaufkommen, bemerke ich ein fremdes Auto, das auf der steilen Auffahrt parkt.

»Ist das deins?«, frage ich ihn.

»Nein«, antwortet er und zieht mich an der Hand zu den Stufen hinauf zum Haus. Ich bin außer Atem, als wir das Erdgeschoss erreichen, und das bisschen Luft, das ich habe, bleibt mir auch noch weg, als ich sehe, wer am Rand des Infinity-Pools sitzt und die Füße im Wasser baumeln lässt.

»Wie lange dauert das denn, vom Strand bis hier raufzulaufen?«, fragt Eliza und versucht, ernst zu bleiben, während mich Mum an ihrer Seite anstrahlt.

»OH, MEIN GOTT!«, rufe ich.

»Nicht schon wieder«, sagt Toby trocken.

»Ich kann nicht glauben, dass ihr alle gekommen seid! Ich kann es einfach nicht glauben!«, seufze ich später, als Eliza und ich am Tisch auf dem Balkon sitzen, sie mit einem Bier in der Hand, ich mit einem Glas Wein. Sie haben Toby vorhin am Strand abgesetzt, und er hat seinen schweren Rucksack nur mitgeschleppt, um mich hinters Licht zu führen, der Schuft.

»Wir haben das schon seit Ewigkeiten geplant«, erwidert sie zufrieden wie eine Katze, die das Sahneschälchen ausgeschleckt hat. »Ich musste nur vorher ganz sichergehen, dass es dir ernst ist mit Toby.«

Lachend schüttle ich den Kopf und schaue hinüber zum Haus, zu ihm. Er hilft in der Küche und rührt in einem Topf herum. Vielleicht spürt er, dass ich ihn beobachte, denn er wirft mir einen Blick über die Schulter zu und grinst. Mein Herz schlägt schneller.

»Konnte Angus nicht mitkommen?«, frage ich, wieder an Eliza gewandt.

»Nein.« Traurig schüttelt sie den Kopf. »Er konnte sich keinen Urlaub nehmen, aber du weißt ja auch, wie er an seiner Mutter hängt. Er hätte sie über Weihnachten sowieso nicht gern allein gelassen.«

»Vermisst du ihn? Nein«, beantworte ich meine Frage gleich selbst. »Ihr habt euch ja erst vor zwei Tagen noch gesehen.«

Sie zuckt mit den Achseln und grinst ergeben. »Ich vermisse ihn trotzdem. Aber bestimmt werden wir die zwei Wochen ohne einander überleben. Und der Sex wird der Hammer sein, wenn ich zurückkomme.«

»Das will ich gar nicht so genau wissen!«, rufe ich und bringe sie damit zum Lachen.

Lucy und Molly kommen raus zu uns auf den Balkon. Drinnen höre ich, wie Flaschen geöffnet werden, und als ich mich umdrehe, sehe ich, dass Nathan Toby gerade ein Bier gibt.

Mum sitzt neben Simon auf dem Sofa und lässt den kichernden Finn auf ihren Knien reiten. Die drei Kinder von Molly und Sam stürmen raus auf den Balkon und rennen dann wieder rein, Katherine im Schlepptau.

»Das Haus schrumpft von Minute zu Minute«, stelle ich versonnen fest, und alle lachen.

Mum schläft bei mir im Bett und Eliza daneben auf einer Luftmatratze. Toby hat sich das Sofa im ersten Stock ausgesucht, nachdem er die Wahl zwischen diesem oder dem zweiten Etagenbett im Kinderzimmer hatte. Bis wir mit unseren Rucksäcken losziehen, sehnen wir uns wahrscheinlich nach Zweisamkeit. Ich freue mich darauf, mehr Zeit mit ihm allein zu haben.

An Weihnachten geht es turbulent zu, und obwohl ich Phoebe nicht aus meinen Gedanken verbannen kann und es Mum und Eliza sicher genauso geht, genießen wir den Tag, und ich bin einfach nur unheimlich glücklich, dass wir alle zusammen sind. Es tut mir leid für Eliza, dass Angus nicht bei ihr sein kann – sogar ich vermisse ihn –, aber sie wird ihn ja schon bald wiedersehen. Ich kann mir vorstellen, dass auch für ihn Weihnachten ohne Phoebe schwer ist, aber zum Trost hat er ja seine Mutter.

Am zweiten Weihnachtsfeiertag sitzen Eliza und ich alleine am Strand. Mum unternimmt mit Katherine einen Strandspaziergang, und Toby ist mit Nathan surfen. Sie sitzen aufrecht auf ihren Brettern und warten auf eine gute Welle. Sie scheinen sich hervorragend zu verstehen.

»Nette Aussicht«, bemerkt Eliza grinsend.

»Lass das«, erwidere ich.

»Ich rede von Nathan.«

»Was würde Angus dazu sagen?«, tadle ich sie.

Sie lacht. »Er weiß, dass er der Einzige für mich ist.« Sie hält inne und sagt dann leise: »Er ist es immer gewesen.«

»Wenn du jetzt dein Gesicht sehen könntest«, necke ich sie. »Du siehst aus wie ein niedlicher Hundewelpe.«

Sie grinst mich an. »Du hast genau denselben Ausdruck, wenn du Toby angaffst.«

Ich ziehe eine Schnute. »Du hast auch mal behauptet, so würde ich Angus ansehen.«

Sie schüttelt den Kopf. »Nein, ich habe dich schon erlebt, wenn du für jemanden geschwärmt hast, aber bei Toby ist es etwas anderes. Das ist mir schon aufgefallen, als ich euch zusammen bei meinem Auftritt gesehen habe. Ich bin wirklich froh, dass du ihm eine Chance gibst.«

Ich zucke mit den Schultern. »Wir werden ja sehen, wie es läuft.«

»Mehr kann man nicht tun.«

Abends fahren wir alle zusammen in die Stadt, um uns eine Band anzusehen – Toby, Eliza, Nathan, Lucy, Sam, Molly und ich. Mum hat Katherine und Simon davon überzeugt, dass sie es zu dritt leicht schaffen werden, vier Kinder zu bändigen. Mum hat immerhin Drillinge großgezogen.

Drillinge …

»Ich bin so froh, dass du da bist«, sage ich zu Eliza und lehne meine Wange an ihre Schulter.

»Das bin ich auch.« Sie legt den Arm um mich und drückt mich.

»Ich vermisse sie so sehr!«, flüstere ich.

Sie drückt mich noch fester, aber ich will nicht weinen, und ich weiß, dass auch sie das nicht will.

»Erinnerst du dich an das eine Mal, als Jordan Osborn versucht hat, unsere telepathischen Fähigkeiten zu testen, und du erraten hast, dass Phoebe Pizza zum Abendessen will?«, sage ich und versuche, fröhlich zu klingen.

Eliza lacht. »Natürlich weiß ich das noch! Du warst so sauer, als ich richtig geraten habe.«

Dann sagt Eliza: »Und weißt du noch, wie wir alle zu Hannah Longstaffs Geburtstagsparty gegangen sind und alle ausgeflippt sind, als du und Phoebe gleichzeitig gesagt haben: ›Oh, bitte, können wir die Reise nach Jerusalem spielen?‹, in genau demselben Tonfall und genau zur selben Zeit?«

Ich lache laut. »Stimmt! Das hatte ich ganz vergessen. Und weißt du noch, als dieser Rüpel Danny Riley zu dir gesagt hat: ›Woher weißt du, welche welche ist?‹« Ich äffe seine blöde Stimme nach. »Und du hast schnippisch geantwortet:

›Ich hab echt keine Ahnung. Manchmal weiß ich nicht mal, wen ich im Spiegel sehe.‹«

Eliza schnaubt vor Lachen, und wir lassen uns rücklings in den Sand fallen und blicken hinauf zum Himmel.

Jetzt bin ich wieder an der Reihe. »Weißt du noch, wie Phoebe einmal mit Dad klettern war und du versucht hast, mir das Gitarrespielen beizubringen?«

»Du hattest es nicht drauf«, antwortet sie hämisch.

»Ich war so neidisch, dass du so gut und ich so mies war, aber immerhin hast du es versucht.« Ich tätschele ihr Knie. Blitzschnell greift sie meine Hand und legt sie sich auf die Brust. »Wir haben unsere Periode beide am gleichen Wochenende bekommen«, erinnere ich mich.

»Stimmt!«, ruft Eliza. »Phoebe war ganz schön sauer!«

Wir lachen beide. »Sie hat ihre erst zwei Monate später bekommen. Das hat sie echt geärgert«, sage ich.

»Wir haben eine Menge zusammen durchgemacht, stimmt's?« Eliza drückt meine Hand.

Ich erwidere ihren Druck. »Ja, das haben wir. Jede einzelne blöde Phase. Es war unser Schicksal, zusammen zu sein, von Anfang an.«

»Das ist irgendwie tröstlich«, murmelt sie.

»Ist es«, stimme ich ihr zu.

Ein Schatten fällt über uns, und als wir die Köpfe heben, sehen wir, dass Mum vor uns im Sand steht.

»Na, ihr beiden?«, sagt sie liebevoll. »Lasst mich mal ein Foto von euch machen.«

Als Eliza und ich unsere Wangen aneinanderschmiegen und zu Mum hinauflächeln, denke ich an die gerahmten Fotos auf den Bücherregalen in ihrem neuen Haus. Vor ein paar Monaten habe ich mich gefragt, ob es irgendwann einmal ein Foto von Eliza und mir geben würde. Und heute ist es so weit.

Jetzt sind es nur noch wir zwei. Eliza und Rose. Rose und Eliza.

Doch tief in unseren Herzen werden wir immer Drillinge bleiben.

Danksagung

Zehn Jahre sind vergangen seit der Veröffentlichung meines ersten Romans, *Lucy in the Sky*, und manchmal muss ich mich immer noch kneifen. Ich danke euch, meinen Leserinnen und Lesern, dafür, dass ihr mich zum Lachen und Weinen bringt (normalerweise vor Glück – uff) mit euren Reaktionen in den sozialen Medien und euren wunderbaren Onlinekritiken. Ich bin sehr froh darüber, jeden Tag das tun zu können, was ich liebe, aber ich würde es nicht annähernd so sehr genießen, wenn ihr nicht alle so nett zu mir wärt. Zum Dank für eure Unterstützung biete ich auf meiner Website einen kostenlosen Buchclub an, *The Hidden Paige*. Wenn ihr euch auf paigetoon.com registriert, erhaltet ihr exklusives Zusatzmaterial, darunter Kurzgeschichten, Zusatzkapitel und Ratespiele.

Ich danke meiner großartigen Lektorin Suzanne Baboneau, die dazu beigetragen hat, dass die vergangenen zehn Jahre mit die besten meines Lebens waren. Du bist immer da, wenn ich dich brauche – und bei diesem Buch brauchte ich dich ziemlich oft. Du bist mein Fels in der Brandung.

Ich danke Emma Capron, der brillanten Büchermacherin, und dazu dem ganzen Team bei Simon & Schuster. Jeder Einzelne von euch ist klasse, und ich schulde euch großen Dank, dass ihr mir zehn Jahre lang die Treue gehalten habt. Eine La-Ola-Welle für euch!

Ich danke auch meiner fabelhaften Agentin Lizzy Kremer und dem Team bei David Higham für alles, was sie ständig hinter den Kulissen bewirken.

Ich schulde mehreren Leuten Dank für ihre Hilfe bei den Recherchen, aber Melanie Fowler – wow –, du bist über dich selbst hinausgewachsen! Melanie arbeitet bei der Seilbahn an der Aiguille du Midi in Chamonix und hat die Abenteuer meiner Romanfiguren zum Leben erweckt, indem sie ihre Erfahrungen mit mir teilte.

Ich danke auch Natalie Collingwood für ihre verrückten, lustigen und aufschlussreichen Geschichten darüber, wie es war, als Saisonkraft zu arbeiten, und Emma und Justin Guest, deren Wohnung in Argentière die Kulisse für einen Teil des Romans bildete (nähere Informationen unter jus@guest.net).

Ein riesiges Dankeschön an Helena Underwood. Sie hat ihr umfangreiches Wissen über die Backkunst mit mir geteilt und es mir erlaubt, ihr bei der Arbeit zuzusehen. Dabei habe ich selbstgebackenes Brot noch einmal ganz neu schätzen gelernt. Schaut auf whitecottagebakery.com nach, wenn ihr einige ihrer Kreationen sehen wollt.

Danke auch an Keith Chadwick für seine Hilfe bei Fragen über die Angststörung von Tobys Mutter.

Ein Riesendank an Laura Betts für ihre Spendensammlung zugunsten von CLIC für an Krebs erkrankte Kinder: clicsargent.org.uk. Sie hat an einer Auktion teilgenommen, um ihren Namen in diesem Buch abgedruckt zu sehen. Den Preis hat sie dann ihrer Schwester Becky zum Geburtstag geschenkt, und mir ist es jetzt gelungen, sie beide unterzubringen.

Von Herzen danke ich allen meinen wunderbaren Freundinnen und Freunden, die mein Gerede über imaginäre Personen in den letzten zehn Jahren ertragen haben – so viele von euch haben wertvolle Beiträge geleistet, und ich weiß das wirklich zu schätzen. Ein extragroßes Dankeschön geht an Jane Hampton und Sarah Horsborough für das Lesen des ersten Fahnenabzugs und für ihre wertvolle Rückmeldung.

Und natürlich danke ich meinen Eltern Jen und Vern Schuppan sowie meinen Schwiegereltern Helga und Ian Toon für ihre großartige Unterstützung.

Schlussendlich danke ich meinen wundervollen Kindern Indy und Idha – hauptsächlich dafür, dass sie mich zum Lächeln bringen – und meinem Ehemann und besten Freund Greg. Du warst in so vieler Hinsicht entscheidend für meine Karriere, und ehrlich gesagt wüsste ich nicht, was ich ohne dich machen würde.

Paige Toon

Twitter@PaigeToonAuthor
www.facebook.com/PaigeToonAuthor
www.paigetoon.com
#TheHiddenPaige

Paige Toon

Alles Liebe zu Weihnachten
und andere Geschichten

An Weihnachten kann viel passieren, manchmal sogar ein kleines Wunder: Auf Alice wartet ein ganz besonderes Geschenk, und für Lily geht ein Traum in Erfüllung. Am anderen Ende der Welt gibt es für Rose ein Wiedersehen mit der Liebe, und Daisy kann endlich loslassen, um neu anzufangen.

Bestsellerautorin Paige Toon versammelt hier wunderbar stimmungsvolle Geschichten zur Weihnachtszeit, die das Herz erwärmen und die Liebe hereinlassen.

Aus dem Englischen
von Andrea Fischer
336 Seiten, broschiert

Weitere Informationen finden Sie auf
www.fischerverlage.de

AZ 596-70525/1

Paige Toon
Dein Platz in meinem Herzen
Roman

»Das Problem dabei, jemandem sein Herz zu schenken: man bekommt es nie wieder ganz zurück.«
Dennoch wächst das Herz jedes Mal, wenn man es für jemanden öffnet. Davon ist die Journalistin Bridget überzeugt. Sie reist durch die Welt und schreibt dabei einen Blog über die Männer, die ihr einmal das Herz gebrochen haben. Da bekommt sie ein unerwartetes Angebot: Sie soll das Buch einer kürzlich verstorbenen Erfolgsautorin weiterschreiben. Bridget ergreift die Chance, reist nach Cornwall und taucht in das Leben der Familie ein. Und auf einmal steht sie wieder kurz davor, ihr Herz zu verschenken ...

Aus dem Englischen von Heidi Lichtblau
416 Seiten, Klappenbroschur